Llenaré tus días de vida

JACKIE VALAND

Primera versión: 2012
Segunda versión: 2019

ISBN: 9781099023675
SELLO: Independently published

Diseño cubierta: Jackie Valand
Maquetación: Jackie Valand

Contacto RRSS: @Jackievaland (Facebook, Twitter, Instagram)

NOTA DE LA AUTORA

Escribí esta historia por primera vez en el año 2012, aproximadamente, y su primera casa fueron unos foros que hoy en día ya no existen. En ese entonces, la Jackie de 22 años ni siquiera imaginaba que su segundo hogar podía llegar a ser tu casa, tus manos, tu *kindle*. Pero, así es la vida, te sorprende cuando menos crees.

Llenaré tus días de vida nació como *fanfic* y, a lo largo de estos siete años, ha sido adaptada a diferentes personajes. Aunque dichas adaptaciones no siempre contaron con mi conocimiento y/o aprobación, con cada comentario que leía o persona que se sumergía, crecían mis ganas de compartirla con el resto del mundo. —Tengo que convertir esta historia en un libro —me decía a mí misma—. Y tú, ahora, estás a punto de viajar en ella. Y yo, ahora, estoy nerviosa y deseando haber logrado mi objetivo. Porque, reescribir **Llenaré tus días de vida** ha sido como un (re)enamoramiento. Como si un día, caminando por la calle, te encontraras a ese primer amor intenso y especial, que no terminó por nada dramático, sino porque aún era demasiado pronto. La ves y se te acelera el corazón, te brillan los ojos y piensas que está más guapa o guapo que nunca. Toman un café, charlan, vuelven a conocerse y vas dándote cuenta de que ha ganado en inteligecia, madurez y podrías pasarte horas enteras tratando de descubir cada acertijo de su vida. Sigue siendo la misma persona, pero una versión mejorada.

Eso, es más o menos lo que he sentido al escribir cada línea de la siguiente historia. Los sentimientos de la primera vez han aumentado en intensidad. Me he enamorado de cada nueva palabra, gesto y mirada. Las he conocido, reconocido y vuelto a conocer.

Y, ojalá a ti te ocurra algo parecido.

Tanto si ya conoces la historia, como si es tu primera vez, espero y deseo, que tengas un feliz viaje.

Jackie.

«Mira que bella es la vida;

Te sorprende cuando menos crees»

ALEPH

Prólogo

Bueno, eso de que la vida es bella, se puede discutir. Seguro que en alguna ocasión has pensado que la vida es mucho más complicada de lo que te contaron en la infancia. Catástrofes naturales y no naturales, «seres humanos» que destruyen casi todo lo que tocan, cambio climático, especies en peligro de extinción, intolerancia, guerras, enfermedades, pobreza, injusticia, desamor, y un largo etcétera del que no vamos a hablar en este momento, porque no estamos aquí para deprimirnos (o sí, pero todavía no).

Quiero compartir algo contigo. Algo que aprendí durante un viaje muy frío a través de Rusia; la vida te sorprende. Cuando menos te lo esperas, cuando crees que lo tienes todo bajo control, tus planes son perfectos, tu futuro va sobre ruedas, te conoces mejor que nadie y estás cómoda en tu zona de confort, la vida se rebela. Porque quizás tus planes no son tan perfectos, tu futuro no está tan claro, no te conoces tanto como pensabas y la zona de confort empieza a ser un poco incómoda.

Ella, fue mi sorpresa.

¿Cómo no voy a creer que la vida es bella?

1

Observo el paisaje correr a toda velocidad ante mis ojos. A través de esta ventana, a muchos kilómetros por hora, dejamos cada vez más atrás la última ciudad en la que nos detuvimos y nos acercamos a la siguiente. Esa es la rutina de este viaje; una ciudad tras otra, diferentes usos horarios, paradas, visitas a pueblos que ni siquiera aparecen en el mapa, y de nuevo aquí, en este pequeño y solitario vagón, donde me gusta pasar el día disfrutando de un café, y valga la redundancia, de la soledad y tranquilidad que me otorga sentarme frente a mi ordenador portátil, con una hoja en blanco esperando que escriba algo de lo que será mi próximo libro. Cosa que por supuesto, no sucede.

Ni una frase, ni una palabra, ni siquiera una miserable idea de lo que podría escribir. ¿En qué momento se me ocurrió, que en un tren que atraviesa parte de Europa y Asia iba a encontrar inspiración? Llegué al Golden Eagle, el ferrocarril más lujoso que realiza la ruta del transiberiano, con la esperanza de escuchar las infinitas historias de sus pasajeros y sacar de ellas alguna brillante idea. Pero en ese momento de lucidez, pasé por alto la barrera del idioma. No hablo ruso. Y en este país, el inglés no está precisamente de moda, que digamos. Además, en el tren viajan personas de todas partes del mundo. He escuchado incluso chino… o coreano, o japonés. El caso, es que lo único que he hecho en los tres días de viaje ha sido, observar a través de la ventanilla el paisaje que dejamos atrás y frustrarme cada vez más, porque la que iba a ser mi gran aventura, está resultando un fracaso.

«Un escritor debe vivir para poder escribir»

Ese, siempre ha sido mi lema, pero la realidad, es que la vida de una escritora no es tan fácil como la pintan. No te levantas un día y al revisar tu correo electrónico un sinfín de editoriales están interesadas en publicarte. Ni en tu teléfono aparecen cientos de llamadas de directores, dispuestos a suplicar que les permitas llevar tu obra al cine. Tampoco encuentras inspiración en el aire. O sí, pero para que esa idea llegue a convertirse en una historia, son varios los factores que deben unirse; inspiración, tiempo, conocimiento y un estado emocional que te permita salir del mundo y adentrarte en TU mundo. Así que, dedicarse a la escritura es un deporte de alto riesgo hoy en día, porque, además, es muy probable que no escribas un *best seller* a la primera de cambio (o nunca) y vivir solo de la escritura es complicado, por no decir imposible. El tiempo y la dedicación que requiere una novela, es injustamente proporcional al dinero que recibes por ella. A veces, es cuestión de suerte; primeras obras que han llegado al número uno sin apenas esfuerzo, y otras, la mayoría, es trabajo. Mucho trabajo. Y quizás, a pesar de todo ese trabajo, tu nombre nunca resonará en la cabeza del mundo. En definitiva, creo que la vida de una escritora es igual a la de cualquier artista; un continuo e inestable, pero satisfactorio sube y baja.

Y que conste, que no me estoy quejando, aunque parezca exactamente lo contrario. Vivo como quiero, como yo decidí vivir y como muchas personas desearían, porque, aunque mis pequeñas novelas no me han vuelto millonaria, consigo ahorrar lo suficiente para viajar en busca de más historias. No tengo destino fijo ni parada permanente, voy a dónde me lleve el viento, con mi ordenador colgando y unos pocos ahorros que me permitan sobrevivir. No conozco otro estilo de vida, no me gusta echar raíces y sé, que en alguna parte del mundo se encuentra esa historia. Esa, cuya magia, me haga reencontrarme. Porque, sí, hay momentos en los que, sin razón, sin lógica y sin motivo aparente, te pierdes.

Mis pensamientos son interrumpidos por el ruido que hace un intruso al colarse en mi solitario y favorito vagón, destruyendo de un plumazo la concentración que estaba empleando en analizar los copos de nieve derretidos que caen por la ventana. Aparto la vista de esta y descubro que no se trata de un intruso, sino de una intrusa que, sin siquiera mirarme, se sentó al otro lado de la diminuta mesa que separa ambos asientos. Contempla el paisaje en silencio, igual que estaba haciendo yo antes de su aparición, aunque un poco más atenta. Parece muy interesada en ver un montón de tierra pasar a cientos de kilómetros por hora. Es curioso, como estando en el mismo lugar, ambas tenemos una perspectiva diferente del paisaje. Yo lo voy dejando atrás, mientras ella avanza hacia él.

Continúa sin percatarse de mi presencia y eso consigue irritarme un poco. Vale que no estoy en el país más cálido del planeta, pero hasta el momento, la gente con la que me he topado ha sido encantadora y, sobre todo, educada. Por lo menos saludar, ¿no? Aunque no sé de qué me quejo, si soy la primera que adora el silencio y hace un momento me estaba fastidiando su interrupción. No es que haya que pedir permiso para sentarse en un compartimento, pero el tren tiene muchos, demasiados como para tener que compartir espacio. En fin. Me doy cuenta de que llevo minutos sin quitarle la vista de encima, invadida por una indignación absurda y un ensimismamiento preocupante.

Dakota, tu retiro asiático te está afectando. Como no apartes la vista ahora mismo y continúes con tu tarea de no hacer nada, esa chica va a pensar que la estás acosando.

Si es que algún día se da cuenta de que existes, claro.

Es muy guapa.

Mis ojos realizan un rápido análisis a su perfil, haciéndole caso omiso a mi consciencia y percatándose de una sorprendente belleza que, en realidad, no sé por qué me sorprende. Tiene el pelo largo y ligeramente ondulado, de un castaño claro, que recae tranquilamente sobre sus hombros. Me gusta ese color y la claridad que entra a través de la ventana, le otorga un brillo deslumbrante que lo vuelve todavía más llamativo, con un resplandor de vitalidad contagioso. Eso me hace sonreír, no sé por qué. Desde esta posición no puedo ver el color de sus ojos, pero sí puedo apreciar que son grandes. Su nariz es fina, al igual que sus labios, perfectamente delineados. Y su piel… Su piel tiene un bronceado propio del más soleado de los veranos. Un hecho bastante extraño, ya que en esta parte del mundo vivimos el invierno más feroz que alguna vez he presenciado. En conclusión, ella en todo su conjunto desprende un halo de vida que impregna la habitación. Tiene que ser modelo, o actriz, o una estrella del rock. Joder, es que es guapísima.

O, tal vez, no sea más que una chica normal, que vino a sentarse enfrente de una psicópata. ¿Desde cuándo tienes por costumbre hacerle un escáner exhaustivo a una mujer que ni siquiera conoces? Bueno… y aunque la conocieras. Creo que hay demasiado *"Orange is the new black"* en tu vida, Dakota.

Esta vez recibiendo un silencioso y verdadero agradecimiento por mi parte, alguien irrumpe de nuevo en el vagón y en mis pensamientos. El camarero se dirige a la chica e intercambian algunas palabras. Yo observo la escena en completo silencio. Veo como apunta su pedido en un pequeño papel, pero soy incapaz de escuchar una palabra. Siento como si alguien hubiera bajado el volumen del televisor y solo pudiera ver la imagen en movimiento. El chico abandona el lugar, dejándonos a solas una vez más. Y entonces, cuando creo que por fin puedo salir del trance y volver a mi escritura, su mirada, antes de volver a la antigua posición, se detiene sobre mis ojos, consiguiendo que hasta el centímetro más escondido de mi cuerpo tiemble al instante. Una tensión invade todos y cada uno de mis órganos, como si me hubiera convertido en una niña pequeña que acaba de ser pillada infraganti. Fui descubierta y, aun así, no soy capaz de apartar la vista de esos expresivos ojos… azules. Ahora sí puedo apreciarlos a la perfección. Un azul intenso y brillante, al que el mismísimo cielo debe tenerle envidia.

Menos mal que estas cursilerías de escritora no salen de mi cabeza.

Transcurren minutos, o quizás simplemente hayan sido segundos. No lo sabría decir con certeza, porque el tiempo pasa a tomar un sentido extraño. Nuestras miradas permanecen clavadas la una sobre la otra sin ninguna intención de apartarse. Aunque por mi parte, más bien me resulta imposible hacerlo. Hasta que sus labios dibujan la sonrisa más bonita que he visto en mi vida y algo ocurre.

—Hola —susurra, cortando un silencio nada incómodo, con una voz mucho más dulce de lo que me esperaba. Temo quedarme anclada a este momento demasiado tiempo.

—Hola...

2

En el momento en el que me miró directamente y pude ver su sonrisa, mi corazón comenzó un latido extremadamente veloz y mi estómago, un cosquilleo propio del más absurdo nerviosismo. Ella, al ver que mi vocabulario había terminado con ese simple «Hola», devolvió su mirada hacia la ventana, concentrándose de nuevo en el paisaje y olvidándose de mi presencia una vez más.

Me encuentro sumergida en un extraño trance del que no podría dar explicación, pero por suerte, los latidos de mi corazón poco a poco vuelven a adoptar su ritmo habitual, permitiéndole al resto de mi cuerpo reaccionar. Dirijo la vista también hacia la ventana, aunque en esta ocasión, no me encuentro con el paisaje que estaba observando hace unos minutos, sino con mi propio reflejo. Un potente rayo de sol índice directamente sobre mis ojos, volviéndolos de un color miel más intenso al habitual, y un rebelde mechón de pelo se atraviesa en medio de mi rostro, obligándome a sacudirlo hacia atrás para que todo el cabello vuelva a su sitio. Tengo que ir a una peluquería con urgencia, desde el pasado verano llevo la mitad inferior del pelo con mechas más claras y comienzo a notarlo algo reseco. Creo que me va a agradecer un corte que lo sanee y lo vuelva a dejar completamente castaño natural por un tiempo.

Suspiro.

Y cuando estoy exhalando las últimas partículas del oxígeno inhalado, los ojos azules aparecen en el reflejo de la ventana, observándome tan fijamente, que mi corazón da un vuelco y por unos segundos, se me corta la respiración.

¿Pero qué me pasa?

La chica me observa con una leve sonrisa dibujada en sus labios. No sé si es una sonrisa de amabilidad o de compasión, porque si mi cara está expresando lo que siento, esta mujer debe pensar que soy idiota.

Por primera vez, mi cerebro parece reaccionar y me doy cuenta de un hecho que había pasado por alto hace un momento.

—¿Hablas español?

Bien, Dakota, bien.

Después de unos segundos que se me hicieron eternos, aparta la vista del cristal y siento como vuelve a mirarme, consiguiendo que haga lo mismo para encontrarnos a medio camino. Yo creo que debe tener algún tipo de poder congelador, como Elsa de Frozen, pero en lugar de tenerlo en las manos, lo tiene en sus ojos. Hablando de Elsa, si algún día deciden hacer la película con personajes reales deberían buscar a esta chica, porque es clavada. Le aclaran un poco el pelo y listo; su clon humano. ¿Quién sabe? A lo mejor uno de estos dibujantes de Disney la vio un día por la calle y se inspiró en su belleza para crear a la reina de *Arendelle*. Aunque para eso debería vivir en los Estados Unidos. O que el dibujante haya estado de vacaciones en su país. Que, por cierto, aún no ha respondido mi pregunta sobre el idioma, y no entiendo cómo mi conversación interna se desvió hacia Disney mientras esperaba. O el tiempo está transcurriendo muy despacio, o yo tengo una capacidad de abstracción enorme.

Dándome a entender que es capaz de leer la mente, sonríe con ternura.

—Soy española —informa, para mi sorpresa—, aunque vivo en Miami.

Ahora incluso tiene sentido mi teoría sobre el dibujante de Disney.

—Estaba comenzado a perder la esperanza de encontrar a alguien que hablara mi idioma en este tren —Le sonrío—, pero lo que menos imaginaba, era encontrar a alguien de mi país.

Me sorprende la cantidad de palabras que acaban de ser expulsadas por mis labios. Ya creía que se me había olvidado la forma en que se construyen las frases. La chica, sin embargo, no dijo nada, ni apartó su mirada. Y tampoco parece sorprendida al descubrir que tenemos la misma nacionalidad. Al contrario, permanece así un tiempo demasiado largo para lo que ahora mismo soy capaz de soportar, aumenta la intensidad en la expresión de sus ojos y, con ello, se aporta a sí misma un atisbo de misterio que me pone todavía más nerviosa. ¿Le habrán dicho alguna vez, que tiene unos ojos muy intimidantes?

—Pues la esperanza es lo último que se pierde. —concluye, extendiendo su mano—. Soy Chiara.

Tuve que corresponder el gesto y estrechar su mano, sin tener ni puñetera idea de lo que iba a sentir al tocarla. En cuanto nuestra piel hizo contacto, una especie de cosquilleo ascendió por mi estómago hasta llegar a mi pecho. Me puso tan nerviosa mi propia reacción, que los latidos de mi corazón volvieron a aumentar su velocidad y por un momento creí que me quedaría sin palabras otra vez. Por suerte para mi sentido del ridículo, no fue así.

—¿Kiara? ¿Cómo la hija de Simba?

Aunque si es para esto, la próxima vez vuelve a quedarte muda. Hoy te estás luciendo con Disney, chica.

Ella me ofrece una tierna sonrisa. Definitivamente, debe pensar que soy estúpida, y menos mal que no tiene acceso a mi cabeza.

—Algo así, pero mi nombre se escribe con «CH» y el suyo es con «K»

—Interesante. —Asiento, frunciendo el ceño—. Nunca lo había escuchado. —Al encogerme de hombros, descubro que nuestras manos no se han separado todavía—. Yo soy Dakota.

—¿Cómo la protagonista de «50 sombras» e hija de Melanie Griffith?

—Un poco menos millonaria.

—Y un poco más guapa.

Toda la sangre que corría por mi cuerpo debe estar ahora mismo acumulada en mis mejillas, porque las siento arder como si estuviera junto a una chimenea y no en uno de los países más fríos del mundo. Libero su mano tan rápido, que parece que me haya quemado con la sartén, como si eso fuera a impedir que continúe roja como un tomate. Ella amplía su sonrisa un poco más y niega con la cabeza, cosa que me lleva a fruncir el ceño y mantenerle la mirada.

Ninguna de las dos cede, como si estuviéramos llevando a cabo una guerra de «a ver quién aguanta más». Su sonrisa tampoco disminuye, y poco a poco, me doy cuenta de que no siento ningún tipo de incomodidad —cosa bastante extraña, tratándose de mí— Hace mucho que soy incapaz de mantenerle la mirada a otra persona más tiempo del necesario, y me incómoda demasiado que alguien lo haga. Sin embargo, sus ojos me atraen de una forma tan magnética, que podría pasarme horas sin apartar la vista de ellos.

Por suerte o por desgracia, somos interrumpidas una vez más por el camarero, que aparece ofreciéndole una taza de café y vuelven a intercambiar unas palabras en... ¿ruso? El olor impregna el diminuto espacio en el que nos encontramos y me lleva a recordar, que mi propio café sigue intacto y seguro que bastante helado a estas alturas.

—¿Necesitabas encontrar a alguien que hablara español con urgencia? —vuelve su voz y la observo beber un sorbo sin dejar de mirarme.

—No es que lo necesitara —aclaro, encogiéndome de hombros—, pero no fui muy inteligente al decidir hacer un viaje tan largo por Rusia sin tener ni idea de ruso. Aquí la gente no lleva muy bien eso de querer comunicarse en inglés. En este tren sí, porque está hecho para turistas, pero por lo demás... Vamos, que llevo tres días hablando con mi propio reflejo. Y eso, tarde o temprano, estoy segura de que hubiera acabado con mi cordura. Tú, sin embargo, parece que lo llevas un poco mejor.

Estoy a punto de bajar la mirada tímida, pero verla ampliar su sonrisa me lo impide, y provoca que yo también sonría levemente.

—La cordura está sobrevalorada —asegura guiñándome un ojo y llevando de nuevo la taza de café hacia sus labios—. Hablo varios idiomas. El ruso no es mi fuerte, pero me defiendo —Se encoje de hombros, como si se tratara de algo insignificante, un *hobbie* más—. Y entonces, si no fue tu inteligencia, ¿qué fue lo que te llevó a, prácticamente, cruzar el mundo para estar hoy aquí, hablando con una desconocida sobre idiomas?

La forma tan directa en la que expresa su curiosidad me inquieta. Intento lanzarle una mirada seria e intimidante, pero solo queda en eso; un intento. Nunca, mi expresión fría y misteriosa me había resultado tan inútil como ahora. Yo soy la chica reservada de mirada inexpresiva a la que no es fácil acceder. Sin embargo, ahora parece que esta chica se está pasando mi barrera por las narices, como si fuera absolutamente invisible. Continúa retándome con su expresión y lo peor, es que ese aire de descaro que desprende me intriga. Así que, tras un suspiro, me veo en la obligación de rendirme y satisfacer su curiosidad.

—¿Quieres la versión corta? ¿O la larga?

—La larga.

Sonrío incrédula.

—Me dedico a escribir —anuncio, encogiéndome de hombros con cierta inseguridad—. O bueno, al menos últimamente intento hacerlo.

Esos ojos azules se abren de par en par, como si se hubiera sorprendido con mi confesión. ¿Será consciente de la cantidad de tonos de azul que tiene en su iris?

—Vaya... Así que, escritora —repite, aparentemente impresionada —¿Y te embarcaste en este viaje para superar un bloqueo o algo así?

—No exactamente. Te parecerá extraño, pero he escrito varias historias durante el último año. Historias que todavía no han visto la luz, porque ninguna ha conseguido llenarme por completo. Son novelas de «amor», más comerciales que inspiradoras y sin ningún ingrediente especial, sin esa pizca de magia que me gustaría que cualquier libro escrito por mí llevara —dirijo mi mirada hacia la ventana, esperando encontrar en ese paisaje, una forma mejor de explicarme—. Busco algo más. Algo diferente. Una historia que consiga conmover, con un mensaje importante. Quizás te parezca estúpido —vuelvo a mirarla, exhalando un suspiro cuando la encuentro observándome expectante—. En resumen; estoy aquí para encontrar mi camino y redirigir mi futuro, porque últimamente estoy algo perdida.

Me sorprende lo atenta que está a mis palabras, pero me sorprende todavía más, la extensa explicación que acabo de ofrecerle. Yo soy la de las respuestas cortas y concisas.

—¿Y qué fue exactamente lo que te trajo hasta el transiberiano? —insiste—. Quiero decir, hay muchos países en el mundo, con muchas personas y miles de historias que contar. ¿Cómo terminaste en este tren?

—Ni siquiera sabía que existía un tren que atravesaba Rusia, hasta que leí Aleph de Paulo Coelho. Al acabarlo, fue como si algo me impulsara a hacerlo. Llevaba mucho tiempo ahorrando dinero para preparar un viaje «revelador», según yo —Se me escapa una sonrisa irónica—. De hecho, esa es mi vida; ahorro hasta que tengo el dinero suficiente para hacer viajes, grandes o pequeños, no importa. Y sin más, me lanzo a la aventura. Cuando leí Aleph, algo me dijo que quizás en este tren, donde miles de personas suben y bajan cada día, o en alguna de las ciudades en las que se detiene, encontraría lo que estaba buscando. Pero, como puedes ver, mi intuición debió esfumarse junto a mi inteligencia.

Sin responder ni hacer ningún tipo de gesto, ella devuelve la vista hacia la ventana, quedándose pensativa. La observo tan ausente, que no puedo evitar preguntarme qué puede estar pasando por su cabeza. En otra situación, habría dado por terminada la conversación. En cualquier otra situación, ni siquiera le habría concedido a una desconocida, estas explicaciones acerca de mí misma. Pero en esta situación, con esta chica... Bueno, pues eso.

—¿Y a ti, Chiara? —cuestiono, nombrándola para captar su atención—. ¿Qué fue lo que te trajo al transiberiano?

Aparta la mirada del paisaje y vuelve a encontrarse con mis ojos, haciendo a continuación una pausa que solo aumenta mi intriga.

—También leí Aleph.

Mi sorpresa tuvo que ser demasiado obvia, ya que su expresión seria y pensativa, fue sustituida por esa sonrisa que empieza a adquirir un poder tranquilizador conmigo.

—¿Me dirás ahora que también eres una fracasada escritora en busca de su futuro?

—¿Qué te hace pensar que eres una fracasada? —rebate volviendo a tornarse seria.

—Solo estoy bromeando —aclaro con una sonrisa—. Pero bueno, tampoco soy J.K Rowling, E.L James, L.J Smith, ni nada por el estilo. Seguro que nunca has oído hablar de Dakota Nández ni has tenido entre tus manos un libro que lleve escrito ese nombre en la portada.

—Tienes razón. Pero probablemente, eso sea lo primero que haga al bajarme de este tren. —Sonríe con complicidad, provocando que yo también sonría y, de nuevo, ese hormigueo—. No creo que el éxito se deba calcular en base a las veces que tu nombre se pronuncia en televisión, o la cantidad de libros que hayas vendido. Te dedicas a lo que te apasiona, Dakota. Y ese es el mayor éxito al que un ser humano debe aspirar. Solo por eso, no creo que seas una fracasada en absoluto. Es más, si vamos a comparar; aunque no haya leído nada tuyo, ahora mismo te admiro más que a todas esas escritoras que mencionaste. Y te aclaro que Rowling marcó mi adolescencia. Pero desgraciadamente, en el mundo de la escritura y el arte, al igual que en muchas otras profesiones, el patriarcado y el sexismo sigue tan latente, que muchas mujeres continúan viéndose en la obligación de utilizar un seudónimo para ocultar su género. Deberíamos haber avanzado y eso debería haber quedado muy atrás, pero nuestra sociedad está cubierta por una cortina de hipocresía. Así que, me siento orgullosa de que existan mujeres y escritoras como tú, que no se esconden y se rebelan contra el sistema. —Permanezco mirándola completamente estupefacta y eso parece causarle gracia—. Y respondiendo a tu pregunta; no, no soy escritora. Y mucho menos estoy aquí buscando mi futuro. De hecho, se podría decir que carezco de futuro.

¿Carezco de futuro? ¿Qué significa eso?

—No entiendo a qué te refieres.

Por primera vez desde que Chiara apareció frente a mí, siento como si hubiera querido evitar mi mirada, como si mi pregunta la hubiera incomodado, o como si no supiera de qué manera responder. Dirige la vista de nuevo hacia la ventana, manteniendo unos eternos segundos de silencio, mientras yo permanezco ansiosa, a la espera de una respuesta o aclaración.

—Me voy a morir, Dakota. —Una aclaración que, lejos de aclarar, me confunde todavía más. Cuando alguien te dice una frase semejante, con un tono tan pausado y tranquilo, el conflicto interno es automático. El corazón late a toda velocidad y buscas en su expresión algún indicio de broma. Algo que te permita esbozar esa sonrisa nerviosa que estás aguantando. Quieres que se ría de ti, que no sea más que una burla. Me mira y sonríe. Sonríe con tanta calma que no entiendo absolutamente nada—. Tengo un glioma en el lóbulo parietal izquierdo. ¿Sabes lo qué es?

Un puto tumor en el cerebro.

El frío que recorre mi columna vertebral es desolador. No soy capaz de articular palabra ni realizar movimiento alguno. Simplemente puedo contraer la mandíbula y esforzarme al máximo porque su imagen no se torne borrosa.

Trascurren algunos segundos, demasiado largos, en los que el silencio se adueña del ambiente y todo lo que escucho en el vagón de un tren que atraviesa Rusia, es el latido de mi corazón; lento y pesado. Ella, su imagen y su tranquilidad chocan con mi estado de inquietud y malestar.

—Por favor, no me digas que lo sientes —Vuelve a hablar.

—¿De qué grado? —pregunto, provocándole una confusión instantánea—. El glioma, ¿de qué grado?

—Dos o tres.

—Hay mucha diferencia entre uno y otro.

—Lo sé. Tendría que haberme sometido a una intervención para determinar el grado y la afectación exacta. Pero bueno —Se encoje de hombros y vuelve a sonreír—, estoy aquí.

—Chiara, pero ¿cómo que estás aquí? El diagnóstico es fundamental para actuar a tiempo.

—El diagnóstico ya me lo dieron, Dakota; tengo un glioma en el lóbulo parietal izquierdo de grado dos o tres, con el que, en el mejor de los casos, se salva una de cada tres personas.

—¿Eso quiere decir que no vas a luchar? ¿Te diste por vencida antes de intentarlo? Porque no entiendo nada.

Sé que no me concierne y que estoy expresando un cabreo que quizás no debería, pero es que, no la entiendo. No entiendo su actitud pasiva ni su tranquilidad. Su expresión de «no pasa nada, todo está bien», mientras yo tengo hasta ganas de llorar y me falta el aire. No la conozco de nada y me tiene el corazón estrujado.

—¿Ves en mí a una persona vencida? —pregunta con una sonrisa. Eso es lo peor; que no. Sus ojos expresan cualquier cosa menos haberse rendido. Tiene más alegría y vida en su mirada que cualquier persona con la que me haya cruzado en estos días. Quizás por eso no lo asimilo ni lo comprendo—. No quiero pasar mis días, sean los que sean, en hospitales —continúa—. Ya he cometido demasiados errores en mi vida.

—Perdóname, sigo sin entender. ¿Luchar por tener una vida, es un error para ti?

—Lo es, si con ello me olvido de vivir —Su firmeza es como un pinchazo directo a mi pecho, pero ella vuelve a sonreír. No deja de hacerlo, maldita sea—. En el momento en el que mi médico me dio la noticia, no sentí miedo. Ni siquiera dolor. Lo único que sentí es que había desperdiciado mi vida durante muchos años.

—Pero ¿por qué?

—Porque vivir obsesionada con el futuro es un error que te hace olvidar el presente. Siempre he planeado el mañana y he vivido para ello, asegurándome de tener una vida perfecta, un trabajo perfecto y un marido perfecto. Estudié derecho porque mi padre es uno de los abogados más prestigiosos de Miami y toda mi familia esperaba que yo siguiera sus pasos. Aprendí idiomas porque son una ventaja para el futuro. Hablo inglés, polaco, ruso, italiano y estaba aprendiendo chino. Que, oye, no me quejo, mira lo bien que me ha venido en este viaje. Pero lo que te quiero decir, es que luché y conseguí alcanzar uno de los mejores promedios de mi promoción, convirtiéndome en un orgullo para todos, excepto para mí misma. Para ellos era la chica inteligente cuyo camino estaba escrito antes de nacer. Sin embargo, nunca conocieron a la verdadera Chiara —confiesa, dejándome percibir cierto atisbo de decepción—. Ni saben que los únicos momentos en los que me sentía feliz de verdad, plena y realizada, era cuando se iban de casa y con la música a todo volumen y cualquier objeto sustituyendo a un micrófono, me imaginaba cantando frente a miles de personas. A lo Hanna Montana, sí, pero eso no ocurre en la vida real, eso es solo para la televisión. O en las noches, cuando mi mente estaba saturada de tantas leyes, pero pequeñas frases y melodías me asaltaban, volviéndome incapaz de continuar estudiando hasta que no las escribía en un cuaderno, para más tarde agregarle alguna sucesión de acordes con mi guitarra. Creo que cuando algo nace dentro de ti, no importa cuánto intentes alejarlo o concentrarte en otras cosas, siempre va a aparecer. Como un huracán que arrasa con todo a su paso. Es como si tu corazón te estuviera advirtiendo que algo estás haciendo mal, y eso era la música para mí; lo único que siempre me mantuvo conectada conmigo misma. Ese duendecillo que te taladra la cabeza para que no te olvides de quién eres en realidad. ¿Alguna vez has sentido que, en el fondo, eres todo lo contrario a lo que esperan que seas?

—Hace mucho tiempo que nadie espera que sea nada. ¿Crees que tu familia no hubiera aceptado que te dedicaras a otra cosa?

—No lo sé. —Se encoge de hombros—. Quizás sí. Pero fui criada con ese pensamiento de vida perfecta y segura que solo me la podría proporcionar una buena carrera y un buen trabajo. Yo misma me impuse ese modo de vida, aun sabiendo que no estaba siendo feliz con ella. Tuvieron que decirme que me voy a morir, para darme cuenta de que la vida, no se hizo para sobrevivir o simplemente para estar cómoda. Ni para llegar al final del camino perfecta y de una pieza. La vida hay que vivirla. Con toda la intensidad de la que seas capaz, disfrutando de un viaje lleno de turbulencias, en el que sabrás que has hecho las cosas bien, si llegas al final de ella hecha un completo desastre. Se hizo para soñar, sin descanso y para intentar cumplir esos sueños cada amanecer en el que tengas la suerte de abrir los ojos.

Beethoven dijo una vez; «nunca rompas el silencio si no es para mejorarlo», y yo ahora mismo creo que no hay palabra que pueda superar a las suyas. Así que, el silencio y una sonrisa llena de nostalgia es lo mejor que puedo ofrecerle durante unos segundos.

—Me recuerdas a mi yo, adolescente y rebelde —confieso—. Pero sigo sin entender por qué no quieres tratarte. Puede que aún estés a tiempo de vivir como siempre quisiste.

—Lo estoy haciendo en este momento. Estoy viviendo cada minuto de mi vida como si fuera el último, sin pensar demasiado en que, sí, puede ser el último. No quiero pasar los días en una cama, rodeada de médicos y de personas compadeciéndome, mientras mi cuerpo se deteriora y mi luz se apaga. No tengo mucho tiempo, Dakota. Y lo único que quiero, es morir con la satisfacción de haber hecho todo lo que siempre soñé y de que nada pudo detenerme. Ni el miedo, ni la vergüenza, ni las obligaciones, ni el deber, ni las imposiciones sociales, ni el mundo. Ni siquiera, yo misma.

Mientras yo, que acabo de conocerla, siento una sensación abrumadora oprimiendo mi pecho, ella, afectada en primera persona, demuestra una serenidad, optimismo y fortaleza, que muy poca gente sería capaz de tener en una situación así. Ya había conseguido desconcertarme, pero ahora, además está despertando en mí una gran admiración. En este momento, me intriga todo sobre ella.

—¿Y tu familia? ¿Están de acuerdo con tu decisión?

—Lo cierto es que no saben nada sobre mí enfermedad. O bueno... en realidad creen que estoy enferma, pero del cerebro; cosa que, por otro lado, es la verdad —añade riendo. ¿Cómo puede bromear? Creía que mi humor era negro, pero el suyo es fuera de serie—. Abandoné a mi novio de toda la vida un mes antes de casarme, para subirme en un tren que atraviesa medio continente. Si aún no han enviado a los Servicios Especiales a buscarme, es un auténtico milagro. De hecho —dirige su vista hacia la puerta—, no descarto que en cualquier momento aparezca un equipo para interrumpir esta grata conversación. Así que —vuelve a mirarme y a pesar de encontrarme perpleja, se encoje de hombros como una niña inocente—, date prisa en aclarar tus dudas. No me gustaría dejar ese vacío en tu vida.

Es muy contradictorio lo que me hacen sentir las palabras de esta chica. Dejando a un lado su capacidad para sorprenderme y dejarme perpleja, no puedo liberarme de la angustia que me provoca saber que estoy hablando con alguien a quien quizás solo le queden unas pocas semanas de vida. Aunque al mismo tiempo, su cuerpo y su presencia, desprenden algo que me mantiene en un curioso estado de paz y tranquilidad.

—¿Te ibas a casar? —pregunto de súbito, como si eso fuera lo más importante de todo lo que me acaba de decir—. ¿Y lo plantaste un mes antes de la boda?

Ella asiente con una sonrisa. Parece que toda esta situación le resulta tan divertida como a mí confusa.

—Derek y yo éramos esa pareja convencional, que se conocen desde niños, juegan juntos, crecen juntos, y antes de darse cuenta, ya son novios, tienen un futuro completamente planeado, con boda, hijos y una familia feliz. Pero a pesar de quererlo mucho, nunca llegué a estar enamorada de él y creo que él de mí tampoco. Simplemente era cómodo y conveniente para todos.

Ella no tiene ninguna obligación de darme estas explicaciones, ni yo ningún derecho a preguntar, pero... ¿Qué puedo perder?

—¿Cómo sabes que no lo amabas, si estuviste tantos años con él? Ibas a casarte, con veinti...

—Veintisiete —interrumpe para aclararme—. Tengo veintisiete años.

—Eres una niña.

—Exacto. Era una niña con la vida planeada. Y no considero que mi edad sea un inconveniente para casarse, siempre y cuando estés segura de que quieres asumir dicho compromiso con esa persona. Así sean cincuenta años o cincuenta días. Pero creo que cuando realmente lo sientes, no te lo cuestionas. Quizás pienses que no soy más que una niña ilusa, que ha visto demasiadas películas románticas. Pero para mí, el amor tiene que ser... —Suspende la vista en el aire, como si estuviera tratando de encontrar en él, las palabras adecuadas, hasta que nuestros ojos vuelven a conectar, provocando que se detenga y no puedo evitar mirarla con expectación—. Como un huracán. Alguien que me mire con tanta intensidad, que no me sienta capaz de mirar otros ojos, porque en esos, está todo lo que deseo. —Un escalofrío recorre mi espalda—. En esos, estaría dispuesta a perderme y suplicaría porque nadie me encontrara jamás. Tiene que ser pasión y dulzura al mismo tiempo. Aventura. Locura con una pizca de sensatez. Complicidad. Alguien con quien pueda mostrar todas mis facetas, sin miedo a no ser lo que espera, porque no va a esperar nada que no sea conocerme tal y como soy. Una persona que me haga vibrar sin siquiera tocarme y que se deje llevar por la vida... —aparta la vista de mí, devolviéndola al paisaje—. Derek es un buen chico. Seguramente el mejor que haya conocido jamás, pero nunca, ni por asomo, he vibrado estando junto a él. —A pesar del alivio que sentí cuando apartó su mirada y el oxígeno volvió a llegar hasta mis pulmones, soy yo ahora, la que no consigue dejar de mirarla fijamente. Como si me hubiera petrificado—. Quizás es esto lo que estabas buscando para tu libro —continúa hablando y vuelve a mirarme—; «Loca, enferma terminal, abandona a su prometido justo antes de la boda, para sumergirse en un viaje a través de Rusia y pasar sus últimos días a bordo de un tren».

Su sonrisa me confunde, y algo de lo que dijo me molestó enormemente. Quizás la manera de referirse a sí misma; «loca, enferma terminal», como si fuera eso lo que yo debería pensar sobre ella. O tal vez, esa forma de dar por hecho que se me ha pasado por la cabeza utilizar su historia.

—No eres una loca, Chiara —sentencio de manera seria—. Eres, probablemente, la persona más valiente con la que me he cruzado. Y me he cruzado con muchas, créeme. Ojalá yo tuviera esa fuerza y determinación.

—Yo lo tengo fácil, Dakota. En unas semanas, o quizás días, seré carne para los gusanos. —¡Joder, Chiara!—. No tengo nada que perder y lo único que me queda, es aprovechar al máximo cada minuto de estos días, como si fueran un completo regalo. Lo realmente difícil, es darse cuenta de eso sin tener la certeza de que te vas a morir mañana. Ese es nuestro mayor fallo; nos hemos acostumbrado a sobrevivir y nos hemos olvidado de vivir.

Un fuerte ruido procedente de la bocina del tren interrumpe cualquier intento de respuesta. Poco a poco, siento como el automóvil detiene su marcha, mientras observo a Chiara mirar por la ventana, consiguiendo que me olvide de lo que estuviera a punto de decir.

—Parece que llegamos a la siguiente parada —informa, devolviéndome su atención.

—Eso parece.

—Es hora de regresar a la civilización.

—Me fascina la idea —sonrío, sin estar muy segura de que haya captado la ironía. Ella frunce el ceño y me ofrece también una sonrisa de medio lado, algo juguetona y curiosa.

—Así qué, ¿eres una loba solitaria?

—Algo así. La soledad es siempre mi compañera de viaje.

—¡Pobre escritora antisocial, que lleva minutos teniendo que soportar los desvaríos de una completa desconocida!

—Bueno, como dijiste hace un momento; esos desvaríos quizás me sirvan para algo.

Tras mis palabras, cierra un poco los ojos con mirada desafiante, mientras una sonrisa interna se apodera poco a poco de mí.

Dakota 1, Chiara 10.

—La buena respuesta hubiera sido: «Para nada, Chiara, ha sido un verdadero placer escucharte y compartir el último tramo de este viaje contigo. Gracias por hacérmelo más ameno».

—¿Siempre te dicen lo que quieres escuchar?

—¿La verdad?... Sí.

Su expresión de niña pequeña resignada me obliga sonreír con ternura.

—Entonces, acabas de encontrar a la horma de tu zapato.

Nuestras miradas permanecen unos segundos en la misma posición, sonreímos y siento como si algo nos impidiera apartarnos. Nos miramos durante algunos segundos, sin hablar, sin pensar, simplemente, observándonos.

—¿Y que tiene pensado hacer la horma de mi zapato a partir de ahora?

Trato de buscar una respuesta en la ciudad que se ve al otro lado de la ventana y me doy cuenta de que no he vuelto a pensar en eso desde hace rato. Desde los segundos antes de verla aparecer frente a mí, pero ahora ya estoy aquí. Llegamos a otra estación y tengo poco tiempo para tomar una decisión.

—Sinceramente, no lo sé —suspiro encogiéndome de hombros—. Mañana por la noche vuelve a partir el tren y no estoy segura de querer continuar la ruta. Quizás visite un poco esta ciudad y regrese a Moscú. De ahí puedo seguir por el resto de Europa y luego poner rumbo a España. ¿Quién sabe? —vuelvo a mirarla—. ¿Y tú?

—Me gustaría terminar la ruta y llegar a Vladivostok. Pero la verdad es que tampoco lo sé a ciencia cierta. Supongo que el universo ya lo dirá —sonríe guiñándome un ojo y la observo ponerse de pie—. Al fin y al cabo, él me trajo hasta aquí, solo hay que seguir las señales. —Sin abandonar esa sonrisa que parece parte fundamental de su rostro, extiende la mano como hizo al presentarse, recordándome que yo también debo levantarme si quiero salir algún día de este tren—. Ha sido un placer compartir este último tramo contigo, Dakota. De corazón, espero que encuentres lo que estás buscando.

Al estrecharla de nuevo, una sensación distinta a la anterior se apodera de mi cuerpo, haciendo que se me encoja el corazón. Me está recordando que quizás, jamás vuelva a tenerla frente a mí y esa, es una sensación que no sé manejar.

—Te deseo mucha suerte, Chiara.

El nudo formado en mi garganta me impide decir algo más. Y es que, ¿Qué más puedo decirle? ¿Que te vaya bien la vida? ¿Que seas feliz? ¿Espero volver a verte algún día? Nada de eso tiene sentido. Y su forma de mirarme, junto al tacto de su mano aún unida a la mía, me nubla cualquier tipo de pensamiento.

—¿Me permites un consejo? —pregunta interrumpiendo mi conflicto. A pesar de sorprenderme, asiento—. Nunca te rindas, Dakota. Escribe ese libro con toda la pasión que seas capaz y más, sigue tu instinto. Y no te preocupes del camino. Solo vívelo, y estoy segura de que pronto encontrarás eso que tanto anhelas.

Asiento, sin mucho más que decir, pero con una sensación interna de estar haciéndole una promesa, como si algo me hiciera sentir que se lo debo. Ella no pertenece a mi vida y tal vez mañana ya no recuerde nada de lo que siento ahora mismo, pero esta chica, en unos minutos de conversación, me ha hecho reflexionar más que cualquier persona a lo largo de mis 27 años.

—Lo haré.

Una sonrisa de satisfacción es su respuesta, y después de un corto, pero nada incomodo silencio, donde las palabras no son en absoluto importantes, acaricia el dorso de mi mano provocándome de nuevo ese cosquilleo que amenaza con volver a dejarme atontada. En cuestión de segundos, dejo de sentir el tacto de su piel y solo puedo observarla dirigiéndose hacia la salida.

—¡Chiara! —grito justo cuando iba a perderla de vista.

Se da la vuelta antes de cruzar el umbral, dejándome ver en su expresión una mezcla entre sorpresa e intriga. Permanezco callada, el tiempo transcurre mientras me mira expectante, esperando que diga lo que quiera que iba a decir cuando la detuve. Ni si quiera sé lo que quería decirle cuando la detuve. Solo quería que no se marchara.

—Veo que ya comenzaste a hacerme caso con eso de seguir tu instinto, pero te recomiendo que la próxima vez que quieras detener a una chica, pienses también algo que decirle.

—No pretendas conseguirlo todo en un día.

Sonríe. Y yo también sonrío. Su capacidad para llevarme de los nervios a la calma y viceversa, en cuestión de segundos, es sorprendente.

—Ha sido un placer conocerte.

Una frase llena de información y originalidad, ya lo sé. Pero es lo único que mi cerebro supo hacer ahora mismo. Sus ojos me dicen que, a pesar de la horrorosa manera de explicarme, fue capaz de entender lo que deseaba transmitirle.

—Igualmente, Dak.

Percibo una mueca de horror instalarse automáticamente en mi rostro.

—Detesto las abreviaciones de los nombres.

—Es un alivio, porque Chiara es un nombre demasiado bonito

para que me lo abrevies. —Me guiña un ojo descarada, obligándome a negar con una sonrisa de resignación—. Hasta pronto.

Sonríe una vez más y finalmente, atraviesa el umbral de la puerta, mezclándose entre la multitud de pasajeros que se dirigen hacia la salida del tren y desapareciendo de mi vista para siempre.

Una cantidad significativa de oxígeno acumulado es expulsada en forma de suspiro. Vuelvo la mirada hacia la ventana de mi vagón, donde observo a un gran número de personas atravesando de un lado a otro la estación. Deseo verla por última vez entre ellas, pero eso no sucede y, poco a poco, percibo una sensación desconocida instalarse en mi pecho, mientras un solo pensamiento aborda mi cabeza;

¿Y ahora qué?

3

Llevo horas caminando sin saber a dónde voy, mientras el frío de Novosibirsk atraviesa cada prenda de ropa que llevo, calando todos mis huesos. No recuerdo haber sentido jamás un frío de esta magnitud, y por ese mismo motivo, la vestimenta que traje a este viaje no es la más adecuada para un país como Rusia. Consigue que un simple paseo reflexivo, me resulte insoportable.

Han pasado casi veinticuatro horas desde que llegamos a la ciudad, y en todo este tiempo, para no variar, no he podido escribir una sola página de mi libro. Aunque esta vez existe una diferencia; ya ni siquiera puedo sentarme frente al ordenador, para observar la hoja en blanco hasta que llegue la idea extraordinaria. No, ahora tengo que caminar y caminar, bajo un frío insoportable, porque me resulta agobiante quedarme en mi pequeña habitación de hotel sin hacer nada, o sentarme en una cafetería a tomarme un café muy caliente. Ese, que tan bien me vendría ahora mismo.

Nunca había caminado por una ciudad nevada. Tampoco es que pueda ponerme a construir un muñeco de nieve en plena calle, pero mis pisadas se quedan marcadas a medida que avanzo. Se nota que ya comenzaron las primeras nevadas del año, y si ahora es así, no quiero imaginar el frío que deberá hacer cuando llegue el verdadero invierno. Seguro que mi cuerpo no está biológicamente preparado para soportarlo. Esto es como la adaptación de las especies; si algunos animales acostumbrados a un determinado clima no pueden vivir en ciertos lugares, estoy segura de que la misma teoría se puede aplicar a los humanos. Deberían darme un premio nobel por tal descubrimiento. Intento sonreír, pero el dolor que siento en los labios hace que me arrepienta al instante.

Suspiro, y al exhalar, observo un poco de vaho salir del interior de mi boca para fundirse con el aire. Ni siquiera estoy disfrutando del paisaje de la primera ciudad nevada que piso. Me siento inquieta, nerviosa, mis pensamientos me aturden. Esa chica; Chiara. Ni un solo minuto he podido dejar de pensar en ella, en su historia y mucho menos, en su personalidad tan arrolladora. Esa forma de mirarme, con la misma cantidad de serenidad que de intensidad. ¿Cómo una persona puede ser huracán y calma a la vez? No sé qué me pasa ni porqué me siento tan afectada. Ni siquiera la conozco. Sé muy poco acerca de ella, pero siento algo extraño al saber que no voy a volver a verla. Supongo que es lógico; cuando alguien conoce a una persona y a los pocos minutos se entera de que está a punto de morir, y que quizás, la conversación que estás teniendo sea la última para ella, duele, ¿no? Como mínimo, hay un pequeño sentimiento de tristeza o angustia, ¿verdad? ¡Por supuesto que sí! Tendrías que ser un monstruo si no te doliera. Un ser sin corazón ni sentimientos. No había pensado en eso; en que, quizás, nuestra conversación sea la última para ella. No. Eso no puede ser. Su último recuerdo de la vida tiene que ser algo más bonito que mis estúpidos balbuceos y mis momentos de empane. No puedo haberle aportado tan poco a su existencia, ¿verdad? ¿Por qué en el colegio no nos preparan para situaciones como esta?

Ni siquiera sé a quién le estoy haciendo estas preguntas absurdas.

Lo cierto, es que sí me duele. Aunque no la conozca, aunque no sepa de su vida más de lo que me contó ayer, aunque mis nervios me hayan llevado a dejar una patética huella en los que quizás sean sus últimos días, aunque solo sepa su nombre, su procedencia y que está enferma. A pesar de todo eso, hay algo que me produce tristeza. Una tristeza muy similar a la que recuerdo. Siempre he sido una chica independiente, viajando a todas partes, escribiendo mis historias y sumergiéndome en un mundo creado para mis personajes. Sé que soy algo extraña para la sociedad, lo asumí desde una edad muy temprana. Incluso he llegado a pensar que doy tanto amor a los personajes de mis relatos, que al final no sobra nada para las personas que están a mi alrededor. He tratado y conseguido no estar unida a nadie, sentimentalmente hablando, y no me refiero solo a una pareja, sino a cualquier vínculo con otro ser humano que pueda afectarme. Desde los doce años, tengo la certeza de que todas las personas salen de tu vida exactamente igual que entran; sin previo aviso.

En fin, la cuestión de todas estás divagaciones, es que, por primera vez en muchos años, siento una tristeza que va más allá de mi control. Algo que no tiene nada que ver con un mal día o un bloqueo en mi trabajo, algo que no voy a solucionar con pasear, ver el sol o auto convencerme de que la vida es bella.

No.

Hay una chica de tan solo veintisiete años, con la sonrisa más alegre que he visto, a la que quizás le quedan solo unas semanas de vida. ¿Quién puede pensar que eso es bello? ¿Por qué una persona con tantas ganas de vivir tiene que marcharse tan pronto, cuándo aún debería quedarle mucho tiempo por delante? Es injusto. Quisiera saber por qué me afecta tanto, por qué llevo las últimas veinticuatro horas pensando en ella y por qué esta maldita opresión de mi pecho no desaparece.

Suspiro. Otra vez el dolor cortante en mis labios.

Esta noche parte el tren para continuar con su ruta, pero mañana a primera hora, yo estaré regresando a Moscú, cogeré el vuelo más barato que me lleve a dónde quieran las señales, como ella dijo.

Otra vez, ella.

Sea como sea, creo que no tiene sentido seguir en el camino del transiberiano, por eso sé que no volveré a verla. Pero ¿saldrá en algún momento de mi cabeza? Sí. Seguramente en unos días, mi encuentro con Chiara no será más que una anécdota y podré seguir con mis planes. ¡Eso es! A fin de cuentas, no es más que una chica.

Solo una chica.

¡Por favor, necesito con urgencia ese café caliente, que reviva mis neuronas y consiga hacerme pensar en otra cosa! Puede que ese sea el problema; el frío me congeló las neuronas en cuanto salí del tren y, como mi último pensamiento fue ella, por eso continúa siendo ella.

Una conclusión a la altura de otro Nobel, Dakota.

¡Café, café, café!

—¿Dakota? —Una suave voz pronuncia mi nombre desde atrás, sacándome de la discusión conmigo misma.

En un acto reflejo me doy la vuelta, y mi corazón pega un vuelco en cuanto me encuentro de frente con esa mirada azul que expresa la misma dulzura. Dulzura y sorpresa. Me tiemblan las piernas, me quedo sin palabras y no me siento capaz de manejar la curiosa emoción que me invade como por arte de magia. Hace unos segundos, todo era frío, angustia y preguntas absurdas. Ahora, sigo teniendo frío, pero mi corazón late a tanta velocidad que, estoy segura que, en unos minutos, eso también dejará de ser un problema. El tiempo continúa transcurriendo, mientras ella me observa en silencio, esperando que diga algo.

—¿Chiara?

—Menos mal, por un segundo creí que habías olvidado mi nombre.

—Lo siento —me disculpo—. Mis neuronas están congeladas y procesan la información más lento de lo normal.

Vaya, la teoría de las neuronas congeladas no suena tan interesante como sonaba en mi cabeza.

—En ese caso, tengo el remedio perfecto —asegura, ofreciéndome el recipiente que tiene entre sus manos—; un delicioso y caliente café, que las descongelará en el acto.

Permanezco unos segundos mirándola con el ceño fruncido, mientras siento como el calor que emana el vaso de corcho, calienta mis manos descubiertas.

—¿Eres un ángel?

—Aún no —responde volviendo a sonreír—. Pero tómate el café, te sentará bien.

Trato de hacer caso omiso a la especie de puñalada que sentí con su respuesta y bebo un sorbo del líquido. El café ardiendo baja por mi garganta, dejando a su paso una agradable sensación de calor en cada partícula de mi cuerpo. Esto es justamente lo que necesitaba.

—Gracias.

—Creo que terminarás con una pulmonía si sigues paseando así.

Bajo la vista para observarme, al verla señalar mi atuendo con una expresión algo incrédula.

—La verdad es que no tenía planeado llegar tan lejos —confieso con timidez—. Comencé a caminar, y caminar, y caminar... hasta que tú me detuviste.

Sus ojos se vuelven más pequeños mientras me observa fijamente, como si estuviera buscando algo en el fondo de mi mirada.

—Eso quiere decir que tenías muchas cosas en las que pensar.

—Nada en particular —respondo sin más, encogiéndome de hombros y queriendo cambiar rápidamente de tema—. Creía que no volvería a verte.

—Pues yo no creo en las casualidades. Así que, estoy segura de que el universo me envió para rescatarte de una posible hipotermia.

—Entonces debo agradecerle al universo —le sonrío con una complicidad pasmosa—. Me alegro de verte.

¿Para qué engañarnos? Me alegro de verla. Más de lo que hubiera podido imaginar. Tanto que, en este momento, mientras me observa como si no existiera nada más que yo a su alrededor, es el único instante de las últimas veinticuatro horas, en el que me he sentido tranquila. Esa inquietud de hace unos minutos ya no existe. Volver a verla era lo único que me hacía falta para que esa vorágine de sentimientos y preguntas desapareciera, trayendo consigo una calma bastante más agradable. ¿Qué pasa por tu cabeza cuando nos miramos así, Chiara? ¿Por qué tenemos esta capacidad para abstraernos al mismo tiempo? Parece que intentas descifrar algo y yo no puedo hacer más que luchar por ser un poco menos transparente contigo.

—¿En qué piensas? —pregunta. A esto me refiero. Intento buscar una respuesta lo más rápido posible para que no perciba los nervios que me provoca.

—Pienso que acabo de beberme tu café. Por lo tanto, me siento con la responsabilidad de invitarte a otro.

Y aquí está, la excusa más pobre que se me pudo ocurrir para no perderla de vista tan pronto. Ella, sin embargo, reacciona cruzándose de brazos y frunciendo el ceño.

—No tienes ningún tipo de obligación conmigo —protesta, con esa repentina expresión de niña enfadada que no sé si me parece más sorprendente o adorable—. ¿De qué te estás riendo?

—Eres un poco gruñona, ¿no?

En reacción a mi pregunta, abre los ojos y la boca de forma descomunal, exagerando al máximo su asombro. Puede que no lo esté arreglando.

—¿En qué te basas para llamarme gruñona?

—En tu respuesta borde al invitarte a un simple café.

—No es por invitarme a un café —aclara, volviendo a fruncir—. Es porque creas que tienes la obligación de hacerlo, por el hecho de que yo te haya ofrecido el mío, y no porque realmente quieras hacerlo. Además, no he sido borde. No querrás verme borde.

—¡Qué conclusión más retorcida! ¿Te han dicho alguna vez que eres un poco complicada?

—No. Y en menos de dos minutos tú me has llamado gruñona, complicada y retorcida. Vas sumando puntos.

—Vale, mejor dejémoslo así —Me rindo, alzando ambas manos, sin ninguna intención de continuar con una absurda e infantil discusión que salió de la nada—. Fue una excusa tonta para que no te marcharas, pero, parece que hoy no estás de muy buen humor. Así que, espero que tengas un buen día, Chiara. —Cuando estoy dispuesta a irme y dejarla con la palabra en la boca, me doy cuenta de que en su rostro hay dibujada una sonrisa idéntica a la que yo tenía hace unos minutos. Una sonrisa de juego algo irritante—. Y ahora, ¿de qué te estás riendo tú?

—Parece que eres un poco gruñona, ¿no? —repite mi frase como si tal cosa, aumentando la amplitud de su sonrisa a medida que yo frunzo más el ceño—. Venga, solo quería escucharte reconocer que había sido una pobre excusa para invitarme a un café, ya que, no quisiste decirme en qué pensabas realmente.

Abro los ojos asombrada y dejo escapar una risa irónica.

—¿Siempre eres tan directa?

—Bueno, no es que tenga demasiado tiempo para estar andándome con rodeos —Se encoge de hombros—. Además, me gusta ver cómo te sonrojas y te indignas. Nunca había conocido a alguien que pudiera hacer ambas cosas a la vez.

Vuelvo a fruncir. No, si la chica está consiguiendo que mi cara, en cuestión de segundos, sea todo lo expresiva que no ha sido nunca.

—Esto es muy extraño.

A pesar de mi tono irónico y mi intento por evitar su mirada, ella amplía su sonrisa, muy satisfecha por su clara victoria ante mi nerviosismo. A continuación, agarra mi mano sin permiso y comienza a dirigirnos hacia algún lugar.

A lo largo del trayecto, me doy cuenta de que debemos encontrarnos en algo así como el centro de la ciudad. La plaza abarrotada de turistas tomando fotografías a la iglesia que la preside, me da una pista. Seguro que, muchos de ellos son viajeros del transiberiano, igual que nosotras. Me pregunto cómo vine a parar aquí, si según el mapa al que eché un vistazo antes de salir, mi hostal no estaba precisamente cerca. En línea recta por toda una avenida, eso sí, pero varios kilómetros alejado de la plaza con la iglesia ortodoxa más importante de la ciudad. No sé cómo pude aguantar tanto tiempo caminando y soportando un frío que ahora me resulta casi imperceptible, porque su mano, cubierta por un guante, mientras me dirige, desprende entre los huecos de tela el calor necesario para que mi cuerpo se mantenga a una temperatura y un estado perfectos.

Llegamos a lo que parece ser una pequeña cafetería con grandes ventanales, y en cuanto cruzamos la puerta, noto el cambio brusco de temperatura que produce la calefacción. No debí ser la única, porque ella comienza a deshacerse de su abrigo mientras camina hacia una mesa situada junto a una de las ventanas. Me mira con ojos interrogantes, preguntándome en silencio si estoy de acuerdo con su elección, y tras una sonrisa afirmativa, nos sentamos.

El vaso ya vacío de café queda olvidado por algún lugar de la mesa. Esta situación me recuerda a cuando vi a Chiara por primera vez, sentadas una frente a la otra y separadas por una simple mesa plegable, también mirábamos a través de la ventana. Aunque ahora, no observamos un paisaje en movimiento, sino una calle llena de gente que inmortaliza momentos. Esas fotografías serán las pruebas más tangibles que tengan sobre este día y, si alguna vez, su memoria falla, existirá algo que les recuerde, que estuvieron aquí, sosteniendo bebidas calientes para escapar del frío y compartiendo momentos con alguien querido.

Hablando de bebidas calientes; una chica se acerca y coloca dos tazas frente a nosotras. Observo la mía con extrañeza, ya que no recuerdo haber pedido todavía, y descubro un humeante capuchino repleto de espuma y espolvoreado con canela. Exactamente como a mí me gusta.

—Me tomé el atrevimiento de pedir los cafés para no interrumpirte. Parecías muy concentrada —explica, al percibir mi confusión—. Creo que ayer bebías capuchino, pero si mi vista me engañó y no te gusta, pedimos otra cosa.

—Está perfecto así. —Sonrío, tan débil que ni siquiera sé si puede apreciarlo—. Gracias.

Siento su mirada penetrante, mientras llevo la taza hacia mis labios y aspiro el delicioso aroma que desprende el capuchino.

Bebo un sorbo y compruebo que, efectivamente, sabe tan bien como huele.

—¿Siempre estás tan pensativa?

Aunque soy consciente de que no ha dejado de mirarme ni un momento, mi corazón da una pequeña punzada cuando vuelvo a escuchar su voz. Supongo que sigo sin acostumbrarme.

—Suelo ausentarme con frecuencia —aclaro, alzando la vista para enfrentarla y descubrirla con la barbilla reposada sobre su propia mano, como si estuviera contemplando una pintura muy interesante—, pero no quiere decir que esté pensando en algo. A veces, solo disfruto del silencio.

Alza una de sus cejas y se incorpora.

—¿Esa es una manera sutil de mandarme a callar?

—Por supuesto que no —exclamo—. ¿Siempre estás tan susceptible?

—Solo estoy bromeando —Me guiña un ojo y vuelve a su anterior posición—. Sonríe un poco, Dakota Nández.

Permanezco mirándola unos segundos, observando esa irritante sonrisa que no desaparece de sus labios. Y al ver que su reto no cesa, resoplo resignada.

—Crees que soy una amargada, ¿verdad?

—Creo que eres una chica algo misteriosa, que piensa demasiado en cosas que no debería pensar tanto.

Frunzo el ceño. ¿Tú qué sabes en lo que estoy pensando?

—¿Cómo lo haces para siempre tener preparada una respuesta?

—Soy abogada —Se encoge de hombros—. Y muy buena, por cierto.

Vuelvo a quedarme en silencio mientras la observo fijamente. Todavía tengo la esperanza de que sea ella quien se rinda primero en alguno de estos retos visuales.

—Hernández.

—¿Qué?

—Hernández es mi apellido real —aclaro—. Nández es solo la abreviación que quise utilizar como seudónimo.

—Creía que no te gustaban las abreviaturas de los nombres.

—Siempre hay excepciones.

—Exactamente, Dak. —La sonrisa de superioridad que se dibuja en sus labios, me obliga a negar con la cabeza y también sonrío. Con esta mujer no me dura nada la ventaja—. ¿Ves, como la tenías ahí deseando salir? No deberías intentar controlar tu sonrisa.

—¿Eres de esas personas convencidas de que siempre hay un motivo para estar alegre?

—Uf, eso acaba de sonar un poco a «¿eres de ese coñazo de personas con complejo de libro de autoayuda andante?» —Vuelve a sonreír—. No sé si siempre haya un motivo para estar alegre, pero ahora mismo, es todo lo que veo.

Decir una frase así, con esa sonrisa que tiene, pone mi corazón a latir como un loco. ¿Qué le está pasando a este idiota?

Bajo la mirada hacia mi taza, y aunque ya no me hace falta, aferro las manos al calor que desprende, a ver si con suerte el gesto puede distraerme, y romper el contacto visual con ella, consigue que el señorito se relaje. Parece que funciona. Poco a poco, mis latidos recuperan su ritmo habitual. El habitual cuando no tengo a Chiara mirándome o soltando alguno de sus comentarios, claro. Si lo analizas desde una perspectiva exterior, es gracioso, como alguien puede llegar de la nada y hacerte sentir igual que un bebé en pañales.

Bueno, no es gracioso si lo sufres. Es una putada.

—Tú no te puedes quejar. —Alzo la vista y la observo apartar sus ojos de la ventana para mirarme confusa—. Con eso de que siempre estoy pensativa y callada. Ayer hablé contigo más de lo que haría en una situación normal.

—¿A qué te refieres con una situación normal?

—Cuando no conozco a alguien.

—Tal vez. Pero antes de eso, estabas igual que hace un momento; mirando ausente hacia la ventana.

Frunzo el ceño.

—¿Y tú cómo lo sabes? Si tardaste un siglo en darte cuenta de mi existencia.

Una leve sonrisa vuelve a adueñarse de sus labios, mientras sus ojos pasan a expresar un ligero aire de misterio que aumenta por completo mi curiosidad.

—¿Eso crees? —susurra, consiguiendo que frunza todavía más, si es posible—. Te vi mucho antes de sentarme frente a ti, pero parecías tan concentrada contemplando el paisaje, que no quise interrumpirte.

—¿Estabas observándome? Eso es un poco raro y psicópata, ¿no te parece?

—Lo dice quien estuvo los diez minutos posteriores sin quitarme la vista de encima.

—¡Eso no es verdad! —exclamo, alzando una ceja ofendida—. No fueron diez minutos. Cinco, como mucho.

Me sonríe, y no puedo evitar sonreírle también. Es como si el tiempo transcurriera más despacio cuando nos miramos así.

—¿Te molesta que te pregunten en qué piensas?

—Normalmente, sí —reconozco, encogiéndome de hombros—. Pero no me molesta que tú lo hagas.

Sus labios vuelven a expandirse y baja la mirada, permitiéndome un instante para analizarla. Si no se tratara de Chiara, diría que fue un gesto con cierto aire de timidez. Pero ¿para qué me voy a engañar? aquí la única que se intimida, soy yo. Ella es todo seguridad.

Es tan bonita esta chica.

—¿Qué pensabas hace un momento? —Vuelve a cuestionarme, alzando la vista—. Mientras contemplabas a toda esa gente de la calle.

—Nada en concreto. —Dirijo la mirada hacia el exterior—. Simplemente los observaba. Hay algo que tienen en común la mayoría de los turistas, y es que rebosan ilusión. —Regreso mis ojos a ella y sonrío—. Tal vez sus vidas cotidianas sean un caos, pero en este momento, están disfrutando de un nuevo país, una nueva cultura, un nuevo paisaje. Están observándolo todo por primera vez, y por unos minutos, seguro que están olvidando cualquier problema económico, profesional o personal que les haya surgido. Simplemente, disfrutan.

Ella asiente e imita mi gesto de dirigir la vista hacia la ventana. Permanece en esa posición unos segundos, en los que también parece estar analizando a las personas del otro lado.

—Hace poco leí que no viajamos para escapar de la vida, sino para que la vida no se nos escape. Creo que, a veces olvidamos que la vida en sí es un viaje, y que nosotros somos continuos turistas, aunque no siempre nos comportemos como tal.

—Estoy de acuerdo.

Bajo la vista hacia mi taza y siento como un suspiro se me escapa mientras intento jugar con la cucharilla del café.

—Intuyo por tu expresión, que no lo practicas.

Sonrío con ironía y niego antes de responder.

—Estaba convencida de que así era —Vuelvo a enfrentarla—. Hasta que me encontré con una chica.

—¿Y qué pasó?

—Que ayer tenía muchas preocupaciones y hoy, esas mismas preocupaciones, ya no tienen ningún sentido.

Sus ojos se hacen más pequeños, no sé si confusa o intrigada, pero sigo sintiendo que no puedo esconder nada cuando me mira de esta forma tan interrogante e intensa.

—¿En eso pensabas antes de que me sentara frente a ti?

—Supongo. ¿No es eso en lo que todo el mundo piensa cuando se ausenta? ¿En la vida?

—Bueno, seguro que hay quienes piensan en unicornios. —Sonríe y consigue arrancarme una sonrisa a mí también—. Tenemos la fea costumbre de pasar mucho tiempo pensando en la vida y poco tiempo viviéndola.

—Creo que hasta la propia palabra me está resultando abrumadora ya.

Vida. Hoy me siento en conflicto con esas cuatro letras.

Un incómodo silencio amenaza con adueñarse de la situación, cuando escucho un ruido que me obliga a alzar la vista para descubrirla buscando alguna cosa en el interior de su bolso.

—Quiero enseñarte algo.

Saca un pequeño libro electrónico que acto seguido deja junto a mi café. En algún momento debió presionar el botón de encendido, porque la pantalla se ilumina dejándome ver lo que intuyo será su biblioteca personal. Pero solo una de las muchas portadas que se ven, es la que llama mi atención.

—Las huellas del camino —leo en voz alta y alzo la vista sorprendida a la par que intrigada—. Es mi último libro.

—En cuanto llegue a un país de habla hispana, te prometo que lo compraré en físico. No se compara la sensación de leer en papel con esto, pero para viajar, me resulta más cómodo poder descargar cientos de libros al momento, que llenar una maleta con ellos.

Asiento y vuelvo a descender la vista para contemplar mi portada en ese primer lugar de su lista. Algo me lleva a acariciar superficialmente la pantalla, consiguiendo que el documento se abra sin querer. He realizado alguna que otra firma de ejemplares a lo largo de mi carrera como escritora, y siempre me ilusiona ver mis libros en las manos de alguien que estuvo dispuesto a sumergirse en alguna de mis aventuras. Pero en este caso, la ilusión es diferente. Está cargada de nervios e incertidumbre. Ella decidió leer mi historia y en cierta forma, me siento expuesta y todavía más vulnerable ante esta chica desconocida.

Página 250.

—¿Cómo puede ser que hayas avanzado tanto? —La miro perpleja— ¿Te has pasado todo el tiempo sin salir del hotel para leer?

—Nada más lejos de la realidad —Se ríe y me doy cuenta de que es la primera vez que escucho su risa como tal. Podría perfectamente acostumbrarme a ella—. Las veinticuatro horas del día dan para mucho si sabes aprovecharlas, y la lectura es una de las mejores inversiones que se pueden hacer del tiempo. Además, es difícil poder dejar de leer algo que te atrapa.

—¿Realmente te atrapó? —Frunzo el ceño de manera cuestionable—. ¿O lo dices porque tienes a la autora delante?

Ella alza una de sus cejas y apoya la espalda en la silla, cruzando los brazos bajo su propio pecho.

—¿Tengo aspecto de ser una «bienqueda»?

—En absoluto.

—Es más —Vuelve a acercarse—, ¿puedo serte completamente sincera?

—Por favor.

En realidad, me importa su crítica. Nunca he sido una persona insegura en ese sentido, ni he necesitado la aprobación del mundo, pero por algún motivo, lo que Chiara opine de mi trabajo, me importa. Tal vez se trate de esta crisis por la que estoy pasando. De esta necesidad que tengo de escribir algo transcendente. Tal vez la admiración que esta chica ha despertado en mí hace que esté confiando demasiado en su criterio para guiarme.

—Me fascina tu forma de escribir y tu tipo de escritura. Y quizás me haya sentido condicionada por el hecho de haberte conocido primero, porque no he dejado de intentar analizarte a ti, detrás de cada párrafo. —Su confesión consigue que en mi estómago se forme una pequeña revolución—. Creo que no escribes por escribir. Escribes para contar algo. Y déjame decirte que, aunque sea una novela aparentemente romántica, ese aspecto no es precisamente el que más me llegó. Me llegan tus palabas, tus mensajes, tu forma de ver el mundo y conseguir que el lector lo vea a través de tus ojos. Pero no me creo la relación de amor. No termino de sentirla. —Intenta explicarse con tanto ahínco, que me provoca una sonrisa casi imperceptible—. Es como si fuera un simple añadido porque es lo que todo el mundo espera de un libro; una historia romántica. Pero no la defiendes con la misma intensidad con la que defiendes los sueños, las metas o la lucha contra los problemas sociales. No te has enamorado de tu coprotagonista, no has hecho que yo me enamore de él, y no he podido dejar de pensar, que eso es porque tampoco te has enamorado de nadie en la vida real.

Estoy segura de que mi expresión no muestra ni la mitad de perplejidad que siento ahora mismo, mientras ella me mira expectante y orgullosa de su análisis.

—Vaya, hasta ahora creía que no me enamoraba en la vida real, porque daba demasiado amor a mis personajes. Y ahora vienes tú, a decirme que tampoco. Veo que estoy peor de lo que pensaba.

—¿Eso es una confirmación?

Me dejo caer hacia atrás sobre el respaldo de mi silla mientras encojo los hombros con indiferencia.

—Supongo.

Ella sonríe satisfecha y hace exactamente lo mismo; se apoya en el respaldo y me observa con una expresión de picardía que consigue hacer temblar hasta el último pelo de mi cabeza.

—Creo que deberías intentarlo con una pareja homosexual.

¿Perdona?

Alzo una ceja y cruzo los brazos bajo mi pecho mientras la observo desafiante.

—¿Y eso por qué?

Se encoje de hombros y regresa esa sonrisa irritante que ya estaba tardando demasiado.

—Tal vez se te dé mejor.

Su respuesta me lleva a alzar la otra ceja de manera automática.

—¿Estás insinuando algo?

—Estoy diciendo que, si no lo pruebas, no lo vas a saber. —Esta vez, es mi boca la que se abre enormemente. Quiero decir algo, pero mi perplejidad impide que algún sonido salga de ella—. La historia, Dakota, hablo la historia —aclara, sonriendo con malicia y vuelve a apoyarse sobre la mesa, aunque yo no pienso terminar de romper esta distancia de seguridad—. Tú misma dices que nunca te has enamorado, ¿no? Entonces, ¿qué importa el tipo de pareja sobre la que escribas?

—Creo que acabas de insinuar que soy lesbiana y ahora lo quieres camuflar sin éxito alguno.

De nuevo su risa. Adictiva.

—¿Y por qué tengo que asumir una supuesta heterosexualidad por tu parte, si tú en ningún momento me lo has aclarado? ¿Heteronormatividad integrada? ¿Eres de esas?

—No, claro que no. —Su pique me lleva a echarme hacia adelante de nuevo, para quedar apoyada en la mesa igual que ella—.

Pero no entiendo en qué va a afectar a mi escritura que la protagonista se enamore de un hombre o una mujer.

Se encoje de hombros y reposa el mentón sobre su propia mano, mientras me observa con una sonrisa de superioridad y un brillo en los ojos que hacen evidente su ventaja.

—Espero que hagas la prueba a tiempo, para que ambas podamos averiguarlo.

Permanezco observándola desafiante. Unos escasos centímetros nos separan, y aunque el corazón esté a punto de salirse por mi boca, no pienso retroceder ni hacer ningún gesto que reconozca dicha ventaja.

—¿Eres consciente de la extraña conversación y confianza que tenemos para no conocernos de nada?

—Soy consciente y, además, me encanta —susurra, y a continuación, baja la vista a mi boca un segundo. El tiempo exacto para detener de súbito este corazón, antes acelerado. Separo los labios, porque de pronto siento que el oxígeno no pasa lo suficiente y ella vuelve a alzar la mirada con una sonrisa distinta. Creo que ha sido el segundo más largo de mi vida—. ¿Para qué vamos a hablar de banalidades, teniendo tantos temas interesantes que compartir?

Retrocedo y aparto la vista. A la mierda mi orgullo desafiante.

—Me sorprende que después de analizarme a través del libro, no hayas querido salir corriendo por mis rarezas.

—Será que me gustas.

Mi mirada regresa a esos ojos azules de forma automática, cuando al escuchar sus palabras, mi corazón se acelera de nuevo. Hoy no quiere darme tregua.

—¿Qué?

—Que me gusta tu forma de ser —aclara, evitando que otra vez me quede sin respiración. Creo que tantos cambios seguidos en el ritmo cardiaco no deben ser buenos para la salud—. Esas peculiaridades de las que hablas son especiales. Siendo abogada, conoces a todo tipo de personas y aprendes a captarlas muy rápido. Tú eres diferente, Dakota.

—Un bicho raro en toda regla, ¿no?

—¿Y crees que eso es malo?

—Supongo que no entra dentro de la normalidad, pero tampoco es que pueda elegir.

—Siempre se puede elegir y personalmente, creo que tú tomaste la mejor decisión. Hay personas que eligen ser iguales al resto del mundo, mientras su corazón les grita que son diferentes. Eso es muy triste. La vida es demasiado bonita para desperdiciarla queriendo ser alguien que no eres.

Otra vez esa frase; «la vida es bonita».

No. No es bonita en absoluto.

Llevo la mano hacia mi propio pelo y con un gesto de agobio, aparto la vista de ella, esperando que la gente al otro lado del cristal se lleve de nuevo esta sensación de desesperación que me vuelve a abarcar.

—No sé cómo puedes decir que la vida es bonita, Chiara.

No responde.

Ni siquiera estoy segura de que me haya escuchado. Siento sus ojos clavados en algún lugar de mi rostro, pero no me atrevo a enfrentarla. Soy una egoísta. ¿Qué se yo de sufrimiento? Es ella la que está enferma. Es ella la que tiene cáncer. Es ella la que se va a... Yo no sé nada de dolor. Solo sé que escucharla hablar sobre lo bonita que es la vida, oprime mi corazón. Me desespera. Llevo las últimas veinticuatro horas maldiciendo al mundo por querer llevarse a esta chica, cuando no ha vivido ni la mitad de lo que debería ser su vida. Solo es una niña. Tiene mucho por vivir. Tiene mucho que aportar. ¿Qué le ve de bonito a todo esto?

Es injusto.

Por suerte, mi personalidad tan reservada impide que grite a los cuatro vientos lo impotente que me estoy sintiendo. Dicen los psicólogos que, si no hablas, tu cuerpo hablará por ti, tarde o temprano. En mi caso, creo que voy a ser una anciana llena de dolencias, porque la expresión oral no es mi fuerte. Por algo me convertí en escritora. Un suave tacto acariciando mi mano, interrumpe por completo la intensa discusión que estoy teniendo conmigo misma. El calor que desprende me obliga a girarme para observar el gesto y la veo ahí; su mano reposada sobre la mía, haciendo leves caricias que, poco a poco, consiguen trasladarme a un estado de calma inesperado. ¿En qué momento se deshizo de sus guantes? No soy capaz de mover ni un solo músculo, pero sus caricias me confirman que la suavidad de su piel va mucho más allá de lo que se ve, y su calor contrasta con el frío que siempre desprenden mis manos. Es agradable. Tanto, que no me atrevo siquiera a respirar para que no se aparte. Hace un minuto, mi corazón latía a toda velocidad a causa del enfado y en mi garganta había un nudo impidiendo el paso del oxígeno. Ahora, los latidos son igual de veloces, pero no tiene nada que ver con enfado o impotencia. Me siento bien. Nerviosa y en paz al mismo tiempo. Como si la yema de esos dedos al rozarme, fueran el remedio para cualquier angustia.

—¿Qué sientes ahora mismo? —susurra, consiguiendo que salga del trance para alzar la vista y encontrármela de frente—. Olvídate de todo. En este único momento, ¿qué sientes?

—Una contradicción absoluta de emociones.

—¿Alguna de ellas te hace mal? —niego, sin poder pronunciar una palabra—. ¿Entonces, por qué no puedes ver lo bueno de la vida?

—Porque es pasajero.

—Todo lo es.

—No. —Me escapo de su agarre con más brusquedad de la que hubiese querido, porque siento que, si continúa tocándome no seré capaz de armar una frase de más de cuatro palabras—- Bueno, tal vez sí, pero no sabemos la fecha de caducidad. Simplemente, no soporto la idea de que tú vayas a…—El miedo a pronunciar la palabra me detiene y suspiro—. No me parece justo, Chiara. Lo siento. Ni siquiera debería estar hablando de esto contigo, pero no es justo. Y mucho menos, bonito.

Intento apartar la vista lo más rápido posible, porque su imagen comienza a tornarse borrosa, pero antes de conseguir refugiarme en la ventana, sus dedos rozan mi mentón, volviendo a dirigirme hacia ella.

—Estoy aquí, Dakota, puedes mirarme —Siento su mano posarse sobre la mía y, esta vez, me agarra con tanta fuerza, que le suplicaría para que no me soltara—, puedes tocarme. Ahora mismo estoy aquí, y eso es lo único que debe importar. No sufras por algo que no sabemos cuándo llegará. Me prometiste que vivirías siempre el momento.

—Si, bueno, se prometen muchas cosas, pero...

—Pero nada —me interrumpe—. Ayer te conté lo de mi enfermedad porque me inspiraste confianza, no para que estuvieras pensando en ello ni haciéndote daño. No creo haber aparecido en tu vida para eso.

—Yo no tengo ningún derecho a sentir dolor por esto y eso es lo peor.

—El dolor es parte de la vida, Dakota. Querer evitarlo, es tan absurdo como dejar que te frene. Es muy fácil, no sufras y déjate sorprender.

Permanezco unos segundos observándola. Esa forma de hablar y esa pizca de misterio que hay en el fondo de sus ojos. ¿Qué hay detrás de ti, Chiara? ¿Por qué siento que, mientras más te conozco, más quiero conocerte? Su mano continúa aferrada a la mía y me gustaría que permaneciera así un tiempo indeterminado, porque es como si con un simple y sencillo contacto de piel, me estuviera transmitiendo parte de esa energía que deprende.

—¿Te estás haciendo la interesante?

—Soy interesante —afirma muy segura.

—Muy a mi pesar, voy a tener que darte la razón —reconozco con una sonrisa—. Estaba segura de que nunca encontraría a una persona más filosófica que yo.

—Pues mira, ahora tú también te topaste con la horma de tu zapato.

Me guiña un ojo y sonríe con esa picardía que la caracteriza, consiguiendo que permanezca unos segundos observándola sin decir nada. Admirándola y dejándome contagiar por ese optimismo y esa forma de expandir sus labios y llenar de brillo sus ojos, como si se tratara de la persona más feliz del mundo. Definitivamente, Chiara podrá tener enfermo el cuerpo, pero su alma está mucho más sana que la de cualquier persona que haya conocido jamás. Es de esos seres humanos a los que vale la pena conocer, porque no importa que permanezcan en tu vida tan solo un minuto, su aportación a tu existencia, es inminente.

¿Por qué no puedo disfrutar de ti, aunque sea un poco más?

—Ojalá nos hubiéramos conocido antes. —Suspiro—. O en otro lugar.

—De haber sido así, quizás hoy habrías seguido caminando hasta quién sabe dónde y hubieras terminado con una pulmonía de no haberte encontrado.

—Si no te hubiera conocido, no habría salido a caminar sin

rumbo, ni mis pensamientos me hubieran llevado a perder la noción de tiempo y lugar. Así que, no habría hecho falta que me rescataras.

—Por lo tanto, las señales son perfectas y la vida te sorprende cuando menos crees.

Frunzo el ceño con curiosidad.

—¿Siempre crees que todo pasa con un fin?

—Solo pienso que las cosas suceden cuando tienen que suceder, y no creo en las casualidades.

Inhalo aire profundamente y lo dejo salir en forma de suspiro.

—Mañana regreso a Moscú.

Las palabras salieron de mis labios prácticamente sin pensarlas, como si alguna parte de mi cerebro supiera que quizás podía arrepentirme en medio de la frase.

—¿Allí se encuentra lo que estás buscando?

—Ya ni siquiera sé lo que estoy buscando.

Una sonrisa irónica se dibuja en mi rostro y la presión que ejerce su mano sobre la mía, aumenta.

—Tarde o temprano lo averiguarás —asegura con esa mirada intensa y sonríe ligeramente—. Confío en ti, Dakota Nández.

—Muy arriesgado por tu parte, Chiara…

—Libardi.

Chiara Libardi. Tiene nombre de modelo o actriz. Si es que, lo dije desde el principio. No, mejor, tiene nombre de cantante. Sí, eso es. Me encantaría escuchar en las radios de todo el mundo, como anuncian el nuevo éxito de la increíble Chiara Libardi. No la he escuchado cantar, pero algo me dice que, si se parece un poco a su personalidad, lograría colarse en la casa de cualquier ser humano. Ojalá yo pudiera ayudarla a cumplir ese sueño. Ojalá hubiera tiempo para intentarlo. Muevo mi mano para que disminuya un poco la presión que todavía está ejerciendo, y cuando me siento liberada de su agarre y probablemente piense que me voy a apartar, busco un hueco para entrelazar nuestros dedos. Sé que el gesto le sorprende. A decir verdad, a mí también me sorprende, y en cualquier otra situación, nuestro contacto físico habría sido roto hace mucho tiempo. Sin embargo, en esta situación, con ella, lo único que quiero es apretar su mano con fuerza y que el tiempo se detenga, aunque sea un poco. Una tregua. Un instante.

—Tengo que volver al hotel —comunica, devolviéndome a la realidad—. En un par de horas parte el tren y aún debo recoger mis cosas.

Mi estómago se contrae, como si algo me hubiera producido incomodidad. La misma incomodidad que sentí ayer, cuando fui consciente de que habíamos llegado a la estación. ¿Todavía no has tenido suficiente de esta chica, Dakota?

—Si. —Asiento. Nos levantamos y comienza a ponerse su abrigo—. Será mejor que yo también regrese, antes de que anochezca y no sepa por donde volver.

—¿No dejaste migas de pan por el camino?.

Otra vez me está vacilando, y no puede si quiera disimularlo con esa picardía que lleva en la sonrisa.

—¿Cómo se me pudo olvidar? Lo tendré en cuenta para la próxima vez.

—Yo de ti, no tentaría a la suerte. Quizás esa próxima vez, no seas tan afortunada de encontrar a una preciosa chica que te rescate con su mirada penetrante y su café bien caliente.

—Debí haberme perdido algún capítulo de la historia, porque no recuerdo que haya sucedido tal cosa. El café sí, pero la preciosa chica...

Siento un pequeño golpe en el hombro que me impide acabar

la frase. Ambas sonreímos, y estoy segura de que podríamos habernos quedado así durante horas. Aquí, en esta pequeña cafetería de un pueblo ruso, picándonos, riéndonos, hablando de cosas absurdas o tratando de arreglar el mundo. Café tras café, mirada tras mirada.

Pero, lamentablemente, la realidad que nos espera es muy distinta. Chiara empieza a caminar hacia la salida y yo debo seguirla, no sin antes saldar la cuenta de los cafés. En cuanto cruzamos la puerta, un golpe de frío azota mi cara y comienza a calar de nuevo mis huesos. Froto las manos con la intención de calentarlas sin éxito alguno. ¿No podemos regresar al interior? Intento llevármelas hacia la boca para soplar y proporcionarles mi propio calor interno, pero el movimiento se ve interrumpido por ella, que las agarra decidida, logrando dejarme atenta y curiosa a su intención. Saca los guantes del bolsillo de su abrigo y comienza a introducir mis manos en ellos. ¡Qué diferencia! Una especie de lana muy suave cubre ahora mi piel aislándola completamente del frío. Ella alza la vista sin soltarme todavía, y se topa de frente con mi expresión confusa.

—Los necesitas más que yo —asegura con una tierna sonrisa.

—Pero...

—Ya me los devolverás.

No deja de sonreír, y aunque sé que solo ha dicho eso para convencerme, asiento, agradeciéndole el gesto por el cual, soportaré mejor el camino de vuelta.

—Gracias por todo, Chiara.

Una vez más, al igual que ayer, tengo que despedirme de ella y vuelvo a sentir que no me salen las palabras adecuadas. Entonces, como si hubiera leído mi pensamiento, sus brazos rodean mi cuello y siento su cuerpo pegándose al mío, mientras me funde en un profundo abrazo. Un abrazo que me produce algo desconocido, pero arrasador. No soy capaz de moverme para responder. Solo puedo sentirla. Sentirla tan cerca de mí, que percibo su corazón latiendo contra mi pecho y el olor de su pelo, tan lleno de frescura, que me transporta al más soleado de los veranos. Así es esta chica, como un golpe de calor en pleno invierno o una tormenta eléctrica en verano; inesperada, sorprendente y devastadora.

Por fin, mis músculos responden y rodeo su cintura aferrándome tan fuerte a ella, que podría haberla dejado sin respiración. Hundo la cabeza en su cuello, huele a algo dulce y ácido a la vez, afrutado. ¿Frambuesa, fresa, frutos del bosque? No sé qué perfume utiliza, pero es relajante y adictivo. La siento tan frágil y delicada entre mis brazos, que me es imposible evitar la humedad que comienza a invadir mis ojos. Unas lágrimas quieren escapar. Lágrimas que no sé exactamente a qué se deben, pero que están aquí, formando un nudo en mi pecho que me impide pronunciar cualquier tipo de palabra. Solo quiero abrazarla, que me ayude a combatir esta estúpida angustia y que no deje de abrazarme por un rato.

Suspiro profundamente y logro controlar esas lágrimas rebeldes antes de que escapen. Poco a poco, siento su cuerpo despegarse del mío y escucho su respiración junto a mi oído.

—Gracias a ti, Dakota —susurra, provocando un efecto inesperado en mi piel—. Espero volver a verte.

Y sin decir nada más, antes de apartarse definitivamente, detiene sus labios en mi mejilla y deposita en ella un cálido beso que provoca un escalofrío ascendente por mi columna y me eriza hasta el último centímetro de piel. Me mira a los ojos, sonríe y con una última caricia, se marcha.

Otra vez me quedo aquí, observándola alejarse y suplicando

que mi mente sea invadida por una excusa maravillosa para detenerla. Pero eso no sucede. Ahora mismo me siento más perdida que ayer y me da escalofrío, porque siempre he sabido controlar mis emociones. Sin embargo, este vacío no puedo explicarlo ni controlarlo. Nada de esto tiene lógica.

Adiós, Chiara.

¤

Consigo llegar al hotel después de, aproximadamente, una hora. Durante el trayecto, lo único que he hecho, ha sido caminar y caminar, sin pensar demasiado e incluso sin sentir el terrible frío azotándome. Lo único que sentía, era el tacto de su cuerpo aún aferrado al mío y el olor que desprendía. Todavía puedo olerla, y es extraña la sensación de bienestar que me produce el recuerdo de su aroma y el calor de su cuerpo.

Al entrar en mi habitación, observo el desastre de maleta que dejé antes de irme y mi ordenador exactamente en el mismo lugar; sobre el escritorio, encendido y con un documento abierto, completamente en blanco. Ahí está el motivo de este viaje; mi trabajo y mi sueño. La única forma de vida que conozco. Ahí, en ese pequeño aparato electrónico se encuentra todo lo que hasta ahora ha sido Dakota Hernández; viajes, aventuras, historias, libros, soledad. Ese ordenador portátil, transporta mi pasado, mi presente y mi futuro.

Mi futuro.

Por primera vez desde que entré en la habitación, percibo la alta temperatura de la calefacción y, el calor que me invade de repente me obliga a deshacerme de los guantes. Los observo durante unos segundos. Estas pequeñas prendas. Estas que no me pertenecen. Pertenecen a unas manos algo más pequeñas que las mías, tan delicadas en apariencia y tan fuertes en realidad. Un impulso me lleva a acercarlos a mi rostro y el olor que percibo, me obliga a aspirar. Huelen a ella. A su frescura y vitalidad. Mi corazón aumenta el ritmo de sus latidos, como hizo hace un rato, cuando estábamos sumergidas en aquel abrazo o cuando la miraba, siendo consciente de que quizás sería la última vez que iba a poder mirarla. Un hormigueo incómodo invade mi pecho y comienza a agarrotarlo. Observo el ordenador, con su página en blanco, tan en blanco, como mi futuro. Vuelvo a percibir el latido de mi corazón, aumentando su velocidad y fuerza, y por primera vez, puede que comprenda lo que está tratando de decirme.

¤

Dos horas más tarde, camino por los pasillos del transiberiano. Este tren en el que he pasado los últimos días viajando y planteándome toda mi vida. Realmente, no sé por qué motivo me deshice de mi billete a Moscú, pero eso ya no importa. Estoy aquí. A dos metros del vagón en el que me gusta sentarme a contemplar el paisaje e intentar escribir. Me siento ansiosa, nerviosa. Mi corazón no ha disminuido su velocidad ni un momento y creo que, incluso, aumenta con cada paso que me acerca a mi lugar. ¿Mi lugar? La única explicación que tengo para este cambio de idea es precisamente esto; los latidos acelerados de un músculo, cuya única función es transportar sangre por todo mi cuerpo. ¡Menuda locura! No tengo la más mínima idea de lo que va a ocurrir a partir de ahora, pero…

Ahí está ella.

Todos mis pensamientos se detienen en cuanto la veo acostada sobre el mismo sillón en el que estaba sentada ayer. ¿Qué hace durmiendo aquí? Tenemos una habitación en la que descansar cuando el tren viaja de noche y dudo mucho que esto le resulte más cómodo que una confortable cama.

Permanezco unos segundos observándola, contemplado como su cuerpo se mueve arriba y abajo lentamente, mostrando lo pausado de su respiración. No sé en qué momento mis latidos comenzaron a adoptar exactamente el mismo ritmo lento y pausado. Me gusta esta vista, y podría pasarme aquí el resto de la noche, mirándola y sintiendo esa paz interna que me provoca verla dormir plácidamente. Pero si se despierta y me ve así, probablemente salga corriendo, y dado que el tren ya está en marcha, prefiero no correr riesgos. Así que, intentando hacer el menor ruido posible, entro muy despacio y me acerco a ella. Agarro una de esas finas mantas como las de los aviones, que dejan en cada vagón y me inclino para cubrir su cuerpo con toda la delicadeza posible, intentando no despertarla. Intento fallido. Debió sentir el movimiento, o tal vez no estaba profundamente dormida, porque su cuerpo reacciona y la observo comenzar a abrir los ojos muy despacio.

Ahí está, esa mirada azul, cansada, pero sin perder ese brillo tan característico. Y aquí estoy yo; completamente rendida. Hace unas horas creía que no volvería a verla y ahora estoy aquí, arrodillada junto a ella, sin saber qué decir. Me mira fijamente y no es precisamente sorpresa lo que expresan sus ojos.

—¿Dakota? —murmura con la voz ronca—. ¿Qué haces aquí? Creía que habías decidido irte a Moscú.

—Así era. Pero... —sonrío levemente—. La vida te sorprende cuando menos crees. —Ella asiente y también sonríe de manera débil, permitiéndome notar el enorme esfuerzo que le está suponiendo mantener los ojos abiertos—. ¿Por qué estás aquí? Deberías dormir en tu habitación. Esto es muy incómodo.

—Te estaba esperando.

Mi tonto corazón da un vuelco al escuchar sus palabras, y ambas permanecemos mirándonos fijamente un instante. Llevo mi mano hacia su rostro y la acaricio con dulzura. Ese parece ser el gesto necesario y definitivo para que sus ojos comiencen a darse por vencidos. Acerco mis labios a su frente y deposito ahí un cálido beso lleno de protección. Porque eso es lo que me inspira esta chica mientras la contemplo sumergiéndose en un profundo sueño, tan delicada como cuando nos abrazamos, tan inocente como una niña. Ella, que habrá vivido y visto cosas que yo ni siquiera alcanzo a imaginar. Una abogada luchando contra una enfermedad terminal. Una mujer fuerte, a la que mis ojos ven como una simple niña llena de vida.

Suspiro.

—Buenas noches, Chiara.

4

Creo que esta, ha sido la noche que menos he dormido en toda mi vida. Perdí la cuenta del tiempo que estuve mirando a Chiara después de haberse quedado dormida. Y yo me atreví a llamarla psicópata ayer. Observarla sonreír mientras descansaba, se convirtió en una de las experiencias más agradables y relajantes que he experimentado. Durante horas deseé introducirme en sus sueños para conocer el motivo de esa sonrisa. Saber qué es aquello que la hacía tan feliz y la mantenía en un estado de calma absoluta al que logró transportarme. ¿Cómo es posible que una persona me transmita tantas cosas buenas solamente con mirarla?

Así es Chiara; un generador constante de energía positiva, que irradia luz por cada uno de sus poros. Es una mujer preciosa. Sin duda, a cualquier ser humano con el sentido de la vista intacto, tiene que parecerle bonita. Pero también a quienes no sean capaces de verla. Porque no se trata solo de su físico, también de su personalidad, de ese halo especial que desprende y que se cuela directo en algún lugar interno al que cada segundo se aferra con más fuerza. Si solo han pasado tres días desde que la conocí y ya ha conseguido dar un vuelco a todos mis planes, no quiero pensar lo que podrá conseguir mañana.

—Veo que regresó la inspiración.

El sonido inesperado de su voz consigue tambalear el bolígrafo que sostengo entre mis dedos. Detengo escritura y pensamientos para alzar la vista y dedicarle una sonrisa de buenos días.

—¿Dormiste bien?

—Todo lo bien que se puede dormir en este lugar —responde incorporándose y moviendo su cuello a ambos lados, como si tratara de recolocarlo—. ¿Qué hora es?

Echo un vistazo al ordenador que permanece encendido a un lado de la mesa.

—Las 8:00.

Sus ojos azules se abren con una expresión de asombro muy simpática.

—¿De la mañana?

—Si fueran las ocho de la tarde, deberías preocuparte.

—¿Desde qué hora estás despierta, Dakota?

—No lo sé. —Me encojo de hombros—. Creo que no habré dormido más de tres horas.

—¡¿Tres horas?! ¿Pero eso es legal?

—Anda, no exageres. Cómo se nota que no conoces la eficacia y productividad nocturna. Los escritores tendemos a ser algo así como búhos.

—Eh, que yo también viví mi época de noches en vela entre café, libros y muchas leyes. A ver si te crees que me gané el título en un casino. Pero la verdad es que prefiero dedicar las horas nocturnas a otra cosa mucho más eficaz y productiva —El regreso de su sonrisa pícara me lleva a alzar una ceja y estoy segura de que casi comienzo a sonrojarme—. Como dormir —aclara con descaro, haciéndome negar mientras sonrío—. Así que, ¿de eso se trata? ¿Tan repentina te vino la inspiración que no podías esperar a una hora decente para desarrollarla?

—Si te refieres a la inspiración de mi libro, te informo que sigue exactamente igual de perdida que ayer, y antes de ayer… y el otro… y el otro… —Su expresión entre adormilada y confusa me provocan gracia y ternura a partes igual—. En realidad, esto es tuyo.

—¿Mío?

—Supongo que dejaste el cuaderno abierto sobre la mesa antes de quedarte dormida. Sé que no tendría que haberlo leído, pero vi la frase que habías escrito y las ideas comenzaron a fluir en mi mente. Lo siento.

Una enorme inseguridad acaba de hacer acto de presencia. No tendría que haber tocado sus cosas y mucho menos pretender continuar con algo suyo, pero me fue prácticamente inevitable. Así funciona mi inspiración; cuando aparece, no la puedo retener. O la plasmo cuanto antes, o puedo pasarme días con una presión interna que necesita ser expulsada. Y teniendo en cuenta que mis momentos de inspiración últimamente brillan por su ausencia, ni siquiera pensé que podía estar invadiendo su privacidad. Solo me dejé llevar, recordando con cada frase por qué me apasiona tanto escribir y por qué todavía no me he retirado de esta profesión. Pero ahora tengo que asumir las consecuencias de que tal vez a ella le haya molestado o incomodado.

Sin decir absolutamente nada, se levanta y camina hacia este lado para tomar asiento junto a mí. Recupera su cuaderno y comienza a leer para sí misma, mientras yo permanezco en ascuas. Creo que se me hacen eternos los minutos en los que sus ojos recorren una a una las frases escritas, hasta que, al acabar me buscan. Esos ojos azules, tan intensos y tan cerca, consiguen aumentar mis nervios y ansiedad. Una leve sonrisa empieza a dibujarse en sus labios, y aunque los nervios no me abandonan todavía, la inseguridad comienza a desaparecer.

—Impresionante.

—No sé si tu intención era escribir una canción. Ni siquiera sé cómo se hace tal cosa. Solo son frases sin sentido y…

—¿Sin sentido? —interrumpe con expresión incrédula—. Efectivamente, mi intención era escribir una canción, pero siempre se me ha dado mejor componer la melodía que escribir letras. Anoche solo quería intentar plasmar algo a falta de un instrumento. Y ahora, al leer esto, es como si te hubieras metido dentro de mi cabeza. Tal vez no escribiste las palabras que yo hubiera escrito, pero plasmaste los sentimientos exactos. Me encanta, Dakota —asegura emocionada—. Hay que ponerle música pronto.

La observo durante un instante. ¿Realmente está mirándome con ese brillo en los ojos? Sí. Pero lo más curioso del caso, es la ilusión que me provoca a mí verla de esa forma.

—Eso tiene fácil solución.

Viniéndome completamente arriba, agarro algo que todo este tiempo ha estado a mi izquierda, apoyada en el hueco del suelo que hay entre la ventana y yo, y observo su mirada volverse confusa en cuanto le ofrezco el instrumento.

—¿De dónde sacaste esta guitarra? —pregunta perpleja, tomándola entre sus manos sin quitarle la vista de encima.

—La tomé prestada.

Su mirada regresa a mí para observarme frunciendo el ceño de forma entre interrogante y acusadora.

—¿Qué quiere decir que la tomaste prestada?

—Pues eso —Me encojo de hombros—, iba de camino al baño, la encontré en un vagón y me la llevé.

—¡¿Robaste una guitarra?!

—¡Shh! —Tapo su boca rápidamente. Lo de esta chica no es la discreción—. No la robé. Solo la tomé prestada un rato, y encima dejé en su lugar el presupuesto para mi comida del día. Así que, no vayas a echarme la bronca ahora.

Continúa mirándome perpleja, aunque una sonrisa se dibuja en su rostro y sus ojos expresan un brillo que parece como si se estuviera divirtiendo con la situación.

—Estás loca.

En lugar de bajar la mirada con timidez, que es lo que realmente siento, frunzo el ceño y la miro desafiante.

—Eres una mala influencia.

—Ah —asiente alzando una ceja—, ¿Así que, tú robas una guitarra y yo soy la mala influencia?

—Si. Hace dos días, la habría encontrado y mi conciencia hubiera superado al deseo de llevármela, pero hoy la vi y pensé, «quiero terminar de escribir la letra y que Chiara componga una melodía para que me la cante». Así que, dejé dinero y me la llevé. Pero ya te dije que solo la tomé prestada, en un rato la devolvemos. Hay que vivir el ahora. ¿no? Pues eso —concluyo con seguridad—. Ahora quiero escucharte cantar.

Ella me observa fijamente, sin dejar de sonreír ni un segundo. Me preguntaría qué pasa por su mente, pero esa expresión de superioridad que tiene provoca que incluso me dé miedo saberlo.

—¿A dónde se fue la Dakota prudente e insegura de hace unas horas?

—Comenzó a esfumarse cuando cruzaste este vagón. —Mi corazón late a toda velocidad. No sé si es porque esas palabras ni siquiera fueron procesadas por mi cerebro antes de expulsarlas, o porque Chiara no aparta su mirada y una parte de mí, continúa queriendo saber en qué piensa cuando me observa así—. ¿Me vas a cantar o no?

—Tranquila, fiera. —Se ríe, como si mi forma sutil de romper el momento le causara todavía más gracia—. ¿Tú te crees que una canción se compone en dos segundos? Eso solo ocurre en las películas. Tengo una idea mejor.

—Tus ideas me asustan…

—Dijo la chica que mangó una guitarra.

—¡Chiara! —exclamo asombrada, dejando escapar también una risa—. Mientras más lo repites, más me arrepiento.

—No finjas. Si ya estoy viendo tus cuernecillos de demonio asomar.

—¿Vas a dejar de vacilarme y contarme tu maravillosa idea?

—Sí. Pero solo porque por fin te escuché reír. Mira que te haces de rogar, chica. —Ruedo los ojos queriendo hacerme la dura, pero creo que la sonrisa imborrable de mis labios, lo hace muy poco creíble—. Como aún no hemos llegado a la próxima estación y visto lo visto, voy a tener que invitarte a comer, porque dudo mucho que recuperes tu dinero, aprovecharé ahora para ir un rato a mi habitación, ducharme e intentar estar a la altura de tu inspiración. ¿Qué te parece si vas a buscarme en unas horas, te cuento lo que conseguí y luego nos vamos a comer y pasear por donde quiera que estemos? —Permanezco en silencio un momento. Por algún motivo, no me agrada demasiado la idea de que cada una vaya por su lado ahora. Solo serán unas horas, pero tengo ganas de estar con ella—. Aprovecha este descanso, porque luego te va a costar más trabajo librarte de mí.

—¿Me estás amenazando?

—Ya sé que parece un regalo, pero es más bien una advertencia.

—Creída.

—Chica dura.

Mi ceño fruncido contra su sonrisa descarada. Esta guerra y desafío de miradas, parece estar convirtiéndose en nuestra costumbre. Como también parece estar volviéndose costumbre, que sea yo, quien se rinde primero.

—Me parece una buena idea. —Sonrío—. Yo también me iré a duchar y probablemente duerma un poco.

—Entonces, te espero cuando estés lista. Mi habitación está al final del pasillo, la número 13.

—Espero que no seas supersticiosa.

—Al contrario —susurra con una sonrisa—. Se está convirtiendo en mi número favorito.

Me guiña el ojo y se levanta de mi lado para dirigirse hacia la puerta con esa seguridad y chulería de una auténtica estrella de rock.

—¡Chiara! —Exclamo consiguiendo que se detenga—. Procura que no te vean con la guitarra.

—Ella la roba y yo voy presa. —Suspira dramáticamente—. Qué irónica es la vida.

Y sin decir más, se da la vuelta para marcharse con su aire de diva latina y me deja aquí, negando y con una leve pero inevitable sonrisa.

—Qué chica más idiota —murmuro.

¤

Me despierto sobresaltada y con el corazón latiendo a mil por hora. Hay una sensación extraña en mi garganta, como si una bola de pelo se hubiera atravesado impidiendo el paso del oxígeno. ¿Qué hora es? El tren no se mueve. ¿Cuánto hace que llegamos a la estación? Por suerte, todavía entra luz solar a través de la ventana, lo que quiere decir que no puede ser muy tarde, ya que en esta parte del mundo anochece demasiado temprano. Me duele la cabeza. No sé qué diablos debía estar soñando, pero desde luego, no tenía que ser algo muy agradable para haberme despertado así. ¡Chiara! Tiene que estar pensando que le di plantón. Me levanto de la cama como un resorte y voy directa al baño para tratar de despejarme un poco.

—¿Pero qué son estos pelos, Dakota?

Desde luego, el espejo no muestra mi mejor aspecto. A ver quién me mandó a acostarme con el pelo mojado. Ahora parezco recién salida del musical del Rey León. En fin. Trato de arreglarlo como puedo y mojo ligeramente mi cara con agua caliente, esperando que eso se lleve la expresión de dormida que me gasto. Ya sé que lo lógico sería hacerlo con agua fría, pero tampoco es que me interese la idea de un estiramiento natural ahora mismo. Unos ligeros toques para secar el exceso de agua y listo.

Agarro mis pertenencias y dejo la habitación bien cerrada antes de encaminarme hacia la de Chiara. No debe estar muy lejos. Dijo al final del pasillo, así que, solo tengo que avanzar hacia nuestro vagón y probablemente, unos metros después de atravesarlo, se encuentre la suya.

Así es, un pequeño 13 en color rojo, adorna el marco superior de la puerta a la que llego y hace que mi corazón vuelva a acelerarse de repente. ¿Pero desde cuando tienes tú, esta ansiedad y nervios? Me detengo un momento para inhalar aire y alzo los nudillos con la intención de llamar, pero un sonido al otro lado me distrae; una melodía muy suave suena en la guitarra. Y aunque no alcanzo a escuchar bien, percibo que una voz la acompaña. Sonrío instintivamente, y como si hubiera estado premeditado, mis latidos aminoran, adoptando un ritmo tan lento y pausado como el de la canción que suena al otro lado.

Golpeo la puerta tan suave, que puede incluso que no me haya escuchado. Pero es que una parte de mí no quiere interrumpirla, y la otra, se muere por verla y escucharla de cerca. Sin ningún obstáculo de madera en medio.

La música se detiene.

—Adelante. —Giro el pomo, siguiendo su indicación y abro la puerta, siendo su imagen lo primero que visualizo en el interior de la habitación. Está sentada en la cama, con su espalda apoyada en el cabezal y aquella guitarra que robé hace unas horas, descansando entre sus brazos. Me observa con esa eterna sonrisa que la caracteriza y me siento incapaz de decir algo. Otra vez—. Si no entras ya, corremos el riesgo de que el dueño de esta belleza pase por aquí y al final si nos encierren por ladronas.

Doy unos pasos al frente y cierro la puerta tras de mí, mientras ella continúa observándome divertida.

—Esa belleza te queda como anillo al dedo.

—¿Tú crees? —pregunta bajando la vista hacia la guitarra—. Su sonido es precioso —La acaricia como si fuera el objeto más preciado que posee y vuelve a mirarme. Incluso desde esta distancia puedo percibir el espectacular brillo que inunda sus ojos. Un hormigueo recorre mi estómago al sentirme contagiada por esa ilusión que Chiara desprende. Es impresionante—. Te quedaste dormida, ¿verdad?

—Como un bebé —reconozco tímidamente—. Debes estar muerta de hambre. Ni siquiera sé qué hora es. Lo siento mucho.

—No me afecta demasiado el hambre todavía, tranquila. Pero te echaba de menos.

Me sonríe. Y otra vez ese aumento en mi ritmo cardiaco. ¿A esta chica no se le acaban esas sonrisas destructoras de mi estabilidad? La verdad es que yo también la echaba de menos. Bueno, si no hubiera estado dormida como un tronco, la hubiera echado de menos.

—¿Cómo ha ido tu inspiración?

—No estoy segura. Tendrás que decírmelo tú —Dirige la vista hacia un lugar vacío de la cama y alza las cejas, como si me estuviera pidiendo que me siente a su lado, cosa que no dudo demasiado. Avanzo hasta llegar a ella y tomo asiento a su izquierda, encontrándome con el cuaderno en el que estuve escribiendo la letra de la canción—. ¿Te importa levantarlo un poco para que pueda leer? —Sin decir ni una palabra, alzo el cuaderno para que lo tenga a una buena altura—. ¿Vas a seguir todas mis órdenes en silencio y sin protestar?

—Ni lo sueñes.

—Así me gusta. ¿Siempre voy a tener que picarte para captar tu atención?

—No. —Me encojo de hombros, despreocupada—. A veces me picarás, y aun así te ignoraré.

—Gracias por la advertencia. —Se ríe, abriendo los ojos con asombro—. Cuánta sinceridad.

Le guiño un ojo y esta vez es ella, quien niega ligeramente, mientras una pequeña sonrisa permanece dibujada en sus labios.

—Estoy deseando escucharte.

—Es la primera vez que voy a hacer esto. Así que, puede que los nervios me traicionen.

Suspira, y en ese suspiro percibo mucho más que la expulsión de oxígeno. Percibo inseguridad e incluso algo de miedo. Sustantivos que, hasta ahora, nunca había identificado con ella.

—A mí me traicionan cada vez que abro la boca, no te preocupes.

—Por eso la abres con poca frecuencia, ¿no?

—Chica lista.

—A ver si te crees que todo iba a ser belleza.

—¿Ves? Adiós inseguridad, hola Chiara.

Sus labios se expanden levemente, en una sonrisa cargada de complicidad que correspondo de manera automática. Permanecemos mirándonos un instante y siento algo muy agradable en mi interior; por primera vez, fui yo quien consiguió proporcionarle calma. Por primera vez, era ella la que necesita recibir algo de tranquilidad. Y no es que me agrade verla insegura o nerviosa, simplemente me gusta tener la capacidad de hacerle olvidar cualquier fantasma.

Con cierto atisbo de una timidez también desconocida, desciende la vista hacia la caja de resonancia de la guitarra, y es entonces, cuando me doy cuenta del movimiento tembloroso que sufre el cuaderno por culpa de mis manos. El comienzo de unos acordes consigue distraerme y dirijo mi atención hacia esas cuerdas que vibran a causa de sus dedos. Es como si sus manos estuvieran hechas para este instrumento. Danzan sobre él, sin dificultad alguna, dejándome absolutamente hipnotizada con el sonido que sale de ella.

Y entonces; su voz:

«Desde este lugar,

Veo la vida pasar,

Y mi mente no encuentra,

Ninguna historia que contar».

Dulce. Cálida. Y a la vez, segura; ligeramente rota.

Alzo la vista, deseando encontrarme con sus ojos, aunque una parte de mí teme que mi corazón termine de perder completamente el control.

«El café se enfría,

Cómo se enfría una melodía,

Cuando la vida ya no te guía,

Y te sientes perdida».

Me sonríe y el brillo que desprende esa mirada celeste, es más resplandeciente que nunca. Es ese brillo que solo aparece cuando estás haciendo aquello que te apasiona. Eso a lo que le entregas tu alma y quien te observe mientras tanto, está conociendo la mejor versión de ti. La más real y transparente.

«Pero de pronto tú, con tus sueños y tu luz.

Yo soy miedo, tú eres ganas.

Y sé que estoy equivocada».

Su mano derecha se detiene unas milésimas de segundo, como si fuera el paso previo a un cambio de ritmo; la entrada a un estribillo.

«Entiende, que el momento es esto y ahora

Siente, que la vida no te espera, solo

Sigue, un segundo cambia el mundo

Y vive… hazlo una vez más».

No existe nada más importante en este momento, que el sonido de su voz, llenando de magia el comienzo de una historia convertida en letras. Su mirada, permanentemente clavada en la mía. Su sonrisa a ratos. Mi corazón acelerado y una admiración que crece al ritmo de cada nota.

«Comprende, que el recuerdo es solo eso,

Aprende, que el camino es algo incierto

Y juega, como si no existiera el tiempo.

Arriesga, encuentra tu lugar».

El ritmo vuelve a bajar de intensidad y repite la rueda de acordes dos veces, como si estuviera ganando tiempo para algo.

«Falta una estrofa y repetir el estribillo,

Pero juntas lo conseguiremos,

Porque formamos un buen… ¿equipillo?».

Esa estrofa improvisada nos arranca una risa a ambas. Chiara vuelve a bajar la vista hacia las cuerdas y realiza un punteo absolutamente hipnotizante, con el cuál, da por finalizada la melodía. El sonido se detiene completamente cuando posa la palma de su mano sobre dichas cuerdas para que dejen de vibrar. El más absoluto silencio pasa a reinar nuestro corto espacio. Ella alza la vista para buscarme, y no estoy segura de lo que encuentra, porque no tengo la más mínima idea de lo que estoy expresando ahora mismo. Un manto de inseguridad vuelve a cubrir sus ojos opacando por completo el brillo que hace un momento estaba desprendiendo. Siento que todo lo que diga va a resultar mínimo en relación a lo que realmente acabo de sentir. Los segundos transcurren sin que ninguna de las dos aparte la vista o pronuncie una palabra.

—Sé que te sientes muy cómoda en el silencio, pero ahora sería un buen momento para que dijeras algo.

—Todo lo que te pueda decir me parece insuficiente, Chiara. No sé qué haces aquí, en lugar de estar dedicándote a la música y haciendo conciertos alrededor del mundo.

—Creo que es un poco tarde para eso. —Ella sonríe, pero a mí me duele su frase como si me hubieran clavado un cuchillo en el estómago—. Así que, me conformo con, por lo menos una vez, haberle mostrado esto a alguien.

—¿Nunca habías cantado delante de nadie?

—No.

—¿Y por qué yo?

—Me lo pediste. O bueno, más bien me lo exigiste —corrige en tono burlón—, y hasta robaste una guitarra por mí. Negarme hubiera sido muy feo.

—No lo comprendo.

—¿El qué?

—Que nunca lo hayas compartido con nadie y...

—A veces, pasas toda la vida construyendo a tu alrededor un fuerte muy seguro, tras el que te escondes o guardas ciertas partes de ti que no quieres que nadie conozca. Pero de repente, aparece una persona de la nada y por algún motivo, permites que entre. Quieres mostrarle todo eso que siempre guardaste, porque sientes que lo va a valorar tanto como tú misma lo valoras o incluso más. Entonces, no es necesario que hagas nada; las paredes se derriban por si solas y ahí está esa persona, mirándote con una cara de tonta que no te indica si está hipnotizada por tu voz angelical o aterrorizada porque pareces una gata en celo maullando.

Un extraño ruido, casi como un rugido, interrumpe cualquier intento de protesta que estuviera a punto de hacer.

—Una gata no lo sé, pero un tigre en la panza parece que sí tienes.

—Te quedaste dormida durante horas y me estás matando de hambre, ¿qué esperas?

—¡¿Y por qué no avisas?! —Me levanto de la cama como un resorte, bajo su atenta y divertida mirada. No sé qué le hace tanta gracia. Frunzo el ceño y cruzo los brazos—. ¿Vamos a comer o no?

—Vamos, vamos. —confirma apartando la guitarra para poder levantarse—. Pasas de la preocupación a lo gruñona en milésimas de segundo. Eso debería considerarse un don.

—Creo que, coloquial e incorrectamente, lo llaman bipolaridad.

—Exacto. Y dime, ¿qué hacemos con esto, doña ladrona de guitarras bipolar?

Observo el instrumento sobre la cama, recordando y avergonzándome al momento por habérmela llevado.

—Debería intentar devolverla ahora que el tren está prácticamente vacío.

—Te acompaño —anuncia haciéndose con ella—, porque como te pillen y tengas que dar una explicación, igual no te vuelvo a ver.

—Vale, chica de Miami experta en idiomas.

Sostengo la guitarra para que pueda colocarse el abrigo y un pequeño bolso mientras nos dirigimos a la puerta.

—De Miami y abogada, libre de cárcel asegurada.

—Encima te sale una rima.

—¿Has visto? Esto es un no parar.

Alzando una ceja con chulería, continúa su camino hacia la salida de su propia habitación, pero un impulso me obliga a impedírselo.

—Espera. —Agarro su mano, consiguiendo que se detenga en el acto y se dé la vuelta claramente sorprendida por el gesto. Su piel desprende un calor incomprensible para mi cerebro. ¿Cómo es posible que yo parezca recién salida de un congelador y ella de un jacuzzi? Me observa expectante y curiosa, como siempre que me pongo a pensar tonterías en el momento menos indicado—. Gracias por el regalo que acabas de hacerme, al permitirme conocer y dejarme disfrutar esa relación mágica que te une a la música. No se me da muy bien hablar, Chiara, ya has podido comprobarlo —Ella sonríe ante mi timidez—. Pero tienes un talento que va más allá de lo evidente. Emocionas. Y para mí, eres pura magia.

—¿Ha sido un trabajo en conjunto, no? Tú pusiste tu pizca de magia y yo la mía. Hacemos un buen equipillo, Dak.

Le ofrezco una sonrisa automática y casi como un instinto, mi pulgar acaricia el dorso de su mano con mucha ternura. Detesto las abreviaciones de los nombres, y ella es totalmente consciente desde el primer día, pero he de reconocer, que su forma de llamarme, aunque a veces solo sea para picar, comienza a gustarme.

Todo de ella, comienza a gustarme.

¤

Caminamos en silencio por las calles de Krasnoyarsk, una ciudad situada a ambos lados del río Yeniséi en Siberia. Creo que ni siquiera son las 4 de la tarde y ya comienza a caer el sol, regalándonos un atardecer de color púrpura que se acaba de convertir en el más espectacular que he visto en mi vida. Me deprimiría el hecho de que anochezca tan temprano de no ser precisamente por eso; poder disfrutar de estos colores tan llamativos en el cielo, contrastando de manera perfecta con el blanco de la nieve que baña ligeramente las calles, es una de las cosas más bellas que he podido ver en mis 26 años. Hasta el frío se vuelve soportable al contemplar esta maravilla. O quizás es que ya me estoy acostumbrando.

—Esto sí que es magia pura, ¿verdad?

La voz de Chiara interrumpe mis pensamientos logrando que recuerde su presencia y me gire a la derecha para mirarla, y me encuentre con esos grandes ojos azules observándome atentamente. ¿A quién pretendo engañar? No solo no he olvidado su compañía, sino que, además, caminar en silencio junto a ella consigue volver perfecta esta postal.

—¿Habías visto alguna vez algo así?

—Puede que sí —Se encoje de hombros y observo un poco de vaho salir de sus labios al expulsar el oxígeno—, pero probablemente no me pareciera tan maravilloso. No solemos detenernos a observar demasiado este tipo de cosas.

—En eso tienes razón. El ser humano siempre va con prisa.

—Pues tú sí lo haces. No es la primera vez que te encuentro observando a tu alrededor, como si fuera todo lo que existe.

—Soy muy de contemplar y analizar, ya te has dado cuenta. Puede que sea una característica típica de mi profesión; observo los detalles, analizo lo que me transmite, y lo guardo todo en mi memoria. —Me encojo de hombros y le ofrezco una sonrisa—. ¿Quién sabe, si algún día tendré que escribir sobre una puesta de sol color púrpura?

—Quién sabe.

Corresponde a la sonrisa y permanecemos en silencio un instante, mientras continuamos caminando sin rumbo fijo. Pero, de pronto, recuerdo la curiosidad que me produjo algo en su forma de responder hace un momento.

—¿Habías estado en Rusia antes?

—Sí —confirma regresando su mirada hacia mí—, una vez vine a ver un *ballet*.

—¿Viniste a ver un *ballet* a Rusia? ¿Como quién se va a cenar al barrio de al lado?

Vuelve a encogerse de hombros, haciéndome entender que para ella no es nada del otro mundo.

—Soy una niña de papá y mamá.

—No hace falta que lo jures.

—En realidad fue un regalo de mi novio.

—¿Otro niño rico?

—Así es.

—Y yo no tengo donde caerme muerta.

El humo que sale de mis labios me advierte del suspiro que acabo de exhalar de manera inconsciente.

—¿Y te preocupa, porque pretendes ser mi novia?

Me giro hacia ella con rapidez, dispuesta a aclarar el significado de mi frase, pero encontrarla con esa pícara sonrisa suya, me hace entender que una vez más, solo me está molestando.

—No me preocupa —protesto frunciendo el ceño—. Solo me sorprende lo distinto de nuestras vidas.

—No creo que fueran tan distintas como crees. Al fin y al cabo, ambas estamos aquí, ¿no?

—Supongo.

Encojo los hombros en un gesto de poca convicción y aparto la vista, consiguiendo volver a ese silencio que nos acompañaba hace un momento. Pero todavía puedo percibir la incesante mirada de Chiara en algún lugar de mi rostro.

—Antes de que acabe el viaje, te llevaré a ver un *ballet* ruso y tú solita te darás cuenta de que merece la pena cruzar el mundo para disfrutar de un espectáculo así.

—No lo he puesto en duda —aclaro, volviendo a enfrentarla—. Solo digo que jamás voy a poder aspirar a decidir con tanta facilidad, que mañana vendré a Rusia para asistir a un espectáculo de *ballet*. O tal vez me decante por unos tacos en México, una pizza en Roma o unos buenos quesos en París.

Ella abre los ojos exageradamente, como si acabara de decir una barbaridad.

—¿Acabas de comparar un *ballet* en el Bolshói, cuya entrada cuesta cientos de dólares, con unos tacos en México que tal vez cuesten cinco pesos?

—Los cinco pesos mejor invertidos de tu vida, seguramente.

—Exacto —asiente con una sonrisa—. Y con ello me confirmas que piensas igual que yo; no importa el precio económico de las cosas, su verdadero valor, es lo que signifiquen para ti. —Hace una pequeña pausa mientras me mira, y yo me siento incapaz de apartar los ojos. ¿Es posible que realmente nuestras vidas se parecieran en algo?—. Creo que hay dos tipos de personas en el mundo, Dakota; aquellas que tienen una pintura de Picasso en la sala de su casa, solo por el nombre de su creador o creadora, y aquellas que van por las calles de Paris, Nueva York o cualquier lugar. y sienten la necesidad de detenerse a comprar la obra de un artista callejero del que jamás han escuchado hablar, por el simple y sencillo hecho, de que esa pintura movió algo en su interior. Y también están quienes asisten al teatro como un acto social que implica dinero, cultura y categoría, o los que van porque sienten la música, la danza o la actuación con cada partícula de su cuerpo. El *ballet* es lo más cerca que podía estar de la música —confiesa con cierto atisbo de decepción. No sé si hacia su mundo o hacia sí misma—. Y me da igual presenciar un espectáculo en el Bolshói de Moscú, en el teatro de ópera y *ballet* de Novosibirsk, como hice ayer, que además es el más grande de Rusia o en una escuela de danza pública, cuyos bailarines sean simples chicos y chicas que comienzan a demostrar su amor por el baile. Pienso que debemos buscar y alcanzar aquello que disfrutamos y queremos, sea donde sea y esté en el lugar del mundo que esté. Pero no te creas que Derek me regaló la entrada porque conociera mis sentimientos. Lo hizo seguro de que era una buena forma de impresionarme. A mí o a mi familia, ¿quién sabe? De hecho, se quedó dormido en plena actuación —recuerda riendo—. Aunque según él, fue maravilloso de principio a fin.

—Vaya imbécil.

Me mira entre divertida y sorprendida por mi repentino tono de protesta.

—¿Por no gustarle el *ballet*?

—Por no mostrar el mínimo interés en averiguar las cosas que te gustan. Antes me dijiste que yo había sido la primera persona en escucharte cantar. Eso quiere decir que ni siquiera él te escuchó jamás y probablemente tampoco sabía lo que sentías por la música. ¿Qué clase de pareja dice querer a alguien, a quien realmente no conoce? Estuvo años a tu lado y por lo que me cuentas, se perdió una de las mejores partes de ti.

—No fue solo culpa suya —Se encoje de hombros con indiferencia, como si tratara de justificarlo—. Tampoco se puede decir que yo me abriera demasiado. Ni con él ni con nadie, de hecho.

Aparta la vista hacia el frente, perdiéndose por un momento en el camino que tenemos por delante y seguramente, queriendo dar por finalizada la conversación. Pero yo no puedo evitar sentir curiosidad mientras observo esa repentina seriedad que la invade.

—No es mi intención ser repetitiva, pero sigo sin entender, ¿Por qué yo?

Me mira otra vez sin cambiar en absoluto su expresión seria. Es más, frunce el ceño, como si algo en mí le estuviera resultando curioso.

—Deja de intentar explicártelo todo, mujer racional —Sustituye su seriedad por una nueva sonrisa—. Piensa una cosa; soy una chica con una enfermedad terminal, que en lugar de pasar el tiempo que me queda junto a mi familia, «novio y amigos» —Enfatiza las comillas con sus propias manos—, estoy aquí contigo, sintiéndome más yo misma que nunca. Y tú eres una chica, que, en lugar de regresar a Moscú, como tenías planeado y seguir buscando tu historia, estás aquí, conmigo, compartiendo los que quizás sean mis últimos días. —¿Por qué se empeña en sacarme de la burbuja cada vez que tiene oportunidad?—. Vive el momento y vive tu propia historia, escritora. —Permanece en silencio, sonriendo como si no pasara nada. Como si mi corazón no se hubiera encogido al escuchar de nuevo la realidad. Como si para ella, no tuviera la más mínima importancia—. Pero ahora vamos a comer, que mis tripas deben estar enredadas de tanta vuelta. ¿Qué te apetece? ¿Un restaurante sofisticado? ¿O algo de comida callejera?

Siento mis ojos hacerse más pequeños al fruncir el ceño de manera automática. ¿Cómo puede tener esta facilidad para cambiar de tema? No sé si es su indiferencia lo que me irrita o su frialdad al creer que no me duele.

—Prefiero la segunda opción.

—¿Estás segura de que no vas a terminar hecha una figura de

hielo como Anna[1]?

—No lo sé, pero me apetece disfrutar del paisaje —Me encojo de hombros tras un suspiro—. Así que, espero no correr con su misma suerte, porque no creo que Elsa esté cerca para descongelarme.

—Bueno, tú tranquila, que tendré mi beso preparado por si acaso. —Me guiña un ojo y continúa caminando con la mirada al frente, como si tal cosa, mientras el latido acelerado de mi corazón me advierte de los nervios que esta chica me provoca sin siquiera darse cuenta. ¿Cómo puede ir por la vida tan despreocupada?—. ¿Has probado los *Bliný*? —interrumpe mis pensamientos con su mirada interrogante, y un gesto de negación es suficiente para provocarle expresión de satisfacción—. ¡Te van a encantar!

Agarra mi mano muy decidida y nos dirige hacia un vendedor ambulante del que no me había percatado hasta el momento. Es una especie de carrito como los que aparecen en las películas vendiendo *hot dogs* en las calles de Nueva York. Un toldo a rayas, tres ruedas que lo sostienen y todo lo necesario para una comida rápida y no muy elaborada.

Chiara intercambia algunas palabras con el señor y en cuestión de segundos, deposita entre mis manos un recipiente cuyo interior alberga un líquido de color morado. Estoy segura de que mi expresión debe ser de absoluta confusión en este instante. Pero es que, el calor que desprende el vaso, traspasando los guantes y consiguiendo llegar hasta mi piel, me descoloca todavía más.

—¿Qué es esto? —pregunto olfateando—. Huele a…

—Vino.

—¿Vino? ¡Pero si está saliendo humo! ¿Desde cuándo el vino

---

[1] Personaje de la película de Disney «Frozen, el reino del hielo», que sufre una congelación de la cuál debe ser salvada con un gesto de amor verdadero.

se toma caliente?

Mi mirada perpleja parece provocarle diversión y confusión a partes iguales.

—¿Se puede saber tú que has comido y bebido en estos días?

—*Kofe* —respondo encogiéndome de hombros con timidez—. Y *sendvich.*

—Es todo lo que sabes decir en ruso, ¿verdad?

—Y gracias a Google.

Me observa negando con una leve sonrisa dibujada en los labios y expresión de completa ternura en sus ojos. Debe pensar que soy una niña inexperta, recién salida del cascarón. Y es curioso, porque se supone que yo era la chica independiente, viajera y superviviente que lo sabía todo del mundo.

—Bebe, anda. Voy a mostrarte los placeres de la vida.

—¿Estás segura de que no me voy a envenenar?

—Arriésgate y enséñame tu espíritu aventurero.

Sin borrar ni un instante su sonrisa, alza ambas cejas en un gesto de reto que me obliga a beber un gran sorbo de este vino caliente. El líquido baja por mi garganta y siento una ligera humedad instalarse en mis ojos de manera automática. ¡Me quema la lengua! Esta chica me quiere matar.

—¡Está ardiendo! —protesto, abanicándome la boca, como si eso fuera a servir de algo—. Podrías haber avisado.

—¿El humo no te dio ninguna pista? A ver quién te manda a ser tan orgullosa.

Se da la vuelta para recibir otra cosa que le ofrece el vendedor y además pagar la cuenta, mientras yo me dedico a soplar el vino, deseando darle otro sorbo lo antes posible. A continuación, Chiara me ofrece uno de los cucuruchos y con una sonrisa, me indica que comencemos a caminar.

—¿Cuánto fue la cuenta?

—El señor dijo que nos invita, porque parecemos simpáticas —Me detengo en seco y la observo frunciendo el ceño. Ella hace lo mismo unos pasos más adelante y se da la vuelta para mirarme—. ¿No te cansas de gruñir?

—Todavía no he gruñido.

—Pero ya tienes esa expresión que pones justo antes de hacerlo.

—¿No te cansas de vacilarme? —Mira al cielo, como si estuviera pensando y rápidamente regresa su vista traviesa a mis ojos—. Mejor no respondas a eso. Pero en serio, dime cuánto te costó la comida.

—Te dije hace un rato que yo te iba a invitar.

—No me gusta nada eso.

—Tú pagaste ayer los cafés, ¿no?

—Sí, pero me había bebido previamente el tuyo.

—Dakota —Exhala, y da unos pasos para acortar nuestra distancia—, no me voy a arruinar por invitarte a un almuerzo y a ti no te va a salir urticaria si alguien hace algo por ti. Relájate un poco.

Permanezco en silencio un instante, observando ese atisbo de súplica que hay en el fondo de la mirada celeste. Sintiendo como el calor que emanan la comida y bebida que sostengo, no es siquiera comparable al calor que me transmite dicha mirada. Desde luego, quien haya asegurado que el azul es un color frío, es porque nunca ha visto sus ojos.

—Eres muy cabezota, Chiara.

—El burro hablando de orejas.

Una sonrisa se adueña de sus labios y finalmente, también de los míos. Me gusta verla sonreír.

—Gracias —susurro.

—¿Ves? Eso está mucho mejor.

Sin decir nada más y rindiéndome completamente a su invitación, emprendemos de nuevo el camino hacia unos bancos que hay a pocos metros de nosotras. Ni siquiera me había dado cuenta de que estamos dentro de un parque. Llevamos algunos minutos siguiendo el sendero del río Yeniséi, acompañadas por algunos ciclistas o corredores, pero en algún momento, nos adentramos en este pequeño parque donde abundan pinos, turistas y probablemente, también ciudadanos de esta pequeña pero bonita ciudad. «Krasnoyarsk, la bella», así la definió el escritor Ruso Antón Chéjov; la ciudad más bella de Siberia. Y precisamente ese, fue el motivo por el cuál decidí incluirla en mi ruta del transiberiano. Cosa de la que ahora mismo no me arrepiento.

—Como no empieces ya, con la temperatura a la que estamos, se te va a enfriar en nada la comida —comenta Chiara, una vez sentadas en el banco elegido. Me giro hacia ella para observarla a punto de morder lo que hay en el interior de su cucurucho—. ¿A dónde te vas de repente?

—No muy lejos de aquí —respondo ofreciéndole una sonrisa—. Estaba pensando que es un sitio muy bonito y casi no lo incluyo en mi ruta.

—Pues mira lo que te hubieras perdido.

—¿No es curioso eso? ¿Cuántas cosas nos perdemos al tomar las decisiones equivocadas?

Se encoge de hombros mientras tritura el pedazo de comida que acaba de morder y yo, me animo por fin a probarlo. ¿Cómo dijo que se llamaba esto? No lo recuerdo, pero es una especie de crepe que continúa desprendiendo calor y un agradable olor inunda mi espacio en cuanto me lo acerco a la boca. ¡Qué delicia! Efectivamente, la masa en forma de triángulo es tan blandita como un crepe, y además, ¡sabe a queso! Definitivamente, esta comida improvisada en un banco cualquiera, de un parque cualquiera, no tiene nada que envidiarle a la de un gran restaurante.

—Nunca lo sabremos —La voz de Chiara interviene, recordándome que estábamos a punto de comenzar una conversación antes de distraerme—, porque incluso en medio de esos caminos erróneos, encontraremos algo de lo que poder disfrutar. El problema es que no siempre somos capaces de verlo o apreciarlo. ¿Quién te dice que, de haber optado por otra ruta, el destino no te hubiera deparado algo mejor que esto?

—Lo dudo. No creo que haya nada en el mundo ahora mismo, que me haga sentir mejor que el simple hecho de estar aquí.

—Eso es porque estás valorando y disfrutando el momento.

—Sorprendentemente.

—¿Por qué te sorprende tanto?

—No lo sé, hace muchos años que no ocurre —Me encojo de hombros, y aunque no tengo intención de continuar explicando, su silencio y mirada expectante, me dicen que espera y desea que lo haga—. Va a sonar muy salvaje lo que te voy a decir, Chiara, pero hace mucho que no me siento cómoda compartiendo demasiado tiempo con otra persona. Y ahora mismo estoy aquí, contigo, bebiendo vino caliente e incluso disfrutando del frío, sin atormentarme por esa página en blanco que hay en mi ordenador. —Dirijo la vista al frente para observar la tranquilidad del río y los árboles que lo rodean. Con la ligera brisa, de sus ramas se desprenden pequeños copos de nieve que caen al agua para convertirse precisamente en eso; en más agua—. Hace horas que no pienso en ella y, sin embargo, cada cosa que veo o hablamos, me inspira de una manera relajante. —Inhalo aire y vuelvo a mirarla, encontrándola en la misma atenta posición—. Estoy empezando a creer que convertir la escritura en mi trabajo, puede haber sido el detonante principal de esta crisis. Cuando lo hacía por simple entretenimiento y necesidad de contar, todo fluía de manera más natural. Pero ahora que se ha convertido en una obligación, nada me parece suficientemente bueno y me agobia no cumplir los tiempos. Es la primera vez desde hace mucho, que consigo estar simplemente aquí. Ahora. Sin la necesidad e impaciencia de estar en cualquier otro lugar.

El silencio se adueña de nuestro espacio, mientras ella me observa. En algún momento que se me pasó por alto, subió las piernas al banco colocándolas en posición de india y el vaso de vino quedó en el hueco que hay entre las mismas. Su expresión pensativa, choca directamente con la gracia que me produce verla en esta postura y bajo un abrigo tan ostentoso. Detrás de su cabeza, asoma una capucha repleta de pelos color beige y parece una mezcla entre esquimal y una niña a la que sus padres acaban de abrigar como si estuviera en la Antártida.

—Cuando comencé a estudiar derecho, tenía la idea de que iba a ser algo así como una implacable defensora de los inocentes. Súper heroína justiciera de día y artista oculta de noche —bromea con tono dramático—. Pero cuando empecé a trabajar, la realidad era muy distinta. No podía darme el lujo de escoger los casos que quería defender en base a mi creencia de culpabilidad o inocencia. Las personas pasaron a convertirse en clientes, y aunque es cierto que desarrollas un instinto para detectar si alguien te está mintiendo o no, llega un momento en el que incluso esa capacidad la desactivas, por tu propio bien. Te ciñes a las pruebas que tienes en tus manos, estudias el caso y lo defiendes de la mejor manera posible. Da igual lo que tú creas como persona —Suspira, y desvía un instante su mirada antes de regresar a mí—. Al menos, así trabajan muchos abogados, entre ellos mi propio padre. Pero yo nunca dejé de tener ese conflicto interno. Alguna parte de mí decidía en qué medida debía luchar por un caso. Nunca he librado a nadie de pagar al menos una parte de su culpa. Porque todos tenemos un límite. Una línea que a veces separa tus obligaciones de tus sentimientos. Y si la cruzas, es muy probable que te pierdas a ti misma. —Hace una breve pausa con la que no sé si espera que hable, pero permanezco en silencio—. Con esta comparación solo quiero decirte, que el poder de cruzar la línea o no, lo tenemos nosotras. Las responsabilidades son importantes, pero los sentimientos también lo son. Cualquiera tiene derecho a perder el rumbo y olvidar quienes somos, es incluso necesario a veces, pero también tenemos el deber de volver a encontrarnos y recordar nuestros motivos y esencia. Esta paz que sientes ahora, yo también la siento. Porque estamos simplemente aquí, con un paisaje precioso y una compañía perfecta. No necesitamos estar en ningún otro lugar. Y la mayoría de las veces, ese es el secreto de la plenitud y felicidad, Dakota. Ese es el gran misterio de la vida. Cuando necesites contar algo, siéntate, pon tus dedos a trabajar y cuéntalo. Pero cuando no, levántate y vive.

La observo en completo silencio, tratando de procesar y guardar en mi memoria cada una de sus palabras. Creo que debería responder algo y dejar de mirarla como una estúpida, pero me es imposible. No sé qué decirle.

Una sensación de golpe en mis piernas y el ruido posterior, me sacan rápidamente de mi ensoñación para descubrir a un intruso olfateando mi olvidada comida. Su ladrido me sobresalta y me devuelve a la tierra, como si tratara de decirme: «¡Eh! Deja de babear y dame un poco de eso que huele tan bien, antes de comenzar a babear yo». Sus puntiagudas orejas sobresalen simpáticamente sobre una carita muy fina, mientras me observa alegre. Es tan blanco como la nieve y sus ojos tan celestes como los de Chiara. Juraría que se trata de un Husky Siberiano, pero nunca he visto uno tan blanco como este. ¿De dónde sale una cosa tan bonita? Comienzo a jugar con él, mientras aprovecho para acariciarlo y percatarme de que, la suavidad de su pelo hace que parezca un peluche en lugar de un perro.

—¿Es un Husky? —Dirijo un momento la vista hacia mi acompañante y la encuentro observándonos con una sonrisa que expresa ternura. Normal, si este pequeño derrite a cualquiera.

—Eso parece, pero nunca los había visto tan blancos.

—Yo tampoco. —Vuelvo la vista hacia el animal y, disimuladamente, le doy un pedazo de mi crepe. Claro que, él no se lo come tan disimulado y si su humano anda cerca, acaba de delatarme por completo—. ¿Sabes que uno de mis sueños siempre ha sido tener un Husky Siberiano? Puede parecer un poco discriminatorio para el resto de las razas, pero estoy enamorada de estos perros.

—¿Y por qué no lo tienes todavía?

—¿Con mi ritmo de vida? —pregunto observándola—. Imposible.

—Tal vez, algún día te enamores, te cases y tengas una bonita casa con jardín, hijos y un Husky Siberiano destrozándolo todo.

—Creo que eso es todavía más imposible.

«¡White!», se escucha un grito a lo lejos y el perro, después de un último ladrido a modo de despedida que interrumpe nuestras miradas, sale corriendo hacia esa dirección. Lo observo llegar hasta una chica y saltar contento sobre ella mientras le zarandea el pelo y le habla como si el perro fuera a entenderla. Tienen conexión. Se nota a leguas. Entre salto y salto, emprenden de nuevo el camino para alcanzar a lo que parece ser el resto del grupo. Un chico joven que va de la mano con otra muchacha acaricia al perro casi con la misma efusividad que la chica anterior. Y ella, la que pronunció su nombre alejándolo de nosotras, me sorprende cuando abraza por la espalda a la tercera de sus acompañantes. Algo en sus cálculos parece salir mal, porque tropiezan entre risas por parte de los cuatro y muestras de cariño con las que continúan su camino. Curioso.

—Incluso en «la Rusia de Putin» existen valientes —Regresa la voz de Chiara, obligándome a mirarla. Aparta la vista de aquellos chicos y la dirige hacia mí con una sonrisa—. El mundo no está tan perdido como creemos.

—No lo está —susurro correspondiendo a la sonrisa y permanecemos así unos segundos, sin ladrido que nos interrumpa. ¿Valientes? ¿Temerarias? ¿Quién sabe? Lo que sí queda claro, es que el amor es más fuerte que el miedo—. Sigue hablándome de ti. —cambio de tema antes de darle otro mordisco a mi comida. A este paso, entre bocado y bocado, hago la digestión—. Tu vida antes de esto. ¿Tan insatisfecha te sentías, que necesitaste huir? ¿No había nada en tu día a día o tu trabajo, que te gustara?

—Sí, por supuesto que sí. —Exhala y se recoloca bebiendo un sorbo de vino antes de continuar hablando. ¿En qué momento terminó con su crepe?—. Nunca me ha faltado de nada y quejarme de mi vida, sería muy egoísta por mi parte. De lo que me quejo, es de mí misma y de mi actitud ante ella. Siempre me ha resultado muy contradictorio, ¿sabes? Continuamente salía al estrado para defender a diferentes personas, y, sin embargo, nunca fui capaz de defender mis propios ideales y sueños.

Frunzo el ceño, porque algo no me cuadra cuando la escucho hablar así.

—Me cuesta reconocer en ti a la persona de la que hablas.

—¿Por qué?

—No lo sé, Chiara. Te veo como una chica decidida, con mucho carácter y temperamento, descarada, a la que le importa muy poco lo que piensen de ella. No logro relacionarte con alguien sumisa.

—No era sumisa —rebate encogiéndose de hombros—, pero sí conformista. ¿Alguna vez has tenido la sensación de estar viviendo una vida que no te pertenece? Es como si llevaras unos «Manolos» de una talla inferior a la tuya. Son perfectos para el mundo, bonitos para ti y conseguirlos ha llevado su sacrificio, pero por mucho que lo intentes, tu pie no encaja en ellos.

—Y aquí vuelve a aparecer la niña rica —Alzo una ceja para molestarla—. Ella no podía utilizar unos zapatos de mercadillo para su ejemplo. No. Unos Manolo Blahnik. —Se encoge de hombros con cierto atisbo de timidez que me provoca una ternura instantánea. Imaginarme a Chiara hablando de ropa y zapatos de marca durante una tarde de café, choca con la imagen que tengo de ella. Pero por lo que me dice en ocasiones, seguramente así fuera su vida hasta hace muy poco tiempo—. Supongo que nunca he tenido esa sensación. Para bien o para mal, mi vida la elijo yo.

—Y por eso te admiro. Aunque a veces te sientas perdida, eres el ejemplo de lo que una parte de mí; la loca y rebelde que tienes delante, siempre quiso hacer.

—¿Tienes miedo? —escupo sin más, sabiendo que esa pregunta ni siquiera pasó por mi cerebro antes de ser expulsada por mis labios. Su mirada confusa me indica que la única dirección que puedo seguir ahora es hacia adelante—. De la muerte —aclaro, sintiendo como mis propias cuerdas vocales tiemblan al pronunciar la palabra—. Prometo no volver a tocar el tema a partir de hoy.

—No me hace daño que hables de ello.

—Pero a mí sí.

Un eterno instante de silencio se forma entre ambas y aparta la vista hacia el río, volviéndome la espera todavía más eterna.

—No tengo miedo —sentencia volviendo a mirarme—. Al menos, no lo he tenido hasta el momento.

—No me explico que no te angustie, aunque sea un poco, la incertidumbre de no saber qué va a pasar.

—Nunca he temido a la muerte, Dak. Te parecerá extraño, pero la concibo como un hecho meramente fisiológico. Todo en nuestra vida es una incertidumbre, salvo eso. De maneras y en tiempos diferentes, todo ser humano va a llegar al mismo lugar.

—Pero resulta muy injusto cuando se trata de personas a las que aún les queda mucho por vivir.

—¿No te parece que hay personas que aunque estén vivas durante 80 años, no llegan a vivir jamás?

—¿Vas a sacar siempre un argumento que me haga plantearme mi verdad?

—Soy abogada —Encoge los hombros con una mezcla de superioridad e inocencia, que seguramente solo ella sea capaz de expresar—. Esa es mi especialidad.

—Me gusta.

—¿Mi profesión?

—Que me hagas replantear absolutamente todo lo que antes tenía muy claro y seguro. Estoy descubriendo en tan solo tres días, que la zona de confort no es solo un estado físico.

—¿Ves por qué te digo que no somos tan diferentes ni teníamos vidas tan distintas? Incluso estando a kilómetros de distancia, ambas vivíamos permanentemente, en una zona de confort emocional.

Asiento y aunque una parte de mí tiene miedo de ahondar más en esta conversación, hay otra que quiere continuar, sabiendo que, si no es ahora, no volveré a ser capaz de abordar el tema.

—¿Qué harías si tuvieras una segunda oportunidad, Chiara?

Su expresión cambia por completo en cuanto formulo la pregunta. Un manto de frialdad se adueña de sus ojos y aparta la vista.

—No la tengo.

—Pero si la tuvieras.

Ni siquiera sé el porqué de mi insistencia.

—No me gusta pensar en cosas que sé que no van a suceder —La seriedad con la que sentencia y me mira, provoca algo incómodo en mi interior. Es la primera vez que percibo en ella algún tipo de sensación al hablar de este tema, y no me gusta dicha sensación. Bajo la mirada con tristeza, culpabilidad o quién sabe qué—. Creo que regresaría a España —Vuelve a hablar y al alzar la vista, la encuentro con la mirada perdida en el río una vez más—, viviría con mis abuelos una larga temporada. De hecho, tengo pensado hacerlo en cuanto termine la ruta, pasar unos días con ellos, recordar mi infancia, mis lugares, salir del bullicio de Miami y perderme en un pequeño pueblo de Asturias cuyo olor llevo impregnado en mi memoria. —Inhala aire profundamente mientras cierra los ojos como si estuviera disfrutando de ese aroma en este momento—. El olor a pasto, a naturaleza pura y a lluvia. Los sonidos del campo, la brisa y la inmensa paz que experimentaba cuando era una niña y me tumbaba a no hacer otra cosa que no fuera respirar. —Abre los ojos y me mira, dejándome percibir un brillo espectacular y contagioso en ellos—. ¿Has estado alguna vez en Asturias?

—Durante mi camino a Santiago.

—¡Por supuesto! Se me olvidaba que estoy junto a una viajera nata.

—A decir verdad, el camino de Santiago es el único viaje que he hecho en mi propio país.

—«Las huellas del camino» —repite el título de mi último libro—. ¿Entonces esta noche me vas a transportar a mis lugares de la infancia?

—No sé por qué parte del libro vas y no voy a decirte si mi paso por Asturias está plasmado en él. Las huellas del camino no es una autobiografía, recuérdalo.

—No. Es una serie de experiencias convertidas en historia. Así que, me extrañaría que esa, en concreto, te dejara tan indiferente como para que decidieras omitirla. Y si es así, no llegaste a conocer realmente Asturias, porque estoy segura de que te encantaría. —La seguridad con la que afirma y la emoción que veo en sus ojos al hablar de su tierra, me hacen sentir un hormigueo en el pecho tras el cual, solo puedo sonreír. Por supuesto que hablo de Asturias en mi libro, pero ahora más que nunca, prefiero que sea ella misma quien lo lea—. También me formaría musicalmente y lucharía por dedicarme a ello de cualquier manera —continúa con la conversación que estábamos teniendo—. Siempre he querido aprender a tocar el piano, el violín e incluso el arpa —Su risa hace acto de presencia para contagiarme—. Aprendería un poco de cada instrumento que existe. Y tú podrías aportarme algo de tu talento para escribir letras. ¿Te imaginas? ¿Ganarme la vida tocando y cantando nuestras propias canciones en pequeños bares? Viajaríamos por carretera como Thelma y Louise. Dakota y Chiara por el mundo. —La voz dramática y el gesto de estar creando un cartel en Broadway me obligan a negar sin poder parar de sonreír—. Nunca dejaría de aprender y descubrir cosas nuevas, e iría repartiendo sonrisas a cualquier persona que se me cruce. He llegado a la conclusión de que, puede que me tachen de loca, pero el recuerdo que esa persona tendrá de mí será con una sonrisa pintada en la cara. Quiero que me recuerden sonriendo, Dak.

La observo en completo silencio. Con esa vitalidad que desprende y la bipolaridad que me provoca. Todo en ella, es vida. Pura y contagiosa vida. Pero es inevitable la sensación de opresión que experimento al mismo tiempo. No quiero que seas un simple recuerdo, Chiara. No quiero.

—¿Crees que hay algo más allá?

Su mirada se torna confusa. Ni ella esperaba que rompiera el silencio con dicha pregunta, ni yo esperaba hacerla.

—¿Tú?

Su inesperado contrataque me hace dudar unos segundos. Hasta que finalmente, suspiro y me encojo de hombros.

—Quiero pensar que sí. Que con un cuerpo no acaba todo.

—Dicen por ahí, que las personas no mueren mientras no se les olvide.

—Entonces creo que tú eres inmortal.

Nuevamente se produce un intenso silencio. Tan intenso como el color de esos ojos que me miran incesantes. Es imposible apartar la vista cuando me observa de esa forma, porque mantengo la esperanza de ser capaz de leer su mente y averiguar qué pasa por su cabeza en momentos como este.

—No tengo miedo de la muerte en sí misma. Tengo miedo de encontrar un motivo por el que quiera quedarme. —Silencio. Otra vez, silencio. Mis ojos se vuelven ligeramente vidriosos y me veo en la obligación de apretar con fuerza la mandíbula, para que nada escape de mi control—. Pero tú sí tienes otra oportunidad. ¿Cambiarías algo?

Aparto la vista, mientras hago una rápida introspección para analizar su pregunta y en cierta forma, le agradezco que haya roto el silencio, porque no sé cuánto hubiera sido capaz de aguantar.

—El pasado no se puede cambiar. Y en cuanto al presente, no

lo sé, vivo como quiero vivir —Me encojo de hombros y vuelvo a enfrentarla—. Así que, supongo que ahora mismo, solo quiero cambiar lo único que no puedo cambiar.

—¿Qué cambiarías de tu pasado? —cuestiona, ignorando el resto de mi respuesta.

—Diría cosas que nunca dije.

—¿A un antiguo amor?

—A una antigua madre —Intento bromear y sonrío, pero ella parece confusa.

—¿No tienes la posibilidad de hacerlo ahora?

—Hace mucho tiempo que no. Murió cuando tenía doce años. —Su expresión no cambia ni un ápice y permanece en silencio, como si la información no le hubiera sorprendido tanto como debería. Supongo que eso significa que debo continuar—. Desde entonces, comencé a convertirme en la loba solitaria que conociste hace tres días. No tengo hermanos, ni primos. Así que, mi madre y mi abuela eran toda mi familia. Ella aún vive y es, probablemente, la única persona que tiene un espacio fijo en mi vida. Creo que, a pesar de mis intentos por cortar y no volver a crear lazos afectivos, su cabezonería fue mucho más grande. —Sonrío con nostalgia—. Así son los abuelos, supongo. Eso sí, cada vez que vuelvo a casa, me regaña por el tiempo que paso desaparecida.

—¿Cómo murió tu madre?

Mis intentos por desviar el tema son un completo fracaso con esta chica.

—A causa de un glioma en el cerebro. Grado cuatro. —Esta información sí que parece desconcertante para ella. Supongo que acaba de entender por qué mi primera pregunta al contarme lo de su enfermedad, fue en qué grado estaba. Sí, paradójicamente, tengo algo de experiencia en el asunto—. Acabo de escuchar el redoble de tambores en mi cabeza. —Le ofrezco una leve sonrisa, pero ella no corresponde. Ni siquiera hace algún tipo de gesto. Simplemente me mira y por primera vez, me incomoda el silencio entre nosotras. Así que, con un suspiro, aparto la vista y decido continuar con una explicación que no sé muy bien a dónde me va a llevar—. Yo no lo sabía. —confieso, y vuelvo a hacer una pausa. La necesito para tragar saliva y continuar hasta que el nudo que comienza a formarse en mi garganta, me lo permita—. Era un día de lo más normal, estaba en clase de matemáticas y escuché como llamaban a la puerta. Recuerdo estar dibujando una especie de dragón en mi cuaderno, mientras trataba de aislarme del alboroto y el ruido que hacían mis compañeros. Era muy común en mí. Sobre todo, cuando teníamos que hacer actividades en clase. Las matemáticas no eran mi fuerte, así que, me ponía a dibujar cualquier garabato que me resultara más interesante. Entonces dibujaba mucho mejor que ahora, te lo puedo asegurar. Pero aquel día, después de escuchar la puerta, se produjo un silencio sepulcral e incluso escalofriante. Tuve un mal presentimiento. —Regreso la mirada hacia Chiara, que permanece atenta e inexpresiva—. ¿Alguna vez has tenido la inexplicable seguridad de que algo malo está a punto de suceder? —Ella asiente, sin romper el silencio—. Alcé la vista y vi a mi abuela, parada en el umbral, observándome con una mezcla de tristeza y miedo en sus ojos que jamás podré olvidar. Se me encogió el corazón, Chiara. —Aparto de nuevo la vista, porque siento que, cuando me observa, soy más vulnerable que nunca—. Miré a mi profesora y ella también me estaba mirando. ¿Has visto alguna vez ese tipo de escenas en las películas? ¿Cuándo un familiar, interrumpe la clase y se forma un silencio que aterroriza? —Ella vuelve a asentir sin pronunciar palabra—. Pues eso fue exactamente lo que pasó. Y eso fue lo que sentí en aquellas milésimas de segundo; miedo. Porque, ¿Qué hacía mi abuela allí? Ese día tenía que ir a recogerme mi madre. Íbamos a pasar la tarde en un parque de atracciones, comiendo manzanas de caramelo y escuchando como algún día se me caerían los dientes por tantos dulces. Pero eso nunca sucedió. Y ese miedo, no era parte de la escena de ninguna película. Era real y era mi vida.

Aprieto mi mandíbula con fuerza y aparto la mirada en cuanto termino la explicación. El nudo de mi garganta continúa luchando por impedir el paso del oxígeno y unas lágrimas al borde de mis ojos, parecen querer rebelarse. Aunque no se lo permito.

—¿Tú madre ya había…?

—No —interrumpo, girándome para encontrarme con esos ojos azules otra vez—. Llegué a tiempo al hospital, pero ya estaba muy grave. Me contaron lo que sucedía y en lugar de llorar y abrazarla, como cualquier niña hubiera hecho, ¿qué crees que hice?

—Te enfadaste.

Su seguridad y acierto me obligan a fruncir el ceño.

—¿Cómo lo sabes?

—Creo que todavía lo estás.

Silencio.

Simplemente la observo, esperando que mi mirada sea lo suficientemente desafiante para intimidarla. Pero ella no se rinde. Nunca se rinde.

—Me enfadé —confieso al final—. Y no sé si todavía lo estoy, como dices. Creo que, durante unos segundos, mi enfado fue con ella por haberme ocultado tal cosa, pero en algún momento, eso cambió y el objeto de mi cabreo fui yo misma. Nunca he podido perdonarme mi propia actitud. Murió en cuestión de horas, Chiara, y no fui capaz de decirle lo mucho que la quería o lo agradecida que estaba. Era la mejor madre del mundo, ¿sabes? Dedicó su vida a mí, trabajó duro para sacarme adelante y en esos últimos meses, no flaqueó. Cada instante, cada segundo, me decía cuánto me quería y me hablaba de cosas que en ese momento no entendía, pero que ahora sí entiendo. Es como si... como si supiera la forma en la que iba a reaccionar y todo lo que ocurriría después. Me hablaba del miedo y me hizo prometerle que no lo dejaría adueñarse de mi vida. Creo que, en parte, es por lo que vivo de esta forma. Elegí una vida aventurera en la que nada me detuviera, creyendo que eso me hacía valiente. Pero ahora, comienzo a pensar que ella se refería a otra cosa. ¿Es posible que las madres tengan realmente un sexto sentido?

—Te conocía. Y te quería. No es nada difícil hacer ambas cosas.

La miro en completo silencio, intentando visualizarla a través de mi vista borrosa, pero no logro descifrar lo que expresan sus ojos. Solo sé que también me está mirando y comienzo a sentir el tacto de su piel acariciando mi mano. Sus dedos transmiten calor, confianza y seguridad.

—Era más fuerte de lo que yo seré jamás —susurro, con la voz entrecortada—. A pesar de sus dolores, de su malestar y de su cansancio, llenó mis días de vida. Y yo solo, me enfadé.

Los dedos de Chiara se entrelazan con los míos, aferrándose con mucha fuerza.

—Eras una niña, Dakota. Fue tu temor el que te hizo reaccionar así. Ella lo sabía y si está en alguna parte, todavía lo sabe. No tiene sentido que te culpes.

—Tal vez. Pero ese mismo temor, me ha llevado a vivir durante años con un hueco que ni los viajes, ni cualquier otra cosa han sido capaz de llenar.

Se vuelve a producir silencio. Un silencio en el que ella me mira con una indescifrable expresión. Suelta mi mano y endereza su espalda, como si hubiera adoptado una postura más a la defensiva.

—¿Por qué volviste al tren? —cuestiona con tono serio.

—Porque no quiero cometer dos veces el mismo error.

—Yo no soy ella, Dakota. Y no vas a poder compensar conmigo lo que crees que hiciste mal con tu madre. Te has alejado de la gente, quizás para no tener que volver a sufrir una pérdida. Pero yo, precisamente… —Agita su cabeza, llevándose ambas manos a ella como si algo se estuviera saliendo de su control—. Sabes cómo acabará esto.

—No se trata de eso, Chiara. —Agarro sus mejillas para que detenga el movimiento y me mire. Sus ojos azules expresan preocupación e incluso algo de miedo. Ahora mismo parece que estoy sosteniendo el rostro de un cachorro desvalido y no el de una chica tan decidida y segura como ella—. Tú, solo eres la única persona que ha tenido un acceso real a mi vida en los últimos años y ni siquiera sé el motivo. Es incluso irónico. —Me encojo de hombros, con una sonrisa también irónica y libero sus mejillas al ver la confusión en su expresión—. Lo primero que quise hacer cuando me hablaste de tu enfermedad, fue huir lo más lejos posible. Correr en dirección contraria y a máxima velocidad. Pero no sé qué diablos hiciste para instalarte en mi cabeza de esta forma. Una simple conversación con una desconocida me estaba persiguiendo de manera ilógica. Entonces te volví a encontrar, en medio de una ciudad repleta de turistas por la que vagaba sin rumbo. Y cuando llegué al hotel, me di cuenta de que, por algo habías aparecido en mi camino dos veces de manera tan repentina, por algo conseguías desmontar mis teorías con cada conversación y por algo no podía sacarte de mi mente. Todavía no sé qué es ese algo y sí sé cómo va a acabar esto. Soy totalmente consciente y es muy probable, que en un futuro termine con el corazón hecho pedazos, porque no voy a poder parar la conexión que crece entre nosotras. Pero la verdad es que no quiero pararlo. No pienso en el futuro. O al menos, no la mayor parte del tiempo. Tú misma me lo has repetido muchas veces y de alguna manera consigues que deje de hacerlo. Porque ayer, cuando regresé al hotel y vi en unos simples objetos lo que había estado siendo mi existencia hasta ahora, me di cuenta de algo; resulta que no importa lo mucho que intente huir de mis miedos. Siempre me van a alcanzar. Y tal vez eso es lo que he estado haciendo durante toda mi vida; huir. No iba a dejar de pensar en ti, aunque me fuera a Moscú, regresara a España o siguiera el viaje por otro lugar. Me gusta estar contigo, Chiara. Eso es lo único que tengo seguro en este momento. Y creo que cuando algo te gusta, tienes que vivirlo. A pesar del miedo.

Se produce un silencio en el que ella simplemente me mira y el único sonido que escucho, es el de mi corazón, latiendo a toda velocidad. Yo nunca he sabido expresarme con palabras habladas, por eso la escritura es mi modo de comunicación. Así que, no sé de dónde salió tanta sinceridad y en qué momento encontré las frases adecuadas para explicarme. Se me vuelven eternos los segundos en los que permanece mirándome callada. Debe pensar que no soy más que una chica inexperta y deslumbrada por su arrolladora personalidad. La verdad, es que nunca me he planteado siquiera la posibilidad de cambiar mis planes por alguien. Nunca había deseado tanto estar al lado de una persona como en este momento. Y ahora estoy aquí, temblando como un flan, esperando que una chica con sentencia de muerte diga algo que me permita pasar tiempo a su lado. ¿Qué locura es esta? Deberías estar en un avión que te lleve lejos de este lugar, Dakota. Pero ¿Cómo voy a alejarme de esta chica? El simple pensamiento de su muerte me crea una angustia paralizante y todo esto es tan contradictorio, que lo único que tengo claro, es que quiero estar junto a ella.

—¿Estás dispuesta realmente a vivir, Dakota? ¿Con todo el significado que conlleva esa palabra? ¿Conmigo?

Sus preguntas me confunden. ¿No me acabo de explicar con suficiente claridad?

—Estoy aquí, ¿no?

—Responde; sí o no. Y piénsalo bien, porque no vas a ser la misma persona cuando termine esta historia.

No sé a dónde quiere llegar y el latido acelerado de mi corazón no me aporta demasiada calma para comprenderla. Puedo incluso sentir mi ceño fruncido mientras ella me mira interrogante y a la expectativa.

—Sí —respondo por fin.

—¿Haciendo lo que sientas en cada momento? ¿Sin importar lo que diga o piense la gente?

—Sí —repito.

—¿Viviendo cada minuto cómo si fuera el último?

—Sí.

—¿Sin miedo?

—Bueno, tampoco te pases.

—Prepárate, Dak —Su expresión seria es sustituida por una sonrisa triunfante e incluso ilusionada—, porque a partir de ahora, nuestro pasado queda atrás y nuestro futuro no existe. Las conversaciones sobre ello serán limitadas o inexistentes. Ahora, es todo lo que tenemos, ¿Entendido?

—¿Desde cuándo eres tan mandona?

—Desde ahora. —Sentencia guiñándome un ojo. Gesto que me obliga a negar con una sonrisa—. Estás a punto de comenzar un viaje inolvidable.

—Qué curioso, creía que ya lo estaba haciendo.

Sus labios se expanden en una sonrisa, mezcla de satisfacción y timidez.

—Aprendes rápido.

Permanecemos observándonos con uno más de nuestros habituales silencios. Y podría pasarme así durante horas, pero el hecho de descubrir sus pupilas tan dilatada y el azul de sus ojos casi inexistente ya, me hace percatarme de un hecho; es completamente de noche.

—¿A qué hora parte el tren? —le pregunto mientras busco mi teléfono para saber la hora, con la esperanza de que no se nos haya echado el tiempo encima. 5:30 p.m.

—A las seis, creo.

Me levanto aliviada al saber que aún no se nos hizo tarde y tiro los restos de nuestra comida en una papelera que hay junto al banco

—Será mejor que nos vayamos entonces. Por un momento creí que nos había dejado atrás.

—Tranquila. Por si no te has percatado, tenemos un reloj gigante justo delante. Llevo todo el rato controlando el tiempo.

Me giro para comprobarlo, y efectivamente, antes de llegar al río hay un reloj enorme cuya aguja ni siquiera avanza. Me vuelvo hacia ella y frunzo el ceño automáticamente al verla sonriendo. ¿Otra vez vacilando?

—Pues si te estabas guiando por ese, podemos estar aquí hasta mañana y seguirías creyendo que son las 3 de la tarde.

—Pero ¿a qué es relajante vivir sin estar condicionadas por el tiempo?

—Hasta que el tren se va con todas nuestras cosas y nos toca dormir a la intemperie.

—No. Esa idea ya no me gusta tanto, que llevo rato congelándome. —Se pone de pie y cubre su cabeza con la capucha de su abrigo. Parece un esquimal—. ¿No hace cada vez más frío?

—Es lo que tiene la noche. A ver si al final voy a ser yo quien tenga que salvarte.

—En realidad, fue Anna quien se salvó a sí misma y a Elsa. El gesto de amor verdadero que tuvo hacia su hermana las salvó del frío y le hizo comprender que su único enemigo, era su propio miedo, no su poder. Así que…

—Hasta hace muy poco, creía que yo era la única adulta obsesionada con esa película —La miro sorprendida mientras comenzamos el camino de vuelta.

—¿Bromeas? La primera vez que vi Frozen, quedé fascinada por la idea de que Disney hubiera creado una película donde la mujer no fuera una damisela en apuros a la que el príncipe tenía que salvar. Pero las veces posteriores, y créeme que han sido muchas, he descubierto mensajes con los que cualquier persona, de cualquier edad se puede identificar. Hay que dejar salir lo que eres, ¿no? Dejar de esconderte y liberarte de tus miedos. Solo así, fluirá la mejor versión de ti misma.

Asiento completamente de acuerdo y creo que incluso podría apreciar en mis ojos el brillo de una niña de cinco años cuando está viendo alguna película de Disney.

—Elsa es un personaje fascinante. Me tiene enamorada.

—¿Pero tú no eras heterosexual?

—Es un dibujo animado, Chiara. No cuenta. —Resoplo como si de un caballo me tratase y ella se ríe, completamente satisfecha.

—Por cierto, quise decirte algo cuando acabaste tu discurso de antes, pero parecías una cotorra y no me dejaste —Me giro para mirarla, cambiando el ceño fruncido por una expresión de curiosidad—: A mí también me gusta estar contigo. Mucho.

5

A veces me pregunto por qué escribo. Por qué me dedico precisamente a esto y no a cualquier otra cosa. Pude haber elegido arquitectura o química, aunque con mi facilidad y afición para las matemáticas... Pero quizás biología. ¡Eso es! ¡Medicina! O Psicología, o tal vez algo social. ¿Quién sabe? Hay tantas opciones más «seguras» en la vida.

Cuando entro en un bucle como este, en el que una pregunta tan simple parece ser el motivo de mi crisis existencial, me remonto al pasado. Al momento exacto en el que escribí la primera palabra de mi primera historia. Debía tener aproximadamente catorce años y aún estaba tan atormentada por la muerte de mi madre, que comencé a inventarme un mundo en el que ese sufrimiento no existiera. Y lo curioso es que funcionó. En los momentos en los que daba forma a unos personajes desconocidos y les creaba una vida imperfecta en la que tuvieran algo que superar, mi propia tristeza quedaba olvidada. O al menos anestesiada. Puede que no sea la historia más idílica, pero es la mía, mi historia. La historia de una chica que comenzó a escribir para huir de su realidad. ¿Escribo para huir? No, por supuesto que no. Escribo para encontrarme. Porque en el fondo de esos personajes, estoy yo. Porque en lo más hondo de sus sentimientos, están los míos. Sentimientos que ni siquiera sé que tengo, hasta que los escribo. Es tan delgada la línea que separa huir de encontrarse y es tan difícil distinguir cuándo estamos haciendo una cosa u otra. En fin, no soy arquitecta, ni médico, ni ingeniera, porque soy escritora. Y lo era mucho antes de escribir esa primera palabra de aquella primera historia. Lo era en mi mente, aunque nunca me hubiera atrevido a materializar mis pensamientos. En mi cabeza siempre rondaban vidas creadas por mi imaginación. Así que, aunque el sustantivo «escritora» pertenezca al verbo y acción de escribir, mi necesidad de contar siempre ha estado presente.

Sé que no soy la única que se hace este tipo de preguntas, y que cualquier persona, en cualquier momento, se cuestiona el porqué de sus elecciones y pone en duda el rumbo de su camino. Pero hay una cosa muy clara; ninguna opción es segura. Ningún trabajo es estable. Ninguna vida es eterna. Por lo tanto, tenemos que encargarnos de ser nosotros mismos quienes elijamos el rumbo de ese camino. Nos equivocaremos, querremos cambiar, lo haremos y seguiremos adelante. Pero, al final, nadie va a vivir por nosotras. Nadie va a asistir por nosotras a un trabajo que le amarga la existencia. Así que, depende, únicamente de nosotras, elegir ese camino que nos haga dejarnos la piel a base de felicidad. Que cada gota de sudor traiga una sonrisa, que el cansancio sea de plenitud y no de tristeza, y que, por la noche, al cerrar los ojos, el sentimiento de realización sea el somnífero sustituto de cualquier pastilla para conciliar el sueño.

Un sonido de golpes en la puerta de mi habitación consigue que me incorpore rápidamente. El ordenador permanece a mi izquierda, con la tapa levantada y la hoja igual de blanca que en las últimas semanas. Camino hacia la puerta algo somnolienta, ni siquiera sé qué aspecto debo tener o qué hora es. No estaba durmiendo, pero quizás llevo más tiempo de lo normal mirando el techo y haciéndome preguntas que nadie responde. Vuelven a llamar con insistencia en el momento justo en el que agarro el pomo para abrir. Descubro a Chiara al otro lado, observándome con los ojos enormemente abiertos, pero sin una expresión que pueda descifrar. ¿Tan mal estoy que se quedó pasmada? En realidad, me preocupa su silencio y esa forma de mirarme ¿Habrá ocurrido algo? Me pone incluso nerviosa. Desde que nos despedimos anoche, no he vuelto a verla hasta ahora y no sé si mi corazón late a toda velocidad por ese hecho o porque empieza a darme miedo su actitud.

De pronto, rompe el contacto visual apartando la mirada hacia algún lugar al fondo de mi habitación y cuando regresa, no solo cambia la expresión de asombro por el ceño fruncido, sino que, además trae consigo un golpe directo a mi hombro.

—Espero que eso que estabas haciendo, sea la segunda parte de este libro.

Alzando el objeto con el que acaba de golpearme, su libro electrónico, avanza unos pasos para adentrarse en la habitación con una cara de mala leche impresionante.

—Buenos días a ti también —protesto, frotándome el brazo—. Y no, no me gustan las segundas partes.

Se da la vuelta mientras cierro la puerta y me permite comprobar que la mala leche no ha desaparecido todavía.

—¿Tú te crees que esta, es forma de terminar una historia, Dakota?

—¿Ya no soy Dak? —pregunto alzando una ceja al tiempo que me cruzo de brazos.

—No. Cuando me cabreo o me pongo seria, eres Dakota. Y no cambies de tema, ¿cómo se te ocurre terminar así?

Me encojo de hombros y comienzo a caminar para retomar la postura que la gruñona esta, vino a interrumpir. Extiendo las piernas y cruzo los pies al final de la cama, observando como su enfado comienza a convertirse en una divertida confusión.

—Cualquier libro tiene que terminar, Chiara, pero eso no quiere decir que sea el final de la historia. De hecho, la historia de Gara acaba de comenzar.

—No intentes convencerme con tus argumentos de escritora sabia —advierte alzando su dedo índice en modo amenazante—. Hace veinte minutos que leí las últimas palabras que escribiste en este libro y los diez posteriores, me quedé observando las letras como una idiota, sin poder hacer otra cosa. Hasta que reaccioné y me di cuenta del privilegio que supone tenerte tan cerca para poder reclamarte. Así que, me levanté de la cama, me vestí y aquí estoy. Pero ahora no sé si quiero reclamarte o rogarte que sigas escribiendo a Gara, porque ya la echo de menos. —Un largo y dramático suspiro hace que su cuerpo ascienda y descienda rápidamente, como si se hubiera quitado un peso de encima—. Creo que me enamoré.

—¿Pero tú no eras heterosexual?

Vuelve el ceño fruncido. Aunque esta vez, en lugar de mala leche, transmite amenaza. Una divertida expresión de amenaza que me incita a sonreír. ¿Qué se siente cuando te dan a probar de tu propia medicina, señorita inteligente?

—Es un personaje de libro. No cuenta.

—Un personaje de libro femenino —aclaro—. Por supuesto que cuenta. Es una chica.

—Elsa también es una chica.

Ya estamos.

La verdad es que ni sé para qué lo intento. Seguro que mi sonrisa acaba de ser sustituida por mi habitual ceño fruncido. A este paso me saldrán arrugas por su culpa.

—Es imposible estar por encima de ti —Resoplo como un caballo.

—A ver si te crees que cualquiera tiene ese privilegio.

Ahora es ella la que sonríe con una cara de demonio irritante e inaguantable. Una extraña revolución se instala en mi estómago, pero no es la sensación agradable que he experimentado otras veces con ella o con alguno de sus comentarios. Es algo distinto, pero que no me gusta en absoluto.

—No, supongo que solo Gara y… ¿Cómo era? ¿Derek?

Su carcajada resuena por toda la habitación y eso, lejos de arreglar las cosas, aumenta todavía más mi irritación. Aunque al mismo tiempo me encanta escucharla reír. No sé qué le ve de gracioso, pero lo que sí sé, es que yo estoy al borde del manicomio.

—Eres muy curiosa, Dak.

—¿Ya vuelvo a ser Dak?

—Contigo me dura poco la seriedad.

Con cara de niña inocente comienza a acercarse y se lanza, literalmente, sobre mi cama, consiguiendo que, por un momento, el corazón se me detenga al ver mi ordenador en peligro de salir por los aires. Por suerte, lo sostiene a tiempo y me mira con miedo, como si acabara de hacer una travesura que se le salió de las manos y estuviera a punto de recibir una bronca. Mi corazón vuelve a latir con normalidad y su expresión se relaja.

—Así que, ¿soy como un payaso?

—No. —Niega apoyando los codos sobre el colchón y el mentón entre sus propias manos, mientras me observa con una mezcla de curiosidad y diversión—. Eres como un bebé, que ni siquiera sabe lo que le pasa por dentro.

Permanezco mirándola en completo silencio. No estoy segura de querer saber qué significa eso exactamente. A veces es mejor no tener conciencia de algunas cosas, y como esta chica parece ir siempre un paso por delante de mí, prefiero no averiguar a lo que se refiere.

—Entonces, ¿ya lo acabaste?

—Sí —afirma con un suspiro—. Y te prometo que ahora tengo un hueco extraño en mi interior.

—Eso se llama hambre.

—¡Imbécil! —Un golpe va directo a la parte de mi cuerpo que más cerca le queda por su postura; mi cadera. Pero no puede evitar reírse al mismo tiempo—. Tienes… no quiero llamarlo talento, porque es algo más allá de eso —comienza a explicar—. Tienes magia a la hora de relatar. Me haces viajar sin moverme del sitio, consigues que vea sus paisajes, su mundo y que sienta lo que ella siente. Me llevaste a Asturias de nuevo y estoy eufórica. Te prometo que tengo un cúmulo de sensaciones que tal vez consiga explicarte cuando me tranquilice. Pero lo que sí puedo decirte, es que leerte ha sido como soñar con los ojos abiertos, Dakota. —Vuelvo a quedarme en absoluto silencio mientras la observo con ese brillo en los ojos que consigue provocar un hormigueo en mi pecho. Se ve tan ilusionada, que me cuesta asimilar que el motivo de esa emoción, haya sido mi historia—. Dime que haremos el camino de Santiago —suplica, rodeando mi cintura con uno de sus brazos para añadirle entusiasmo a la petición—. ¡Por favor! No importa si mientes, pero dímelo. Quiero soñar, al menos por un momento, con vivir esa experiencia.

—Claro que lo haremos.

—Vaya, pues sí que mientes bien.

A pesar de su imborrable sonrisa, llevo mi mano hacia su mentón para que me mire fijamente y entienda la firmeza con la que voy a hablarle.

—Iremos caminando a Santiago de Compostela, Chiara. Y todo eso que sentiste a través de mi libro, lo vivirás en primera persona. Te lo aseguro.

Al percibir mi seriedad, su sonrisa disminuye, pero en ningún momento desaparece. Al contrario, una leve expansión de labios es suficiente para hacerme entender que cree completamente en mis palabras. Es un poco arriesgado afirmarle algo que el tiempo quizás no nos permita cumplir. Pero ¿qué más da?

—¿Qué tiene Gara de ti? —cuestiona de pronto.

—¿No era eso lo que estabas analizando?

—Tengo mi teoría, pero ahora quiero conocer tu perspectiva.

Me detengo un instante a pensar en su pregunta. Es la primera vez que a alguien le interesa tal cosa. O, al menos, es la primera vez que yo soy consciente de que han estado intentando analizarme detrás de mis personajes. Y creo que también es la primera vez que tengo un contacto tan directo con alguien que me haya leído.

—Gara es una chica perdida —comienzo a explicar, —que abandona su estabilidad para embarcarse en un viaje. Creo que tenemos vidas muy diferentes y una personalidad similar, pero ambas cosas están elevadas a la potencia. Al contrario que ella, yo vivo la vida que quiero vivir, me dedico a lo que más me gusta y trato de superarme continuamente, pero eso no quiere decir que no tenga miedo de algún día dejar de hacerlo. Estancarme, como ella. Despertar un día y sentir que no estoy donde quiero estar. Creo que cualquier ser humano tiene ese temor en algún momento de su vida. —Chiara asiente. No sé si porque está de acuerdo con esto último o para reafirmarme su atención—. Y en cuanto a personalidad, pasa algo parecido; ella es más sociable y atrevida que yo. Es más impulsiva y loca. Así que, en ese aspecto quizás es la representación de lo que a mí me gustaría ser.

—O sea que, ¿cuándo creas un personaje, sacas a través de él, aquellas partes que en tu vida real no muestras?

—Algo así.

—Interesante.

Es muy gracioso ver su expresión de satisfacción, como si realmente estuviera descifrando un misterio.

—¿Concuerda de alguna forma con tu análisis?

—Algo, aunque no del todo. No sé cómo eras hace cuatro días, pero creo que yo estoy teniendo el placer de conocer a la Gara que hay dentro de ti.

La observo en silencio. Siempre está tan segura de lo que afirma, que, en este momento, incluso yo misma me pregunto hasta qué punto está en lo cierto.

—Puede ser.

—¿Sabes? Me produce curiosidad imaginar cómo escribirías un personaje sobre mí. ¿Una Chiara elevada a la potencia? —Abre los ojos enormemente y ríe mientras niega con la cabeza—. Eso sería terrible.

—No cambiaría ni un ápice de ti. —Me encojo de hombros con indiferencia y una expresión de curiosidad se instala en esos ojos azules—. Porque si fueras un personaje de libro, Chiara, serías esa que conquista desde la primera página. Y seguirías conquistando al avanzar la trama y conocerte en profundidad. Hasta la última página. Estoy segura de que pondrías el mundo del lector patas arriba y resultarías completamente imposible de olvidar, incluso después de terminar la historia. Pero lo mejor de todo, es que no eres un personaje de libro. Eres real. Un poco insoportable —Me encojo de hombros otra vez—, pero real. Así que, te escribiría así; tal cual eres.

Vuelve a producirse un instante de silencio en el que ella me observa fijamente, con una leve sonrisa de medio lado en sus labios, mientras mi corazón comienza a amenazarme con salir disparado en cualquier momento.

—Creo que eso es lo más cursi, original y bonito que me han

dicho en mi vida.

—¿Cursi? —pregunto confundida—. Pero si acabo de llamarte insoportable. ¿Qué tiene de cursi lo que te acabo de decir?

—Decidí omitir esa parte que solo incluiste para dejar constancia de tu dureza. ¿No puedes quedarte tú también solo con lo de original y bonito?

—No. Porque acabas de llamarme cursi.

—Claro y esa palabra no entra en el diccionario de la dura y solitaria escritora, Dakota Nández, ¿no?

La sonrisa no se borra de sus labios. Es más, me atrevería a decir que aumenta mientras me mira con la barbilla apoyada en una de sus manos y esa expresión de superioridad que ya no sé si me irrita o me encanta. Su brazo continúa sobre mi cintura y de vez en cuando siento como sus dedos juegan con algún hilo que se debe haber escapado de mi camiseta. Es inevitable que, finalmente, yo también sonría.

—Tengo algo para ti —comunico más relajada.

—¡¿Una sorpresa?! —pregunta con emoción.

—Si fuera una sorpresa y te lo estuviera diciendo, algo del significado de esa palabra se me estaría escapando.

Mientras me burlo, llevo la mano hacia el cursor de mi ordenador para que abandone el estado de suspensión y me permita buscar lo que quiero mostrarle.

—A lo mejor soy tan adorable que no te pudiste aguantar.

Miro de reojo y la descubro encogiéndose de hombros con una mirada entre pícara e inocente.

—Créeme que el día que te haga una sorpresa, por muy adorable que seas, te vas a sorprender de verdad.

—Me gusta esa advertencia.

Por fin encuentro el archivo que estaba buscando y antes de que pueda decir algo más, le doy la vuelta al ordenador para que pueda ver la pantalla. Poco a poco, su frente se va arrugando a medida que lee y una expresión de absoluto desconcierto se apodera de sus ojos, provocándome una incontrolable risa interna.

—No entiendo un pimiento.

—Yo tampoco. —Mi confirmación la lleva a alzar la vista para mirarme todavía más confusa—. Se supone que son dos entradas para ver un espectáculo de *ballet* esta noche. —Abre los ojos enormemente y yo me encojo de hombros ante su sorpresa—. O al menos, eso es lo que pretendía comprar, pero no se me ocurrió pensar que iban a llegar en ruso. Aunque, tú hablas ruso. ¿Por qué no lo entiendes?

—Esto no es ruso, te lo aseguro. ¿Por qué hiciste algo así?

—No creo que vaya a ser nada del otro mundo —Vuelvo a encogerme insegura, dejando un poco de lado la confusión provocada por la información sobre el idioma de las entradas—. Quiero decir, comparado con lo que ya hayas podido ver, supongo que este espectáculo no es tan impresionante, pero estuve varias horas buscando y, casualmente, hay un conjunto musical hispano de gira por aquí. Sus pequeños conciertos se están acompañando de un *ballet* ruso y esta noche actúan en Irkutst. El tren llega a media tarde y no vuelve a partir hasta mañana. Me pareció que todo se estaba organizando para que pudiera verte disfrutar de algo que te gusta tanto. Así que, no pude resistirme. —Se queda en completo silencio, observándome con una expresión indescifrable que comienza a ponerme nerviosa. ¿Por qué tiene que hacer eso? Estaba llevando bien esto de balbucear—. Puedes decir algo antes de que empiece a tartamudear.

—Estoy comenzando a creer que lo tuyo es un don. Incluso sin proponértelo, consigues sorprenderme todos los días.

Un repentino hormigueo se instala en mi pecho y me veo en la necesidad de ofrecerle una sonrisa. Tiene razón en que llevo todos estos días actuando de manera inconsciente para con ella, pero la verdad es que podría convertirme en adicta a eso de sorprenderla. Sobre todo, si sus ojos brillan de esta manera.

—Ahora lo que me preocupa, es cómo vamos a encontrar la dirección.

—¿Aún no has descubierto la tecnología de los teléfonos inteligentes y su útil GPS?

—Sí, pero no tengo conexión a internet fuera del tren. ¿Acaso tú sí, niña rica?

Se encoge de hombros con mirada inocente. No me lo puedo creer.

—También podemos recurrir a los mapas tradicionales, si te parece más romántico. —Frunzo el ceño y, de manera automática, su resplandeciente sonrisa de anuncio de dentífrico sale a la luz, obligándome a negar repetidas veces, hasta que me es inevitable sonreír también. Una leve expansión de labios que se vuelve temblorosa a medida que transcurre el tiempo y nuestras miradas no se apartan. De pronto, siento su mano aferrarse con más fuerza a mi cintura, provocando una tensión en mi cuerpo y un cosquilleo imparable en mi estómago—. Gracias, Dak.

Permanezco en silencio. Acabo de sentir como si ese agradecimiento tan serio, fuera mucho más allá de la invitación al *ballet*. Y me resulta terriblemente curioso, porque cada minuto que paso con ella, más motivos encuentro para ser yo quien agradezca.

Cuando quiero darme cuenta, una de mis manos se dirige sin permiso hacia su rostro y la yema de mis dedos roza su mejilla, acariciándola con suavidad. Por la expresión, el gesto debe haberle sorprendido tanto como a mí, pero una fuerza superior a la de mi cerebro está evitando que me aleje. Debe ser la misma que impidió que me fuera a Moscú, la misma que me hizo volver al tren y la misma que minuto a minuto, me acerca más a esta chica. No entiendo qué mosca me acaba de picar y por qué soy incapaz de apartar mis manos de su piel. Ni siquiera puedo mover los dedos ya, estoy incluso conteniendo la respiración. Ella, aún mostrando cierto atisbo de confusión, vuelve a sonreír, consiguiendo que el oxígeno continúe su camino hacia mis pulmones y mi momentánea parálisis desaparezca. La caricia más breve e inesperada de la historia. Ahora viene el momento «incómodo» en el que alguien debería llamar a la puerta para interrumpir este cruce de miradas y disminuir mi pánico.

—Tengo hambre —comunica como si tal cosa. No puedo evitar que se me escape una pequeña risa. ¿Para qué necesito alguien que llame a la puerta, si la tengo a ella, cortando la tensión en el momento justo en el que parece que voy a colapsar?

—Vaya novedad.

—¿Qué insinúas? —pregunta alzando una ceja.

—Que pareces un saco sin fondo. Siempre tienes hambre y me pregunto dónde carajos metes la comida. ¿Eres la típica persona que come a todas horas y no engorda ni un gramo?

—Eso intento averiguar. He vivido a dieta y ejercicio desde que tengo uso de razón para mantenerme en línea.

—¿Y ahora decidiste rebelarte contra el canon de belleza y delgadez impuesto por la sociedad? ¿O estás poniendo a prueba tu cuerpo?

—Ninguna de las dos cosas. Lo que decidí fue no privarme de nada. La comida es un placer que muchas veces no disfrutamos por estar contando calorías. Me encanta hacer ejercicio y también me encanta comer chocolate. Así que pienso hacer ambas cosas cada vez que me apetezca.

—Interesante equilibrio.

—¿Te gusta el deporte, Dak?

—¿En serio no se te ocurre otra forma de llamarme? Dak me suena a nombre de perro.

—A ver si te aclaras, bonita, que hace unos minutos sufrías porque te dije Dakota.

—Es que sonaste muy seria —argumento encogiéndome de hombros—. Y respondiendo a tu pregunta; depende de lo que consideres deporte. Siempre me he aburrido de los gimnasios al segundo día y no hay ningún deporte de equipo al que me llame la atención pertenecer. No tengo constancia para esas cosas. Así que, me gusta caminar, montar en bici... O sea, ir a mi aire con la tranquilidad que me caracteriza.

—Vaya, voy a tener que anular la sesión de rápel que contraté hoy.

Mi campo visual se agrandó considerablemente al abrir los ojos como platos.

—¿Hablas en serio?

—No. Pero sería divertido.

Por un momento la vi capaz de hacerme bajar una montaña colgada de una simple cuerda.

—¿Así que, eres una chica de deportes de alto riesgo?

—En realidad, no. Aunque me gustaría haberlo sido. Siempre me han llamado la atención, pero el único deporte arriesgado que he practicado, ha sido rafting, en uno de mis viajes a centro américa. Y me quedé con ganas de aventura. La adrenalina es adictiva. Lo tengo apuntado en mi lista, pero todavía no sé exactamente por dónde empezaré. —Se lleva una mano al mentón—. ¿Qué me sugieres? ¿Paracaidismo? ¿Parapente? ¿Barranquismo? —Siento una leve sonrisa dibujarse en mis propios labios y una expresión de confusión instalarse en sus ojos al mismo tiempo—. ¿De qué te ríes?

—Estoy recordando algo que me dijiste cuando nos conocimos; que estás viviendo la vida que siempre quisiste vivir. Tienes muchos planes y te brillan los ojos cuando hablas de ellos.

—Muchos planes y poco tiempo. Así que, manos a la obra —sentencia poniéndose en pie—. Voy a ver qué me ofrecen en el restaurante. ¿Te animas a una pizza?

—Es tentador, pero yo sí tengo fondo y nada de hambre ahora mismo.

—Está bien. Te dejaré para que sigas escribiendo «Las huellas del camino 2» —Me guiña un ojo, provocándome una sonrisa automática, mientras niego al observarla dirigirse hacia la puerta tan tranquila—. Descansa un poco de la saturación mental que te provoco.

Y sin decir nada más ni darme tiempo a protestar, cierra la puerta, desapareciendo de mi vista y abandonando la habitación.

Permanezco observando la salida incluso minutos después de que se haya ido y no tardo en percatarme de que aquella sonrisa, aún continúa instalada en mis labios.

¤

El atardecer cae en Irkutsk y los pasajeros del transiberiano abandonan el tren para disfrutar de la noche en esta ciudad. Aún no conozco sus calles, pero el simple hecho de observar los cuatro imponentes edificios que componen la estación augura que me va a resultar un lugar especial. Siempre que veo a otros turistas abandonando el tren me pregunto a dónde irán, cuáles serán sus planes para las próximas horas y con quien compartirán los momentos previos al regreso, pero en esta ocasión, tengo la seguridad de que ninguno de ellos es más afortunado que yo. ¿Es lógico que me produzca tanta emoción presenciar un espectáculo de *ballet*? Me siento como una adolescente a punto de tener su primera cita. No paro de moverme sobre mí misma y mirar alrededor nerviosa. El corazón me late a una velocidad nada normal y creo que, incluso, me sudan las manos. ¿Cómo es posible, si estoy congelada de frío? Y congelada de verdad. Porque después de dos horas, decidí ponerme la ropa más elegante que encontré en mi maleta, que no es precisamente la más abrigada. Un pantalón negro que imita al cuero, al más puro estilo Olivia Newton-John en «*Grease*», una blusa blanca de manga larga con encaje y una chaqueta del mismo estilo que el pantalón. Lo único que falta para completar mi atuendo es una Harley Davidson. Sería curioso recorrer Siberia en una Harley. No tengo la más mínima idea de cómo se conduce una moto y estoy segura de que iba a pasar mucho frío, pero, aun así, sería excitante y diferente a lo que estoy acostumbrada.

Hay que ver la cantidad de tonterías que se me pasan por la cabeza cuando estoy aburrida. Aburrida y nerviosa, a decir verdad. Mis divagaciones llegan a su fin en el momento exacto en el que dirijo la vista hacia las puertas de la estación y la imagen de una chica consigue cortar de súbito mi respiración. Ahí está ella, mirándome desde el final de las escaleras, entre una multitud que queda completamente opacada por su resplandeciente sonrisa. ¿Alguna vez deja de sonreír esta mujer? Debería considerarse delito, porque puede provocar un serio atontamiento en la población mundial. Si esto fuera aquella famosa escena de «Titanic» en la que Rose baja las escaleras con elegancia mientras su futuro chico la espera, ahora mismo yo debería estar escuchando música de violines. Sin embargo, lo único que soy capaz de escuchar es el latido acelerado de mi corazón, mientras una mujer que no tiene nada que envidiarle a Kate Winslet, se aproxima hacia mí.

—A la tercera va la vencida. —comenta en cuanto llega. Mi expresión debe ser del más absoluto desconcierto. ¡Si dejaras de sonreír, tal vez me lo pondrías más fácil!—. Te busqué en tu habitación, en nuestro vagón y esta, era mi última opción antes de aceptar que decidiste darte a la fuga.

Nuestro vagón.

Hasta hace unos días era MI vagón. Aunque sinceramente, no suena nada mal eso de «nuestro». Nuestro vagón, nuestro tren, nuestro viaje.

—Ya no puedo darme a la fuga.

Estoy segura de que mi respuesta fue igual de inesperada para ambas, porque su sonrisa aumenta y el silencio se adueña de la situación por un instante.

—¿Dónde aparcaste la moto? —cuestiona, rompiendo el momento.

—Busca en el fondo del río. Es un buen lugar para que acabe cualquier vehículo dirigido por mí.

Frunce el ceño mostrando una mezcla de confusión e intriga que me resulta incluso tierna.

—¿No tienes carnet de conducir?

—Con mi modo de vida, nunca lo he considerado útil. Así que hubiera sido una pérdida de tiempo y un gasto de dinero innecesario.

—¿Puedo enseñarte?

—¿A conducir? —Esta vez soy yo quien frunce el ceño—. Me estás dejando claro que te gustan los deportes de riesgo.

—A falta de paracaidismo… —Encoje los hombros, obligándome a negar con una sonrisa—. ¿Cómo prefieres que vayamos? ¿transporte público o paseo?

—¿Tienes idea exacta de a dónde vamos? Porque yo solo tengo la dirección que hay en la entrada.

—Busqué las indicaciones en Google. El teatro está al otro lado del río, no demasiado lejos, creo. Lo tengo todo aquí. —Lleva el dedo índice a un lateral de su cabeza, acompañando el gesto con una sonrisa pícara. ¿Se supone que tengo que fiarme de su orientación?

—Entonces, mejor caminando, ¿no? Aún falta un rato para que empiece el concierto y así vemos un poco de la ciudad también.

—Sabia decisión. —Sonríe, comenzando a caminar—. Por cierto, bromeaba con lo de la moto. Tienes un aspecto entre dulce y sexy, que corta la respiración.

Su capacidad para soltar algo así y seguir caminando como si tal cosa, es alucinante y admirable. Al menos para mí, que me veo en la obligación de continuar tras ella, roja como un tomate.

Tenemos que cruzar el río Angará para llegar hasta el teatro de nombre impronunciable, lo que me recuerda que mañana temprano tengo una cita con mi vagón favorito. O mejor dicho, con nuestro vagón. El trayecto desde Irkutsk hasta la siguiente ciudad, Ulán-Udé, creo que va a ser el más impresionante y bonito de la ruta. Atravesaremos la parte sur del lago Baikal, donde nace este y varios ríos de los alrededores, y estoy segura de que será una vista de lo más espectacular, así que, no me lo pienso perder por nada del mundo.

—Qué bonito y curioso —comenta Chiara, sacándome por completo de mis pensamientos. Mi expresión le debe advertir que no sé de lo que me está hablando, porque niega mientras sonríe, como si me estuviera diciendo que soy un caso perdido, vamos—. La mezcla de construcciones que tiene esta ciudad. Casitas de madera tradicionales junto a edificios más modernos, todo en un mismo espacio. ¿No te has fijado? Me parece interesante.

—Y creo que es bastante poco lo que queda de esas casitas. En mil ochocientos y algo, hubo un incendio que arrasó con gran parte de lo que era la ciudad entonces.

—¿En serio? —pregunta con una mezcla de asombro e interés—. No tenía ni idea.

—Pues sí. El palacio del Gobernador, la biblioteca, los archivos del gobierno… todo quedó reducido a cenizas. Después de eso, el gobernador obligó a los habitantes a reconstruir sus casas de piedra. Y durante la guerra civil que hubo tras la revolución rusa, Irkutsk fue escenario de todo tipo de barbaridades entre los Blancos y los Rojos. Así que, es un milagro que aún quede algo de esas casitas de madera. Pero como tú dices, es un bonito contraste que le da una luz especial a la ciudad.

—Vaya —Me observa con una sonrisa curiosa—, no sabía que te gustara tanto la historia.

—Y no me gusta. Pero siempre que voy a ir a un lugar, trato de informarme sobre él. Así sé dónde estoy y valoro más algunas de las cosas que veo. Además, aquí está el lago Baikal y para mí es uno de los mayores atractivos de este viaje, así que, en este caso me resultó todavía más interesante. La historia de esta ciudad ha sido complicada. Fue un lugar muy problemático en su momento. Existía mucha criminalidad, violencia, estaba llena de tabernas y cabarés que atraían a menores y vendedores. Imagínate, los habitantes vivían en vilo. Pero luego, exiliaron aquí a los artistas, aristócratas y oficiales que participaron en la rebelión contra el Zar y se convirtió en el centro principal de la vida intelectual y social. Como ves, el contraste que vemos ahora, parece que solo es un reflejo de la montaña rusa que ha experimentado la ciudad desde que fue fundada.

—Impresionante —comenta observando nuestro alrededor antes de regresar su vista a mí—. Y tienes razón en algo, ahora estoy valorando todavía más esas pequeñas casitas de madera.

Han resistido el paso de los grandes destructores del planeta y de la vida. —Exhala un largo suspiro en el que incluso puedo ver sus hombros ascender y descender con pesadez—. Este mundo me da un poco de miedo y mucha pena.

—Pues sí. No somos precisamente mensajeros de la paz.

—Todo lo contrario, diría yo. Creo que somos lo peor que le ha pasado a la tierra.

Su negatividad de este momento choca completamente con la imagen de sí misma que me ha mostrado estos días, y eso me produce cierta curiosidad.

—¿Al final va a resultar que no todo en la vida te parece tan bonito y perfecto?

—La vida me parece preciosa, Dakota, y es precisamente por ello, que cuando veo este tipo de cosas me recorre una rabia interna que no puedo soportar. La destruimos —asegura con rotundidad y seriedad—. Puedes estar de compras en un centro comercial, en un tren para ir al trabajo, en un avión para regresar a casa o tal vez para conocer un nuevo lugar. Incluso en un concierto cumpliendo el sueño de ver a tu ídolo, y de pronto, alguien decide que eso será lo último que hagas. El cáncer es injusto. Jodidamente injusto, terrorífico y devastador, pero al menos te permite despedirte, reír las veces que quieras antes de tu último aliento, abrazar. Vivir antes de morir. Y luchar. El ser humano no. Se destruye a sí mismo y al mundo que le rodea. Sin distinción, sin compasión. El miedo es el desayuno de cada mañana, lo primero que nos transmiten los telediarios. Un día me gustaría encender la televisión y escuchar que hoy ha habido paz en el mundo. Pero me da lástima, porque creo que no viviré para ver ese día.

Me detengo tan súbitamente, que ni siquiera pude procesar el motivo que me llevó a ello hasta que sentí mis pies dejar de moverse y vi la espalda de Chiara avanzando por delante de mí. Parece que ya estoy empezando a acostumbrarme a la punzada que siento en el pecho cuando se empeña en recordarme lo que va a ocurrir. Bueno, para ser sincera, creo que en esta ocasión no se refería al cáncer, sino a la vida en sí misma y a lo negro que está el asunto. Y la verdad, es que no. No me acostumbro a la punzada del pecho ni al nudo en la garganta.

Da la vuelta en cuanto se percata de que no continúo a su lado, y aunque en un principio me mira confusa, cuando comienza a acercarse de nuevo, su expresión se vuelve algo triste y con cierto atisbo de culpabilidad.

—Hasta sin proponérmelo, consigo que lo recuerdes.

Le sonrío. Porque esa manera tan peculiar de disculparse, cuando ni siquiera tiene que hacerlo, me enternece.

—Hace unos años estuve en el sur de México. —Cambio de tema confundiéndola por completo—. Según internet, el tiempo había estado e iba a continuar espectacular. Sol radiante, temperaturas agradables… Tenía pensado viajar al Caribe después de visitar Chiapas, pero en cuanto el autobús comenzó a adentrarse en el estado, supe que no iba a tener tanta suerte. Un manto de nubes casi negras cubría el cielo y desde la ventanilla podía ver como los árboles se movían más de lo normal. Más tarde, a ese fenómeno lo llamaron «Bárbara».

—¿Un huracán? —pregunta entre asombrada y preocupada.

—El primero de la temporada de ese año —confirmo—. Arruinó todos los planes y aventuras que tenía pensados, pero me enseñó algo que espero no olvidar nunca. Las lluvias torrenciales no tardaron en llegar y vi muchas casas destruirse poco a poco. Estaba acojonada porque jamás había presenciado algo así, y todo lo que podía pensar era: ¿Por qué a ellos, que no tienen nada? Pero pronto entendí que tienen mucho más de lo que el mundo cree; se tienen los unos a los otros. No vi a nadie, dudar ni por un segundo en ayudar a otra persona, Chiara. Yo misma fui acogida por una mujer que, sin conocerme de nada, me aseguró que su casa estaba en un lugar estratégico dónde me encontraría a salvo. —Sonrío al recordar la amabilidad de Angélica—. En un primer momento, dudé, como cualquier persona con la mente intoxicada hubiera hecho. ¿Cómo iba a irme a casa de una desconocida? Así, sin más, con todo lo que nos cuentan de México; secuestros, asesinatos, narcotráfico, corrupción policial, femicidios, huracanes, etc. No confíes en los taxistas, en la policía, ni en tu propia sombra. Es cierto que todo eso existe. Igual que en muchos otros lugares, pero nadie habla de lo positivo. Nadie menciona ese porcentaje superior de personas que forman el verdadero país. Nadie habla de su generosidad, hospitalidad, ni de esa costumbre innata que tienen de ofrecer lo «poco» que poseen. Nadie habla de un país lleno de color, música, vida y naturaleza. Un país que ama y cuida la tierra que pisa, y que, a pesar de la corrupción del gobierno, levantan su bandera con orgullo, porque saben perfectamente que aquellos y su poder no son la esencia de su tierra. Un país que no tiene fronteras ni rencor alguno, que te acoge con cariño sin importar donde hayas nacido. No estoy diciendo que debamos confiar en cualquiera y andar por el mundo temerariamente, pero estamos bloqueados por los prejuicios que nos inculcan y gracias a eso, nos perdemos la maravilla de conocer la realidad del ser humano. El planeta está lleno de personas buenas, aunque sus heroicidades cotidianas no vendan.

—Como tú.

—Yo no he hecho nada heroico todavía.

—¿Segura? Tal vez con una palabra, una frase o una conversación como esta, hayas sembrado una semilla de esperanza en alguien que creía saber mucho de la vida. En algún momento de tu discurso me di cuenta de algo curioso y bastante deprimente; he visitado muchos lugares del mundo, pero creo que no había viajado nunca. Hasta ahora. El hecho de que algo o alguien, con el gesto o la palabra adecuada, desmorone tu mundo perfectamente armado y te obligue a reconstruir pensamientos, ideas y juicios, es emocionante.

El brillo que desprenden sus ojos es lo realmente emocionante aquí. Cuando la miro, tengo la sensación de estar contemplando a una niña pequeña que comienza a descubrir el mundo. ¿Quién sabe? Tal vez en algún momento hayamos coincidido en el mismo país, en la misma ciudad, al mismo tiempo. Quizás un día nos cruzamos por la calle y cada una iba tan sumida en sus cosas, en su modo de vida, que no reparamos la una en la otra. Y ahora estamos aquí, tan diferentes y similares que resulta curioso habernos encontrado.

—Ven conmigo a un viaje real, Chiara. Olvídate de los hoteles y de los planes, y verás que el mundo es mucho más de lo que muestran en televisión.

Como curioso resulta que esas palabras hayan salido de mí. Aparta la vista unos segundos y sonríe misteriosamente antes de regresar a mirarme.

—Llegamos.

Efectivamente, el teatro de nombre impronunciable está frente a nosotras. ¿En qué momento caminamos tanto? Ni siquiera recuerdo haber comenzado a hacerlo después de detenerla. He estado tan sumergida en la conversación, que, si ahora mismo tuviera que regresar sola al tren, no tendría como referencia ni un solo edificio por el que hayamos pasado.

El público se agolpa junto a la entrada para acceder al recinto y me distraigo un momento observando el mismo, sorprendida por su sencillez. No esperaba algo como el Bolshói y, de hecho, me gusta más así, pero tratándose de Rusia, había imaginado algo mucho más ostentoso. Un sutil roce en la mano me devuelve a la realidad para descubrir a Chiara, aún sonriendo, con esa mirada suya de: «Eh, Dak, si no vas a compartir lo que estás pensando, vuelve» y comenzando a dirigirme hacia las puertas.

Aunque la fila es larga, no tardamos demasiado en entrar. El interior del teatro es bastante más amplio de lo que aparentaba por fuera, pero mantiene un ambiente acogedor que me transmite tranquilidad. Al localizar nuestros asientos y dejarme caer en uno de ellos, la tranquilidad aumenta junto con la expectación. La vista es perfecta y estoy emocionada. Ahora parezco yo la niña pequeña.

—Sí. —El repentino sonido de su voz me hace salir de la emoción para girarme a mirarla confusa—. Sí, a vivir un viaje real, a conocer el mundo como tú lo conoces. Contigo. Sí, a todo.

Un hormigueo aparece repentinamente en el interior de mi pecho, y bajo el silencio que inunda el teatro, apostaría que se puede escuchar la velocidad a la que late mi corazón. Sonrío tan débil que no estoy segura de que, durante los segundos en los que mantiene su mirada sobre mí, haya llegado a apreciarlo.

Las luces se apagan.

Comienza el espectáculo y el murmullo de una música tranquila y serena empieza a invadir mis oídos, consiguiendo que, por fin, aparte la vista de Chiara para dirigirla hacia el escenario. Dos únicos y grandes focos alumbran partes concretas del mismo, provocando que el resto se encuentre bañado en sombra. Una de las luces, nos permite ver a una pareja comenzando a danzar lentamente al ritmo de los primeros acordes de un piano.

Y la otra, recae sobre ese instrumento y la persona que parece estar acariciándolo. Una chica, desliza sus manos sobre las teclas como si estuviera ejecutando con ellas, la misma coreografía que los bailarines realizan con sus pies. Balancea su cuerpo de una forma tan elegante e hipnótica, que realmente consigue hacerme olvidar por un momento el espectáculo de danza que vinimos a ver. Siento que, con cada nota, mi corazón ralentiza un poco sus acelerados latidos, llevándome a un placentero y curioso estado de calma. Pronto se enciende otro foco, dejando a la vista el enorme chelo que se suma a la melodía de manera casi perfecta, mientras la pareja bordea al músico que lo hace sonar, como si estuvieran presentándolo al público, y él, desliza el arco sobre el mástil o como quiera que se llame. No estoy muy puesta en las partes de un violonchelo, pero no es importante. Un nuevo foco se enciende, iluminando al par de violinistas que parecen completar este grupo musical. Las dos chicas entran al unísono en la melodía, aportando un sonido cálido y precioso. Aunque la introducción paulatina de los componentes ha sido sublime, ahora mismo tengo una extraña sensación de alivio, porque puedo volver a dirigir la vista hacia la chica del piano. Ese sonido está ejerciendo un poder de atracción tremendo en mí. Consigue abstraerme a pesar del bonito caos que se está creando sobre esa tarima. Es como si mis oídos estuvieran seleccionando únicamente su música, y el resto, permanece como un eco lejano. Presente, pero lejano. Calma, tempestad, pausa, velocidad, todas las modalidades, ritmos y sensaciones, en una misma melodía. Las emociones que se dan con el paso de los días, meses y años de la vida, transcurren en tan solo unos minutos de música. Impresionante.

Me giro por un momento a la izquierda y contemplo la imagen de una Chiara absolutamente concentrada, atenta y emocionada.

A pesar de la oscuridad, puedo ver sus ojos brillar y alguna lágrima rebelde comienza a escaparse por el lateral de uno de ellos, provocándome una sensación de completa ternura. Sonrío. Está observando a la chica del piano tan atenta como la observaba yo hace un instante, y estoy segura de que ha conseguido transmitirnos lo mismo a ambas. La diferencia, es que, mientras a mí me recorre un escalofrío y se me pone la piel de gallina, Chiara lo expresa. Se deja emocionar sin importarle absolutamente nada. Y eso me parece tan tierno como admirable.

Al percatarse de mi mirada, se gira, dejándome apreciar con más claridad el brillo que desprenden sus ojos. Tiene las pupilas tan dilatadas a causa de la oscuridad, que el negro y el azul parecen estar en una lucha de poder. Automáticamente, me invade el enorme impulso de secar esas lágrimas que descienden mejilla abajo. Sin embargo, mis manos no se mueven ni un centímetro. Permanecen ancladas al apoyabrazos de mi asiento, como si alguien las hubiera pegado. Le sonrío, esperando que entienda a través de dicha sonrisa, que me gustaría consolarla, animarla o hacer cualquier cosa que implique comprensión y no esta absurda falta de reacción que me invade a veces. No sé si llega a entenderlo, pero también sonríe, aunque en su sonrisa veo timidez. Una ligera y casi imperceptible timidez.

Asciende una de sus manos con la clara intención de secarse los ojos, pero esta vez, las mías reaccionan deteniendo su movimiento. Frunzo el ceño y niego repetidas veces, tratando de hacerle entender que no tiene por qué avergonzarse y que debe llorar si es lo que le apetece y siente. No sé si le extraña o no mi repentina reacción, pero se acerca tanto a mi oído, que percibo su aliento golpeando contra una parte de mi pelo y piel, provocándome una especie de escalofrío.

—Agradezco tu solidaridad hacia mi sensibilidad —susurra—.

Pero es que, con tanta lágrima, ya no veo el escenario.

La carcajada que me provoca es tal, que cuando quiero darme cuenta, medio teatro está girado mirándome con cara de pocos amigos. Bueno, medio teatro no, pero sí las filas más próximas. Qué capacidad de hacerme sentir idiota en dos segundos.

—Eres muy tonta —le recrimino.

—Y tú muy inoportuna.

Su sonrisa descarada no tarda en hacer acto de presencia, logrando que me pregunte si alguna vez he visto a alguien llorar y reírse al mismo tiempo. Un sonoro «¡Chsss!» se escucha desde alguna parte cercana a nuestro asiento y Chiara se lleva el dedo índice a los labios con expresión inocente. ¡Qué cara más dura!

Niego, completamente perpleja, mientras ella se gira para continuar disfrutando del espectáculo como si tal cosa. Por el tiempo que permanezco mirándola después —ya se sabe que lo mío no es la agilidad mental—, me doy cuenta de la facilidad y rapidez con la que vuelve a sumergirse en el mundo de la música, olvidando absolutamente todo lo que le rodea. No es de extrañar, porque yo misma voy sintiendo la inminente atracción que ejerce de nuevo el sonido de ese piano.

Cuando regreso la vista al escenario, me sorprendo al ver la cantidad de bailarines y bailarinas que salieron de la nada. ¿En qué momento la pareja se convirtió en un grupo? Danzan al ritmo de una canción que dejó atrás su versión más melódica para dar paso a una parte cañera. El espectáculo me envuelve de tal forma, que olvido por completo el paso del tiempo. No he visto en mi vida algo tan maravilloso. La sincronización de los movimientos, la música perfecta, el sentimiento que cada una de estas personas pone en lo que hace, es cautivador. Cada partícula de magia crea un todo alucinante. Ni siquiera se trata ya de *ballet* clásico, es algo más contemporáneo y con tanta fuerza, que siento como si me estuvieran inyectando energía en vena.

Otra vez el piano, haciéndose notar por encima de todos, con tanta elegancia y determinación, que no le hace falta nada extraordinario para llevarse la atención de los presentes. Con ella comenzó este espectáculo y ella parece estar marcando el fin. El ritmo de la música desciende, los otros instrumentos nos regalan sus últimos acordes. Primero los violines, manteniendo un vibrato que la acústica del lugar hace desaparecer poco a poco. A continuación, el imponente violonchelo, finalizando exactamente de la misma forma, con un balanceo delicado y sublime. Por último, ella, la chica del piano, deslizando sus manos sobre las teclas y haciéndome suplicar que su sonido se vuelva eterno. Pero, lamentablemente, no lo hace. La música acaba y trae consigo un silencio sepulcral en el que no sé bien cómo sentirme.

Normalmente, al finalizar un espectáculo, el público aplaude de manera automática, evitando este momento de trance y mezcla contradictoria de sentimientos. Pero en esta ocasión, no sé si todos se sienten tan confusos como yo o el tiempo está transcurriendo tan despacio, que unas milésimas de segundo me parecen una eternidad. De pronto, unas efusivas palmadas comienzan a escucharse tan cerca de mí, que salgo de dicho trance como si me hubiera despertado sobresaltada de un sueño. Aplausos y gritos de elogio que consiguen captar la atención de la chica que tocaba el piano. Mira hacia aquí y mi cuerpo se tensa automáticamente. —Yo no soy—, Quiero gritarle con la mirada. Pero hubiera sido inútil, porque cuando la veo reírse con complicidad, entiendo que no es a mí a quien está mirando, sino a la persona que le aplaude y grita como fan enloquecida. Y esa persona, no es otra que mi desquiciada acompañante.

Chiara está de pie, aplaudiendo como si el mundo se fuera a acabar mañana, mientras el resto del público la miran perplejos.

A ella no le importa en absoluto, de hecho, parece que ni siquiera los ve. Dirige la vista hacia mí y me lanza una mirada de: «¿Qué demonios haces sentada todavía? ¿A caso tienes horchata en las venas?» Es entonces, cuando vuelvo a apreciar esos ojos azules brillar a causa de las lágrimas, y por algún extraño motivo, que nada tiene que ver con mi cerebro, donde hay una gran cantidad de sentido del ridículo, me levanto y comienzo a aplaudir. Ella me sonríe con tanta complicidad, que ni siquiera me importa cuántas personas nos puedan estar mirando ahora mismo. Creo que pasar desapercibida con esta chica, va a ser una misión imposible. Pero ¿qué más da? Somos un buen equipo.

Ahora escuchamos el sonido de otros aplausos que desvían nuestra atención hacia la primera fila del teatro. Una chica también se puso en pie y rápidamente es acompañada por dos personas más que están a su lado. La chica del piano desvía la vista hacia ellos, que gritan incluso más enloquecidos que Chiara. Les envía un beso y se ríe. Tal vez sean sus familiares o amigos. Apenas bastan unos segundos para que el resto del público se levante y comiencen a ovacionar a este grupo de músicos y bailarines, como si estuvieran en un concierto de rock callejero y no en un sofisticado espectáculo. Parece que todos estábamos sintiendo lo mismo y solo necesitábamos una Chiara que nos obligara a expresarlo. La miro sin siquiera controlarlo y me devuelve la mirada. Sonrío con orgullo, mientras un mar de aplausos hace de banda sonora.

Cómo influyes en el mundo, Chiara.

¤

Caminamos en completo silencio. Yo, sin tener mucha idea del rumbo que estamos siguiendo. Y ella, mirando al frente, como perdida en la nada. A pesar del silencio y de morirme por saber en qué está pensando, me gusta observarla así, en su mundo, al igual que yo, la mayor parte del tiempo.

—Ella es increíble —susurra de pronto y me mira. Ya sé en lo que estaba pensando.

—Lo es.

—Esa… delicadeza y fuerza a la vez, Dakota. Su manera de sentir y hacer sentir. Era como si la música estuviera atravesando sus dedos y transportándose por todo su cuerpo hacia nosotros. Esa chica tiene mucho talento. Estoy segura de que llegará muy lejos.

—Se dedica a lo que, supongo, que le apasiona. Eso es llegar tan lejos como seguramente se propuso.

Una ligera sonrisa comienza a expandirse en sus labios.

—Aprendes muy rápido, ¿sabes? Me gusta.

—¿Cómo no hacerlo? Si eres una especie de bola demoledora.

A pesar de mi tono y el resoplo que pudo escuchar después, ella permanece con la sonrisa intacta mientras un ligero aire de intriga se instala en sus ojos.

—¿Qué significa eso exactamente?

—Algún día te lo explicaré.

—¿Todavía no has aprendido que «algún día» puede no llegar nunca? —Frunce el ceño, dejándome bastante claro que no voy a poder redirigir la conversación. Ya lo soltaste, ahora te toca explicarlo, Dakota.

—Bueno, es que contigo todo es intensidad elevada a la potencia. Cualquier mínimo detalle lo vives por todo lo alto. Acabo de verte llorar porque estabas completamente emocionada con lo que veías. Te da igual estar en un teatro o en plena calle, si quieres llorar, lloras. Si quieres emocionarte, te emocionas. Si quieres levantarte y ponerte a gritar y aplaudir como una loca, lo haces. Y consigues que yo también lo haga, que se forme un nudo en mi garganta porque tengo ganas de llorar como una niña y ni siquiera sé por qué. Logras que me olvide de mi sentido del ridículo y que haga simplemente lo que siento. A eso me refiero. No sé cómo eras antes, en tu vida cotidiana, pero aquí sé, que no hay medias tintas contigo, Chiara. O lo sientes todo o no sientes nada. Así de simple y así de demoledor.

—Pues siéntelo todo. —Su sonrisa no desaparece. ¿Cómo puede ser tan despreocupada y yo tan preocupada? Y lo peor del asunto es que nunca he sido de comerme la cabeza, pero ahora resulta que le doy vueltas a todo. Básicamente, porque siento que todo se me sale de las manos—. Oye, ¿te suena este sitio? —Vuelve su voz a interrumpir mi monólogo mental—. ¿Pasamos por aquí antes?

Observo un momento a mi alrededor. Tiendas, bares, restaurantes, cafeterías, humo, olor a comida. Gente, mucha gente. ¿Dónde demonios estamos?

—No tengo ni idea. ¿No se supone que tú eras la guía?

—Sí, pero últimamente no sé qué me pasa. Me siento como Dory.

—¿Hablas «balleno»? Porque no será tan útil como el ruso.

—¡Imbécil! —Se ríe golpeando mi hombro—. Me refiero a la falta de memoria.

—Me gustaría saber cómo te introdujiste tantas leyes y manuales en la cabeza si tienes memoria de pez.

—Pues a lo mejor ahí tienes la explicación; tanto espacio ocupado aquí —Señala su cabeza—, que ya no queda nada. ¿Falta mucho para que termines con el *bullying*?

—No es algo que me pueda permitir muy seguido. Así que, tengo que aprovechar.

—Ya veo.

Su intento por parecer ofendida no es nada convincente, bajo ese gorro de lana que le hace cara de niña y la sonrisa que trata de esconder sin éxito.

—Por suerte para nosotras, nunca salgo sin el mapa.

—¿Ves? Al final va a resultar que te gusta lo romántico.

Le lanzo una mirada fulminante mientras busco el objeto en mi pequeña mochila. Definitivamente, el triunfo me dura menos de lo que canta un gallo.

—El problema ahora es que no sé dónde estamos. O sea, que no nos sirve de mucho.

—Te propongo un plan; ¿qué tal si nos sentamos a tomar algo y de paso preguntamos? Esto parece una calle peatonal, tiene buen ambiente y entre tanto turista seguro que alguien va al mismo sitio que nosotras.

—Me parece perfecto. Estoy a punto de deshidratarme.

—Pero nos sentamos dentro ¿no? Porque si tú te deshidratas, yo estoy al borde de sufrir una hipotermia.

—¿Con ese abrigo de esquimal? Lo dudo.

Un nuevo manotazo va a parar a mi brazo y no puedo evitar enseñarle la lengua en modo burlón. Pero es que, tengo razón, lleva un abrigo de cuadros rojos y beiges que tiene toda la pinta de ser un buen y calentito cobijo. No como mi chaqueta. Menos mal que en el teatro había calefacción porque creo que hubiera terminado como un muñeco de nieve.

Nos adentramos en una especie de cafetería abarrotada de gente y con demasiado ruido para mi gusto. Aunque por suerte, la mayoría parecen haber preferido quedarse en la barra, dejando alguna que otra mesa libre. Chiara se dirige directamente a una pequeñita que hay junto a la ventana. Esto me recuerda mucho a la tarde que la encontré caminando por Novosibirsk. Bueno, más bien fue la tarde en la que me encontró ella a mí.

Nos sentamos y me invade la repentina necesidad de relajarme unos segundos observando el exterior. El alumbrado de las diferentes farolas me permite ver la calle y a quienes recorren el paseo en el que nos encontrábamos hace un minuto. No es demasiado tarde, sin embargo, parece que estamos en plena madrugada. En Rusia anochece tan temprano, que me pregunto si podría acostumbrarme a este tipo de horario en el que el día es tan corto. Seguro que sí lo haría, pero lo que no tengo tan claro es si podría acostumbrarme al frío.

—Me encanta esto.

Dirijo la vista hacia Chiara, que observa a nuestro alrededor justo antes de detener sus ojos en mí. Unos ojos cargados de una ilusión que me desconcierta.

—Bueno, he comido en sitios mejores... —Esta vez soy yo quien hace un rápido recorrido por el interior del local. Cuando vuelvo a ella y ese azul celeste me espera, me doy cuenta de algo—. Y también peores.

—Me refiero a esto de ir de aquí para allá, sin nada planeado y hasta con la posibilidad de perdernos. Es emocionante. Entiendo que no quieras cambiarlo por nada.

Un largo suspiro abandona mis pulmones. Tan largo e inesperado que, incluso, yo misma me extraño.

—Supongo que algún día tendré que hacerlo, ¿no? Cuando decida parar, tendré una vida estable y rutinaria, como la de casi todo el mundo.

—No lo hagas —sentencia de manera tajante—. No permitas que la rutina te invada, porque es horrible. Te consume. Es una especie de agujero negro que absorbe poco a poco tu energía, sin que te percates. Y cuando quieras darte cuenta, habrás pasado cada día de tu vida haciendo exactamente las mismas cosas. No eres de esas personas, Dakota. No creo que fueras feliz con una vida así.

—O sea, que, según tú, nunca voy a sentar cabeza.

A pesar de mi sonrisa e intento de broma, su semblante permanece serio. Como si este fuera un asunto que realmente le preocupa.

—Es que no tiene nada que ver una cosa con la otra. Creo que tienes la cabeza muy centrada. Y sí, tal vez algún día dejes de viajar o reduzcas los viajes. Tal vez encuentres un sitio en el que quieras quedarte. Quizás te enamores. Pero nunca pares, porque tienes una mente demasiado despierta, un espíritu muy libre que no sería feliz sin retos. Ya sé que solo hace unos días que te conozco y debes pensar que soy una entrometida que no para de decirte lo que tienes que hacer, pero…

—Tienes razón.

—Bueno, tampoco te pases.

—No sería feliz con una vida sumergida en la rutina. Creo que ni siquiera podría hacer cada día el mismo camino para ir al trabajo. Me ahogaría. El simple hecho de imaginarlo, ya me ahoga. Así que, tienes razón en eso. Aunque también eres un poco entrometida.

Le sonrío antes de que proteste, pero lo cierto es que ignora por completo mi intento de meterme con ella.

—Entonces, ¿por qué acabas de verlo como una posibilidad?

—Todos nos preguntamos qué va a ser de nosotros en un futuro, ¿no? Dónde estaremos y cómo viviremos, son preguntas normales en la vida del ser humano.

—No en la mía.

Aprieto mi mandíbula con tanta fuerza que en cualquier momento puede saltarme una muela. Y aunque en un principio permanezco seria, mirándola, esa expresión de disculpa que nuevamente tiene en sus ojos me desarma.

—Tú serás muchas cosas, Chiara. Pero «normal» no es una de

ellas.

Una camarera hace acto de presencia y ella, en lugar de desviar su atención hacia la chica, me sonríe.

—Bonito cumplido.

Correspondo a la sonrisa y por un momento parece que olvidamos la presencia que está a nuestro lado, esperando pacientemente que hagamos algo más que mirarnos como idiotas. Una voz interrumpe el cruce de miradas, pronunciando algo que me suena a chino. Alzamos la vista y Chiara saluda, mientras yo me limito a sonreír. A continuación, toma la carta que todo este tiempo hemos tenido delante. Bueno, más bien es una hoja plastificada, supongo que con la lista de productos del local.

—¿Qué quieres tomar? —Me pregunta echando un rápido vistazo a la misma.

—Un descafeinado con leche y un vaso de agua.

Alza la vista interrogante y algo acusadora.

—El café descafeinado es como el chocolate sin cacao y el sexo sin amor, ¿lo sabías?

—Perfectamente, pero teniendo en cuenta lo nocturna que ya es mi mente de por sí, si me tomó un café ahora, corro el riesgo de pasarme toda la noche mirando el techo.

Vuelve a sonreír y negando, regresa la vista hacia la carta.

—¡Oh, mira! ¡Hay tortilla española! ¿Tienes hambre?

—Si se trata de tortilla, siempre tengo hambre.

—¡Así me gusta!

Me guiña un ojo y por fin se dirige hacia la chica, que continúa sonriendo como si hubiera entendido toda nuestra conversación. Chiara le da el pedido y en cuanto termina de anotarlo en su pequeña libreta, pronuncia unas últimas palabras y se marcha.

La observo mientras camina hacia la barra. No sé por qué motivo, pero me quedo mirándola mientras se aleja. A pesar de ir con uniforme, la chica tiene un estilo muy marcado. Sus brazos están llenos de tatuajes y cuando estuvo junto a nosotras, pude apreciar varios piercings en su rostro. Me parece curioso y genial que le permitan llevarlos mientras trabaja. Nunca he entendido que en ciertos empleos te obliguen a tener una determinada apariencia. Como si el hecho de llevar traje, fuera a convertirte en una buena persona.

—¿Si te gustaran las chicas, ella sería tu tipo?

Chiara me saca del trance mientras se gira, haciéndome entender que también se había quedado observando a la chica. Ya estamos otra vez.

—¿Qué pregunta más absurda es esa? Y qué pesadita estás con el tema. ¿Acaso sería el tuyo?

—Uhm no, no lo creo —responde con una sonrisa burlona.

—¿Y en qué te basas para llegar a tal conclusión, si no te gustan las mujeres? Voy a empezar a pensar que eres un poco heterocuriosa.

—Heterocuriosa —repite, llevándose una mano al mentón—, bonita palabra. Hay que tener curiosidad por todo en esta vida. La curiosidad nos hace experimentar y crecer.

—Y también mató al gato. Además, no creo que la sexualidad sea cosa de experimento. Y no te vayas por la tangente, que siempre evitas responder las preguntas que me haces.

Duda un momento y a pesar de la sonrisa, creo que por primera vez la noto algo nerviosa.

—A ver cómo te explico esto de forma coherente.

—Te metiste en el embrollo tú solita.

—Últimamente me estoy aficionando a eso —reconoce—. Bueno, digamos que tengo dos bonitos ojos azules en la cara y…

—Y eres ante todo muy modesta.

—Sí. Y sé distinguir cuando una mujer me parece atractiva de cuando no me lo parece. Sin ningún tipo de connotación sexual, ¿me entiendes?

—Perfectamente.

—Pues eso. —Se encoje de hombros—. Que esa chica no sería mi tipo.

—A lo mejor resulta tener una personalidad que sí lo sea.

—Tal vez. Y puede que a mucha gente le atraiga. La belleza es relativa y siempre depende de los ojos que la miren, pero como estamos hablando de algo superficial y a simple vista... Además, creo que también debe ser una cuestión de química, ¿no? Eso influye mucho a la hora de fijarte en alguien.

—Supongo que sí.

Doy por finalizada la conversación, porque la verdad es que tiene razón y ante sus argumentos, no puedo discutirle nada.

—¿Sería tu tipo?

Pero no, ella parece haberle cogido gusto al tema.

—Supongo que no.

—¿Sabes hacer algo más que cambiarle el monosílabo a la frase?

En ese momento llega la chica con nuestro pedido. «¡Salvada por la campana!» Una flamante tortilla cortada en cuadraditos preside el centro de la mesa, un descafeinado humeante aparece ante mis ojos y un café cuyo olor es incluso orgásmico, es depositado delante de Chiara. Ahora mismo me estoy arrepintiendo de mi elección. Merece la pena pasarse la noche en vela por un buen café con el frío que hace.

—¡Esto está delicioso! —exclama tras llevarse el primer pedazo de comida a la boca—. Mira que lo último que imaginaba encontrar en un bar ruso, era tortilla española. —Permanezco observándola un instante. Me parece simpática su forma de saborear cada trozo, como si fuera la última tortilla del desierto. Entiendo que, tal vez viviendo fuera de España, no las coma tan a menudo.

—Como no te espabiles, te vas a quedar sin cena.

Su advertencia fue suficiente para empezar a comer. La veo totalmente capaz de acabársela toda antes de que yo pueda reaccionar. Y no me extraña, porque tiene toda la razón; esto está delicioso.

Continuamos cenando sin pronunciar una sola palabra. En ocasiones lanzo una mirada furtiva al exterior, donde la gente sigue paseando sobre un paisaje algo nevado y rápidamente regreso a ella, que no levanta la vista de su flamante tortilla. Sonrío, porque la ruidosa cafetería, al final resultó ser el lugar perfecto para disfrutar de una agradable cena.

Una vez terminamos, esperamos unos minutos a ver si la chica se percata y viene a traernos la cuenta, pero el local está cada vez más repleto de gente y ella no para de correr de un lado para otro, con su melena roja interponiéndose varias veces en el camino de su vista.

—Voy a pagar y de paso pregunto dónde demonios estamos —informa Chiara levantándose y cogiendo el mapa de encima de la mesa.

—Espera, toma dinero.

—Me toca invitar a mí, ¿recuerdas?

—¿En qué momento decidimos eso?

—Cuando tú decidiste invitarme al teatro.

Con esa sonrisa de triunfo tan común en ella, se da la vuelta y comienza a caminar hacia la barra, dejándome a mí recogiendo el resto de las cosas, mientras niego. Bueno, recogiendo los abrigos, básicamente.

La observo intercambiar unas palabras con la camarera que

nos atendió y alguna sonrisa, antes de ofrecerle dinero en efectivo. Un chico que hay a su derecha, apoyado en la barra, parece decirle algo. Chiara se da la vuelta y después de una sonrisa, veo sus labios moverse, pero soy incapaz de escuchar lo que dice. Le ofrece el mapa y él, automáticamente le pide algo a la camarera, que saca de su bolsillo algún instrumento de escritura. Comienza a anotar, intuyo que indicaciones, pero lo que no entiendo es dónde está el chiste que les hace reír tanto. Es más, desde esta distancia puedo ver como el chico está empezando a babear por el sonido de su risa. Me remuevo un poco y siento una ligera presión en mi mandíbula. Ambos se dedican una última sonrisa de anuncio y Chiara comienza su regreso hacia mí.

—¡Hecho! Ya sé dónde estamos —me comunica, aún sonriente—. Calle comercial Uritskogo. Y hasta tengo las indicaciones para volver a la estación. No estamos demasiado lejos.

Echo un vistazo al mapa y observo que además de una línea que supongo, marca el camino a seguir, también hay unos números apuntados.

—¿Y eso qué es? —cuestiono señalando con un movimiento de cabeza.

Dirige la vista hacia el mapa y vuelve a mirarme.

—Su número de habitación. Resulta que es polaco y también viaja en el transiberiano, ¿no te parece casualidad?

—Pues no. —Me encojo de hombros—. Aquí todo son turistas. Tú misma dijiste que, seguramente, encontraríamos a alguien que fuera al mismo sitio que nosotras. Te felicito por la puntería —añado con más ironía de la que me hubiera gustado—. Pero eso son muchos números para una habitación... A menos que el transiberiano tenga un millón de vagones y yo no me haya enterado.

—Esto es su teléfono, doña simpatía. —Frunce el ceño con una sonrisa y ahora es ella quien se encoje de hombros—. Por si no encuentro la habitación.

—Ah, qué considerado. Y encima te lo apunta en mi mapa.

—¿Sabes? La sobrina de mi novio ponía esa misma cara justo antes de empezar una pataleta.

—Pues ni soy la sobrina de tu novio ni voy a hacer ninguna pataleta. Aunque quizás él sí, cuando quedes con el que te acaba de anotar su número en mi mapa.

La carcajada que emite me hace alzar la ceja y cruzar los brazos.

—Suponiendo que me importara, no creo que, precisamente ese, deba ser el mayor de sus problemas.

Frunzo el ceño.

—No te sigo.

—Pues deberías, porque soy quien tiene el mapa.

Con una sonrisa burlona y sin decir nada más, comienza a caminar hacia la salida del local. Obviamente, cuando mi cuerpo decide reaccionar —no demasiado tarde, no vaya a ser que desaparezca—, me veo en la obligación de seguirla.

El aire helado azota mi cara en cuanto pongo un pie en la calle. Joder, ya no recordaba el frío que hace esta noche. Dentro de la cafetería se estaba perfectamente. Comenzamos a caminar en completo silencio. Ella, siguiendo las indicaciones del mapa y yo, siguiéndola a ella. Creo que puedo sentir mis dientes chocar unos con otros mientras mi mandíbula tiembla. Las manos dentro de los bolsillos del abrigo se me mantienen un poco más calientes mientras jugueteo con la barra protectora de labios. Aun así, me duelen los nudillos, como si el frío me quemara y estoy segura de que ahora mismo tengo las uñas azules. A ver si mañana me acuerdo de comprar alguna crema hidratante que apacigüe un poco el dolor.

—¿Crees en el amor a primera vista, Dakota?

La voz de Chiara interrumpe el silencio de esta gélida noche. Me giro hacia ella y descubro esos grandes ojos, ahora azul oscuro, mirándome expectantes.

—No.

El repentino eco de su risa es lo único que faltaba para sacarme de golpe de mi estado de ensoñación.

—Argumente su respuesta, por favor.

—Esos ideales de película romántica barata no van demasiado conmigo —aseguro encogiéndome de hombros—. Creo que el amor es algo que se construye con el tiempo. No puede suceder en dos segundos porque no puedes amar a alguien de quien no conoces absolutamente nada.

—Buen argumento —asiente perdiendo su mirada al frente—. Para ti todo es blanco o negro.

—¿Y para ti?

—Digamos que, últimamente soy más de arcoíris —me guiña un ojo—. Quizás tengas razón y a primera vista lo máximo que se puede sentir es conexión, atracción o química, como decíamos antes, pero con el paso de los días…

—¿Días? —interrumpo, sorprendida—. ¿Cuánto puedes conocer de una persona en días?

—A veces, lo necesario para saber que es todo lo que alguna vez quisiste —termina la frase clavando sus ojos en mí de una manera casi tan tajante como la propia afirmación—. ¿Cuánto sabes tú de mí desde que me conoces? O mejor aún, ¿Cuánto sé yo de ti?

—Eso es algo que me da miedo averiguar. De todas formas, ese no es el asunto.

—Sé que eres una gran escritora —afirma, haciendo caso omiso a mis palabras—. Más terca que una mula, algo cobarde para unas cosas y tremendamente valiente para otras. También sé, que cuando algo te molesta o te hace daño, aprietas la mandíbula, como si de esa forma pudieras controlar el sentimiento de ira o rabia que te invade. Y no puedes. El dolor se te ve en los ojos, créeme. Eres transparente, Dakota. Fiel a tus ideales, a tus convicciones y, probablemente, la persona más honesta que haya conocido.

Permanezco mirándola varios segundos después de semejante descripción y análisis. ¿En qué momento se dio cuenta de lo de mi mandíbula? Mi madre solía decirme que debía empezar a expresar más mis sentimientos y dejar de apretar tanto los dientes o terminaría arruinándola en el odontólogo. Nunca le hice caso. O bueno, a medias. ¿Expresar mis sentimientos a través de la escritura, cuenta?

—Pero no soy un hombre.

Chiara se detiene en seco y me mira con una sonrisa burlona mientras cruza los brazos bajo su pecho.

—¿Y eso te supone un problema? ¿Hay algo que quieras contarme?

—Quiero decir que tú y yo no nos gustamos, Chiara. Si así fuera, probablemente no tendríamos esta complicidad ni esta cercanía, y tampoco nuestra extraña facilidad para hablar de temas serios y de idioteces casi al mismo tiempo. Logramos conocernos y conectar tanto, porque es todo lo que hacemos, porque no existe nada más, porque no nos gustamos.

Su expresión se torna algo triste mientras continuamos el camino.

—Vaya. Así que, ¿no te gusto?

—Claro que sí. —Por supuesto, la tristeza desaparece dando paso a su característica picardía—. O sea, no… ¡Ya sabes lo que quiero decir! Deja de liarme.

—¿No crees que cuando somos plenamente conscientes de que

no hay tiempo que perder, todo ocurre a mayor velocidad e intensidad?

—¿Y qué te hace creer que es real y no producto de las circunstancias?

—Supongo que lo sientes. Quizás las personas tardan tanto en conocerse y el amor en forjarse, porque damos por hecho que tenemos tiempo de sobra. Si no lo tuviéramos, a lo mejor nos atreveríamos a muchas más cosas. Entre ellas, a querer.

—¿Y si te equivocas?

—¿Y si no? ¿Cómo sabes lo que es el amor si nunca lo has sentido? ¿Por qué nos empeñamos en darle tantas vueltas a todo, a la vida, en lugar de escuchar lo que nos pasa por dentro y tirar para adelante con lo que venga? Correr riesgos. Sentirlo.

—Para el carro, señorita filósofa —me burlo sorprendida—. Si tú tampoco lo has sentido.

—Por lo mismo, no me siento con derecho a prejuzgar algo que no he experimentado. En lugar de eso, me quedo con la opción de creer que puede llegar en cualquier momento.

—En cualquier momento para apuntarte su número de teléfono en un mapa, ¿no? —Me mira arqueando ambas cejas con una sonrisa incrédula—. En realidad, no sé por qué estamos discutiendo algo en lo que coincidimos. ¿Te das cuenta de que nos pasamos la mayor parte del tiempo discutiendo? Además, tú misma dijiste que lo máximo que se puede sentir a primera vista, es conexión, atracción, química o como quieras llamarlo. Eso no es amor.

—Debatiendo —corrige—. Estamos debatiendo. Y solo quería saber si en esto también eras tan radical o ya habías empezado a aflojar la cuerda.

Esta vez soy yo quien se detiene en seco y cruzo los brazos adoptando una posición a la defensiva.

—¿Radical? ¿En qué te basas para llamarme radical?

—En que te cuesta aceptar que algunas cosas no son como siempre habías creído.

—Si eso fuera así, Chiara, si fuera tan cabeza cuadrada como insinúas, te aseguro que ni siquiera estaríamos teniendo esta conversación, o esta discusión, porque me habría largado el primer día.

—He dicho que te cuesta, no que no lo hagas.

—Y entonces, ¿qué pretendes? —Me río con ironía—. Según tú, ¿qué es no ser radical? ¿Dejar que desordenes mi cabeza y eches abajo todas mis teorías? ¿Así, sin más?

—Así, sin más.

Arqueo una ceja e intento fruncir la otra. Pero no, no funciona.

—Eres un poco irritante y algo dictadora, ¿no crees?

—¿Dictadora? —Esta vez se ríe ella, algo incrédula—. ¿No te parece un poco exagerado?

—¿Y radical no?

—¿Por qué estás tan enfadada, Dak? ¿No estarás en tus días?

¡Pero, qué mujer más irritante, por favor!

—Encima ahora resulta machista la chica. Vas perdiendo puntos cada vez que abres la boca, ¿sabes? Y no, fíjate que ni siquiera necesitas que tenga las hormonas alborotadas para sacarme de quicio. Tienes un don.

—Algún día, puede que la abra y me devuelvas multiplicados todos esos puntos que pierdo poniéndote de los nervios. Entonces, sabrás cuál es mi verdadero don. —Me quedo sin respiración. Sin respiración y sin respuesta—. Llegamos.

Mira al frente sin borrar esa sonrisa que me desespera, y al hacer lo mismo, compruebo que, efectivamente, ahí está la estación. Prácticamente en un abrir y cerrar de ojos llegamos a nuestro destino.

Avanzamos hacia la vía en la que se encuentra nuestro tren y me sorprende ver la cantidad de gente que hay todavía por los alrededores. Nos detenemos justo al entrar en el transiberiano. Los pasillos están iluminados y también hay pasajeros caminando de un lado a otro. Un silencio incómodo se adueña de la situación. O, al menos, es incómodo para mí, no sé si porque no tengo ni idea de cómo despedirme o porque en realidad no quiero hacerlo. Golpeo de forma nerviosa la palma de mi propia mano con el mapa enrollado. Chiara observa el gesto y sonríe, haciéndome recordar que probablemente está esperando que se lo entregue.

—¿Vas a… ya sabes? —pregunto con cierto temor, ofreciéndole el mapa.

Una sonrisa de aparente curiosidad se dibuja en sus labios.

—¿Debería?

—Depende las ganas que tengas de sexo sin amor.

Intento bromear haciendo alusión a lo que me dijo sobre el café descafeinado y el chocolate sin cacao, pero ella abre los ojos y se ríe sorprendida.

—¿Das por hecho que eso es lo que voy a hacer?

Me encojo de hombros.

—Supongo que harás lo que quieras hacer, ¿no?

—Así es.

Siento cómo mi mandíbula se contrae y un millón de palabras se quedan presas entre mis propios dientes.

—Muy bien —asiento con una leve y forzada sonrisa—, pues hasta mañana entonces.

Emprendo la marcha hacia mi habitación, con una sensación interna nada agradable.

—Dakota —Cuando me giro al escucharla y vuelvo a tener su

imagen frente a mí, mirándome con esa expresión que no sé descifrar, siento como si mi cerebro estuviera luchando contra mis piernas. Ellas, parecen estar siendo atraídas por una fuerza magnética que me acerca de nuevo hacia esa chica. Y él, mi fiel aliado, me ayuda a permanecer inmóvil—, gracias por la mejor noche de mi vida.

Esta vez sí, una sonrisa sincera se expande en mis labios. Tan real como la ligera sensación de alivio que ahora me acompaña.

—A ti.

¤

Si el insomnio estuviera considerado deporte olímpico, hoy me estaría llevando varias medallas. Llego a saber esto y me deleito con un buen café, en lugar de ese sucedáneo insípido que me tomé hace un rato. Aunque pensándolo bien, es probable que la cafeína hubiera empeorado esta sensación de intranquilidad que mantiene mi corazón acelerado desde hace horas. Bueno, no sé cuánto tiempo llevo mirando el techo, pero estoy segura de que ha sido mucho. Y encima me estoy deshidratando. Tendría que haber comprado agua en el camino de vuelta a la habitación, pero con las ganas que tenía de meterme en la cama, se me olvidó por completo. Quiero dormir. Cuando dormimos no existen los problemas. Todo es paz, tranquilidad y descanso. Salvo si tienes una pesadilla, entonces es una putada.

Como veo que nadie piensa venir a darme un galardón por dar vueltas en la cama, va a ser mejor que me levante y por lo menos le busque solución a la sed. Tal vez si camino un poco y estiro las piernas, me relajo y a la vuelta puedo conciliar el sueño. Me pongo mi sudadera favorita encima del pijama, que en realidad no es un pijama sino un *legging* y una camiseta, y me dirijo antes que nada al espejo, para asegurarme de que mi pelo está en condiciones.

«Me voy de aquí. Todos están muy locos. ¡Arre unicornio!»

Esta sudadera sigue provocándome una sonrisa estúpida cada vez que la miro. Como aquella vez, cuando la descubrí en internet y enseguida tuve la tentación de comprarla. Dicen por ahí que debemos llenarnos de todo aquello que nos haga reír, y a pesar de los años, este pedazo de tela descolorida, más gris que blanca, con la absurdez de su texto y la ilustración de un entrañable unicornio, sigue provocándome sonrisas.

Me dirijo directamente al bar del tren, porque el agua en las máquinas expendedoras es un poco más cara y porque al estar más lejos, puedo caminar y despejarme más. Es increíble como todavía hay gente en los vagones, algunos manteniendo animadas conversaciones, o eso deduzco yo, otros, parece que trabajan con sus portátiles, y otros incluso durmiendo, con la cabeza apoyada en las ventanillas. Como el frío exterior se quede en los cristales, se les va a congelar el cerebro a esta gente.

Llego al vagón en el que comienza el bar y me detengo de súbito, al ver a Chiara sentada al final de la barra, mirando fijamente la copa que tiene enfrente y removiendo algo que sobresale de la misma, como una cucharilla. Parece tan absorta y pensativa observando el movimiento circular de su propia mano, que yo también me quedo absorta mirándola a ella. Entonces, observo otra mano colocarse sobre su hombro y reconozco al chico que vimos hace un rato en la cafetería, el polaco. Él le dice algo al oído, ella asiente con una sonrisa y el chico se aleja, pero supongo que no debe tardar demasiado, porque ahora que me doy cuenta, hay otra copa en la barra y está completamente llena. Mucho más que la de Chiara. Tengo la tentación de marcharme, ella ni siquiera me ha visto y esa es la excusa perfecta para regresar a mi habitación silenciosamente. Pero esta vez, parece que mi cerebro perdió la ventaja que hasta hace nada le llevaba a mi cuerpo. Unos pasos inseguros comienzan a dirigirme hacia la barra, mientras esa chica continúa en la misma posición, con su mirada perdida en los círculos que dibuja dentro del líquido.

—Lo vas a marear —susurro dejando caer mi cuerpo contra la barra. Ella alza la vista sorprendida y en cuanto nuestros ojos se encuentran, una sonrisa se dibuja en los labios de ambas. Mi corazón recibe un soplo de tranquilidad en el acto. ¿Es posible que ya la echara de menos?—. Veo que, finalmente, te decidiste.

Chiara sigue la dirección de mis ojos que señalan la copa de su acompañante y cuando vuelve a mirarme, se encoje de hombros y sonríe levemente. Demasiado leve para tratarse de ella.

—En realidad, mi única decisión fue tomarme un Martini... o dos —Sonríe, esta vez de verdad—. No podía dormir. Él apareció después.

—El destino es caprichoso.

—A veces demasiado.

Nos quedamos en completo silencio un momento, que ojalá hubiera sido eterno, sin apartar los ojos la una de la otra.

—¿Y tú?

—Tampoco podía dormir. Y se me acabó el agua.

—Tú combates el insomnio con agua y yo con alcohol. Soy todo un ejemplo a seguir.

—En realidad, sí lo eres.

Una débil sonrisa vuelve a aparecer en su rostro.

—Por supuesto.

Percibir cierto tono irónico en su voz y en sus gestos, logra confundirme.

—¿Estás bien?

—¿Ya parezco borracha?

—Preocupada.

Se queda en silencio al ver que su broma no consigue despistarme y me observa de arriba a abajo, deteniéndose un momento antes de volver a mostrar una pequeña sonrisa de las suyas, las reales.

—Me gusta tu sudadera.

—Gracias, pero no evadas mi pregunta.

Como una niña pequeña y resignada al ver que no me doy por vencida, exhala un suspiro, volviendo a observar su copa.

—Estoy bien, solo algo pensativa.

—No abuses demasiado, o mañana me lo pondrás muy fácil.

Rápidamente me mira y al descubrir mi sonrisa, ella también sonríe.

—Ni en tus mejores sueños, bonita.

Otra vez deseo que este momento fuera eterno, pero obviamente, no es así, el tiempo solo lo detiene *Piper Halliwell* y las películas románticas, cuando los protagonistas se miran y suena una bonita banda sonora. Aquí, sin embargo, escucho la melodía de un piano que debe sonar por algún altavoz, mezclado con las voces en ruso nada románticas, e incluso, el sonido de la lluvia que mi mente puede imaginar, tan solo con verla caer al otro lado de la ventanilla. Su acompañante aparece al final del vagón, caminando hacía aquí con paso decidido. Y un suspiro incontrolado se escapa de mis pulmones.

—Me voy a dormir ya —informo, volviendo a mirarla.

—¿Y tu agua?

—La sacaré de las máquinas expendedoras. Acabo de recordar que tengo monedas y pude haberme ahorrado el camino.

—Suerte que seas tan desastre.

Su sonrisa me hace sonreír, como siempre. Y aunque alguna parte de mí parece querer quedarse anclada a este sitio, otra quiere alejarse lo máximo posible.

—Disfruta del Martini… y de la noche.

Ella asiente con una sonrisa y yo, me marcho.

6

¿Durante cuánto tiempo he estado soñando con este momento? Estar aquí, rodeando la inmensidad del lago más profundo del mundo. Me veo a mi misma en el reflejo de la ventanilla y lo veo a él, tan azul y gigante, que estremece. Creía que a estas alturas del año y con este frío que estoy pasando, ya estaría congelado. Pero no, aún no ha llegado esa época en la que se puede cruzar a pie. Todavía hay que conformarse con rodearlo y como mucho, sufrir una posible hipotermia si decides adentrarte en sus aguas. Se ve tan cristalino, tan bonito, que no puedo evitar agradecer al tiempo que me haya permitido poder observarlo así. Este no es un viaje que se haga muchas veces en la vida y aunque, estoy segura de que congelado también tiene su encanto, lo prefiero de esta forma. Con los primeros rayos de sol incidiendo potentemente sobre su superficie. Como un soplo de aire fresco. Como un cálido golpe en medio de tanto frio. Un suspiro empaña el cristal de la ventana y sonrío. Escucho los pequeños golpes que da el tren sobre los raíles y siento que el momento, la imagen y la sensación, no pueden ser más perfectas.

—Sabía que te encontraría aquí —susurran a mi izquierda.

O, tal vez, sí.

Mis pupilas se dilatan al tratar de enfocar en la ventanilla para buscar otro reflejo. Y ahí está ella, de pie junto a la puerta del vagón, sonriendo como si nunca se cansara de hacerlo. Me giro para mirarla, regalándole también una sonrisa.

—Qué madrugadora. —Avanza hasta sentarse a mi lado y me

ofrece uno de los dos recipientes que trae consigo. Un delicioso aroma a café recién hecho me invade en cuanto el calor del corcho atraviesa mis manos, pero otro olor, el suyo, aparece con mucha fuerza para fundirse con el primero y provocarle a mi cerebro un conflicto enorme—. Gracias.

—Anoche se me olvidó correr la cortina y esta mañana me despertó un terrible dolor de cabeza, culpa de los rayos de sol que apuntaban directamente a mi frente —explica—. Pero cuando abrí los ojos y vi la belleza que tenía delante, ni si quiera me pude enfadar. —Aprieto de manera inconsciente la mandíbula y ella, frunce el ceño un instante, aunque no tarda en volver a sonreír—. Me refiero a la vista del lago Baikal.

Como por arte de magia, mi expresión se relaja. Ya no siento esa presión chirriante en los dientes y ella, no sé por qué, niega repetidas veces sin dejar de sonreír.

—Claro, los Martini de anoche seguro que no tienen nada que ver con dicho dolor.

—Por supuesto que no. Es más, tal vez serían incluso una solución ahora mismo.

Frunzo el ceño, pero en realidad no sé si estoy confundida, asombrada o una mezcla de ambas.

—Voy a empezar a pensar que tienes serios problemas con el alcohol.

—Te estoy vacilando, Dakota.

Su incansable sonrisa hace que, esta vez, sea yo quien cabecee.

—¿Y por qué no intentaste descansar un poco más? Aún es muy temprano.

—Porque al mirar por la ventana y ver esto, intuí que estarías aquí, sumergida en tu intrigante y bonito mundo. Así que, me apeteció compartir un café en ese bonito mundo, con estas bonitas vistas y una, más bonita todavía, compañía. —Le sonrío y vuelvo la vista hacia el cristal para continuar contemplando esas bonitas vistas mientras le doy un sorbo al café—. Es impresionante.

—Lo es.

De pronto, siento la calidez de su rostro apoyarse sobre mi hombro mientras rodea mi brazo con sus manos, consiguiendo que algo dentro de mí se estremezca.

—Cuéntame —susurra obligándome a mirarla.

—¿Qué te cuente el qué?

—La historia de este lugar.

—¿Por qué das por hecho que me la sé?

—Porque ayer me diste una lección de historia sobre Irkutsk y no creo que este lago, que tanto te gusta, vaya a ser una excepción.

Vuelvo a ofrecerle una sonrisa y a pesar de que el azul de sus ojos me parezca más impresionante que los litros de agua que tengo al otro lado, los nervios de hace un momento se van desvaneciendo poco a poco.

—Es el lago más profundo del mundo. Se dice que él solito contiene el 20% de agua dulce no congelada de La Tierra. Si lo expandiéramos por toda la superficie, haría un charco gigante de unos 20 centímetros de profundidad en todo el planeta.

—¡Vaya! —exclama sorprendida—. Tiene que haber de todo ahí dentro. ¿Alguna leyenda urbana misteriosa digna de conocer?

—Muchas. Se dice que en sus profundidades habita un monstruo llamado *Lusud-Khan,* Dragón maestro del agua.

—¿Eso no era en el Lago Ness?

—Cada lago tendrá su monstruo particular, supongo —Me encojo de hombros—. Pero lo realmente curioso fue lo que ocurrió en 2009; comenzaron a formarse extraños y enormes círculos de hielo por todo el lago. Pero círculos de más de 4 kilómetros. Tan grandes, que los primeros en verlos fueron los astronautas de la Estación Espacial Internacional. Nunca han sabido o querido explicar el fenómeno, pero es raro ¿no?

—¿Vamos a dormir por aquí esta noche?

—No, ¿por?

—Perfecto, porque se me acaban de quitar las ganas. Ya me imagino las noticias de mañana: «Misteriosa desaparición del transiberiano cuando permanecía estacionado junto al Lago Baikal para descanso de sus pasajeros. No hay rastro del tren ni de las personas que allí dormían plácidamente».

Frunzo el ceño con una sonrisa divertida.

—Voy a traerte mi ordenador, te veo inspirada. Pero siento decirte que haremos una parada en Slyudyanka para comer la comida local y disfrutar del lago un rato antes de continuar hacia Ullán-Udé.

—¿En Esluyu qué? —pregunta entre risas—. No importa, es de día. No creo que los extraterrestres vayan a abducirnos ahora. Suelen esperar a la noche para pillarnos dormidos.

—Veo que habla la voz de la experiencia.

—Como siempre.

Su «inocente» encogimiento de hombros me hace volver a negar mientras sonrío.

—Eres muy idiota, ¿lo sabías?

—¿Pero a que nadie te había hecho reír en lo que va de día?

—Teniendo en cuenta que no entiendo a nadie…

—Cállate.

Golpea mi brazo con decisión y, con la expresión de una niña pequeña abatida, vuelve a dejarse caer sobre mi hombro. Espero que desde esa posición no escuche los latidos de mi corazón, porque se asustaría.

Siento un millón de impulsos internos que me hacen desear llevar mis labios hacia adelante y depositar un furtivo e inocente beso sobre su cabeza. Pero por algún motivo, mi cuerpo está petrificado, como siempre. No entiendo cómo puede ocurrir esto. Cómo por dentro tengo una continua revolución y exteriormente soy una estatua.

Suspiro y vuelvo la vista hacia el cristal. Allí me encuentro de nuevo con el lago Baikal, pero también me encuentro con su mirada, observándome atenta y curiosa. Una sonrisa es mi respuesta, o mi escudo.

Antes estaba equivocada con eso del momento y la imagen perfecta, esta sensación supera con creces cualquier otra. Creía que lo sabía todo sobre la vida. Sobre mí. Pero desde que Chiara apareció, mis certezas se han ido desvaneciendo. La loba solitaria parece estar encontrando felicidad en la compañía. Alternar la vista entre el paisaje y su reflejo, para encontrarla atenta, calmada y llena de una paz absoluta, me produce precisamente eso; paz. ¿Cómo voy a huir de algo así? ¿Cómo no voy a disfrutar los momentos que comparto con ella?

—Me arrepentiré de esto en cinco minutos, porque tu hombro es curiosamente cómodo, pero creo que voy a intentar descansar un rato. —Abandona su refugio provocándome una incontrolable mueca de desacuerdo. Por la sonrisa que comienzan a dibujar sus labios, creo que no supe disimularla en absoluto—. Siento que me va a estallar la cabeza y me gustaría disfrutar de esa parada que haremos para comer.

—Todavía tienes unas cuantas horas. Así que aprovecha y duerme un poco. Seguro que tu almohada es más cómoda que mi hombro.

—No estés tan segura. Tienes un hombro muy blandito.

—¿Eso es un cumplido? ¿O me estás diciendo que haga más

ejercicio? —Me sonríe y yo también le sonrío—. ¿Quieres algo para la cabeza?

—Tengo algún medicamento en la habitación, no te preocupes. ¿Nos vemos después? —Asiento, sin abandonar la sonrisa, a pesar de la desagradable sensación que me produce su marcha—. No te vayas a explorar si mí, ¿eh?

—Tranquila. No es igual de divertido.

Un brillo especial y de completa satisfacción invade sus ojos en el acto. Me sorprende, porque es una mujer tan segura, que de no haber hecho yo el comentario, probablemente lo hubiera hecho ella misma.

Se levanta para abandonar el vagón y por supuesto, yo permanezco observándola durante el corto trayecto hacia la puerta.

—Por cierto, Dakota. —Vuelve a girarse para mirarme—. Anoche me fui a la cama en cuanto terminé el Martini. —Siento mi ceño comenzar a fruncirse y ella sonríe—. Sola.

Desaparece sin más, dejándome con la vista clavada en la puerta unos segundos, con el corazón disparatado y el cerebro en *stand by*. Entonces, me doy la vuelta para regresar al paisaje y ahí la descubro; una sonrisa de oreja a oreja. Otra vez.

¤

Con los ojos cerrados, disfruto todavía más, de la calidez que me proporciona un simple rayo de sol incidiendo sobre mi rostro. Puedo sentir mis labios expandirse y en mi pecho se instala una sensación de amplitud muy reconfortante. Es como si el aire entrara a borbotones y tuviera un espacio inmenso para almacenarse. Sin embargo, vuelve a salir, de manera tranquila y pausada, regresando al mundo en forma de CO2. El olor del lago es diferente a cualquier otro. No se parece en absoluto al olor del mar y tampoco al de un río, pero la verdad, es que ni siquiera me recuerda al de otro lago en el que haya estado. Definitivamente, mi cuerpo necesitaba esta tregua de frío, aunque fuera por unos minutos. Hace una semana, con esta temperatura habría estado congelada. Ahora también lo estoy, pero el mínimo calor que desprende el sol me es más que suficiente para considerarlo un día espectacular.

—Qué temperatura más agradable.

Su inconfundible voz a mi espalda provoca una sonrisa aún más amplia y esa tranquilidad interna que estaba experimentando, se esfuma en un segundo. Me giro para encontrarla con las manos refugiadas en su abrigo y sonriéndome.

—Eso mismo estaba pensando. ¿Cómo te encuentras?

—Como nueva. —Extiende los brazos a ambos lados de su cuerpo y con un pequeño e inesperado saltito, se acerca todavía más a mí—. Estas horas de sueño extra me dejaron lista para explorar el mundo contigo. Bueno, en realidad ahora necesito comer. —Lleva una de las manos hacia su propia panza y la desliza en círculos por esta—. Mi estómago dice que el café de esta mañana no fue suficiente para él.

El gesto consigue abstraerme un momento. ¿Cómo será Chiara embarazada? Seguro que es la típica chica que si la vez de espaldas, ni siquiera te das cuentas de que lo está. Sonrío al imaginarlo. ¿Querrá tener hijos? No digo que deba ser un sueño obligatorio para las mujeres, de hecho, yo estoy muy lejos de dicho deseo en estos momentos, pero ¿habrá estado alguna vez en sus planes? Una sombra de tristeza me invade al pensar en ello, en su futuro, en su no futuro o lo que quiera que sea. Intento disimularlo antes de que se percate, apartando la vista hacia cualquier lugar que no sean sus ojos.

—Todo el mundo estaba dirigiéndose en esa dirección. —Señalo con un gesto de cabeza hacia donde se encuentra la multitud—. Creo que allí debe estar el restaurante.

—Sí, las mesitas esas de alrededor me dan una pista.

A pesar de su intento por meterse conmigo, continúo sin mirarla, pero esta vez es una distracción la que me impide hacerlo. De nuevo, ese chico se interpone en mi campo visual. Ese, que ayer le dio su teléfono y que luego estaba en el bar del tren. Ese, con el que no terminó la noche. Me pregunto por qué. Es evidente que lo tenía muy fácil y no creo que la idea le disgustara demasiado. Sin embargo, no pasó nada entre ellos.

—¿Quieres que te pase su teléfono? No le quitas la vista de encima —Mi mandíbula contraída fue rápidamente sustituida por una mueca de asco igual de incontrolable, que a ella pareció causarle mucha gracia—. Vamos, no pongas esa cara de espanto, el chico es bastante guapo.

—Si tú lo dices. —Me encojo de hombros volviendo a mirarlo—. No es mi tipo.

—¿Continuamos con eso? Entonces, ¿cuál es tu tipo?

Cuando vuelvo a mirarla, tiene los brazos cruzados bajo su pecho y una sonrisa muy desesperante.

—No lo sé. Deja de marearme.

Con una sonora carcajada por su parte y una sonrisa de «odio» por la mía, emprendemos la marcha hacia el restaurante que está junto al lago.

Caminamos en completo silencio. Las risas de la gente se mezclan con el sonido del agua. Eso y el revoloteo de algún ave colisionando contra la misma antes de ascender de nuevo en su vuelo, es todo lo que se escucha durante el trayecto. Unos niños juegan a mojarse los pies en el Baikal y me hacen intuir que el agua está helada, porque salen corriendo para repetir la acción en varias ocasiones.

Sonrío. Es una imagen bonita, la verdad.

—¿Te gustaría tener hijos? —pregunta Chiara de pronto.

—No como esos.

Su risa retumba como un eco entre las montañas.

—Muy bien, *Grinch.*

La manera en la que niega repetidas veces mientras sonríe y se muerde el labio inferior, me hace sonreír a mí también.

—Puede que algún día.

Nos miramos a los ojos un instante, su sonrisa permanece intacta, y aunque evito hacerle la misma pregunta, lo que no puedo evitar es que la mía se borre paulatinamente, al tiempo que un pequeño nudo se forma en mi garganta. Ella regresa la vista hacia esos revoltosos y puedo apreciar como su sonrisa se vuelve más débil, aunque no desaparece.

Encontramos una pequeña mesa para dos en el exterior, muy cerca del embarcadero. No tardaron demasiado en venir a atendernos y a nosotras no nos costó mucho escoger la comida. Hay un plato especial para los pasajeros del transiberiano, llamado exactamente así, que incluye una degustación de diferentes pescados locales. La verdad es que fue un gran acierto esa idea, porque a los turistas debe ahorrarles muchos quebraderos de cabeza a la hora de elegir. Así que, finalmente nos decantamos por compartir un *Transiberian* y una botella de vino.

No me había percatado hasta el momento de las pequeñas casas que se ven por los alrededores, en las diferentes orillas del Baikal. Solo las había visto durante el trayecto, a través de la ventana del tren. Son preciosas. Pequeñas y coloridas casas de madera, cuyas ventanas blancas le otorgan al paisaje un aire de cuento muy mágico. Es la primera vez en este viaje que disfrutamos de una estampa más tranquila y llena de paz. Hasta el momento, todas las paradas han sido en ciudades. Así que, los verdaderos paisajes naturales de Rusia los he disfrutado en movimiento. Y este sitio es tan yo, que, sin duda, no me equivoqué en cuanto a mis expectativas previas.

Desvío la mirada unos centímetros para comprobar si ella también está absorta en la vista de aquellas pequeñas casas, pero no. Chiara observa muy atenta algo que está a mi espalda. Tiene la barbilla apoyada en su propia mano y la luz del sol hace que sus ojos se vean tan claros, que estremecen. Qué bonitos son, por favor. Seguro que ella está más que acostumbrada a vérselos y no le resultarían nada espectaculares, pero si pudiera observarlos en este momento, con esa media sonrisa que los rasga un poco y los hace brillar todavía más, se quedaría impresionada. Lo acabo de decidir; la protagonista de mi próximo libro va a tener el color de sus ojos. Y también su expresión. Sé que no voy a lograr describirlos a la perfección, pero ojalá consiga transmitir lo que provocan.

La vista me desciende involuntariamente hacia sus labios. Continúa sonriendo y me pregunto qué será eso, que la mantiene tan risueña, pero soy incapaz de dirigir la mirada a cualquier otro lugar, ni siquiera para comprobarlo. Entonces, me percato de algo en lo que hasta el momento no había reparado; tiene la marca de un anillo en su dedo anular. Supongo que era su anillo de compromiso.

—¿Cómo te pidió matrimonio tu chico?

Consigo captar su atención antes incluso de comprender que esas palabras salieron de mis propios labios. Por su expresión, me doy cuenta de que la pregunta parece sorprenderle y sinceramente, no me extraña. Antes de que pueda responder, una botella de vino aparece en el centro de la mesa y el humo junto a un olor delicioso, me indican que nuestra comida también está lista. En cuanto los camareros se marchan, ambas atacamos el plato como si se lo fueran a llevar de nuevo.

—Durante una cena en el restaurante Le Ciel de París —responde. El nombre me resulta muy conocido, pero no logro ubicarlo y mi expresión debe advertírselo—. ¿Has estado en la torre de Montparnasse?

Abro los ojos como platos y un brillo comienza a dificultarme la visión. Ya sé de qué restaurante habla y la guarnición de papas está tan caliente, que se me empañan los ojos.

—El café más caro de mi vida. Creo que aún lo estoy pagando, de hecho, no tuve más remedio que financiarlo. —Su risa hace acto de presencia mientras mastica la comida como si nada. ¿Acaso tiene almohadillas en el paladar?—. O sea que, ¿te pidieron matrimonio mientras contemplabas la Torre Eiffel con París a tus pies?

—Exacto. Recuerdo estar pensando lo bonita que se veía la ciudad, toda iluminada y que seguramente, debía haber una forma más asequible de disfrutarla.

—Las hay, créeme.

Asiente, antes de continuar.

—Un movimiento me distrajo y cuando miré hacia la mesa, encontré una pequeña caja abierta con un enorme anillo dentro. Lo siguiente que escuché fue: «*Creo que estamos hechos el uno para el otro. ¿Quieres casarte conmigo?*» —Bajo la vista mientras cabeceo e intento controlar la risa—. ¿Qué te resulta tan gracioso de mi romántico momento?

—Pues eso. Acabas de contarme lo que probablemente sea la petición de matrimonio soñada de muchas personas; un *¿Quieres casarte conmigo?* Inolvidable, junto a la Torre Eiffel. Vale que la originalidad de tu novio deja mucho que desear, pero... esa pereza con la que me lo cuentas me hizo gracia. Si París no es suficiente para impresionarte, ¿qué hay que hacer? ¿Cómo y dónde sería tu pedida soñada, Chiara?

Ella se encoje de hombros y echa un rápido vistazo a nuestro alrededor, antes de exhalar un suspiro y volver a detenerse en mí.

—Aquí mismo; en el lago Baikal —responde para mi sorpresa—. En París, viendo un espectáculo en el Moulin Rouge o paseando por las calles de Montmartre. Bueno, tampoco tiene que ser el grandioso Moulin Rouge, cualquier pequeño cabaré de mala muerte sería ideal. En una callejuela del centro, hay una tienda de libros tan antigua como mágica y preciosa. Siempre que voy, termino comprando alguna novela que nunca entiendo. Sería también un lugar perfecto. Durante un concierto, quizás, o en un espectáculo como al que fuimos ayer. Si me pidieran matrimonio en medio de una borrachera, en Las Vegas, sería capaz de casarme en ese mismo instante. —Hace una pausa mientras desciende la vista para cortar un pedazo de pescado y, después de un suspiro, vuelve a mirarme—. No se trata del lugar. Que sea más o menos impresionante no me importa. Si fuera algo significativo, sería perfecto, pero lo importante para mí, no es el dónde, sino el con quién. Cuando Derek me dijo esas palabras: *«Creo que estamos hechos el uno para el otro»*, pensé que era la frase más espantosa que había escuchado nunca. No solo porque no nacemos hechos para nadie, sino porque en el fondo, yo sentía que esas dos personas que se estaban comprometiendo, no podían ser más diferentes entre sí. Así que, para mí, lo romántico y especial sería, nada más y nada menos, que un momento real, Dakota.

Me mantengo en completo silencio un instante, observándola volver a comer como si nada. ¿Si sentías eso, por qué le dijiste que sí? No sé si siento rabia o lástima hacia ese chico. Por un lado, le compadezco, porque tenía a su lado a una mujer impresionante y, en realidad, no llegó a tenerla jamás. Y por el otro, me pregunto cómo podía ser tan imbécil, cómo no era capaz de verla realmente.

—¿Alguna vez llegaste a ver «Los Trotamúsicos» la serie de dibujos animados?

Me mira sorprendida. La verdad es que mi cerebro hoy está un poco a su rollo.

—*Un, dos, tres, cuatro, somos cuatro* —comienza a cantar. Y creo que el suyo está bastante peor—. *Cuatro tipos, ¡locos los cuatro! Y a Bremen vamos con esta canción...* —Lo peor del asunto es que también empieza a bailar—. *Por el mundo llevamos alegría y buen humor. La vida es diversión, ¡es una canción!* —Y ahora finge que toca los instrumentos de la banda—. Y ya de los nombres no me acuerdo. Solo sé que el burro se llamaba Tonto, era mi favorito.

Debo tener una sonrisa de idiota bastante importante ahora mismo. Esta chica no dejará nunca de sorprenderme.

—El mío era Lupo.

—¡El perro! —exclama emocionada, como si de pronto lo hubiera recordado—. Qué tiempos aquellos. —Suspira con nostalgia—. Los dibujos de antes sí que eran buenos.

—Claro que sí, abuela.

La mirada amenazante que me lanza se vuelve todavía más amenazante cuando, además, me apunta con el tenedor.

—¿Qué quieres? Acabas de hacerme revivir mi infancia.

—Vale, pero no hables como si se tratara del siglo pasado.

—De hecho, nacimos en el siglo pasado, guapa.

Con esa mirada de quien siempre gana las batallas, me dedica una sonrisa. Es capaz de liarme tanto, que casi olvido lo que le estaba diciendo.

—¿Has estado en Bremen, Alemania? —continúo indagando y

ella niega con el ceño fruncido, supongo que intrigada por saber a dónde quiero llegar—. Hay una estatua de los Trotamúsicos formando una especie de torre. El burro es la base y le sigue el perro, el gato y el gallo. Es tradición tocar las patas del primero y pedir un deseo en silencio. —La información también parece sorprenderle y emocionarla a partes iguales—. Ese sería un curioso lugar, ¿no? Agarrar las patas del Trotamúsico, que además es tu favorito y pedir estar contigo para siempre. Aunque, ahora que lo pienso, si el deseo se hace en silencio, ¿cómo te vas a enterar? Habría que modificar esa parte.

Mientras divago, ella me mira en completo silencio, con una sonrisa y una expresión que no sé bien cómo descifrar.

—Eso sería lo más original y especial que alguien podría hacer por mí —asegura, reposando de nuevo la barbilla en su propia mano—. Pero vas a tener que pensar otra cosa, porque ahora, cuando vayamos a Bremen ya voy a saber lo que tienes planeado. Y el factor sorpresa es importante en estos casos. Suma puntos.

La expresión pícara que ya había comenzado a aparecer se ve reforzada cuando alza ambas cejas y sonríe, obligándome a negar. Ya estaba tardando.

—Tranquila, que algo se me ocurrirá.

—No me cabe la menor duda.

Continuamos mirándonos sin decir nada. Simplemente, sonriendo. Y aunque el esfuerzo para apartar mis ojos de los suyos haya sido sobrehumano, soy yo quien lo hace primero. Bajo la vista hacia mi plato y continúo negando con la cabeza. Como si eso fuera a quitarle importancia al asunto. Como si mis órganos no estuvieran en guerra unos con otros ahora mismo y como si mi cerebro no estuviera a punto de colapsar. De hecho, creo que el vino tiene gran parte de culpa en mi estado actual. Llevamos media botella entre las dos y no sé por qué, hoy noto sus efectos más que cualquier otro día.

Alzo la vista para mirarla de nuevo, pero ella vuelve a estar concentrada en sus últimos pedazos de pescado. Cosa que en parte agradezco, porque me permite observarla tranquilamente. El sol comienza a caer y aunque sus ojos estén fuera de mi alcance ahora mismo, estoy segura de que tienen un color diferente al de hace unos minutos. De pronto, siento cómo mis labios se abren de manera involuntaria, sin embargo, no escucho ni un solo sonido salir de ellos.

Suspiro.

—¿Damos un paseo? —pregunta alzando la vista.

—Sí, por favor. Necesito aire fresco.

Ella frunce el ceño.

—Estamos en una terraza.

—Bueno, pues en esta terraza no corre nada de aire.

Frunce todavía más, mientras sonríe y cabecea, como si no entendiera en absoluto mi razonamiento.

—No voy a hacer alusión a tu ropa de esquimal porque ahora mismo empieza a anochecer y si empezamos a discutir, no veremos nada más de este bonito lugar —decide ella sola—. ¿No te cuesta acostumbrarte a eso de que se haga de noche tan pronto? ¿Cómo lo hace la gente para salir de fiesta sin que la pereza les invada antes de que llegue la hora?

—Supongo que están acostumbrados a prescindir del sol y hacer vida igualmente. Es lo que han hecho siempre. —Me encojo de hombros—. Oye, ¿y a ti no te ha subido el vino?

—¿Qué me va a subir? Si te lo has tomado tú casi todo, Bob Esponja. Ahora entiendo ese calor repentino que tienes.

—Sí, estoy un poco afectada —reconozco riendo—. Pero no tengo calor. Solo quiero tomar aire. Aunque primero voy al cuarto de baño.

—Muy bien. ¿Te espero aquí y voy pidiendo la cuenta? ¿O necesitas ayuda? —Desde la considerable altura que me da el haberme levantado, proporcionándome además cierta sensación de poder y valentía, alzo una ceja—. Me refiero a coordinar un pie y el otro para llegar al baño. Allí ya sé que te las apañarás. O eso espero.

—Creo que puedo hacerlo todo sola, gracias.

—Que no se diga que no me ofrecí.

Dejándose caer en el respaldar de su silla, alza ambas manos con una sonrisa juguetona, provocando que mi brazo se autodirija hacia ella y agarre sus mejillas para estrujarlas.

—Cállate ya. —Perfecto, ahora tiene una cara de pez adorable. Mi intento de seriedad queda absolutamente truncado y no tengo más remedio que reírme—. En seguida vuelvo.

Me marcho de allí y al entrar en el restaurante, antes de dirigirme al servicio, me detengo junto a la barra para pedir la cuenta. Ni siquiera hace falta que hable, porque en cuanto señalo la mesa, en la que una absorta Chiara ni se percata de lo que pasa a su alrededor, el camarero que nos atendió entiende lo que quiero y en cuestión de minutos nuestra deuda queda saldada. Ahora sí, corro hacia el cuarto de baño porque creo que mientras más me acerco, menos capaz soy de aguantar las ganas.

Cuando regreso a la terraza Chiara ya no está en nuestra mesa. De hecho, esta se encuentra totalmente vacía y ella espera a unos metros, mirándome con cara de pocos amigos y sosteniendo dos recipientes para llevar en sus manos.

—Buena jugada —ironiza en cuanto la alcanzo—. Me enfadaría, de no ser porque tuve la intención de hacer lo mismo y me dijeron que te me habías adelantado.

Me ofrece uno de los vasos y el calor traspasa mis manos en cuanto lo agarro. Huele delicioso.

—Así que, ¿aprovechaste para invitarme tú al postre, chica del café? Me estás acostumbrando demasiado a esto. Ya no voy a querer café si no me lo traes tú.

Fue tan rápida mi decisión de darle un sorbo a la bebida como la de arrepentirme, en cuanto sentí mis ojos empañarse.

—A este ritmo te saldrán bolsas en el paladar. Ya es la segunda vez que te quemas hoy.

—Tercera —corrijo—. Hace un momento pretendí lavarme las manos con agua ardiendo.

Abriendo como platos esos ojos azules, agarra mi mano derecha y la extiende con cuidado, dejando al descubierto una palma y dedos todavía algo enrojecidos.

—Eres un poco torpe, ¿no? ¿Ves cómo al final sí necesitabas ayuda?

Antes de que pueda protestar, esconde su sonrisa traviesa detrás de mi propia mano, llevándosela hacia el rostro y haciéndome sentir en el acto, el tacto de su nariz congelada. La verdad es que alivia bastante. No sé si su nariz está tan fría que tiene el mismo efecto que un cubito de hielo o es todo psicológico y los nervios me están anestesiando.

—¿Para qué utilizar hielo? —pregunto tratando de bromear, aunque espero que mi voz no haya sonado tan temblorosa como la escuché.

Ella no responde. Se limita a acariciar de forma sumamente suave y delicada, la palma de mi mano con su dedo pulgar. En este momento, siento el vino subir y bajar por mi estómago como un torbellino que no sabe si quiere irse o quedarse. Más o menos como yo, vamos. De pronto, comienzo a notar el roce de sus labios sobre mi piel de la misma manera que sentía su nariz. Si lo que pretende con esto es traspasarme el frío para calmar mi casi quemadura, creo que está consiguiendo el efecto contrario. No sé si mi mandíbula habrá llegado ya al suelo, pero lo que sí sé, es que mientras observo la escena con la boca cada vez más seca y el café a punto de derramarse, contengo la respiración. ¿Qué sentido tiene eso? Ninguno. Como tampoco lo tiene que ella deje un suave y lento beso sobre mi piel y, a continuación, alce la vista sonriendo como si nada. Como si estas milésimas de segundo no fueran lo más extraño que me ha ocurrido jamás. Como si mi cuerpo no estuviera aún intentando recuperarse.

—¿Mejor? —pregunta y yo solo me veo capaz de asentir.

—Eres un analgésico andante.

Su risa retumba en mis oídos, consiguiendo despertarme un poco y que mis labios respondan con una leve sonrisa.

—¿Vamos, entonces?

Sin decir más, comenzamos a caminar en dirección hacia quién sabe dónde. La sensación de temblor interno no me abandona todavía, aunque a medida que avanzamos sumergiéndonos en la naturaleza que nos rodea, la calma se va abriendo paso. Este café es el más delicioso de mi vida. ¿Quién me iba a decir hace unos días que hoy estaría aquí, paseando por el lago Baikal en compañía de una chica prácticamente desconocida, disfrutando del único sonido que producen nuestras pisadas al estrujar alguna hoja seca y de un café tan intenso y caliente, que hasta el frío me parece necesario ahora mismo? El paisaje no puede ser más espectacular. El lago a nuestra izquierda se ve ahora anaranjado por el reflejo del cielo. Parece que ninguna de las dos puede apartar la vista de semejante espectáculo; el sol comienza a caer en el horizonte y da la sensación de que se está hundiendo en el agua, como si él también quisiera bañarse.

Impresionante.

—¡Mira! —La repentina exclamación de Chiara me sobresalta. Sigo la dirección que indica su dedo y descubro una especie de camioneta entre un montón de hojas y ramas caídas—. ¡Vamos!

No tengo tiempo a reaccionar, cuando su mano comienza a tirar de la mía para dirigirme hacia ese lugar. A continuación, intenta inspeccionar el interior desde la ventanilla del conductor, pero el automóvil está tan sucio, que tiene que apartar la tierra con sus propias manos para luego encorvarse ligeramente y sumergir el rostro en una especie de guarida huyendo del sol.

—Creo que está abandonada —informa incorporándose.

—¿En serio? No me lo había parecido. —Su mirada asesina como respuesta a mi ironía me provoca una sonrisa—. ¿Y ahora qué? ¿Quieres hacerle un puente?

—¿Estás loca? No sé cómo se hace eso. ¿Tú sí?

—No, pero en las películas parece muy fácil. Solo hay que cortar un cable, unir otros dos y *ta chán;* arranca.

—O explota —sentencia—. Tengo una idea mejor.

Apoyando su mano en mi hombro y el pie en una de las ruedas, coge impulso dispuesta a subirse en el capó de la camioneta. Esta emite un chirrío nada amistoso y se hunde ligeramente hacia nosotras, consiguiendo que Chiara pierda el equilibrio y yo me apresure a sostenerla por la cintura para ayudarla a terminar de subir. Observo expectante sus intenciones, que no son otras que acostarse mirando al cielo, con las rodillas flexionadas en dirección al parabrisas y su enorme melena colgando en el lado opuesto, casi rozando el suelo.

—¡Qué vista, por dios! Esto no está pagado con nada. —Dirijo la mirada también hacia arriba. ¿En qué momento oscureció tanto? Es prácticamente de noche y el cielo está lleno de estrellas. Estoy segura de que en unos minutos brillarán de manera espectacular—. Ven, Dakota.

—No estoy segura de que esta chatarra aguante demasiado.

—Claro que sí. No es tan inestable como parece. Ponte aquí conmigo.

Mientras que con una mano palmea la parte del capó a su izquierda, extiende la otra para alcanzarme. No dudo demasiado en corresponder el gesto, pero tengo que llegar hasta el otro lado para subir, ya que a ella no le veo mucha intención de moverse.

El mismo ruido y movimiento de antes me hacen pensar que en unos minutos podemos acabar las dos en el piso, pero en cuanto consigo imitar su postura y acomodarme, entiendo que, por esto merecería la pena caer.

Observamos las estrellas en completo silencio. Algunas brillan más que otras, se ven incluso de diferentes tamaños y a veces me da la sensación de que alguna emite pequeños destellos. ¿Será cierto eso de que, la mayoría de las estrellas que vemos ya están muertas? Es algo que en muchas ocasiones nos aseguran. De hecho, en internet es muy fácil encontrar una frase que dice algo así: «*Al mirar las estrellas, en realidad estás mirando hacia el pasado. Muchas de las estrellas que vemos por la noche ya han muerto. Al igual que tus sueños*». No me gusta. Ya sé que es una frase que aboga por vivir el presente, o eso dicen, y soy consciente de que la luz que nos llega es la que ellas emitieron hace cientos de años. Incluso el sol lo vemos con ocho minutos de retraso. Pero no me gusta pensar que estoy mirando algo que ya no existe. Ni siquiera me gusta pensar que la estrellas tienen el mismo ciclo que nosotros; nacen, viven una cantidad de tiempo y mueren. Parecen tan eternas. De hecho, la cantidad de años humanos que vive una estrella es inmensa y sí, puede que alguna de las que vemos ya no exista y todavía nos llegue su luz, pero estoy segura de que la gran mayoría sigue ahí e iluminaran nuestro cielo mucho tiempo después de que nosotros nos hayamos ido.

—«*Entiende, que el momento es esto y ahora siente* —El susurro de su voz me sorprende cantando nuestra canción y me veo en la necesidad de mirarla. Ella, sin embargo, continúa observando el cielo—, *que la vida no te espera solo sigue, un segundo cambia el mundo y vive. Hazlo una vez más...* —Ahora sí, me mira, con ese brillo en los ojos que solo le he visto en dos ocasiones: al cantar y durante el espectáculo de ayer. Un brillo que me pone la piel de gallina—. *No existe un lugar al que te puedas escapar...*» —Sonríe. Creo que no me cansaría nunca de escucharla cantar, aunque se invente el orden de la letra—. Qué buena canción escribiste, eh. La tengo todo el día en la cabeza.

—Pues casi toda esa parte es tuya.

—Pero tú hiciste que tuviera sentido. Yo solo escribí cuatro frases de un estribillo y tú creaste una historia a partir de ahí.

Esta vez soy yo quien le sonrío. Formamos un buen equipo.

—¿Grabarías un audio cantándola? Me gustaría poder escucharte cada vez que quiera.

—Por supuesto —acepta, aunque no puede disimular la ligera sorpresa que veo en sus ojos—. ¿Cuántas canciones crees que podríamos componer juntas?

—Para varios discos.

De nuevo su risa, adictiva, dejando un eco a su paso.

—Sería increíble, ¿no? Tienes que robar otra guitarra.

Esta vez, es mi risa la que se escucha.

—Ahora mismo lo estaba pensando.

Ella me sonríe y vuelve a perder sus ojos en algún lugar de las estrellas. No puedo apartar la vista, porque la imagen me parece sublime.

—Este viaje es la mejor decisión que he tomado en mi vida —susurra, lanzando un suspiro a ese universo que observa con tanta atención.

—¿Por qué no te acostaste con él?

Rápidamente vuelve a mirarme y en medio de mi vergüenza, puedo apreciar una mezcla entre sorpresa y diversión en su expresión. ¿Eres idiota, Dakota? ¿A qué vino eso?

—Esa pregunta ha estado rondando tu cabeza todo el día, ¿verdad?

—Es que me sorprende. —Intento quitarle importancia, encogiéndome de hombros—. Es guapo, parecías estar interesada en él y, lógicamente, él lo está en ti. ¿Qué fue mal?

Sus ojos se clavan en mí de una manera tan intensa, que no sé si está intentando leerme la mente o tiene algún poder como el de *Supergirl* y voy a salir disparada en cualquier momento.

—Nada. Simplemente no me apetecía. —Ahora es ella quien se encoje de hombros—. Tú misma me dijiste que haría lo que quisiera, ¿no? Pues no quería acostarme con ese chico. No hui de mi vida superficial para embarcarme en una aventura superficial. —Asiento, y aunque su respuesta es demasiado escueta para lo que me tiene acostumbrada, voy a tener que conformarme—. ¿Contenta?

—Curiosidad resuelta.

—No te guardes tus curiosidades tanto tiempo o terminará saliéndote una hernia.

Frunzo el ceño, ella sonríe y regreso la vista al cielo. Segundos más tarde, todavía puedo sentir su mirada y estoy segura de que continúa sonriendo.

Creo que este viaje también ha sido la decisión más acertada que he tomado en mi vida. Y aunque no se lo diga, estar aquí con ella, en este momento, observando lo que dicen que es el pasado, es en realidad el mejor presente que he tenido en muchos años.

De pronto, algo cruza el cielo tan rápido que casi no alcanzo a verlo y deja una especie de ráfaga a su paso.

—¿Eso es una estrella fugaz? —pregunta.

—Creo que era un avión.

—¿Cómo iba a volar un avión a esa velocidad?

—Entonces tal vez fuera un OVNI —bromeo mirándola y captando su atención en el acto—. Según tus cálculos, deben aparecerse sobre esta hora para abducirnos. Ya es de noche.

—Tienes el simpático subido hoy. Me pregunto qué te habrá puesto de tan buen humor, con la mala leche que tenías anoche. —Frunzo el ceño y ella sonríe triunfante—. Venga, pide un deseo.

—¿A los extraterrestres?

—¡Dakota! —Me da un codazo en el brazo mientras se ríe. Esa mezcla de desesperación y diversión que tiene es muy cómica—. Vuelve a mirar hacia arriba e imagina que era una estrella fugaz. —Obedezco al ver que ella también regresa su vista al cielo—. ¿Qué le pedirías?

Permanezco en silencio un segundo. Contemplando las estrellas y preguntándome si aquello había sido realmente una estrella fugaz. Y si así fuera, ¿qué le pediría? Bueno, teniendo en cuenta que los meteoros no son más que partículas que se desprenden de los astros y dudo mucho que tengan el poder de cumplir deseos, si pudiera pedir algo al universo en este momento, sería...

—Tiempo —susurro casi inconscientemente. Suspiro antes de volver a mirarla y ella también me está mirando. En su expresión ya no veo ni un atisbo de la diversión que tenía hace un momento. Hay otra cosa ahora. Algo que no sé descifrar pero que me lleva a ofrecerle una leve sonrisa—. Tu turno. —Le indico para terminar con este silencio algo doloroso. Pero un conocido sonido a lo lejos nos interrumpe y aunque al principio ambas parecemos confusas, su expresión pasa en unos segundos al asombro y el terror. Igual que la mía—. ¡Chiara! ¡El tren!

Nos bajamos del coche a toda prisa y comenzamos a correr entre los árboles. Suerte que no nos alejamos demasiado del lago, porque con esta oscuridad no estoy segura de que hubiéramos sabido volver. ¿En qué momento se nos hizo tan tarde? De nuevo se escucha la bocina del tren, dos veces seguidas y esta vez un poco más cerca. Corro y corro tras ella, como si un asesino en serie nos estuviera persiguiendo. No sé de qué manera estoy aguantando el equilibrio sin salir volando con tanto obstáculo. Mi corazón late a toda velocidad, comienzo a escuchar su risa e, inevitablemente, me río yo también. La sensación de adrenalina subiendo por mi cuerpo es cada vez más imparable. De nuevo, el sonido del tren, ¡mierda! Esta vez mucho más cerca. De pronto comienzo a ver un poco más de luz, los obstáculos desaparecen frente a nosotras y ¡Por fin! ¡Ahí está!

—¡Mierda! ¡Dakota, que se está moviendo!

No me da tiempo a decir absolutamente nada y tampoco a paralizarme, porque su mano agarra con fuerza la mía y como si me estuviera trasmitiendo algún tipo de poder, nuestra velocidad aumenta a la par. Logramos alcanzar una de las puertas del tren en movimiento y con un pequeño salto, Chiara consigue pulsar el botón que la abre.

En un abrir y cerrar de ojos estamos dentro. Me inclino para recuperar el aliento y me llevo la mano al corazón porque creo me va a dar un infarto, pero escucho un ataque de risa a mi lado y la miro, contagiándome en seguida. Un señor vestido muy elegante y con un diario bajo el brazo, nos mira con cara de pocos amigos antes de cruzar la puerta hacia los vagones.

—Por poco... —dice con la voz aún entrecortada. —Nos vi durmiendo en medio del bosque.

—Recuérdame la próxima vez que salga contigo, llevarme el

ordenador, por favor. Creía que no lo volvería a ver.

—O sea, que quedarnos abandonadas no te importaba en absoluto. Solo tu ordenador.

—Es mi herramienta de trabajo. De lo otro hubiéramos sabido salir airosas.

—Pues ya lo sé para la próxima.

—Tampoco abuses. Acabamos de tener adrenalina suficiente para mucho tiempo.

—¿Eso crees? Pues yo estoy a tope. ¡Esta noche nos vamos de fiesta!

Mi cara debe haberse desencajado al ver su gesto de chica poderosa junto a la frase.

—Espero que eso sea el título de la próxima canción que quieres componer. ¿Te pegaste un golpe en la cabeza durante el camino y no me di cuenta?

—¿Acaso no vamos a pasar la noche en Ulán-Udé? —asiento, aún sin comprender—. Pues ya está. ¿Qué mejor plan que buscar una buena fiesta y hacerte bailar hasta que desfallezcas?

—Eso parece el título de otra canción. Estás *on fire*.

—Sí, sí, tú ríete mientras puedas. —Sonríe con superioridad mientras se acerca a la puerta—. Cuando lleguemos a la ciudad, nos vemos en tu habitación. Puedes ir escribiendo esas dos canciones, si te inspiras. Aunque te recomiendo que descanses, porque lo vas a necesitar. —Me guiña un ojo y abre la puerta dispuesta a marcharse, pero se detiene un momento antes de salir—. Te echaré de menos, Dak.

Y se larga sin más. Sin darme opción a réplica ni a nada.

Maldita desquiciada.

Yo también, Chiara.

7

Llevo, literalmente, una hora frente al espejo probándome todas las combinaciones posibles de la poca ropa que traje. Si llego a saber el rumbo que iba a tomar este viaje, desde luego me hubiera molestado en hacer mejor la maleta. O, igual no, porque en realidad odio viajar muy cargada. El caso es que lo más decente que tengo ya lo utilicé para el *ballet* y ahora mismo ninguna opción me parece suficientemente buena. Además, no sé desde cuando me preocupo yo por la ropa y eso me estresa todavía más. ¡¿Qué hago?!

El sonido insistente de la puerta detiene mis pensamientos. Lanzo sobre la cama el último pantalón que estaba barajando y bajo un poco el volumen de mi ordenador antes de abrir.

—¡Por fin! —exclama una Chiara con apariencia de estar desesperada—. Llevo una hora llamando. Creía que te habías quedado sorda.

Pues quizás tuve un episodio de sordera pasajera, porque no había escuchado la puerta hasta ahora.

—¿Y que estuviera durmiendo no era una posibilidad?

—¿Con la música a ese volumen? Pues estarías dormida y también sorda, porque se escucha por todo el pasillo.

Suspiro con resignación. No es momento para preocuparnos por mis problemas auditivos o de atención.

—Tenemos un problema.

—Aquí Houston, recibido —bromea llevándose una mano a la boca y otra a la oreja, simulando que habla por radio—. Que no cunda el pánico. —Frunciendo el ceño, agarro su mano y la introduzco en la habitación para que vea por sí misma el pequeño desastre en el que me encuentro. Cierro la puerta y cuando me giro de nuevo hacia ella, está mirando la ropa que tengo amontonada. Todo mi equipaje está revuelto sobre la cama y ella parece estar tomándose unos segundos para meditar sobre el asunto. Cuando se da la vuelta para dirigirse a mí y crece mi esperanza de que va a aportarme algún tipo de solución al ver sus labios abrirse, de ellos no sale ni una sola palabra. Recorre, sorprendida y de manera ascendente mi cuerpo que solo está cubierto por una toalla, como si no se hubiera dado cuenta del detalle hasta ahora. Mi piel se eriza sin permiso al paso de sus ojos y los nervios que me produce en la boca del estómago son tales, que no puedo evitar removerme en mi sitio—. ¿Cuál es el problema? —pregunta como si nada cuando nuestras miradas coinciden por fin.

—¿Quién es la que está dormida, Chiara? Semejante alboroto encima de la cama y yo todavía con la toalla después de una hora, ¿no te da una pista? ¡No sé qué ponerme! No sé a qué tipo de sitio quieres ir ni qué ropa debo llevar. Nada me convence. Y me estoy estresando.

—¿Por qué no vas así? —Señala mi cuerpo semidesnudo con una sonrisa. Alzo una ceja queriendo parecer amenazante o indiferente, no lo sé—. Está bien, está bien —Se ríe levantando las manos—. En realidad, vine para decirte lo mismo. Llevo una hora probándome ropa y nada termina de convencerme. Y no será porque mi maleta es pequeñita.

—¿Entonces qué hacemos? —pregunto con un poco de alivio al saber que no soy la única inconformista—. ¿Suspendemos el plan?

—¿Qué? Ya quisieras —Se ríe confundiéndome—. ¿Tú no has aprendido nada, Dakota? Los imprevistos están para que los soluciones, no para que renuncies sin más.

—Una frase muy bonita, pero no pienso robarle la ropa a nadie, si esa es tu idea.

—¿Por quién me tomas? Aquí la ratera hasta ahora has sido tú. Mi idea es ir de compras. —Coge mi mano, como presa de un impulso y me arrastra hasta la puerta—. Todavía falta mucho para que llegue una hora decente para salir de fiesta, a no ser que queramos abrir las discotecas, colocar los ceniceros, bajar las sillas, etc...

—Chiara, Chiara. —Me veo en la obligación de tirar de su mano para que se detenga—. Que el tren se está moviendo, cariño. ¿No lo notas? Aún no hemos llegado a la estación.

—No importa. Saltamos y ya está. No será la primera vez hoy.

Debí quedarme pálida de un momento a otro porque ella sonríe ampliamente, como si me estuviera diciendo: «Es tan fácil vacilarte, chica»

—Además de desquiciada, suicida. ¿No has tenido suficiente aventura peligrosa para un día?

—Yo nunca tengo suficiente aventura, Dak. Y tú tampoco. Por mucho que te empeñes en fingir que soy yo quien te lleva al lado oscuro, esa mirada de chica perdida que tenías el día que te conocí —Apunta con su dedo incide hacia mis ojos haciendo movimientos circulares—, se desvanece como la espuma... cariño. —Me guiña un ojo al imitarme con la última palabra y abre la puerta para marcharse, pero su mirada desciende entonces hacia nuestras manos, aún agarradas. Dejo de ejercer presión con algo de inseguridad para dejarla ir, pero ella permanece inmóvil, mirándolas y sin soltarme. Me encantan sus manos. Tan pequeñas y delicadas pero firmes y seguras al mismo tiempo. Esa fuerza con la que me agarra, como si no le tuviera miedo a nada. Como si estuviera dispuesta a comerse el mundo aquí y ahora. Siento entonces una leve caricia provocada por el roce delicado de su dedo pulgar y mi piel reacciona al instante. Espero que no pueda verlo ni escucharlo. Vuelve a alzar la vista y me sonríe—. Será mejor que te vistas, si no quieres que te saque con ese atuendo tan sexy. Te espero en el vagón.

Me sonríe por última vez y se va, dejándome como un pasmarote frente a la puerta. Es increíble el poder que tiene esta chica para llegar, alborotar con sus cosas y marcharse sin más. Todo en cuestión de minutos. Consigue que el tiempo se me vuelva odiosamente corto y la espera demasiado larga.

Chiara te está volviendo loca, Dak.

¤

La gente ni siquiera me mira cuando nos cruzamos por los pasillos del tren. Es lo que menos me gusta de ciertos países, sobre todo europeos, las personas caminan muy ensimismadas y a veces parece que, por un saludo, una sonrisa o una simple mirada también tuvieran que pagar impuestos. En Latinoamérica, por ejemplo, no ocurre eso. Todo lo contrario. La calidez humana está presente en cada mirada y cada gesto. Es agradable. Muy agradable. Yo no soy precisamente la persona más cariñosa del planeta ni alguien que viaje deseosa de crear vínculos en cualquier lugar, pero supongo que a todos nos gusta un poquito de conexión con los de nuestra misma especie. Sentir que el ser humano no ha perdido su capacidad de ser precisamente eso, humanos. Una vez me contaron que algunas razas de perros primitivos, como por ejemplo el Husky Siberiano o el Samoyedo, cuando están en su hábitat natural, caminan a metros de distancia unos de otros, a pesar de vivir en manada. La única manera en la que se aproximarán será si son muy amigos. Es curioso, porque la cantidad de perros que me han saltado con efusividad para saludarme es infinitamente mayor a la de humanos que me han sonreído caminando por la calle. Y se supone que nosotros somos los seres sociales.

Llego a la puerta de mi vagón favorito y ahí está ella, tan diferente al resto, tan sonriente siempre. Se encuentra en la misma posición que la primera vez que la vi, contemplando concentrada el paisaje que corre al otro lado de la ventana. Este viaje ha sido, probablemente, el más peculiar que he hecho hasta ahora. En cuestión de economía, el más caro, sin duda. He estado años ahorrando para venir sin preocupaciones y aunque existen formas mucho más baratas de realizar el recorrido del transiberiano, por primera vez en mi vida me decanté por la más cómoda. No dejo de pensar que, si no lo hubiera hecho, si hubiera elegido ir de tren en tren, durmiendo entre vagones y utilizando de almohada mi ordenador para asegurarme de que no me lo roban, no la hubiera conocido a ella. Y ¡Dios! Encontrar a Chiara ha sido lo mejor que me ha pasado en mucho tiempo.

—¿En qué piensas? —Me decido a interrumpir, antes de que sé de cuenta de que llevo minutos mirándola como una tonta.

Sonríe al escuchar mi voz y se gira para mirarme. Mi corazón se vuelve loco.

—Solo disfruto del silencio.

—Uhm, vaya. Creo que se te están pegando mis rarezas.

—Ya tengo algo que echarte en cara cuando me digas que estás loca por mi mala influencia.

—Vale, pero eres una pésima influencia y eso tendrás que asumirlo tarde o temprano.

—Lo asumo con orgullo. —Ambas sonreímos y el sonido de

las bocinas avisando que estamos llegando a la estación, interrumpe cualquier cosa que quisiéramos decir—. ¡Vamos!

Se levanta como un resorte y agarra mi mano para dirigirnos hacia la salida, pero el tren aún no se ha parado y junto a la puerta, bastantes pasajeros esperan impacientes. El silencio sepulcral que reina en el espacio consigue que incluso me sienta culpable por el sonido de nuestras pisadas.

—¿Recuerdas cuando éramos pequeñas y teníamos que colocarnos en fila india para volver a clase después del recreo? —Le pregunto susurrando y ella asiente—. Pues así me siento ahora mismo. Eres una desesperada.

—En realidad iba a hacerte saltar con el tren en marcha, pero me diste pena.

—¡Vaya, qué considerada!

Todo el mundo se gira para mirarme y Chiara no puede evitar descojonarse. Creo que hablé un poco más alto de lo que quería, pero ¿qué le pasa a esta gente? Ni que estuviéramos en un cementerio. El tren comienza a detenerse, mientras por los altavoces se escucha un mensaje cuyo contenido es un misterio para mí. Intuyo que nos están deseando una feliz estancia en Ulán Udé y recordando la hora a la que vuelve a partir el tren mañana, porque es lo que siempre hacen.

Cuando el tren se detiene por completo y abren las puertas, Chiara tira de mi mano para abrirnos paso entre la multitud. La pequeña estación de Ulán Udé parece bastante solitaria comparada con las otras del recorrido. De hecho, si no llega a ser porque ahora vamos todos caminando como un rebaño de ovejas, no me inspiraría demasiada seguridad a estas horas. Está muy poco iluminada.

—¿Tú estás segura de que aquí hay discotecas? —pregunto

mientras avanzamos por unas calles desiertas—. Porque esto parece la ciudad fantasma. ¿A que te quedas sin fiesta?

—En el tren me dijeron que hay una zona turística con varios bares que funcionan muy bien de noche. No sé qué significará para ellos funcionar bien, visto lo visto, pero creo que va a ser nuestra única opción. Si nos aburrimos, volvemos a tu habitación y nos montamos la fiesta allí, seguro que tus vecinos ya se compraron tapones para los oídos.

—Idiota. —le digo riendo. Aprieta mi mano mientras me guiña un ojo y, entonces, me doy cuenta de que hemos estado todo el tiempo caminando agarradas como si nada. Antes de que pueda siquiera llegar a ponerme nerviosa, la vista de una enorme estatua con forma de cabeza distrae mi atención—. La cabeza de Lenin.

—Parece que llegamos al centro de la ciudad.

Ahora sí que hay afluencia de personas alrededor de la plaza. Niños patinando, músicos y artistas callejeros, turistas haciendo fotografías. Me quedo absolutamente impactada con el tamaño de la estatua del político ruso, mucho más grande de lo que imaginaba por las fotos. Cuando dejo de sentir el contacto con Chiara vuelvo a distraerme para seguirla con la mirada. Se aproxima hacia una barandilla que rodea la plaza y gracias a las farolas que iluminan este lugar, no la pierdo de vista. Permanece así varios minutos, observando el río Selengá que se extiende kilómetros y kilómetros a lo lejos. Es un afluente del lago Baikal. ¿Quién diría que ese sitio tan mágico en el que estuvimos hace unas horas repartiría su esencia por gran parte del territorio? Hace bastante frío, para no variar. Ella debe estar congelándose con toda la brisa del río pegándole en la cara, aunque no se nota, porque no abandona su postura. Al contrario, parece que algo muy interesante debe estar ocurriendo en las aguas y yo me lo estoy perdiendo. Hay un señor de mediana edad entre nosotras, sentado en una silla muy poco estable, con decenas de pinturas a su alrededor y un caballete frente a sus ojos. Está dibujando algo y me percato de que, cada pocos segundos, asciende la vista para mirar en la dirección que se encuentra Chiara y, posteriormente, vuelve a su labor. Camino despacio hacia él y me acerco con miedo de molestarlo, pero deseando saber qué está dibujando.

Es ella.

O bueno, al menos parece su silueta en la oscuridad. Es precioso. Una pequeña hoja tamaño postal con parte del paisaje que rodea a Chiara y ella, dándole el toque mágico a la imagen. ¿Cómo ha sido capaz de dibujar algo así tan rápido? Intuyo que estaba concentrado tratando de plasmar aquella zona cuando una intrusa se coló en su dibujo. Sonrío. Esa curiosa manía que tiene de meterse en mundos ajenos y transformarlos por completo.

Espero unos minutos hasta asegurarme de que lo haya terminado y me acerco definitivamente para pedirle, en el idioma internacional de los gestos, que me lo venda. El amable señor parece sorprenderse de que haya decidido quedarme con eso tan improvisado, en lugar de comprar una pintura que, seguramente, le haya llevado horas, pero me lo ofrece sin dudar y acepta el pago. Cuando viajo, me gusta llevarme de cada país algo especial. Nunca compro los típicos souvenirs que se venden en cualquier estanco con el nombre de la ciudad o algún monumento histórico. No. Si me encuentro con un músico amenizando las calles y su melodía me obliga a detenerme, con total seguridad me llevaré alguno de los *cd's* que intenta vender. En muchos países he terminado comprando pulseras artesanales para un ejército, vendidas por grupos de niños muy astutos. Y pinturas. Me encanta comprar pinturas de artistas callejeros. Si algún día llego a tener una vida estable y casa definitiva, crearé un mural con todas ellas. Pero esta, por mucho que en unos segundos se haya convertido en la más especial de todas, no formará parte de la colección. Porque esta es para ella.

Ella, se da la vuelta y hace un rápido recorrido alrededor. Creo que tarda un poco más de lo que esperaba en encontrarme, porque cuando me ve, sonríe aliviada. Yo debo parecer idiota, parada en medio de una plaza sin quitarle los ojos de encima. Con un gesto de su mano me pide que me acerque y no dudo ni un segundo en hacerlo.

—Creía que te habías fugado. —Sonríe cuando llego hasta ella.

—Quise darte un poco de tiempo y espacio, parecías concentrada disfrutando de la nada y el silencio.

—Los silencios más perfectos son los que comparto contigo.

—¿Quieres decir que me tengo que callar la boca más a menudo? —bromeo y ella cabecea sonriendo, al tiempo que se coloca un mechón de pelo rebelde tras la oreja. —¿Sabes? Mientras estabas aquí, sumergida en tu misterioso mundo, alguien decidió convertirte en una obra de arte. —Sonrío, extendiendo la postal frente a ella—. Ya eres eterna.

Su expresión es de desconcierto y pasa al asombro cuando observa el dibujo entre mis manos. Lo coge como si fuera la cosa más delicada del mundo y después de analizarlo durante varios segundos, alza la vista para mirarme confusa. No hace falta que me pregunte nada, con una sonrisa me giro para mirar al señor que la dibujó. Él se encuentra de nuevo concentrado en otro trabajo, pero como si hubiera sentido nuestra mirada, alza la vista y sonríe. Entonces vuelvo a girarme hacia Chiara.

—¿Lo hizo para mí?

—Eso no lo sé, pero yo sí lo compré para ti. Un souvenir diferente.

—Y muy especial.

—Estoy de acuerdo. —Vuelvo a sonreír y, a continuación, se crea un instante de silencio nada incómodo—. Oye, será mejor que busquemos una tienda si pretendemos comprar algo, ¿no? No sé qué hora debe ser ya, pero como no espabilemos nos van a cerrar o echar a patadas.

—¡Sí! —exclama sobresaltándome y comienza a guardar el dibujo en su bolso con cuidado—. ¡Por dios, ya me había olvidado! ¿Yo olvidando que tenía que ir de compras? ¿Qué me pasa?

Me encojo de hombros divertida. ¿A que al final no hay fiesta? Comenzamos a caminar, pero antes de que pueda dar el segundo paso, ella ejerce una presión en mi brazo que me hace detener. Sin decir nada, siento su cuerpo aferrarse al mío, sus brazos rodean mi cintura y esconde el rostro en algún lugar. Me quedo paralizada porque no me esperaba el repentino gesto y no sé responder. Ella, aprieta sus brazos con más fuerza a mi alrededor y su respiración golpea mi cuello de forma pausada, todo lo contrario, al ritmo que lleva mi corazón y el resto de mis órganos internos en este momento. Entonces mi cuerpo responde. Rodeo su espalda con las manos y me aferro a ella en un abrazo que no recuerdo haber dado jamás. La acaricio. Hago un recorrido ascendente por su columna vertebral deseando que el dichoso abrigo no estuviera ahí para sentirla mejor. Me topo con su pelo y cuando mi mano llega a su cabeza, la acaricio con dulzura, con tranquilidad, sin prisa y con cariño. Mucho cariño. ¿Podría alguien parar el tiempo ahora mismo? Chiara y yo solo nos habíamos abrazado en una ocasión; en nuestra segunda despedida. Y fue precisamente en ese abrazo, donde mis esquemas se rompieron, donde sentí que quería vivir más a esa desconocida. Hoy, aquella desconocida es la persona que más cerca de mí ha estado en años y ahora mismo me pregunto cómo soy capaz de tenerla delante sin abrazarla a todas horas.

—¿Va todo bien? —me atrevo a susurrar después de un rato en la misma posición, queriendo saber el motivo del repentino abrazo, pero temiendo que el momento se termine con mi pregunta.

—Perfectamente —responde, levantando el rostro—. ¿Y para ti?

—¿Qué podría ir mal?

Sin decir nada, apoya su barbilla en mi hombro y vuelve a apretarme con fuerza, mientras se le escapa un pesado suspiro que mueve parte de mi pelo y me provoca unas ligeras cosquillas en la oreja. Cierro los ojos. Dicen los expertos que cuando queremos sentir algo en su totalidad, cerramos los ojos de manera automática, porque para nuestra mente es mucho más difícil procesar un sentido si estamos recibiendo estímulos visuales. Tiene lógica. Besamos con los ojos cerrados, en ocasiones abrazamos con los ojos cerrados y, a veces, incluso escuchamos música con los ojos cerrados.

—Adoro esta canción —rompe el silencio con un susurro.

Me parece reconocer un violín y una guitarra comenzando a interpretar una melodía muy bonita, pero soy incapaz de saber de qué canción se trata. Me incorporo para buscar de dónde proviene la música y compruebo que son las mismas personas que tocaban cuando llegamos a la plaza, así que, muy a mi pesar, finalizo el abrazo para coger la mano de Chiara y dirigirnos hacia allí.

La verdad es que suena precioso, no sé por qué no hay nadie a su alrededor. Una chica con rasgos asiáticos toca el violín de manera espectacular y un chico de la misma apariencia la acompaña con la guitarra. Ambos son muy jóvenes. Es increíble. Ni en mil años podría yo hacer algo así. Admiro muchísimo a la gente que se dedica a la música, me parece un arte tan complejo como maravilloso.

El chico alza la vista y nos sonríe. Somos su único público. No lo entiendo, la gente en esta ciudad está sorda o muy ensimismada. En realidad, he visto esta imagen muchas veces. Los músicos callejeros pueden ser adorados e ignorados a partes iguales en un mismo día. Chiara canta por lo bajo y él amplía su sonrisa, claramente entusiasmado de que alguien esté reconociendo el tema. La veo tan emocionada que se me asemeja a una niña cuando va por primera vez a Disneyland. Entonces se me ocurre una idea.

—Canta… —susurro junto a su oído, colocando la mano en la parte baja de su espalda para impulsarla suavemente hacia adelante. De manera automática, se gira para mirarme aterrorizada y niega repetidas veces—. Vamos, el mundo merece escucharte.

Ella vuelve a negar, pero antes de que pueda decirme algo, el chico, que probablemente estaba viendo nuestro debate silencioso, se levanta y con una sonrisa le ofrece el micrófono con el que ampliaba el sonido de su guitarra. Chiara lo mira sin saber qué hacer, acepta el micro y me mira a mí, aún con una pizca de terror en sus ojos. Le sonrío y con un gesto la animo para que avance hacia el improvisado escenario. Camina, no muy decidida, sonriéndole a la chica del violín, que hasta ahora parece no haberse enterado de nada. Tenía los ojos cerrados, claro. Su compañero le indica con gestos que vuelvan a empezar y él regresa a su lugar. La música se detiene. Puedo ver las manos de Chiara temblorosas mientras sostiene el micro y mira al suelo. «Solo tienes que cerrar los ojos», ojalá pudiera escucharme. Alza la vista y me mira, la música comienza de nuevo y su expresión cambia. Le sonrío.

«I'm jealous, I'm overzealous[2]
When I'm down, I get real down
When I'm high, I don't come down»

La timidez con la que canta es evidente, pero el poder que tiene en su voz lo es todavía más. No dejo de sonreírle. «Vamos, Chiara»

«I get angry, baby, believe me
I could love you just like that
And I could leave you just this fast»

Se lleva una mano a la frente y ríe nerviosa. Está empezando a disfrutar.

«But you don't judge me
'Cause if you did, baby, I would judge you too».

Ambos músicos se dedican una mirada de sorpresa y aprobación junto a una sonrisa, antes de que la chica cierre los ojos para introducirse de nuevo en su violín.

«No, you don't judge me
'Cause if you did, baby, I would judge you too».

De pronto me doy cuenta de que la gente comienza a acercarse. Pero esta vez es Chiara quien cierra los ojos y canta como si nadie la estuviera escuchando. Erizándome la piel.

«'Cause I got issues
But you got 'em too
So give 'em all to me
And I'll give mine to you
Bask in the glory

---

[2] Canción: Issues – Intérprete original: Julia Michaels.

Of all our problems
'Cause we got the kind of love
It takes to solve 'em».

Abre los ojos y me mira. Su mirada es diferente ahora.

«Yeah, I got issues
And one of them is how bad I need you».

Se ríe. No tengo ni idea de lo que acaba de decir ni del motivo de su risa, pero su actitud ahora mismo es tan cautivadora que solo puedo sonreír y admirarla.

«You do shit on purpose
You get mad and you break things
Feel bad, try to fix things
But you're perfect
Poorly wired circuit
And got hands like an ocean
Push you out, pull you back in».

En este momento, su manera de interpretar la canción tiene a toda la plaza conquistada y la seguridad que desprende es arrolladora. Es feliz. Sus ojos brillan como cuando me cantaba la letra que compusimos juntas.

Vuelve a cantarnos el estribillo con una naturalidad que parece no costarle nada de esfuerzo. Fácil, como el hablar, pero con una emoción que eriza, y en mi estómago crece un hormigueo aterrador y placentero. Chiara me provoca unos sentimientos que ni siquiera logro comprender; tengo ganas de llorar y de reírme a la vez. Me encoge el corazón mirarla, pero al mismo tiempo, nunca había sentido una amplitud interna tan grande. Es tranquilidad y desasosiego. Tormenta y calma. Es todo lo que querría para siempre y lo que sé que tiene fecha de caducidad. Es ella. Irremediable. Imparable.

La música termina sin que me dé apenas cuenta y ella se abalanza sobre mí para esconder su rostro, entre risas, de los aplausos y silbidos que el público le dedica. Respondo al abrazo como si fuera una niña a la que quiero cuidar. Frágil e insegura por momentos efímeros.

—¿A qué no fue tan difícil? —pregunto dándole un tierno beso en la frente.

Me mira riendo, pero no responde. Sus ojos vidriosos lo hacen por ella y eso es más que suficiente. Así, sin romper el abrazo y sin dejar de reír, emprendemos la marcha hacia algún lugar al que ya se nos había olvidado de nuevo ir.

Las grandes cristaleras de lo que parece ser un centro comercial nos reciben minutos más tarde. Personas de un lado para otro, cargadas con bolsas y paquetes como si estuviéramos en época navideña.

—¿Cómo supiste venir hasta aquí?

—Cuando no hay mapa, *Google Maps* ni GPS, el truco está en seguir a la multitud. Y leer el gran letrero que dice *Shopping Center* —responde burlona—. ¿De verdad tú eres una escritora bohemia que viaja sola por el mundo? ¿O fue una trola que me contaste para impresionarme?

—Claro. En realidad, soy agente de la NASA y estoy trabajando en una operación encubierta para descubrir si los extraterrestres hacen abducciones por esta parte del planeta, pero lo de escritora bohemia y muerta de hambre era mucho más interesante. ¿Dónde va parar?

Su escandalosa risa rebotó en cada pared de la tienda a la que acabamos de entrar, consiguiendo que todos los presentes se giren hacia la puerta para mirarnos.

—Vaya, y yo que quería pasar desapercibida —susurro.

—¡Tranquilos! —grita Chiara, alzando las manos—. ¡Mi amiga

es agente de la NASA! Si viven con miedo de ser abducidos, sepan que, en este momento, están completamente a salvo. —Golpeo la palma de mi mano contra mi propia frente, incrédula ante lo que acaba de hacer—. ¿No querías pasar desapercibida? —Me susurra burlona.

—La palabra «vergüenza» no está incluida en tu diccionario, ¿verdad?

—Por supuesto. En la lista de cosas que no sirven para nada.

Hasta yo misma me tengo que reír al observar los rostros atónitos de dependientes y clientes que todavía nos miran como si las extraterrestres fuésemos nosotras.

—Ni siquiera te entendieron, Chiara.

—Eso lo hace todavía más divertido.

Guiñándome un ojo con el descaro que la caracteriza, comienza a caminar hacia el interior de la tienda. Y yo… pues voy tras ella, negando y tratando de disimular la risa.

Observa atenta entre varios expositores como si supiera exactamente lo que está buscando, mientras yo camino con las manos enfundadas en los bolsillos de mi abrigo, un poco sin saber qué hacer. Se supone que tengo que buscar algo de ropa para esta noche, pero la verdad es que ir de compras no ha sido nunca santo de mi devoción. Creo que lo detesto, de hecho. Sobre todo, cuando no tengo dinero. Sin embargo, pasar por delante de una librería y terminar llevándome un ejemplar que probablemente haya costado el presupuesto de mi comida y cena de ese día, no me duele, pero gastar en ropa…

—¡Perfecto! —exclama, devolviéndome al mundo real. Cuando la miro, tiene en sus manos un vestido negro que, por lo poco que puedo apreciar a simple vista, parece bastante sexy y desabrigado. Se va a morir de frío—. Es precioso, pero creo que te vas a congelar.

—No, sí este es para ti.

Mis ojos deben abrirse como platos al verla extender el vestido frente a mí, intentando averiguar cómo me quedaría.

—Ah, ¿qué ahora también me eliges la ropa? La dictadura empeora por momentos.

—Es que, si te quedas ahí como un pasmarote mirando al techo, algo tendré que hacer.

—¿Pero tú eres consciente de la temperatura a la que estamos en este país? Entiendo que en Miami salieras con este tipo de ropa donde la tela brilla por su ausencia y seguro que ibas espectacular, pero yo, en Siberia, con esta cosa me voy a congelar. Además, ni siquiera sé cuánto cuesta… —continúo divagando, mientras se lo arrebato para buscar la etiqueta, cuando siento su brazo rodear mis hombros.

—Querida, Dak, deja que te explique un poco cómo funciona el mundo —Comienza a dirigirme hacia quién sabe dónde—: En primer lugar, nadie ha dicho que lo vayas a pagar tú. Y, en segundo lugar, existen unas prendas súper útiles, llamadas «abrigos», que se utilizan en países como Rusia para que los mortales escapemos del frío. Anda mira, pero si llevas uno puesto. —Ante su burla, frunzo el ceño y ella me saca la lengua—. Déjame ver al menos cómo te queda. No vas a estar más guapa de lo que ya eres porque es imposible, pero creo que este vestido te va a encantar.

—Vaya manera de hacerme la pelota para conseguir tus objetivos. ¿Utilizabas esa táctica en los juicios?

—Solo funciona contigo.

Y como si de una diva se tratase, me empuja hacia el interior del probador y cierra la cortina. Lo último que vi, fue esa irritante sonrisa que se le escapa cuando dice la última palabra. O sea, siempre.

Así me gusta, Dakota, imponiéndote ante ella. Muy bien.

Pringada.

Comienzo desvistiéndome con algo de nervios y torpeza, lo más rápido posible, no sea que, esta loca vuelva a aparecer en cualquier momento y me pille a medias. ¡Que ya la conozco! Está como una cabra. No, peor aún, como un cencerro. En realidad, no sé cuál de las dos cosas es peor y ni siquiera entiendo qué tiene que ver un cencerro o una cabra con la locura. Además, por mucho que me esfuerce en fingir que esa personalidad no me gusta, la cara de idiota que me muestra el espejo ahora mismo dice todo lo contrario. Chiara, eres un estrés para mi persona, así de claro te lo digo. Aunque no me escuches.

—¿Ya estás listas? —Ni siquiera tengo tiempo a responder, cuando veo la cortina abrirse y ella se cuela rápidamente, volviendo a cerrarla a continuación. ¿Para qué preguntas, si vas a pasar igual? Se crea un silencio absoluto en el que solo me observa. Por suerte me dio tiempo a terminar de vestirme, porque si llego a estar medio desnuda con esos ojos azules mirándome de arriba abajo tan directa e intensamente, estaría hecha un flan ahora mismo—. Espectacular… —susurra.

Con mucho esfuerzo consigo apartar la vista de esos ojos que, yo creo que hacen brujería, y me miro en el espejo. Vaya, el vestido es mucho más bonito de lo que parecía. No tiene escote, solo un tipo de encaje en forma de zigzag que recorre gran parte del lateral derecho, desde el cuello hasta prácticamente mi cadera. Manga corta y una abertura en la zona inferior que deja parte de mi pierna a la vista, dándole un toque bastante sexy.

—Cualquiera diría que voy a una alfombra roja, en lugar de a una supuesta discoteca. ¿Alguna vez te has puesto algo así para salir de fiesta?

—No iba a sitios que me permitirán vestir de otra forma.

La miro perpleja.

—¿Te vestía Armani para salir un sábado por la noche?

—Exagerada —Sonríe débilmente—. Estás preciosa, Dakota.

Me gustaría darle las gracias o decir cualquier cosa, en lugar de quedarme mirándola y sonriendo como una tonta, pero siento que cualquier palabra que salga de mis labios va a ser como una moto con dificultades para arrancar.

Ella comienza a desabrocharse el pantalón y deshacerse de su ropa más rápido de lo que puedo llegar a asimilar. De pronto, el probador me resulta extremadamente pequeño y hasta puedo sentir su respiración en mi cara.

—¿Qué vas a hacer? —pregunto, como si no fuera obvio. Madre mía.

—¿Tú qué crees? Probarme mi vestido. Los demás probadores están ocupados, así que, espero que no te importe.

Pues sí. Si me importa, la verdad. Porque estoy conteniendo la respiración y tú me miras con una malicia, mientras te quitas la ropa, que cualquiera diría que lo haces a propósito. Además, vale que los probadores son pequeños, ¿pero tienes que estar tan cerca? Puedo sentir el calor que desprende tu cuerpo y ni siquiera te estoy tocando. Y eso no es lo peor. Lo peor es que el sonido de mi propio corazón me está dejando sorda y poniendo de los nervios. Creo que es lo único que se escucha aquí.

Chiara se muerde el labio inferior y sonríe antes de darse la vuelta para quedar de cara al espejo. Aprovecho la tregua para coger aire como si hubiera sacado la cabeza del agua y tuviera que aspirar una gran bocanada antes de seguir nadando, pero mi tranquilad se desvanece cuando la veo deshacerse del jersey, quedando en ropa interior. Vuelvo a contener la respiración. ¿Qué lógica tiene eso? ¡Por favor! Cualquiera diría que nunca he visto a una mujer así. Vestuarios, campamentos, clases de algo...

Ni siquiera cuando perdí la virginidad estaba tan nerviosa por ver a un tío desnudo. Aunque sinceramente, poco tiene que ver el cuerpo de un hombre con el de Chiara. Esa espalda tan fina y pequeña pero firme al mismo tiempo, es el lugar perfecto para que repose la melena que ahora traslada hacia el lado izquierdo, trayendo consigo el olor tremendamente adictivo que siempre desprende y dejando esa parte de su piel al descubierto. Tiene lunares. Tantos, que podría pasarme horas contándolos uno a uno y estoy segura de que memorizaría cada pequeño grupo, cada minúscula peca. Nunca me han gustado los lunares.

—Por Dios…

—¿Dijiste algo? —pregunta.

Alzo la vista para encontrarme con sus ojos a través del espejo. ¿Lo dije? Creía haber emitido un susurro apenas audible.

—Que hace mucho calor, ¿no te parece? Creo que voy a esperarte fuera.

—Un momento, voy a necesitar tu ayuda con la cremallera.

La miro frunciendo el ceño. Esto es un tópico. ¿Qué digo tópico? ¡Topicazo! ¿Ayúdame con la cremallera? ¡Por favor! He visto a cientos de palurdos hacer eso en las películas y ahora resulta que la palurda voy a ser yo. Chiara introduce sus brazos en las mangas del vestido y posteriormente la cabeza. Aunque esta parte parece costarle un poco más de trabajo, ya que puedo verla pelear con la prenda antes de que su rostro vuelva a la superficie. Yo debería estar ayudándola, pero con suerte recuerdo que tengo que respirar ahora mismo.

—Qué sexy —se ríe con ironía.

—No podías ser perfecta.

Me mira alzando una ceja y yo trato de sonreír, pero creo que debió salirme una mueca bastante extraña. El vestido comienza a bajar ayudado por sus manos. Se va amoldando a su cuerpo de una forma tan perfecta que parece estar hecho a medida. A la altura de sus rodillas se detiene, aunque ella realiza un pequeño bailoteo para terminar de colocarlo. Es muy ajustado y de color azul, pero no sabría explicar exactamente qué tipo de azul es. Debe estar entre marino y petróleo. Un punto intermedio entre ambos tonos. Manga larga y un escote trasero que deja su espalda completamente al descubierto. Sublime.

—Dakota…

—¿Uhm?

—La cremallera.

Aparto la vista de su trasero como si hubiera pronunciado la palabra mágica para hacerme salir del trance.

—Ah, sí, claro. La cremallera.

¿Cremallera? La minúscula cremallera me obliga a tener que volver a bajar la vista hacia el mismo lugar. Porque se encuentra ahí, tan diminuta e innecesaria, que me pregunto si no se habrá planteado llevarla así, bajada. Total, ¿qué más da? No. Obviamente no, porque al dar dos pasos se le subiría el vestido hasta el cuello.

En fin.

Suspiro.

Vamos a ello.

Intentando no tocar más de lo que debo, o más bien, como si la tela de este vestido me quemara los dedos, estiro una parte hacia abajo, mientras que con la otra mano comienzo a subir la mencionada cremallera, a la vez que la prenda se ajusta todavía más, si era posible, a su cuerpo.

Perfecta.

Mi primer impulso es apartarme. Alejarme. Atravesar la pared que separa este probador del contiguo y desaparecer. Huir, como siempre. Sin embargo, mis manos permanecen estáticas en su cintura y mis pies no son capaces de dar ni un solo paso. Bueno, sí, dan un paso hacia adelante. Como si fueran imán y ella el metal que los atrae. Siento su espalda descansar en mi pecho. El olor de su pelo tan... Creo que me estoy emborrachando. Tal vez utilice perfume de marihuana, porque no es normal esto. Sus ojos, mirándome fijamente a través del espejo, capaces de hacerme sentir aterrada y valiente a la vez. Vulnerable y poderosa. Sus manos sobre las mías no son lo suficientemente potentes para calmar el temblor que las invade. Pero cuanta paz. El ligero movimiento de su pelo provocado por mi propio suspiro me recuerda que he vuelto a respirar. Menos mal. Y todo esto, paradójicamente, me lleva a sentir una seguridad extrema. Como si no hubiera visto una imagen más perfecta en toda mi vida. Como si este espejo, en este momento, estuviera mostrándome a una Dakota más Dakota que nunca.

Unos gritos desde el otro lado, demasiado cerca, me hacen salir del trance y volver a una realidad bastante poco agradable. Chiara frunce el ceño, notablemente molesta. Vuelven a gritar. Tan cerca, que temo que en cualquier momento se abra la cortina. Y, efectivamente, la cortina se abre, pero es Chiara quien lo hace, con una brusquedad que me sorprende. No estoy entendiendo nada.

El dependiente continúa hablando muy ofuscado en ruso y como una niña pequeña que está siendo regañada, recojo nuestras cosas amontonadas por el probador. Él sigue con lo suyo, señalándonos a una y otra como si estuviéramos cometiendo un crimen. Desde esta posición puedo ver su vena del cuello a punto de estallar, mientras Chiara lo mira entre atónita y cabreada.

—A lo mejor llevaba rato llamándonos y no le hacíamos caso. —susurro.

—¿A ti te parece normal? Está desquiciado este señor.

—Al final encontramos a alguien más loco que tú. No sé si alegrarme por el hallazgo o preocuparme por el mundo.

—¿También te parece más guapo que yo?

Su mirada se desvía del mencionado hacia mí, con una expresión de picardía y triunfo indiscutible. Frunzo el ceño en un intento de hacerme la dura o parecer indiferente, pero creo que no funciona, porque ella amplía su sonrisa, satisfecha de haberme dejado callada. Otra vez. No sé para qué sigo intentando picarla si siempre salgo mal parada. De pronto, su vista desciende hacia mis labios y me veo en la obligación de abrirlos ligeramente para que el oxígeno tenga una nueva vía de acceso. No me había dado cuenta hasta ahora de lo cerca que estamos. Sus labios dibujan una media sonrisa y yo me aferro con fuerza al montón de ropa que tengo junto a mi pecho. Qué situación más surrealista esta. Un hombre desesperado gritándome junto al oído y yo, completamente estática, temiendo realizar un movimiento en falso que me haga perder el equilibrio, porque sinceramente, no siento una gran estabilidad en mis piernas ahora mismo.

—Dak...—susurra—. Mira a ver si con tu identificación de la NASA consigues que se calme. Le va a dar un infarto a este hombre.

Y exploté en una carcajada.

No sé por qué, pero lo hice. Su comentario, la forma en la que nos miraba el señor, sus gritos ofuscados, el hecho de no tener ni pajolera idea de lo que nos estaba diciendo y, sobre todo, los nervios de la situación me hicieron descojonarme de risa. Una risa tras la cual, se produjo un silencio sepulcral en la tienda. El hombre me mira atónito y creo que cada vez está más rojo. Como si fuera a explotar de un momento a otro.

—Mejor salgamos de aquí, porque no creo que lo hayas arreglado, guapa.

Tratando de esconder su risa para no empeorar la situación, comienza a empujarme hacia la salida del local a toda prisa, antes de que el hombre estalle en cólera. De hecho, no sé por qué motivo aumentamos la velocidad de nuestros pasos como si alguien nos estuviera persiguiendo, cuando volvemos a escuchar los gritos del simpático señor.

Entre risas, pasos torpes y mucho ruido de fondo, llegamos a la salida del centro comercial, donde un golpe de frío me azotó como una cachetada de cubitos de hielo.

¡Joder! Me aferro con fuerza a nuestra ropa para huir de la hipotermia y el corazón me empieza a latir a toda prisa cuando me doy cuenta de algo. Comenzamos a detenernos como a cámara lenta, mirándonos la una a la otra de arriba abajo. Varias veces, para cerciorarnos de que es cierto. Nuestros ojos se encuentran al final del recorrido y veo una mezcla de pánico y adrenalina en los suyos, pero también esa expresión de estar queriendo contener una carcajada tan inminente como la que intento retener yo.

—¡Corre! —gritamos al unísono.

¤

Llegué a la estación sintiendo que me faltaba el aliento por culpa de la carrera, las risas y la adrenalina que debemos tener por las nubes en este momento. La gente nos mira como si fuéramos extraterrestres y no les culpo, si yo viera a dos locas corriendo descalzas, muertas de risa y con unos vestidos que casi podrían causarles una hipotermia, desde luego también me extrañaría. No sé cómo no nos hemos ganado una denuncia todavía en este tren. Bueno, en este tren y fuera de él, porque ahora encima somos ladronas. Dios mío.

Al acceder al tren, el cambio de temperatura es tan brusco que un escalofrío me recorre la espalda. Pero, de verdad, cómo estoy agradeciendo ahora mismo este calor. Nos dirigimos hacia su habitación, escapando de la diversión que nos provocan esas miradas acusadoras que vamos recibiendo en el camino.

—Eres un peligro público —acuso, dejándome caer contra la puerta para recuperar el aliento—. ¿Qué hicimos?

—Pues robar unos vestidos carísimos.

Incorporo la cabeza para mirarla y la encuentro frente a mí, con una expresión de absoluta diversión, enfundada en ese vestido que nos acabamos de llevar por nuestra cara bonita. Está preciosa.

—La abogada delincuente. Suena a título de serie americana.

—Perdona, la abogada y la escritora delincuentes —me corrige—. Que no te vi yo con mucha intención de volver a la tienda cuando te diste cuenta.

—¡Yo te estaba siguiendo a ti! —exclamo.

—¡Y yo a ti! —Nos quedamos en silencio un instante y volvemos a explotar en una carcajada—. Además, ¿ese hombre no tiene sensores de seguridad en la tienda? Porque no escuché ninguna alarma.

—Yo solo escuchaba gritos. Qué momento más surrealista, por favor. Nuestra vida es más inesperada que una montaña rusa.

Ella asiente y estoy segura de que hubiéramos explotado de risa otra vez, pero su semblante cambia en milésimas de segundo. Sus ojos se pierden y una palidez extrema se adueña de su rostro, haciéndome reaccionar con el reflejo de soltar la ropa y acercarme a ella para sostenerla. Cuando agarro sus brazos y se percata de mi repentina y cercana presencia, busca mi mirada y sonríe sin fuerza. Sus labios están más azules y mi corazón me golpea el pecho con tanta fuerza, que hasta duele.

La empujo con cuidado hasta el borde de la cama para que se

siente y me arrodillo frente a ella, que lleva una de sus manos a su propio cabello, dejándome apreciar como enreda los dedos con fuerza entre los mechones.

—Chiara, ¿estás bien? —No obtengo respuesta. Bajo la vista y me encuentro con su mano libre aferrada a la colcha. Tiene las venas tan marcadas, que parece estar intentando atravesar la tela con sus uñas—. Chiara, dime algo, por favor. —Mi voz suena tan temblorosa como mis manos al rozar su mejilla para obligarla a mirarme.

Abre los ojos y creo que debió encontrar el pánico y la preocupación reflejadas en mi rostro, porque sonríe, aunque veo un temblor casi imperceptible en sus labios que han recuperado ligeramente su color.

—No te preocupes. Ya está.

—¿El qué está? ¿Qué te pasa?

—Solo fue un pinchazo en la cabeza. A veces me ocurre, cuando hago un poco de esfuerzo. Pero se pasa rápido, tranquila.

—¿Solo un pinchazo con el que se te pusieron los ojos prácticamente en blanco y los labios azules? Chiara, deberíamos ir a un hospital, no tienes buena cara.

—Pues vaya faena, con el vestido tan bonito que nos agenciamos. —Ella sonríe, pero yo permanezco seria. Esta situación me provoca de todo menos ganas de reír—. En seguida se me pasa, no te preocupes.

—No, Chiara. Insisto. Vamos a un hospital para que te vean, por favor. Será solo un momento, ya verás.

—Dakota —Suspira—, ¿Crees que en un hospital me van a decir algo que no sepa?

Una simple pregunta puede resultar tan devastadora que la respiración se corta de golpe. La punzada y el dolor que se siente en el pecho son tan grandes, que parece como si las arterias estuvieran anudadas e impidieran el paso del oxígeno a través de la sangre. Bajo la cabeza para escapar de su mirada y aprieto la mandíbula con fuerza, pero a los pocos segundos, una de sus manos roza mi mentón ejerciendo la presión necesaria para hacerme levantar la vista. Me mira con ternura. Su expresión vuelve a ser la de siempre y sonríe. No demasiado, pero una sonrisa tierna y sincera.

—¿Ves? Ya está. No te preocupes más.

—Y tú no me pidas algo que sabes que es imposible.

Detiene el movimiento circular que había estado realizando con su dedo pulgar sobre mi piel y sus ojos se hacen más pequeños, como si estuviera tratando de entender algo. Con mucha delicadeza, agarro esa misma mano que me estaba acariciando y la sostengo entre las mías. Me inclino un poco para dejar un suave beso sobre ellas. La calidez que sienten mis labios cuando rozan su piel es tan placentera que intento alargar ese beso lo máximo posible, porque, además, el olor que desprende me produce una calma absoluta. Una calma similar a la que se siente cuando tienes un bebé en brazos y su olor tan característico te invade. El aroma de un bebé es relajante y provoca una necesidad de protección instintiva. Da igual que no lo conozcas, sabes que es algo que debes cuidar. Obviamente, Chiara me despierta sensaciones completamente diferentes, pero esa necesidad de protección y esa calma se hacen más fuertes cuando la siento así de cerca. Cuando no me hace falta ni mirarla para que cualquier otro sentido se vea impregnado por su presencia. Suspiro, antes de abandonar su piel. Asciendo la vista y aunque la sensación de desasosiego no ha mermado del todo, le sonrío, y poco a poco los latidos de mi corazón vuelven a su ritmo habitual. Ella también sonríe y permanecemos así un instante. Sin decirnos nada.

Simplemente, mirándonos la una a la otra, como si fuéramos conscientes de que estamos de mierda hasta el cuello, pero no nos importara. Porque aquí nos encontramos, con un millón de dudas y un inmenso y perfecto silencio como respuesta. Ahora mismo no sé qué pasa, pero lo que sí sé, es que algo pasa.

—Deberíamos prepararnos —susurra, al cabo de unos segundos—. ¿No te parece?

—Lo que me parece que deberías hacer, es descansar.

—¿Cuándo vas a entender que estoy cansada de descansar, Dakota Nández?

Ruedo los ojos y suspiro pesadamente.

—Eres la persona más cabezota que conozco, por favor.

—No. Tú eres la persona más cabezota que conoces. Y, de todas formas, me quieres —asegura sin siquiera pestañear—. Con mi cabezonería, mis locuras y todo el pack.

Alzo una ceja ante su afirmación. Ya vuelve la Chiara de siempre.

—Te veo demasiado convencida de ello.

—Venga, si no me tuvieras, aunque sea un poco —Me enseña una pequeña separación entre sus dedos índice y pulgar—, mínimo, de cariño, ya me habrías mandado con ese pack a otra parte, ¿no?

—Como veo que ya te sientes mejor —Ignoro su pregunta, palmeando su rodilla y levantándome antes de que las mías se queden entumecidas—, voy a prepararme, que no quiero quedarme sin fiesta.

Dejando un pequeño y fugaz beso en su frente, me dirijo hacia la puerta, satisfecha porque esa fingida cara de ángel abre poco a poco la boca en señal de sorpresa, pero antes de salir recojo las cosas que dejé caer hace un momento.

—¡Voy a ablandar tu duro corazón, Dak! Ya no puedes escapar.

Al escuchar su voz y girarme para mirarla por última vez, tiene los brazos cruzados bajo su pecho y sonríe con una seguridad arrolladora, cosa que me hace poner los ojos en blanco y con una sonrisa igual de segura que la suya, abandono la habitación.

Por supuesto que sí.

Aunque escape por completo de lo racional. Aunque no tenga sentido y sea lo más extraño que me ha pasado en la vida. Aunque solo la conozca desde hace unos días y un sentimiento como el cariño, supuestamente, no pueda desarrollarse a tanta velocidad. Aunque esta situación a veces me produzca vértigo y ganas de salir corriendo. Aunque no lo entienda ni quiera entenderlo, lo cierto es que sí. Sin lógica y sin sentido, esa chica está ablandado a pasos agigantados mi «duro corazón».

8

Imbécil.

Así me siento al mirarme en el espejo. Duchada otra vez, vestida, maquillada e imbécil, porque unas zapatillas de playa no me parecen en este momento el calzado adecuado para la indumentaria que llevo. Entre la huida apoteósica de la tienda y lo que ocurrió después en la habitación de Chiara, se me olvidó por completo que no tengo zapatos. Bueno, tener sí tengo. Un par de deportivas, unas botas y estas zapatillas que le quitan por completo la elegancia al vestido. No soy mucho de utilizar tacones, la verdad. Aunque en mi adolescencia eran lo único indispensable para salir de fiesta, incluso más que las propias ganas. Me sentía poderosa con esos centímetros de más. Guapa, sexy y fuerte, muy fuerte. Podía llevar unos simples vaqueros con una camiseta básica, pero el zapato de tacón era el toque justo para que me comiera el mundo esa noche. Luego comencé a viajar, cambié los tacones a tiempo parcial por las deportivas a jornada completa y mis ideales feministas me llevaron a verlos como un arma de tortura para la mujer. ¿Por qué tenemos que ser presas de algo que al final del día solo nos provoca ampollas y un dolor indeseable? ¿Por qué nos vemos socialmente obligadas a llevar tacones en eventos importantes, mientras ellos pueden pasearse con sus cómodos zapatos sin siquiera utilizar plantilla? ¿Por qué crecemos con esa odiosa frase como banda sonora de nuestra vida; «para presumir, hay que sufrir»? ¿Por qué nos siguen diciendo cómo tenemos que vestir y a qué lugares tenemos que ir? Ahora entiendo que la libertad consiste en poder elegir. A muchas mujeres y hombres, les gusta llevar zapatos de tacón, minifaldas, tops y otras muchas prendas que han sido sexualizadas. Los tacones no son el problema ni nuestra prisión, son parte de nuestra libertad. La libertad de decidir qué, cuándo, dónde y por qué.

Resoplando me dirijo en busca de la única persona a la que seguro se le ocurre una solución a este drama. Aunque pensándolo bien, la última vez que le pedí ayuda terminamos escapando de un ruso alocado que nos gritaba en mil idiomas. No sé cuántas horas deben faltar para que acabe el día, pero conociendo el currículum de Chiara, todavía tiene tiempo para meternos en algún que otro lío antes de las doce.

Llamo con insistencia a su puerta mientras una pareja se aproxima por el pasillo. Les sonrío nerviosa y, por suerte, corresponden. Menos mal. En el momento en el que me giro de nuevo hacia la puerta, porque los turistas ya me dejaron atrás, esta se abre, borrándome de un plumazo la sonrisa. Abro la boca dispuesta a hablar. O, más bien, para respirar, no lo tengo muy claro. No es la primera vez que la veo así vestida. De hecho, cuando me fui de la habitación ella llevaba el mismo traje, pero ahora parece que durante el tiempo que llevamos separadas se haya ido a un salón de belleza. Su pelo está diferente. Más liso que nunca, aunque no de una forma extrema, sino natural y también más claro. Supongo que es un efecto del peinado que, sinceramente, le sienta de maravilla. El maquillaje de sus ojos es espectacular, tan resaltados, tan intensos, tan azules y penetrantes, que un escalofrío me recorre de pies a cabeza. Por no hablar de sus labios; sutiles hasta el punto de casi pasar desapercibidos y quedar eclipsados por esa mirada, pero no, imposible. Porque esa sutileza, esa sencillez, los vuelve hipnóticos.

—¿Tan mal estoy? —pregunta, expandiendo esos dichosos labios y haciéndome volver a la realidad.

—¿Qué? —Alzo la vista hacia sus ojos para encontrarla con una mirada entre divertida, seductora, dulce y dudosa al mismo tiempo—. No. Por supuesto que no. Estás… estás…

—¿Guapa? ¿Sexy? ¿Irresistible?

—Sublime —susurro dejando escapar el aire—. Estás sublime.

Cualquier atisbo de duda que hubiera en sus ojos, se borró automáticamente ante mi definición y ahora me mira de una forma peculiar.

—Menos mal. Sabía que dejarte sin aliento solo podía significar dos cosas; preciosa o espantosa. Sin embargo, sublime no estaba en mi propósito.

—¿Y cuál era tu propósito?

—Te lo acabo de decir, pero eres un poco lenta, Dakota.

Su sonrisa de superioridad frente a mi ceño fruncido son las protagonistas de una nueva escena de silencio entre nosotras. ¡Dios! Con Chiara me siento como cuando discutes con alguien y todos los argumentos geniales se te ocurren después, cuando estás recreando el momento en tu cabeza y ya no te sirven para nada.

—Tengo un problema. —Suspiro, recordando el motivo que me trajo hasta aquí.

—Qué peligro. La última vez que me dijiste eso terminamos robándole vestidos a un señor histérico.

—Sí, y en tu fantástico plan de huida se te olvidó incluir mis zapatos.

Su mirada desciende hacia mis pies que están casi al descubierto y me remuevo, ligeramente incomoda. Nunca me ha gustado que me miren los pies. No tengo ningún complejo con ellos, pero no sé, en cierta forma son como una zona vulnerable. Es igual que cuando me tocan la panza. Lo detesto. Me pongo tensa al instante sin un motivo de peso. Simplemente, no me gusta.

—Ven. —Con una sonrisa, agarra mi mano para llevarme al interior de la habitación, alejando en el acto cualquier pensamiento de inseguridad que estuviera teniendo—. Creo que para ese problema tenemos una solución menos peligrosa.

Con un gesto de su mano, me indica que me siente en la cama y, mientras tanto, ella comienza a rebuscar en medio de su equipaje. Es sorprendente lo ordenado que lo tiene todo. Su maleta debe ser como cinco veces el tamaño de la mía, eso sí, pero da la sensación de que nunca ha sacado una prenda de ella. Yo soy un poco más desastre en ese sentido. De hecho, mi habitación ahora mismo parece las rebajas de El Corte Inglés.

—Aquí están. —La escucho susurrar antes de aproximarse con una sonrisa y un par de zapatos entre sus manos. Por lo que puedo apreciar son muy bonitos. Negros, con una pequeña plataforma en la parte delantera, punta más bien redondeada, un tacón no demasiado fino y algunos adornos plateados en ellos. Sencillos, elegantes, pero informales y perfectos para mí—. Creo que estos pueden ser más de tu estilo. Están entre mis favoritos, nunca viajo sin ellos. Aunque si no te convencen, tenemos más opciones. Varias —Sonríe como una niña traviesa.

—Estos son perfectos, pero ¿cuántos zapatos trajiste, Chiara?

—Los suficientes para emergencias de este tipo. Nunca se sabe lo que puede pasar y siempre es bueno tener un par de zapatos extras para correr si hace falta.

—Muy lejos íbamos a llegar tú y yo con esto —le digo entre

risas.

—Te sorprenderías.

Arqueando las cejas con su misterio habitual, se arrodilla frente a mí y doy un pequeño respingo al sentir sus manos en mi pie izquierdo. Me mira un segundo, sonriendo ligeramente para pedirme permiso, aunque puedo apreciar la sorpresa en sus ojos.

—Si te doy una patada, lo siento de antemano. Cuando me tocan los pies me puedo convertir en un caballo…o un burro.

—Eso es un síntoma de tu desconfianza hacia el mundo.

—Qué curioso, yo siempre lo había llamado cosquillas. —Ante mi ironía, ella niega con una sonrisa y vuelve a su labor terminando de colocar el zapato en mi pie. Lo siento cómodo y ajustado. Creo que llevamos la misma talla. Cuando se pone manos a la obra con el derecho, no salto. Supongo que esta vez no me pilló desprevenida—. Me siento un poco cenicienta ahora mismo.

—¿Y yo soy el príncipe azul? —No sé qué debió transmitirle mi expresión, pero explota en una carcajada que me hace saltar de nuevo—. Podrías disimular un poco el horror. Esa cara de asco casi me ofende.

—No es por ti.

—No es por ti, es por mí. Ahora parece que quieres cortar conmigo y ni siquiera hemos empezado a salir. Creo que estoy perdiendo facultades.

—¡Chiara! ¡Deja de vacilarme! Lo que me horroriza es esa idea de princesas desvalidas, príncipes azules, damiselas en apuros y héroes al rescate. —Resoplo—. Qué capacidad tienes para ponerme de los nervios en dos segundos, de verdad. Es un arte lo tuyo.

Sin abandonar su sonrisa de superioridad se pone de pie extendiéndome las manos para ayudarme a hacer lo mismo. La ráfaga de aire que me llega a su paso huele diferente a lo que me tiene acostumbrada. Más intensa, quizás. Hago un poco de presión contra sus manos para controlar el equilibrio al levantarme y el músculo de sus brazos se marca ligeramente por la fuerza. Llevo mucho tiempo sin subirme a unos tacones, así que, solo espero recordar cómo se camina con ellos y no parecer la reencarnación de Bambi. Ella desciende la vista hacia mis pies, vestidos, esta vez sí, con sus zapatos y se deleita en ese lugar un instante, antes de comenzar un ascenso por mi cuerpo que me parece realmente lento.

—Intento buscar una definición mejor que sublime —aclara cuando nuestros ojos se encuentran de nuevo—, pero no se me ocurre. ¿Me ayudas, escritora?

—Yo no puedo poner palabras a tus pensamientos.

—Pues eso no es lo que demostraste con nuestra canción.

Le sonrío. Nuestras manos siguen unidas y la observo desde arriba, con estos escasos dos centímetros de más que los tacones me hicieron recuperar. Qué sensación más cómoda. Normalmente, esto me parecería raro y violento con cualquier persona, pero el sentimiento de cercanía hacia Chiara es tan intenso, que cualquier contacto me parece insuficiente. Aunque los nervios están ahí ¿para qué mentir? De hecho, estoy segura de que me tiemblan y sudan las manos ahora mismo. No soy capaz de confirmarlo porque mi cuerpo entero parece una centrifugadora y ya estoy empezando a acostumbrarme a ello.

—Hueles diferente —susurro.

El comentario parece sorprenderle.

—¿Diferente pero igual de bien? —Sonríe y yo asiento—. Utilizo una fragancia un poco más fuerte para la vida nocturna.

—¿Un perfume para cada ocasión? Casi siempre hueles a algo

afrutado, un poco ácido y dulce al mismo tiempo, ¿frambuesa? —Ahora es ella quien asiente—. Sin embargo, cuando estás recién duchada hueles a colonia de bebé. Hasta ahora he distinguido esos tres. ¿Hay más?

—Interesante apreciación. —Sonríe curiosa—. Cada momento lleva implícito un estado de ánimo diferente y por ello les otorgo también un aroma distinto y concreto. Es una manía tonta. —Se encoje de hombros—. Es como si el perfume viniera con unas gotas de actitud.

—Explícate.

—La colonia infantil me transmite frescura, vitalidad. Me encanta sentirme con esa energía por las mañanas cuando salgo de la ducha. Con esa sensación de que cualquier comienzo de día es una página en blanco que yo debo escribir. Los niños no son muy conscientes de lo bueno y lo malo. Son inocentes e ilusión en carne y hueso. —Mientras habla, sin darse cuenta me aprieta las manos en un gesto de ímpetu, a la vez que sus ojos brillan cuando mira a la nada. Siento que, hasta una explicación sobre algo tan simple resulta emocionante con ella—. El perfume de frambuesa lo he utilizado toda la vida, me lo regaló mi abuela por primera vez cuando era muy pequeña y es algo así como mi olor particular, sin embargo, en los últimos años le he ido quitando protagonismo. Esencias más elegantes y caras como esta que llevo ahora, se fueron adueñando de mis momentos. Este, por ejemplo, es un perfume que transmite seguridad, elegancia. Me encantaba utilizarlo en situaciones donde tenía que conquistar a un jurado o a un determinado grupo social nuevo. Soy consciente de que, simplemente, hacen una especie de efecto placebo y en realidad es mi actitud la que cuenta. Pero bueno, me gusta creérmelo.

—¿Piensas conquistar a alguien esta noche?

A pesar de lo interesante que me acaba de resultar su explicación, la pregunta salió de mis labios sin previo aviso, sin darme tiempo a evitarlo. Comencé a arrepentirme en el momento en el que empecé a verbalizarla, pero ya era demasiado tarde. Ahora, ella me mira con una sonrisa que no sé descifrar y me gustaría que la tierra se abriera y me tragase sobre la marcha.

—Inefable —concluye dejándome todavía más atontada—. No es mejor que sublime, pero es algo que no se puede explicar con palabras, ¿no? —Asiento. Me sorprende que conozca el significado de un adjetivo tan poco común. Creo que ni siquiera yo lo he utilizado nunca al escribir—. Pues así definiría tu aspecto ahora mismo.

—Eso se puede interpretar de muchas formas.

—Pues interprétalo de la mejor que se te ocurra. —Una ligera sonrisa se expande en mis labios y un casi imperceptible suspiro se escapa de los suyos—. ¿Preparada?

Coloco las manos sobre sus hombros y, con un rápido movimiento, la hago girar sobre sí misma.

—¿Para comenzar nuestra noche memorable? —pregunto, acercándome a su oído mientras la empujo hacia la puerta y le susurro…—. Nací preparada.

Ella gira el rostro ligera e inesperadamente, haciéndonos quedar tan cerca, que nuestra nariz casi se roza y nuestras respiraciones golpean la una contra la otra, hasta el momento en el que, involuntariamente, contengo la mía. Ahora es solo su aliento el que colisiona contra mis labios, mientras su mirada desciende también hacia ellos.

—Me muero por verte borracha, Dakota.

¤

Después de volver a pasar por mi habitación para coger el abrigo y algunas cosas, nos encaminamos hacia lo que, según ella, era la zona turístico-festiva. Esta ciudad es tan pequeña y tradicional, que da la sensación de que los únicos que salen de fiesta son los extranjeros. Durante el trayecto, pasamos por la plaza en la que conseguí que cantara y esa pareja de músicos aún seguía ahí. También junto al centro comercial en el que dio lugar nuestra fatídica anécdota y ambas nos lanzamos una mirada interrogante que, poco a poco, se transformó en una sonrisa cómplice. Sé que las dos sentimos el mismo atisbo de culpabilidad por lo ocurrido cuando pensamos fríamente en ello, pero al mirarnos, es como si en los ojos de la otra encontráramos esa chispa que lo convierte en una divertida travesura. Creo que a quien se le haya ocurrido la idea de juntarnos, debe estar arrepintiéndose cada vez más. Además, sinceramente, ver a Chiara enfundada en ese vestido hace que a cualquiera se le borre la culpabilidad de un plumazo.

Cruzamos un enorme parque a orillas del Selengá. El río se ve a nuestra izquierda como si fuera un lago o una piscina inmensa. Continuamos caminando hasta abandonar el parque y no tardamos demasiado en encontrarnos con la zona que estábamos buscando. No es demasiado difícil de adivinar, porque hay algunas terrazas con música actual y tres o cuatro locales con seguridad y una fila de personas bastante importante a su puerta.

—¿Alguna preferencia? —pregunta, mientras nos detenemos a observar el contraste de la calle anterior a esta.

—Sí. No me hagas pasar la noche en un local de «*tunda-tunda*», porque mañana tendré el eco en la cabeza todo el día. Que ya tengo una edad.

—¿Tunda tunda? —Me mira entre confusa y divertida.

—Música electrónica. ¿Buscamos algo que se pueda bailar?

Ella asiente y vuelve a inspeccionar el terreno, hasta que da con algo que parece interesante por la expresión con la que me mira de nuevo.

—El Malecón. ¿Qué te parece?

—Suena habanero —confirmo al mirar hacia el lugar que me indica y, efectivamente, encontrar los colores de la bandera cubana junto al nombre del local. Además, me sorprende también ver que es el único que no tiene un gran tumulto de personas junto a la puerta esperando para entrar—. Perfecto.

Con una sonrisa de confirmación por su parte, nos encaminamos hacia El Malecón. Un hombre tan grande como un armario de cuatro puertas, muy moreno y con una sonrisa exageradamente blanca, nos recibe con amabilidad y abre la puerta del club para que podamos pasar. En cuanto accedemos, la música latina invade mis oídos y una sonrisa involuntaria se dibuja en mis labios, recuerdo mis días en La Habana con mucho cariño y una nostalgia, pero dicha sonrisa se borra en el momento en el que descubro a un grupo de chicos mirándonos y hablando algo entre ellos que obviamente no alcanzo a escuchar. Ruedo los ojos, mientras Chiara avanza hacia la barra, ajena a lo que está sucediendo. En realidad, no sé por qué me molesta, pero lo hace y mucho. Lo último que quiero en este momento, es que un grupo de hombres interrumpan nuestra noche.

—¿Ron, vozka o tequila? —Su voz, tan oportuna como siempre, me saca de estos pensamientos nada agradables.

—Pues sí que quieres arrancar fuerte la noche, ¿no? Yo tenía pensado comenzar por una cerveza.

—Mezclar no es bueno, Dak. Pero te dejo que pidas cerveza si me aceptas el chupito también.

—Gracias por tu permiso, eres muy considerada. Entonces tequila.

—¿Y soy yo la que quiere empezar fuerte? —Su expresión pasa de la sorpresa a la picardía cuando me guiña un ojo—. Así me gusta, compañera.

Se gira hacia el camarero para pedir las bebidas en su ruso tan profesional como siempre, aunque esta vez no le salió tan guay, porque él le responde en español y se marcha riendo.

—Eso te pasa por listilla.

—Vas a ver lo que es ser una listilla de verdad.

No sé qué da más miedo, si la mirada que me acaba de lanzar, la frase que sonó demasiado amenazante o la media sonrisa que tiene ahora mismo en los labios. El chico vuelve con un par de cervezas y dos vasos muy pequeños que deja frente a nosotras. A continuación, saca la botella de tequila, nos acerca también un salero y un plato con algunas rodajas de limón. Mientras él sirve la bebida en ambos vasos, busco en mi bolso el dinero para pagar la cuenta de una vez, pero cuando termina y nos acerca un vaso a cada una, acompañado de una sonrisa resplandeciente y está dispuesto a marcharse, Chiara lo detiene arrebatándole la botella y entregándole su tarjeta de crédito. La escena sucede tan rápido y me deja tan perpleja, que no fui capaz ni de luchar por pagar.

—¡¿Toda la botella?! —exclamo, captando su atención—. ¿Estás loca?

—La noche es larga.

—Ya, pues como nos tomemos todo eso, la vamos a terminar en el hospital con un coma etílico.

—No es precisamente así, como me gustaría terminar la noche. Así que, más te vale controlarte.

—Ahora tendría que decirte que la próxima ronda la pago yo, pero es que no creo que haya próxima ronda. Eres una tramposa.

—¿Quién sabe? Esto no ha hecho más que empezar.

Vuelve a guiñarme un ojo, agarra las cervezas con una mano, la botella de tequila con la otra, y se da la vuelta para alejarse de la barra en alguna dirección que desconozco. A mí me quedan los dos chupitos, el salero y el plato. Haciendo un poco de malabares consigo llevarlo todo, sin que se me caiga, hasta un rincón algo apartado en el que hay una mesa pequeña y algunos sillones a su alrededor. Está bastante alejado de esos chicos de la entrada y eso es motivo suficiente para que me parezca la elección perfecta.

Cuando me siento a su lado y dejo todo sobre la mesa, ella atrapa mi mano rápidamente e intenta, sin éxito, que una pizca de sal se quede adherida a mi piel. Pero la susodicha resbala por completo hasta el suelo.

—Tienes que chupar —Antes de que mi rostro se desencaje, Chiara señala mi mano con un simple gesto de ojos—. Lo hubiera hecho yo misma, pero creo que te hubiera provocado un ataque de pánico y estoy intentando a toda costa, evitar ese final en el hospital.

Sin responderle, pero frunciendo el ceño, me libero de su agarre y llevo los labios hacia un lateral de mi propia mano. Humedezco la zona sin apartar la vista de Chiara y el azul de sus ojos desaparece en un instante con la dilatación que sufren sus pupilas. Sonríe débilmente, diría que, incluso nerviosa. A continuación, echa sal de nuevo en mi piel y como es lógico, esta vez no se cae. Comienza a hacer lo mismo con la suya, acerca los labios hacia su propia mano y humedece la zona lentamente. O, al menos, a mí me parece que lo hace muy despacio. Incluso creo que puedo ver su lengua entrando en contacto superficial con su piel y su labio inferior doblarse ligeramente hacia atrás, mientras los míos se despegan para que el oxígeno acceda con mayor facilidad. Al contrario que yo, ella no me mira durante la escena, aunque estoy segura de que siente mis ojos clavados en sus movimientos.

—Tengo unas ganas de tomarme esta botella de golpe —Suspira, al terminar su labor.

—Recuerda el coma etílico.

—Lo recuerdo, lo recuerdo. —Vuelve a mirarme y alza su chupito—. ¿Lista? —Asiento con una sonrisa, imitándola en el gesto—. Por la vida. Que, con sus peculiaridades, nos puso en el mismo camino. Justo a tiempo.

Aunque no estoy en absoluto de acuerdo con esa última parte y cada vez que la miro deseo haber tenido la oportunidad de poder hacerlo antes, acerco mi vaso al suyo para que nuestras bebidas colisionen. Porque, la realidad, es que tenerla aquí, frente a mí, con esas ganas de comerse la noche, el mundo y la vida, es un regalo en el que no interviene el tiempo. El pasado y el futuro, no existen.

—Por este momento. Y porque cuando lo necesitemos, seamos capaces de volver a él.

Ella se queda pensativa un instante, mirándome, consiguiendo que esta vez sea yo la que quiera tomarse la botella de tequila completa y de un trago. Finalmente, sonríe y ambas procedemos a la tradición de sal-tequila-limón. Siento el líquido bajar por mi garganta, quemando cada centímetro de esófago que encuentra a su paso. Tanto, que la vista se me vuelve borrosa y los ojos llorosos. El estómago me arde y un escalofrío me hace sacudir involuntariamente el cuerpo.

—¿Demasiado fuerte para empezar? —pregunta.

—Estoy desentrenada. Tú dame tiempo.

Ella sonríe, con una pizca de ternura y algo que no sé descifrar pero que vuelve a dejarla pensativa. ¿Será buena idea esto de beber alcohol? ¿O vamos a terminar deprimidas y llorando por las calles de Ulán- Udé?

—¿Has estado en Cuba, Dak?

Bebo un sorbo de cerveza antes de responder. Al contrario que la bebida anterior, ardiente como el infierno, esta es refrescante y me transporta a cualquier playa del mundo con tan solo un trago.

—Soy una enamorada de La Habana y de Trinidad. Esas casas de colores, sus grandes ventanales, su gente, la música… Bueno, creo que en realidad estoy enamorada de toda América latina. ¿Y tú?

—No, pero me hubiera gustado. Lo más cerca que he estado es en la República Dominicana.

—Punta Cana, ¿verdad?

—¿Es tan obvio?

Sonríe y baja la mirada hacia la boquilla de su botella, mientras hace círculos a su alrededor con el dedo índice.

—El turismo de lujo y los resorts no es algo de lo que debas avergonzarte, Chiara.

—¿Ah, no?

—En absoluto. Has conocido mucho mundo y eso es lo que cuenta, da igual la forma. Varadero también te hubiera encantado. Aguas cristalinas, arena blanca y cócteles de todos los sabores y colores. Aunque yo haría que lo disfrutaras en toda su esencia.

Entorna los ojos y se apoya en el respaldo del sofá, mientras cruza las piernas al más puro estilo Sharon Stone en Instinto básico.

—A ver, sorpréndeme.

—Antes de llegar, hay otra ciudad que se llama Santa Marta. Nos alojaríamos ahí y mochila al hombro, haríamos a diario los 10 km que la separan de las playas de Varadero. Eso sí que es un lujo, créeme.

—¿Y por la noche nos iríamos a un local con muchas trompetas y mucha salsa?

—Ni siquiera hace falta. En Cuba, la fiesta real está en la calle. A todas horas. Con lo mucho que te gusta la música, creo que te ibas a enamorar.

—Ya lo estoy haciendo, Dak. Eres una experta en transportarme a lugares mágicos sin moverme del sitio. Hasta hace unos días creía que mis ganas de comerme el mundo no podían ser más intensas. Pero tú consigues multiplicarlas y, casi siempre, ni siquiera te lo propones —Curioso, porque estaba segura de que era al revés—. ¡No! —exclama de repente, abriendo los ojos como platos.

—¿Qué?

—Estoy obsesionada con esta canción ahora mismo. «*If you only knew the bad things I like. Don't think that I can explain it. What can I say, it's complicated*»

Después de cantarme la estrofa y sonreír como si fuera un demonio, le da un largo trago a su cerveza sin apartar la vista de mis ojos. A ver, que yo tengo un nivel de inglés bastante fluido, pero creo que empiezo a perder facultades.

—¿Tiene buena letra?

—Uhm… la letra es buena, pero no habla de cosas buenas precisamente. O sí, depende de cómo lo interpretes. —Al ver la confusión reflejada en mi rostro, vuelve a sonreír—. «*Nada es tan malo si se siente bien. Así que, vuelves, cómo sabía que lo harías. Y ambos somos salvajes y la noche es joven…*» Y esta parte no te la traduzco porque es demasiado explícita.

—¿Qué? —pregunto frunciendo el ceño—. Vamos, sigue. Soy mayorcita.

Permanece en silencio un instante, mirándome con un brillo indescifrable en los ojos y como si estuviera tratando de decidir si darme la satisfacción de continuar o, por el contrario, dejarme con las ganas.

—«*Déjalo caer, igual que ese tambor. Tengo eso con lo que sueñas. Tus uñas arañando mi tatuaje en la espalda, con los ojos cerrados mientras gritas. Y me mantienes con esas caderas, mientras mis dientes se hunden en esos labios. Tu cuerpo me está dando vida y estás sofocando mis besos. Entonces dirás, te quiero para siempre, aun cuando no estemos juntos. Tengo tus cicatrices en mi cuerpo, así que puedo llevarte a cualquier parte. Te quiero para siempre, aun cuando no estemos juntos*»

Creo que, si no me llego a estar aferrando con tanta fuerza a la botella helada de cerveza, esta habría caído en cualquier momento ocasionando un desastre sobre mi propio vestido.

—¿Tienes tatuajes?

Su repentina risa me sobresalta. Se muerde el labio inferior mientras me mira y niega de forma continuada, como si la hubiera dejado fuera de juego. No me extraña, porque para repentina, mi estúpida pregunta. Si es que pareces una adolescente torpe, Dakota.

—No. ¿Y tú?

—Uno.

—¿Puedo verlo? ¿O está...?

—Escondido, pero no tanto.

Me giro y aparto el pelo de mi nuca para que pueda localizarlo. Es escaso el tiempo que transcurre hasta que siento las yemas de sus dedos comenzando a rozar mi piel. Me estremezco, de pies a cabeza. La forma en la que bordea mi tatuaje es tan sutil y delicada, que puedo sentir cada centímetro de mi cuerpo erizándose a cámara lenta.

—¿Qué significa? —susurra.

—Es un globo rojo.

—Sí, por el momento ciega no me he quedado.

Me incorporo para lanzarle una mirada irónica y comprendo en el acto por qué no me costó nada de trabajo escuchar sus susurros. Estamos mucho más cerca que antes.

—Tiene varios significados para mí. ¿Conoces la leyenda del hilo rojo del destino?

—Por supuesto. «*Un hilo rojo invisible conecta a las personas que están destinadas a encontrarse…*» Algo así, ¿no?

—«*Sin importar el tiempo, lugar o circunstancias. El hilo se puede estirar, contraer o enredar, pero nunca se romperá*» El globo me inspira libertad, es una representación de mí misma volando por el mundo. El hilo rojo que lo sostiene es esa conexión conmigo, que, aunque a veces pierda, siempre termino volviendo a encontrar. Y puede que también sea con alguien —Me encojo de hombros—. ¿Quién sabe? Por otro lado, un globo es un símbolo infantil, para que cuando esa impertinente madurez extrema me invada, él me recuerde a esa niña que no se conforma.

—¿Funciona?

—No siempre —Sonrío, volviendo a encoger los hombros—, pero ahí está, para atormentarme.

—¿Y por qué en ese lugar? —pregunta, entornando los ojos curiosa—. Todavía no te he visto con el pelo recogido y si no llega a ser por tu oportuna pregunta, tal vez ni me llego a enterar de que tienes un tatuaje.

—Pues precisamente por eso. No suelo recogerme el pelo, así que la mayor parte del tiempo no se ve. Pero yo sé que está ahí.

Ella sonríe y asiente lentamente durante unos segundos.

—¿Otro chupito? —pregunta mientras se inclina hacia la mesa y comienza a llenar de nuevo los dos pequeños vasos. Me ofrece uno de ellos y lo huelo. Mala idea.

—Esta mezcla va a ser una bomba de relojería.

—¿Te preocupan las consecuencias? ¿Sacas tu lado oscuro

cuando estás borracha?

—Más bien mi lado claro. Me da por hablar de todo, no tengo filtro entre el cerebro y la boca. Me vuelvo más desinhibida, cariñosa...

—Un auténtico desastre, vaya.

Aunque percibo su tono y su sonrisa irónica, no pudo estar más acertada.

—Sí, realmente, sí.

—¿Por qué te asusta tanto dejarte llevar, si eres la persona más valiente que conozco, Dakota? Viajas por el mundo, sola. Cumples tus sueños y te dedicas a lo que te apasiona, aunque el planeta entero te diga que no es estable ni seguro. Pero a la hora de mostrarte, de sentir... eres...

—¿Insegura? —interrumpo. Ella asiente y me encojo de hombros—. Supongo que todas las personas lo somos en algún momento, ¿no? O con respecto a algo. Todas tenemos nuestra propia *kriptonita.* Hasta la mujer más arriesgada y segura que conozco, tiene momentos en los que no lo es tanto. Con su imagen de *supergirl* que puede con todo, se cree que no me doy cuenta, pero lo hago.

Vuelve a sonreír, baja la mirada y lleva el vaso hacia sus labios para beberse de un trago el chupito de tequila. Esta vez sin sal y sin limón, así, como si fuera agua. En un acto reflejo sacude la cabeza para liberarse del ardor y sus ojos se empañan.

—¿Por qué están solas dos chicas tan guapas?

No.

No.

No.

Todos mis temores se ven confirmados en cuanto me giro y compruebo que, efectivamente, en algún momento de los últimos minutos, dos de los chicos que había junto a la puerta decidieron que era una buena idea venir hacia nosotras y hacer semejante entrada triunfal.

—No estamos solas. —Escucho la voz de Chiara—. Nos basta con nuestra mutua compañía.

—A mí también me bastaría. —Sonríe él, como si no se diera cuenta de que estorba—. Soy Rafael y él es Roberto.

El chico que se quedó parado un paso por detrás me sonríe. No conozco a ninguno de los dos, pero ya me cae mejor por el simple hecho de no ser tan directo como su amigo.

—Chiara.

Ahora todos me miran, esperando que deje el papel de espectadora y pronuncie alguna palabra, porque creo que desde que aparecieron no he dejado de fruncir el ceño.

—Dakota.

—Chiara y Dakota. —repite el parlanchín, como si no nos supiéramos nuestros propios nombres—. ¿De dónde son, chicas? ¿Y qué hacen en un bar cubano de un pueblo perdido de Rusia?

—Divertirnos. —Vuelve a responder Chiara, porque yo parezco idiota—. Y ambas somos españolas. Imagino, por el acento, que ustedes son cubanos.

—Sí, pero si en España todas las chicas son tan guapas, seguramente cambiemos de país.

Y ahí está. La frase ingeniosa de la noche. Esa que todas las mujeres esperamos que nos digan cuando se nos acercan. No puedo evitar rodar los ojos y resoplar casi inaudiblemente. Aunque Chiara parece haberse percatado, porque me mira de reojo y sonríe de medio lado.

—Pues sí en Cuba todos intentan ligar como tú, me temo que me voy a quedar con las ganas de conocer ese país tan interesante.

El chico se queda pasmado. Más cortado que una pata de jamón serrano en navidad, mientras ella se ríe sin dejarle muy claro si está de broma o no. Su amigo le da un codazo, pero también trata de contener la risa. Y a mí me empieza a crecer un orgullo y satisfacción interna que no creo que tarde en demostrar.

—¿Lo arreglaría invitándote a bailar? —Vuelve a la carga—. Tal vez cambies de opinión.

—Lo dudo, pero… —En cuanto escucho eso, seguido del silencio que nos invade ahora, un centenar de alarmas comienzan a sonar en mi interior como si mi cuerpo hubiera organizado un desfile de ambulancias. Se me tensa la mandíbula, el corazón me empieza a latir a mil por hora y aprieto los dientes con tanta fuerza, que en cualquier momento se escucha ese chirrido insoportable. Intercalo numerosas veces la mirada entre Chiara y el chico, completamente nerviosa, hasta que me detengo en ella al darme cuenta de que también me está mirando. No, no, no, intento suplicarle por telepatía. Por favor… —. Claro —responde ella, sin dejar de desafiarme con la mirada—. ¿Por qué no?

Mierda.

Aprieto la mandíbula con más fuerza todavía, intentando reprimir la sensación, nada agradable, que me está invadiendo ahora mismo y continúo mirándola con una mezcla de coraje y súplica que me va a volver loca en cuestión de segundos, esperando que en algún momento sepa interpretar lo que estoy sintiendo. Que no sé lo que es, pero ella tiene que saberlo, porque es más lista, y más echada para adelante, y menos cobarde, y… no. Se levanta y se va, como si nada. Alejándose hacia la pista de baile con ese tipo y permitiendo que lo último que veo de ella, sea esa sonrisa irritante que en este momento me irrita más que nunca. Es como si mi frustración le divirtiera.

—¿Quieres bailar tú también, Dakota? —La voz del otro chico

me sobresalta. Dios, me había olvidado por completo de su presencia. Le miro, sin saber si quiera que expresión tengo, pero deseando que me deje continuar con mi labor de fulminar a los otros dos con la mirada. Sin embargo, sus ojos de corderito me relajan—. Bueno, si ahora no te apetece, lo entiendo, pero si cambias de opinión estaré justo allí.

Señala hacia el lugar en el que estaban sentados con su grupo y vuelve a mirarme. No tengo más remedio que sonreír, aunque tan débilmente que ni siquiera sé si llegó a notarlo, porque la verdad es que, por muy inoportuna que haya sido su presencia, no me ha hecho nada.

—Gracias.

Y esa es toda mi conversación con este chico, dos simples palabras: mi nombre y gracias. Se marcha, ofreciéndome una última sonrisa, y permitiéndome que ataque de una vez el chupito de tequila que todavía tengo intacto entre mis manos. Me lo bebo de un trago rápido, pero esta vez el ardor me resulta insignificante. Busco entre la gente a los dos bailarines. «Busco», como si no tuviera claro dónde están. En pleno centro de la pista, en un lugar dónde los veo tan perfectamente como ellos a mí. Chiara se mueve como nunca la he visto moverse. Baila de una manera tan sensual, que cualquiera que la esté mirando ahora mismo, debe haber perdido el aliento. Rafael se encuentra a su espalda, agarrándola por la cintura y con la boca pegada a su cuello. Siento un escalofrío recorrerme la espalda y no es precisamente agradable. Ella me mira. Me observa tan fijamente que parece no estarse percatando de quién la acompaña en realidad. No sé qué diablos me quiere decir con esa mirada. No entiendo lo que pretende ni lo que quiere provocar, pero me está poniendo enferma. Mi estómago es una centrifugadora ahora mismo y creo que en cualquier momento voy a sacar todo el alcohol. Aunque sinceramente, me tomaría una cerveza muy fría.

Alguien en el universo debe estar apiadándose de mí, porque como caído del cielo, el camarero aparece entregándome una botella de la misma cerveza que estaba tomando, pero tan helada, que el simple contacto al cogerla me sienta de maravilla. ¿Quién me lo iba a decir? Con el frío que estoy pasando en este lado del mundo. Al ver mi expresión de confusión, mientras recoge las otras dos botellas vacías, señala hacia la mesa donde se encuentra Roberto, que con una sonrisa me hace saber que la invitación fue suya. Correspondo a dicha sonrisa en agradecimiento y sin dudarlo más, le doy un trago a la espumosa que resulta ser mi salvadora, porque ahora mismo es la única capaz de refrescar mi cuerpo, pero, sobre todo, mis ideas.

Vuelvo la vista hacia Chiara y esta continúa mirándome desafiante. ¿Ha dejado de hacerlo en algún momento? ¿Por qué no bailas con él, si es lo que quieres y dejas de cabrearme con tanta sonrisa? El chico no deja de mover las manos por todo su cuerpo mientras, prácticamente, babea sobre su cuello. ¿En serio es necesario que presencie esto? Si es que, casi prefiero al de ayer. Al menos ese no la tocaba como si fuera un objeto de su propiedad. O, por lo menos, yo no tuve que presenciarlo. Al verlo así, tan cerca de su piel, no puedo evitar recordar el olor del perfume que se puso hoy o el de frambuesa que lleva normalmente. Él eso no lo sabe y estoy segura de que ni siquiera se percataría de dichos cambios. Es más, ¿está apreciándolo ahora mismo? Si yo creo que lo único que debe oler es el alcohol que desprenderá su propio aliento.

Imbécil.

¡Joder, Dakota! ¿Pero por qué coño estás tan nerviosa? Ella puede bailar con quien quiera, puede acostarse con él esta noche o con el otro. O hacer un trío con los dos, qué se yo. ¡Una orgía si quiere! El caso es que tú no puedes ponerte así, porque… El corazón me da un vuelco cuando, en medio de mis absurdos pensamientos, observo a ese hombre girar el cuerpo de Chiara en un movimiento tan veloz como peligroso. Sus labios están ahora tan cerca, que mis latidos se disparan, la música desaparece.

Y mi cerebro se desconecta.

Ahora soy yo quien la tiene entre sus brazos. Los ojos azules me miran ya sin distancia, porque en un lapsus de tiempo en el que, el mismo debió detenerse o yo pude teletransportarme, llegué hasta aquí, junto a ella, decidí rodear su cintura y olvidé por completo que hace un momento había un estorbo entre nosotras. Nada me importa ahora mismo. Ella continúa con su sonrisa intacta, mientras mis pulmones luchan por recuperar el aliento perdido en alguna parte del camino. ¿Qué está pasando?

—Hasta que por fin te decides, Dak —El aire que expulsa al susurrar, choca contra mis labios—. Casi llegas tarde.

—¿Qué estás haciendo, Chiara?

—Averiguar dónde están exactamente tus límites.

—¿Y por qué querrías hacer eso?

—Porque sigues sin comprender nada. Sigues paralizada por el miedo y te niegas a vivirlo todo. Piensas demasiado, temes demasiado y no vives lo suficiente.

—¿Y qué se supone que es vivirlo todo para ti? ¿Qué diablos quieres que haga?

Su mirada desciende hacia mis labios y avanza unos milímetros, la medida justa para no rozarme, pero dejarme sentir su respiración golpeando contra ellos. Una de sus manos se aferra a mi vestido, como si hubiera estado colocada a la altura de mi cintura todo el tiempo. Mis labios se abren, porque no puedo respirar y siento como mis ojos se quieren cerrar, mientras mi corazón hace un ruido insoportable. Ella se acerca a mi oído, consiguiendo que ahora sea en ese lugar donde siento su respiración, para empeorar las cosas.

—Lo que llevas días deseando hacer, Dakota. —El susurro me provoca un escalofrío que asciende por mi columna vertebral, recorriéndome toda la espalda y erizando rincones de mi piel que ni siquiera sabía que tenían vida. No puedo moverme. Mis músculos no responden, mis articulaciones tampoco. Y como me ocurrió hace unos minutos, el tiempo toma un sentido extraño, se detiene o da un salto del que ni siquiera me percato, porque cuando quiero darme cuenta, ya no siento la respiración de Chiara junto a mi oído, ni sus manos se encuentran en mi cintura. Está frente a mí, moviéndose al ritmo de una música que, de pronto, regresa para mis oídos y cantando como si lo que acaba de ocurrir solo hubiera sucedido en mi cabeza—. *«Mientras la noche decide dónde despertaré, no perderé este momento, para decirte qué…* —Sonríe—. *Yo quiero besarte más fuerte y que el mundo entero despierte. Que abran los ojos, que el mundo es de todos los locos valientes, ¡hey!* —Toda la discoteca canta ese último grito al unísono mientras levantan los brazos. Ella también lo hace, como si fuera una coreografía aprendida y yo la única del lugar que no se la sabe. Sonrío. La situación me parece de lo más surrealista, pero ella agarra mis manos y con esa despreocupación que la caracteriza, me hace comenzar a bailar mientras sigue cantando—. *Voglio ballare con te, soltando con te. Non chiedo la luna ma un ballo con te. No voy a dejar escapar ese tren. La vida es una sola».*

Baila como si nadie la estuviera mirando y vive como si se fuera a morir mañana. Me contagia. Me contagia su alegría, sus saltos, su locura, esos *«¡Hey!»* a los que me uno, aunque no me sepa la canción. Su risa, que te hace olvidar cualquier cosa que no esté ocurriendo en este momento.

«Déjame bailar contigo, amor»

«Esta noche bailamos tú y yo»

Termina la canción y antes de que pueda siquiera pararme a respirar, me coge de la mano y me arrastra hasta el lugar en el que estábamos sentadas, se pone su abrigo y la imito, porque intuyo que quiere salir. Vuelve a cogerme de la mano para dirigirnos hacia la puerta, pasamos por delante de aquellos chicos y por primera vez veo a Rafael desde que aparecí en escena para interrumpir lo que sea que estuviera a punto de hacer. Ambos nos miran, ella ni se percata y, finalmente, abandonamos El Malecón.

—¿A dónde vamos? —pregunto cuando consigo recuperar el habla. Su mente va tan rápida y la mía tan despacio, que me cuesta seguirle el ritmo.

—Me dieron ganas de bañarme.

—Ah, muy bien ¿y tiene que ser ahora?

—Claro. —Se gira para mirarme mientras caminamos y frunce el ceño al tiempo que sonríe—. A menos que tuvieras pensado hacer otra cosa.

—N… no.

—Ya. Eso me parecía.

—Creía que te lo estabas pasando bien —insisto, algo confusa.

—Estupendamente.

—Dejaste a tu chico plantado.

—Por dios —Vuelve a girarse para mirarme con sorpresa y una sonrisa de incredulidad—, eres como una niña, Dakota.

Frunzo el ceño y me encojo de hombros, dando por finalizada la conversación. Continuamos caminando hacia la estación sin que me suelte la mano ni un momento. Las calles están bastante más desiertas que antes, no sé qué hora debe ser ni cuánto tiempo estuvimos en la discoteca, pero parece que la ciudad haya entrado en toque de queda. Atravesamos el mismo parque que a la ida y en lugar de continuar recto, se desvía hacia la derecha. Busca un árbol medianamente escondido y allí nos detiene. Observa el río durante unos segundos, la luna crea en él un reflejo precioso y su luz es lo único que alumbra el lugar. Si esto fuera una película, probablemente yo me estaría tapando los ojos y suplicándole en silencio a las protagonistas que se vayan de ahí, que, si sumamos la oscuridad, los árboles sin hojas y el agua, es una escena que claramente acaba en tragedia. Pero esto no es ninguna película y aquí la única tragedia es la imagen de mi acompañante comenzando a quitarse el abrigo bajo un frío que congela hasta las ramas.

—¿Se puede saber qué estás haciendo?

—Quitarme la ropa —responde como si fuera idiota.

—Yo tampoco me he quedado ciega todavía, gracias. Pero ¿eres consciente de la temperatura a la que estamos? No, no creo que lo seas.

—Muy consciente, pero quiero bañarme y, obviamente, no voy a estropear este vestido que tan caro nos costó.

En el momento en el que dice eso y yo pienso que no puede tener la cara más dura ni la cabeza más ida, el mencionado resbala por su cuerpo hasta el suelo, dejándola en ropa interior. Trago saliva.

—¿Tan caliente te dejó tu amigo que necesitas bañarte aquí, en un río casi congelado a riesgo de coger una pulmonía?

Se produce un silencio, durante el cual, me mira alzando una de sus cejas. Si es que no puedes tener la boca cerrada, Dakota. Maldito alcohol.

—¿No crees que, si me hubiera dejado caliente, en lugar de estar aquí, estaría allí, en el baño o dónde sea, haciendo… ya sabes? —La imagen de lo que quiera que pudiera haber estado haciendo de habernos quedado en la discoteca, asalta mi mente involuntariamente, obligándome a apretar la mandíbula—. Yo creía que el tequila, además de soltarte la lengua te iba a volver un poquito más avispada, pero ya veo que no, que lo tuyo es de serie. —Me acaba de llamar corta con toda su cara, pero como no quiero discutir y aún estoy tratando de superar la imagen que mi mente recreó hace unos segundos, ni me molesto en responderle—. ¿Vienes o no?

—¡¿Yo?! —pregunto perpleja—. Ni de coña. A la que se le ocurrió semejante tortura fue a ti, pues que lo disfrutes.

—Muy bien. Si se me congela un brazo o una pierna y no puedo nadar, y termino muriendo ahogada, no creo que te dé tiempo a rescatarme. Así que, tú misma.

—Eso es un chantaje emocional muy sucio que no te va a funcionar.

—Contigo me veo obligada a utilizar las armas más radicales.

Se encoge de hombros, me guiña un ojo y sin decir nada más, comienza a caminar hacia la orilla del río. Esta chica perdió la cabeza y lo más grave del asunto es que me está haciendo perderla a mí también. La observo caminar en ropa interior sin inmutarse, como si llevara una capa que la protege del frío, e incluso yo dejo de sentirlo, porque una imagen así te hace olvidar tu nombre y hasta de dónde vienes.

Llega hasta la orilla, acerca un pie para probar la temperatura convirtiendo ese gesto en mi última esperanza para que se arrepienta y vuelva hasta aquí. Nada más lejos de la realidad, sin pensárselo demasiado y como si estuviera frente a una piscina climatizada, se lanza al agua consiguiendo que yo sienta el escalofrío que debería estar sintiendo ella.

Maldita chiflada.

Observo el horizonte durante unos segundos, con el corazón latiéndome a mil por hora porque el tiempo transcurre muy despacio y ella no emerge. A ver, es que esta chica está loca ¿Cómo se le ocurre lanzarse así? Que le puede dar un corte de digestión o incluso un paro cardiaco por el cambio brusco de temperatura. Que esto no es una piscina, es un río. Un río de uno de los países más fríos del mundo. ¿Y si le da un mareo y no puede salir? Que voy a tener que convertirme en la versión femenina de Mitch Buchannon y entrar a rescatarla. ¡Chiara, joder! Sal de ahí, idiota, que me estás asustando. Que tengo muchas cosas que decirte. Que ya no tengo frío. Que…

Y sale. En medio de la discusión que estamos teniendo sin que se entere, su pequeña cabeza emerge en el agua permitiendo que el oxígeno vuelva a pasar hacia mis pulmones. Incluso con esta oscuridad sé que está sonriendo. Desquiciada. Comienza a hacer aspavientos con los brazos para que me una a ella. Ni lo sueñes. Vuelve a intentarlo, como si me hubiera escuchado o como si supiera dónde está el límite exacto para convencerme.

Mierda.

Empiezo a deshacerme del abrigo, arrepintiéndome en el acto de tal decisión. ¿Pero qué decisión? Si mi cerebro debe tener un cortocircuito que no lo deja razonar. Ahora sí que tengo frío, joder. ¿A cuántos grados estamos? ¿Cómo puede ella estar ahí, mirándome tan tranquila sin sufrir una hipotermia? El vestido termina de desaparecer por encima de mi cabeza y lo dejo caer en el suelo, junto a su ropa. Echo un último vistazo a nuestras cosas amontonadas junto al árbol y comienzo a caminar hacia la orilla. Solo espero que no haya ladrones despiertos a esta hora, o que no se les ocurra venir a robar a un parque desierto.

En cuanto rozo el agua con un pie, me dan ganas de correr en dirección contraria. El frío sube por mi pierna congelándome cada centímetro de la piel. Pero por algún motivo, en lugar de huir, sigo avanzando.

—¡Joder, joder, joder! —exclamo tiritando mientras camino hacia ella. El agua le llega a la altura del pecho y se nota perfectamente que no está nadando, así que no me va a hacer falta sumergirme para alcanzarla—. Estás desquiciada. Esto es una tortura. ¿Cómo se te ocurre?

—Vamos —susurra terminando de acercarse—, deja de quejarte, que no es para tanto. —coloca sus brazos alrededor de mi cuello y siento su cuerpo tan cerca, que el mío se tensa como en un acto reflejo—. ¿Mejor?

—No precisamente.

—¿Cuál es el problema ahora?

—Tú. Tú eres mi problema. —A pesar de todo, rodeo su cintura con los brazos para escapar del frío. Si es que mi cuerpo, mi cerebro y mi boca, van en direcciones opuestas—. ¿A qué estás jugando, Chiara?

—¿Te parece que estoy jugando a algo?

—Ahora mismo, lo único que me parece es que estás como una cabra, que solo haces locuras y que me estás volviendo loca a mí también.

—¿Por qué no reconoces de una vez que eso te encanta? ¿Y que, durante estos días de locuras, has sido más feliz de lo que, probablemente, hayas sido en los últimos años?

—Porque eso significaría tener que darte la razón.

—Y eso ni borracha, ¿no?

—Así, puede que tengas alguna oportunidad, pero este baño me bajó la borrachera de golpe, lo siento.

—Una lástima.

Su sonrisa está tan cerca de mí ahora mismo, que no puedo

evitar intercalar la mirada entre sus labios y sus ojos. Se ve tan guapa en este momento, por favor. Aparta la vista para dirigirla hacia el cielo, pero yo soy incapaz de moverme. Unas gotas de agua caen por su cuello a cámara lenta. O eso me parece. Estoy temblando y ella tiene que notarlo. Aunque no lo mencione, aunque esté absorta mirando hacia arriba, es imposible que no lo sienta. Y lo más grave del asunto es que vuelvo a no tener frío.

—Tú —susurra de pronto. Permanezco mirándola en silencio, algo confusa, pero expectante. Tras unos segundos, baja la vista para encontrarme—. Cuando estábamos sobre el capó del coche me preguntaste qué deseo le pediría a una estrella fugaz, pero ya no pude responderte. —Asiento—. No pediría nada, porque tú has sido un regalo con el que no contaba. No puedo decirte que he pasado toda mi vida soñando con encontrar a una persona como tú, porque ni siquiera pensaba que eso pudiera existir. Alguien tan afín a mí, tan diferente en carácter, pero similar en pensamiento. Alguien con quien conectara desde el primer momento y que, minuto a minuto, se dejara conocer y me conociera como no lo ha hecho nadie en 27 años. Podrías haberte largado a la primera de cambio, podrías desaparecer en cualquier momento y, sin embargo, estás aquí. Bañándote en un río en plena noche, a no sé cuántos grados bajo cero, temblando de frío y de miedo.

—Soy una pringada que no sabe negarte nada, sí.

—No. Eres la compañera perfecta para esta y para cualquier aventura. Quiero que lo recuerdes siempre y que nunca vuelvas a dejar ir a esta Dakota.

—¿A esta Dakota quejica, corta, miedosa y todas esas cosas que me has dicho esta noche? Porque la verdad es que te estás luciendo hoy, guapa.

—Sí, a esa. Y también a la valiente, arriesgada, soñadora, aventurera y delincuente, que roba guitarras, vestidos, se ríe a carcajadas logrando que el mundo ría con ella, se acojona cuando algo no lo controla, tartamudea más de lo que le gustaría, es lenta como una tortuga y solo reacciona cuando la pones al límite, pero le encanta conocer sus propios límites. Y a mí llevarte hasta ellos.

La miro en completo silencio. Esta situación me vuelve a parecer surrealista. De hecho, el día completo ha sido bastante confuso e intenso y para terminarlo, estamos aquí, bañándonos en un río, en ropa interior, abrazadas como si de ello dependiera el mantenernos a flote. Puedo ver mi propio reflejo a través de sus pupilas y sus ojos azules me parece que se vuelven todavía más magnéticos con la luz de la luna. Si Chiara ya es de por sí una mujer preciosa, en este momento no sería capaz ni de describirla. El deslizamiento de una gota de agua cayendo por sus labios, me incita a bajar la vista para descubrirlos ligeramente abiertos mientras la mencionada termina de desprenderse de su piel.

—¿Y dónde crees que están esos límites? —susurro—. ¿Hasta dónde me piensas llevar, Chiara?

Sus labios se expanden, despertándome de la hipnosis momentánea y obligándome a dirigir la vista de nuevo hacia sus ojos. Unos ojos que, en cuestión de segundos, han pasado de la intensidad a la picardía. Se acerca a mi oído, de la misma forma que hizo en la discoteca y vuelvo a sentir su respiración, que, al golpear en ese lugar, eriza cada poro de mi piel.

—Hasta el fondo —susurra.

Y antes de que pueda si quiera pensar en esa frase, sus manos se descuelgan de mi cuello y ejercen una presión sobre mis hombros que me hunde bajo el agua. No tuve tiempo a nada. Ni siquiera a coger el aire suficiente para sumergirme. Nuestros cuerpos se separan y me siento tan descolocada y ahogada, que, simplemente, intento emerger lo más rápido posible. Cuando lo logro y consigo recuperar un poco la orientación y el oxígeno, me doy cuenta de que se está riendo a carcajadas.

—Vaya manera de bajarme la guardia —protesto, mirándola de manera amenazante—. Estás jugando muy sucio hoy.

—Ya te he dicho que a veces me obligas a utilizar las armas más radicales. —Como si me hubiera convertido en un tiburón al acecho de su presa, comienzo a desplazarme lentamente hacia ella, que entre la risa nerviosa y la cara de pánico que no puede ocultar, intenta alejarse sin perderme de vista—. Ni se te ocurra, Dakota. La venganza no es sana.

—¿Y eso quien lo dice?

—Yo. Yo lo digo.

—¿Y crees que otra vez vas a salirte con la tuya? ¿Que siempre voy a hacerte caso?

—Deberías.

Continúo acercándome y ella alejándose.

—¿Por qué?

—Porque soy muy lista y siempre tengo la razón.

—Que eres una listilla no me cabe la menor duda, pero esa cara de ángel y esos aires de superioridad, ahora no te van a servir.

—¡Dak, quieta! —Exclama lanzándome agua con una risa todavía más nerviosa.

—No soy un perro.

—Me estás poniendo de los nervios y no puedo nadar bien. Eso es trampa.

—Bebe de tu propia medicina, guapa.

Con esta última frase, me abalanzo sobre ella sin que se lo espere y consigo sumergirla de la misma forma que hizo conmigo, aunque su rapidez al agarrarme por la cintura me hace hundirme con ella. Cuando emerge chapoteando como un cachorrito y veo en sus ojos el vivo reflejo de la venganza, entiendo que este juego no ha hecho más que empezar. Me persigue por todo el río, lanzándome agua, dejándome ciega por momentos y aprovechando para alcanzarme en esos segundos de guardia baja. Yo utilizo la misma táctica y transcurren minutos así, jugando como dos niñas pequeñas en una piscina. El sonido de nuestras risas debe escucharse por todo el pueblo. Tal vez en las casas, cuando nuestro ruido se cuele por las ventanas o rendijas de las puertas, alguien se pregunte qué está ocurriendo, por qué se oyen risas a esta hora de la noche y quién estará siendo tan feliz en este momento. El mundo vive ajeno a nuestra historia, no conoce su enfermedad ni mi temor, su vitalidad o mis sueños, no sabe de nuestro pasado y mucho menos de nuestro futuro, tampoco son conscientes de la casualidad que nos trajo hasta aquí. Solo nos escuchan y, ojalá, en lugar de hacerse tantas preguntas, en lugar de cuestionarse si nos escapamos de un manicomio o somos delincuentes, sonrieran y supieran que la alegría no entiende de horarios ni de circunstancias. La felicidad está en cualquier parte, a cualquier hora, en cualquier rincón del planeta como, por ejemplo, un afluente del lago Baikal en Siberia. Sin embargo, una luz apunta directa a nuestros ojos cortándonos de golpe la risa. Tengo que oír los gritos en ruso de la persona que sostiene la linterna para salir de ese mundo paralelo que nos creamos y ser consciente de lo que está ocurriendo. Yo no entiendo una palabra y ella, no lo sé, supongo que sí, pero eso no nos impide comenzar a nadar hasta la orilla y salir corriendo del agua. El frío me corta el cuerpo en cuanto el río deja de cubrirlo. ¡Joder! Corrimos hacia nuestras cosas y, torpemente, las agarramos para continuar corriendo. Ese hombre, vestido de seguridad, sigue caminando hacia nosotras, apuntándonos con su linterna y gritando vete a saber qué cosas. Me recuerda tanto al dependiente de esta tarde que una risa nerviosa me invade.

Corremos, corremos y continuamos corriendo sin mirar atrás, como dos delincuentes que acaban de cometer un delito. Otro. Semi desnudas, descalzas, con nuestros cuerpos y nuestra ropa empapados, pero volviendo a esas carcajadas que nos dificultan bastante la entrada de oxígeno. No nos cruzamos con nadie durante el camino, menos mal, porque estoy segura de que hubieran llamado a la policía. Logramos esquivar al chico de seguridad que hay vigilando la estación y accedemos al tren sin más inconvenientes. Vamos directas hacia su habitación, tratando de no hacer mucho ruido y con la suerte de no encontrarnos tampoco a ningún pasajero.

Al cerrar la puerta, dejo caer nuestra ropa al suelo y me quedo apoyada en ella, con las manos en mis rodillas, intentando recuperar el aliento y calmar el ataque de risa provocada por los nervios, el miedo y la excitación del momento. Chiara, un poco más adelantada, está intentando hacer exactamente lo mismo.

—Un día —comienzo con la voz entrecortada—, vamos a terminar en la cárcel.

Ella no responde. Se limita a mirarme en silencio mientras su respiración se va normalizando. Me incorporo con algo de preocupación por si no se siente bien, pero entiendo en el acto que no le ocurre nada malo. Su mirada es intensa y directa, su pecho se mueve arriba y abajo a causa de los problemas que todavía tenemos para recuperar el aliento. Su pelo, completamente empapado, es el responsable de que por su cuerpo continúen cayendo gotas incesantes de agua. Desde luego, esta imagen no va a conseguir que mi respiración deje de estar agitada, todo lo contrario. Nunca la había visto así. Nunca había tenido esta perspectiva tan clara de su cuerpo. Ella nunca me había mirado así. Mi estómago se contrae, mi pulso se acelera, me olvido por completo de que estoy en uno de los países más fríos del mundo y que me acabo de meter a un río casi congelado, porque todo lo que yo siento ahora mismo, es calor, escalofríos y pánico. Un pánico que no me deja moverme del sitio. Cuando no tienes el control, cuando sientes que tu cuerpo no te pertenece y tiene reacciones que no sabes manejar, cuando el corazón te late tan rápido que consigue provocarte dolor en el pecho, cuando tu estómago es una revolución constante y por fin te encuentras cara a cara con esas mariposas de las que todo el mundo habla, esas que detestas, que sabes que no pueden ser tan poderosas pero lo son, están ahí, luchando porque las dejes salir, revolotear y vivir libremente, cuando todo eso ocurre, el miedo a lo desconocido te asalta. La magnitud de algo tan potente y descontrolado, acojona. Porque nunca lo has experimentado, porque no sabes lo que es ni hasta donde te puede llevar.

Ella, como si estuviera leyendo mis pensamientos o supiera lo que quiero antes incluso que yo misma, se acerca decidida, logrando que el tiempo transcurra a la misma velocidad que cuando yo interrumpí su baile en la discoteca. Apoya sus manos en la puerta obligándome a terminar de pegar la espalda a la misma y me acorrala entre sus brazos. ¿Qué haces, Chiara? Siento sus pechos golpear contra los míos en el fallido intento que ambas hacemos por respirar, pero soy incapaz de bajar la vista. No tengo fuerza para apartar mis ojos de los suyos. Solo puedo pensar que no quiero que nunca deje de mirarme así, y que nunca deje de estar tan cerca.

—Por favor, hazlo de una vez, Dakota. —susurra con la voz algo ronca, acercándose tanto a mis labios, que siento en ellos el aire que expulsa al hablar, mientras mis piernas comienzan a fallar—. Pierde el miedo, porque me estás volviendo loca. Ya no aguanto más.

Una milésima de segundo.

Eso es lo que hace falta para entender lo que quieres y lo que siempre has querido. A veces no sirven las horas de meditación, las noches sin descanso o los minutos comiéndote la cabeza. A veces, basta un simple instante para cambiarlo todo. Para que el corazón se imponga a la cabeza y lo inexplicable cobre sentido.

Y mi instante llegó.

Un poco tarde o justo a tiempo, pero llegó.

Atrapo sus labios con decisión y con deseo. Un deseo irrefrenable que llevaba demasiado tiempo contenido. Nuestras lenguas se encuentran a medio camino, como si ella supiera de antemano lo que estaba a punto de hacer y en cuanto se rozan, en mi estómago crece un hormigueo que sube hacia el pecho y baja hasta zonas más íntimas. Llevo mis manos hacia su rostro, porque necesito sentirla más cerca todavía, no quiero respirar ni que nos separe un solo milímetro, quiero seguir sintiendo sus labios contra los míos, su lengua explorando mi boca, ambas acariciándose cuando se encuentran y huyendo juguetonas para volver a buscarse más tarde, mi cuerpo a punto de estallar, sus manos se dejan caer hasta mi cintura para clavarse en ella, las mías atrayendo su cara, como si eso nos fuera a fundir para siempre, como si después de esto no pudiéramos separarnos jamás. Hay cierto atisbo de rabia en nuestro beso, como si nos estuviéramos reclamando el no haberlo hecho antes, pero también hay dulzura, sincronía y complicidad. La misma complicidad que tenemos al mirarnos o al hablar. Creía que esta sensación era un mito del amor romántico, que un ser humano no podía desconectar del mundo a través de unos labios. Pero sí puede. Vaya que sí puede. Abro los ojos un instante, porque quiero verla, quiero asegurarme de que esto es real, de que está sucediendo y de que estoy besando a la persona más alucinante que se me ha cruzado en el camino. Sonrío contra sus labios al mirarla y eso provoca que ella también abra los ojos, algo sorprendida. Ni siquiera la dejo llegar a confundirse, vuelvo a cerrar los ojos, enredo mis dedos en su pelo mojado y habiendo recuperado aliento suficiente, continúo besándola con más intensidad si cabe.

Sus manos comienzan a subir por mi abdomen, erizando cada centímetro de piel a su paso y de alguna manera se cuelan entre mis brazos para rodearme el cuello y estar todavía más pegadas. Enreda sus dedos en mi cabello también empapado, consiguiendo que el gesto me excite de sobremanera. Nuestros pechos se golpean mutuamente, porque somos cada vez menos capaces de respirar con normalidad y siento que ya no puedo más, que esta corriente no hay quien la detenga. Separo la espalda de la puerta y avanzo unos pasos para dirigirnos hacia la cama de una manera algo torpe, sin poder parar de besarnos y sin siquiera mirar por donde vamos. Cuando Chiara siente el borde de la cama contra sus piernas, nos detiene y con un rápido movimiento, cambia nuestra posición, rompe el beso y consigue que me quede sentada en la cama, mientras ella permanece de pie. La observo en silencio. Jamás había visto esos ojos azules tan desesperados y tranquilos al mismo tiempo, tan llenos de deseo que un escalofrío me recorre la columna vertebral. Estoy segura de que mi mirada debe expresar lo mismo o algo muy parecido, porque el hecho de tener su cuerpo semidesnudo frente a mis ojos, tan cerca que inclinándome ligeramente podría besarlo, me dan ganas de lanzarme sobre ella y devorarla, pero al mismo tiempo, tengo la necesidad de admirarla despacio, sin prisa. Porque eso es lo que despierta alguien como ella, la certeza de que podría estar horas observándola y jamás me cansaría. Chiara es como esos países o islas mágicas que puedes visitar en innumerables ocasiones e incluso vivir en ellos toda la vida, pero siempre habrá rincones que no conozcas, lugares remotos de los que enamorarte cada vez. No importa cuántas veces la mires o hables con ella, siempre hay algo nuevo por descubrir.

Coge mi mano con delicadeza y la lleva hacia sus labios para comenzar a besar uno a uno mis dedos. Los introduce en su boca, succiona lentamente, sin dejar de mirarme y su lengua juega con ellos en un espectáculo que estremece mi cuerpo y dispara mi corazón. Es como si se estuviera recreando con la escena, como si lo estuviera haciendo a la velocidad exacta para que yo pierda el control.

Y lo pierdo.

Por supuesto que lo pierdo. Tiro de su mano con decisión, logrando que caiga sobre mi cuerpo y mi espalda quede recostada en la cama. Su pelo empapado está a ambos lados de mi rostro, al igual que sus manos, que misteriosamente, logró apoyar sobre el colchón antes de caer. Sus ojos y su sonrisa pícara tan cerca otra vez me hacen volver a temblar. No puede estar más guapa.

—Eres muy cruel —susurro con la voz tan ronca que hasta me cuesta reconocerme.

—Cruel es hacerme esperar tanto este momento.

—Hace cinco días que nos conocemos.

—Pues eso, más de 120 horas, porque ya vamos por el sexto día. Mucho tiempo perdido, ¿no crees? —Asiento con una sonrisa—. ¿Me vas a compensar?

—¿No lo estoy haciendo?

—Sí… —sonríe acercándose a mis labios—. Pero necesito más.

Un detonante. En eso se convierte la frase, suficiente para que levante la cabeza y vuelva a atrapar sus labios con desespero. Su lengua me recibe igual que antes, provocando el mismo hormigueo y soy consciente de que ella tiene las mismas ansias que yo. En este momento siento que un segundo sin besarla, sin acariciarla, es un segundo desperdiciado. Pero al igual que ella, necesito más. Quiero más. Aunque esté temblando y nunca me haya visto en una situación similar con alguien, aunque sea consciente de que el control, ese que tanto me gusta mantener, lo voy perdiendo un poco más cada vez que siento su lengua en algún lugar de mi boca o su mano comenzando a explorar mi piel. Porque esa es la realidad, esto no es nuevo para mí porque Chiara sea una mujer, eso es lo de menos. Esto es nuevo porque nunca he experimentado unas sensaciones tan intensas con nadie.

Giro nuestros cuerpos en un movimiento inesperado para quedar sobre ella, que me mira sorprendida e incluso con cierto atisbo de venganza. Le sonrío y antes de que pueda regodearme un poco en mi victoria, sus manos desbrochan con mucha agilidad el cierre de mi sujetador, dejándolo caer lentamente por mis brazos. Ella arquea una ceja y sonríe con satisfacción, ni siquiera en esto puede perder, la chica. Cuando baja la vista hacia mis pechos, mi estómago se contrae involuntariamente y me siento desnuda a pesar de no estarlo del todo todavía. Su mirada es distinta ahora, la observo abrir ligeramente los labios y su pecho se mueve agitado arriba y abajo mientras termina de quitármelo y lo deja caer por algún lugar de la cama. Alza la vista de nuevo para mirarme a los ojos durante unos segundos en los que, me pone todavía más nerviosa, porque me gustaría saber qué está pasando por su cabeza. Y como si una vez más estuviera leyendo mi mente, con una de sus manos me atrae desesperada para que la bese de nuevo.

Su boca ya es un lugar familiar y acogedor para mí, su mano izquierda comienza a acariciarme el costado, provocándome unas cosquillas tan placenteras que cada centímetro de mi piel se eriza al paso de sus dedos. Mi mano derecha, asciende por su abdomen, sintiendo como sus músculos se van tensando con mi recorrido. Llego a la altura de sus pechos y me detengo dubitativa, sin saber cómo continuar. Chiara llevaba un vestido abierto en la espalda, recuerdo que su sujetador no tiene tira trasera y a mí no se me ocurrió preguntarle el mecanismo para desabrocharlo, claro. Como si fuera totalmente consciente de mis dudas, agarra mi mano y la lleva hacia el centro de sus pechos. No me hace falta demasiado para notar que ahí está el cierre. Qué moderno. Deshacerme de él es más fácil de lo que pensaba y no puedo evitar suspirar aliviada, contra sus labios. Acabo de sentir como si estuviera pasando una prueba de agilidad. Ella sonríe y aprovecho el momento para apartarme un poco y poder mirarla.

Es perfecta, por dios. Yo no sé en qué momento de mi vida el cuerpo de una mujer comenzó a resultarme tan espectacular. Bueno, sí lo sé, en este, porque no creo que haya visto nada más excitante en mi vida, que los pechos de Chiara a unos centímetros de mi rostro, subiendo y bajando como si le faltara el aire, con unos pezones pequeños y tan erectos, que parecen estar suplicándome que juguetee con ellos. No sé si son ellos quienes lo piden o mi boca quien los necesita, pero el caso es que no puedo esperar más. Atrapo su pecho izquierdo entre mis labios y ella emite un gemido automático mientras arquea su espalda, provocándome un escalofrío por el cuello. Enreda sus dedos en mi pelo, incitándome a continuar. Juego con mi lengua alrededor de su pezón, succiono con delicadeza y hasta mis dientes entran en acción. Su manera de atraer mi cabeza hacia ella y hundir los dedos con descontrol en mi pelo, me indica que voy por buen camino.

Abandono su pecho arrancándole una especie de gruñido de

desacuerdo, cosa que me hace sonreír y mirarla. Está tan agitada como yo. Podría pasarme horas mirándola de esta forma. Quiero hacerlo despacio, disfrutar de cada centímetro de su cuerpo, besarla, observarla, desesperarla. Lleva una de sus manos a mi mejilla y me acaricia con dulzura, su respiración agitada no cesa, pero la expresión de sus ojos va cambiando, como si una sombra estuviera tratando de abrirse paso. Tiembla. Nunca la había visto tan vulnerable y nerviosa, cosa que empieza a preocuparme.

—No te enamores de mí, Dakota.

Lo dice en un tono y con una mirada tan suplicante, que me encoje el corazón al instante. Está tan asustada.

—¿Te parece este un buen momento para pedirme algo así?

—Seguramente, sea el peor, pero ahora mismo no soporto la idea de hacerte sufrir. Sabes que no hay un futuro para nosotras y yo…

—Chiara —la interrumpo—, llevas días diciéndome que no debo pensar en el futuro, pidiéndome que viva el presente sin miedo, porque es lo único que existe.

—Sí, lo sé, pero…

—Pero no contabas con algo así —Ella niega con una mirada que me enternece todavía más y suspiro—. Mira Chiara, si no quieres esto, páralo ahora. Si crees que es solo sexo para mí o para ti se trata de un experimento lésbico siberiano *pre-mortem*, dime que me vaya —Me da un manotazo y sonríe perpleja ante el comentario. Yo también sonrío—. Yo ya no puedo pararlo. Y no sé lo que vaya a ocurrir mañana, sé lo que quiero que ocurra esta noche. Quiero pasarme horas besándote, acariciándote, mirándote y disfrutándote como nunca lo he hecho con nadie.

Por primera vez desde que la conocí, siento que hemos intercambiado los papeles. Hace un momento era ella quien tenía la viva imagen del miedo reflejada en sus ojos y yo quien debía transmitirle seguridad. Chiara teme que enamorarme de ella me haga sufrir en algún momento, pero no sabe que su presencia, lo único que ha traído a mi vida son momentos de felicidad. El dolor de perderla está ahí desde nuestra primera conversación, no tiene nada que ver con el amor ni con esta noche. O sí, tiene que ver con todo, con cada palabra que hemos compartido, cada mirada tímida o traviesa, cada conversación estúpida o profunda, cada risa, que se ha ido convirtiendo en mi sonido favorito y con su voz al hablar, al picarme, pero sobre todo al cantar. Con cada noche, sentadas en un parque, mirando las estrellas sobre el capó de un coche, bañándonos en un río o bailando en una discoteca. Tiene que ver con todo. Con todo lo que conozco de ella y lo que aún me queda por conocer.

Atrae mi rostro hacia ella y atrapa mis labios una vez más. Con desesperación y desenfreno. Con dulzura y miedo. Con seguridad y rabia. La rabia de no poder convertir este beso y este momento en algo eterno. La sensación de que el mundo podría derrumbarse ahora mismo a nuestro alrededor y no pararíamos de besarnos, porque el tiempo juega en nuestra contra, pero nosotras somos dueñas de él ahora mismo. En esta habitación en la que las caricias crecen, el deseo crece y los sentimientos también crecen, ambas sabemos que ya no hay marcha atrás.

Deslizo mi mano por su costado hacia abajo, despacio, disfrutando de su piel erizándose al paso de mis uñas mientras sus dedos se enredan en mi pelo aún mojado. Me encuentro con el borde de su ropa interior y comienzo a desplazar mis dedos hacia el centro de su cuerpo, superficialmente por el borde de la goma, desesperándola e inquietándola. Su cuerpo sufre un pequeño espasmo cuando llego al centro, como si fuera consciente de que ahora solo me queda bajar y en un momento estaré dónde tanto desea. Pero no lo hago, en lugar de continuar, dejo que la goma de su braga golpee contra su pubis y sonrío al romper el beso. Ella detiene mi mano con un gesto rápido antes de que la aparte y vuelve a ponerla en el mismo lugar.

—Te la estás jugando —advierte amenazante.

—Y tú estás un poco ansiosa ¿no?

—Estás sacando tu lado perverso en un muy mal momento, Dakota, me puedo vengar.

—Asumo el riesgo —susurro acercándome a su oído y atrapando entre mis dientes el lóbulo de su oreja. El gesto le arranca un gemido que trata de controlar sin éxito, apretando mi mano contra su pubis—. Además, mientras más lo desees, más lo vas a disfrutar.

—Cuando metas la mano vas a comprobar que no te hace falta tanto paripé.

Además de arrancarme una risa, su comentario fue motivo suficiente para decidirme a dejar la tortura, suya y mía, y terminar de introducir la mano bajo su ropa interior. El cuerpo de Chiara vuelve a tensarse, pero en cuanto mis dedos rozan su humedad comprobando lo empapada que está, el mío hace exactamente lo mismo y un calor sofocante invade mi entrepierna. Jugueteo con mi lengua en su oído, estremeciéndola y comienzo a bajar con besos por su cuello, mientras mis dedos se deslizan del clítoris hacia abajo. Ella aprieta mi muñeca, como si ya no supiera en qué idioma decirme que deje de torturarla, que no aguanta más. Yo tampoco aguanto más. Introduzco un dedo en su interior, consiguiendo que su espalda se arquee y un gemido aún más grande sea expulsado de sus labios. Abandono su cuello porque quiero mirarla a la cara, quiero verla disfrutar. Ella vuelve a colocar ambas manos en mis mejillas y atrapa mi boca con desesperación, mordiéndome el labio inferior cuando mis dedos tocan alguna zona de su interior que le gusta demasiado. Entro y salgo de ella en un vaivén acompañado por sus caderas, un baile perfecto que parece incluso estudiado. Introduzco con cuidado otro dedo y mi pulgar conquista su clítoris con movimientos circulares mientras con los otros dos continúo entrando y saliendo. Su humedad corre por mi mano cada vez con más abundancia, está tan empapada, se mueve tan desesperada y me besa con tanto desenfreno, intentando ahogar sus gemidos en mis labios, que es su manera de decirme que ya está cerca, que no puede más.

Rompo nuestro beso y nos miramos a los ojos en el momento justo en el que las paredes de su vagina se estrechan en mis dedos, atrapándolos en su interior mientras un gemido imposible de controlar abandona sus labios. Observar su cara mientras siento una corriente de humedad deslizarse por mis dedos, es un orgasmo en sí mismo, y verla llegando al clímax es lo más excitante que he experimentado jamás. Ella respira pesadamente, intentando recuperar el aliento sin éxito.

—Y yo que creía que no podías estar más guapa —susurro.

Como si se hubiera recuperado por arte de magia y sin darme tiempo ni a reaccionar, nos hace girar y se coloca sobre mí, apoyando sus rodillas en la cama y atrapando mis manos a ambos lados de mi cabeza.

—Te quiero, Dakota.

9

Al abrir los ojos me invade esa desorientación tan común que sufrimos los seres humanos al despertar en un lugar nuevo. Por un momento no sé dónde estoy y la claridad que hay a mi alrededor me produce un ligero dolor de cabeza. Pero todo eso comienza a esfumarse en cuanto veo a Chiara a mi lado, desnuda y presa de un aparente y profundo sueño. Su expresión es tan relajada, que mi cuerpo sufre de manera automática esa misma relajación. Los recuerdos de la noche anterior comienzan a taladrar mi cabeza sin compasión. Bebimos, bailamos, nos bañamos en el río, nos besamos y… un intenso calor comienza a ascender por mi piel, al tiempo que un revoltoso hormigueo se instala en mi estómago. Suspiro y sonrío, al observarla tan plácidamente dormida, con esa expresión angelical que dista mucho de la que tenía anoche. Un escalofrío me recorre el cuerpo solo de recordarlo. No me puedo creer cómo terminamos. No puedo creer que haya pasado horas besando y acariciando cada rincón de su piel. Invadida por una incontrolable tentación, acerco mis dedos hacia su mejilla para rozarla suavemente y continuar descendiendo mis caricias hacia sus labios. Esos que hace muy poco estaban fundiéndose con los míos y con otras partes no tan visibles de mi cuerpo. Me muerdo el labio inferior. Está preciosa, incluso cuando duerme. Transmite tanta paz, que podría pasarme el día entero observándola, tratando de acompasar mi respiración con la suya y sin hacer nada más que eso. ¿Se puede saber qué estás haciendo conmigo, Chiara?

Me dijo que me quería.

Justo después de gemir contra mi boca y empapar mis dedos, me dijo que me quiere. Y no sé qué significa eso en realidad. Solo sé que ni siquiera me dio tiempo a responder, se abalanzó sobre mis labios para callarme antes de que pudiera pronunciar una palabra y comenzó a besarme y tocarme de tal manera, que no tardé demasiado en olvidar la frase. De esa manera me llevó al mejor orgasmo de mi vida. El único provocado por otros dedos que no fueran los míos propios. Había escuchado muchas veces que el sexo entre dos mujeres es más placentero. El argumento más extendido para respaldar dicha teoría es que nadie conoce el cuerpo de una mujer, como otra mujer. Tiene cierta lógica, pero creo que, para ello, las mujeres en cuestión deben haber experimentado consigo mismas previamente. Deben conocer su cuerpo y, entonces, con toda probabilidad, conocerán el de su compañera. La noche con Chiara ha sido la mejor noche que he pasado jamás, pero en este caso, creo que también tiene que ver con ella como persona. Con lo que ella me despierta y me hace sentir. Nunca había llegado al orgasmo con un hombre y anoche sentía que en cuanto sus dedos rozaran mi humedad, iba a explotar sin ningún esfuerzo. Prácticamente, así fue. Como si ya tuviera poca chulería encima, no le costó nada conseguir arrancarme un grito de placer a la muchacha. Disfruté tanto cada momento, cada caricia y cada beso, que ese final apoteósico, no fue más que la mejor forma de culminar una noche tan desconcertante como inigualable. Después estuve mirándola durante minutos, hasta que se quedó dormida entre mis brazos. Se veía tan cansada pero tan feliz, que ojalá pudiera guardar para siempre esa imagen en mi memoria. Ojalá nuestros ojos tuvieran implícita una cámara fotográfica que nos permitiera inmortalizar esos momentos trascendentales.

No sé qué hora debe ser ya, pero intuyo que no demasiado tarde. A pesar de que, cuando nos fuimos a dormir ya había amanecido, mi cuerpo es un despertador natural. No importa a qué hora me acueste, él siempre me hace madrugar. Y trasnochar. En definitiva, que va por libre y no tengo ni voz ni voto en el asunto. Ella, sin embargo, no parece muy por la labor de abrir los ojos todavía y no la culpo, su expresión continúa tan relajada que debe estar soñando con algo muy bonito. O a lo mejor no sueña nada y simplemente descansa. Sea como sea, me levanto con cuidado para no despertarla, aunque creo que, si cayera una bomba a su lado ahora mismo, ni se inmutaría.

Avanzo de puntillas para no hacer demasiado ruido. Vaya desastre hicimos en esta habitación anoche, por favor. Solo espero que las paredes sean bastante gruesas y sus vecinos de viaje no hayan escuchado nada. No me siento muy sexy volviéndome a poner el vestido con las pintas que debo tener ahora mismo, pero bueno, mejor eso que salir desnuda al pasillo y seguir tentando a la suerte. Antes de marcharme, echo un último vistazo hacia la cama para comprobar que no se ha movido ni un centímetro. Sigue ahí, ajena a cualquier pedazo de mundo que haya más allá del blanco y suave de sus sábanas.

Sonrío.

Y me marcho.

¤

Qué difícil debe ser vivir una vida con la que no te identificas. Levantarte cada mañana y sentir que eres como una especie de robot que ha llegado a automatizar tanto las tareas, que ni siquiera eres consciente de lo que estás haciendo. Abres los ojos y piensas «un día menos para el fin de semana», «un día menos para las vacaciones», te desperezas, preparas un café y una tostada o lo que sea que hayas desayunado ayer, y te vas a trabajar con desgana, deseando que llegue el fin de tu turno. O tal vez te quedas en casa, trabajando todavía más en sus labores, con el mismo hastío que el día anterior. He conocido personas con ese sentimiento en todos los países a los que he ido, y cuando hablábamos del asunto, no podía evitar sentir una especie de congoja interior o miedo. Me daba cuenta de que es tan delgada la línea que separa vivir de sobrevivir, que a veces temo llegar a ese punto de cruzarla sin darme cuenta. Porque ellos tampoco lo hicieron. Ni siquiera se enteraron. Un día eran estudiantes llenos de sueños y ganas de comerse el mundo y otro día, su vida se había convertido en una monotonía. Así, sin avisar. No quiero decir que la estabilidad sea mala, que ese tipo de vida no sea válida, pero creo que hay personas que no están hechas para vivir de esa forma. Y esas personas, cada vez que abren los ojos al despertar, se sienten enjauladas. Porque te podrás acostumbrar, podrás ir llenando vacíos con cosas más o menos importantes, con pasatiempos, pero siempre habrá un momento del día en el que no puedas huir, en el que estés a solas contigo misma y una parte de ti, truene y te grite que no, que no encajas, que esa no es tu vida, o, al menos, no toda tu vida.

Un día menos para el fin de semana, un día menos para las vacaciones… un día menos de vida. Ese debe ser el primer pensamiento que invade la mente de Chiara al despertar cada mañana. Pero ¿cuál sería antes? Antes de todo esto. Cuando todavía no era consciente de su enfermedad y abría los ojos en una casa llena de comodidades, ajena a lo que estaba ocurriéndole por dentro. ¿Qué sentía cada día, antes de su primer café? Solo ella puede saberlo, al igual que esas personas disconformes con su presente y resignadas con su futuro. Hay algo que diferencia a Chiara de toda esa gente con la que me he cruzado; su espíritu es rebelde por naturaleza y al contrario de lo que ella misma pueda decir, no creo que hubiera aguantado mucho más tiempo en esa jaula de cristal. No creo que el cáncer haya sido su motivo, creo que fue su excusa. Y de no haber enfermado nunca, tarde o temprano, hubiera escapado de esa realidad que la alejaba de sus sueños. Porque una persona como ella no puede resignarse. Porque aquí está, atravesando Rusia en tren y compartiendo viaje con una chica a la que acaba de conocer.

—No creía que fueras de las que se marchan al amanecer. —El susurro de su voz a mi derecha me sobresalta y aparto la vista del paisaje para mirarla—. Sin beso de buenos días ni nota de despedida.

Sus ojos azules se ven especialmente bonitos con el reflejo del atardecer y ese brillo cargado de picardía que los invade. ¿En qué momento llegó y se sentó a mi lado? Estaba tan ensimismada en el recorrido y en mis pensamientos, que ni siquiera la escuché.

—Soy precisamente de esas —confirmo sonriendo—, pero este no fue el caso. Me desperté demasiado temprano y tú dormías tan profundamente que me supo mal comenzar a dar vueltas y terminar despertándote.

—Tranquila, que podrías haberte puesto a saltar en la cama y ni me habría inmutado.

—Ya lo sé para la próxima.

—Oh —Sus ojos se abren para, a continuación, entornarse y sonreír con picardía—, ¿ya estás planeando la próxima? Y yo que venía con miedo de encontrarte arrepentida.

—Nada más lejos de la realidad.

—Es bueno saberlo.

Nos quedamos mirando durante un instante, sonriendo como dos adolescentes idiotas y con esa sensación interna de estar frente a la persona que te gusta, saber que tú también le gustas a ella y tener claro que cualquiera que nos mire ahora mismo se daría cuenta de lo que está pasando, porque la cara de tontas nos delata.

De repente, se levanta para dirigirse al otro sillón, dejando tras de sí un aroma a colonia infantil que me hace intuir que acaba de ducharse. Si eso significa que también acaba de despertarse, ha dormido demasiadas horas. Se sienta frente a mí, mirando por la ventana y haciéndome recordar en el acto el momento en el que nos conocimos. Sonrío y no puedo evitar negar con la cabeza porque, ¿quién me iba a decir entonces, que nuestras vidas darían este giro tan inesperado y que días más tarde iba a estar aquí, en el mismo lugar, en la misma posición, mirándola igual de hipnotizada, pero sin los nervios de ser descubierta? Al contrario, con una tranquilidad pasmosa.

—¿Cuántas horas llevamos de viaje? —pregunta, girándose para mirarme y encontrarme observándola atontada.

—No lo sé, pero hasta pasado mañana no llegamos a la siguiente ciudad.

—Dos días en el tren. Es el tramo más largo.

—Tendremos que buscar cómo entretenernos. —Me encojo de hombros y ella sonríe.

—Se me ocurren un par de ideas.

Esta vez soy yo quien sonríe mientras niego y regreso la vista hacia la ventana. Sin embargo, no dejo de sentir su mirada sobre mí en ningún momento.

—Oye, Dakota, lo que te dije ayer, me gustaría aclararlo

—Capta de nuevo mi atención y la miro algo confusa—. Eso de que te quiero.

—¿Eso de que me quieres? —pregunto dejando escapar una risa mientras frunzo el ceño.

—Sí. No quiero que te asustes, porque fue en un momento quizás poco adecuado y todo era muy intenso y sabemos tu afición a huir de los lazos y todo eso. Pero no quiero que te lo tomes tan en serio. O sea, sí, fue en serio —corrige torpe y nerviosa—. Lo dije porque te quiero. Entre nosotras existe un cariño evidente y eres la unión más fascinante que he tenido con alguien a lo largo de mi vida, pero no lo tomes más allá de eso, ¿vale? No tengo tiempo para darle vueltas a las cosas y la verdad es que no quiero dárselas. No lo necesito. En ese momento era todo lo que sentía y quise decirlo. Pero no te asustes, ¿vale? No salgas corriendo.

—Lo tengo un poco difícil hasta dentro de dos días, ¿no te parece?

Ella frunce el ceño.

—Sabes a lo que me refiero.

—Chiara, no estoy asustada —aclaro con una sonrisa que parece tranquilizarla en el acto—. Por si no te has dado cuenta, no quiero huir de los vínculos desde que tú eres dicho vínculo. Tardé un poco en enterarme, pero nada más.

—¿Un poco solo? Tendrás cara. Tuve que rogarte, Dakota, literalmente. Casi me pongo de rodillas para que me dieras un beso. ¿A ti te parece normal?

—¿Y yo qué culpa tengo de que no hables claro y te dediques a confundirme? —Me encojo de hombros—. Además, sabes que eso no es verdad. Solo… bueno, lo de anoche fue…

—Apoteósico.

—A veces no sé cuál de las dos se dedica a escribir —Frunzo el ceño con ironía—. También fue confuso. Al contrario de lo que hayas estado insinuando desde que nos conocimos, nunca me había sentido atraída por una mujer. Nunca. Pero tampoco he sentido algo parecido por un hombre jamás.

—¿Y eso es un problema?

—En absoluto. Solo es curioso y algo confuso. En la vida real las cosas suceden más despacio, pero tú y yo, es como si estuviéramos en un *reality show* de encierro. Todo es muy rápido y muy intenso y muy…

—¿Y real?

Detengo mi discurso con su pregunta y la miro fijamente durante algunos segundos.

—Sobre todo, real.

—Entonces no creo que debamos hacernos más preguntas.

—Bueno, las preguntas ahora me las estoy haciendo yo. Tú ya pareces muy tranquila. Vaya manera de darle la vuelta a la tortilla.

—¿Después de saber que no estás asustada? Es lo único que me preocupaba, Dakota, que las cosas fueran a cambiar entre nosotras. Si hay algo que me fascina de nuestra relación es la complicidad que hemos logrado en tan poco tiempo. Hay gente que no lo construye ni en años. No sé si esto estaba escrito en alguna parte, nunca he creído mucho en esas cosas del destino, pero tampoco creo en las casualidades. Me gusta pensar que las decisiones que tomamos son un amplio abanico de posibilidades y que, si nos arriesgamos a seguir nuestro instinto, por muy incierto que sea el camino, en algún momento encontraremos una recompensa. Esta es mi recompensa. Esta conversación, la noche pasada y cada momento que compartimos en este viaje.

—Un viaje en tren a través de la vida.

—Ese podría ser el título de tu próximo libro.

—Podría.

Una simple frase que resume lo que el Transiberiano está resultando ser. Es curioso, porque avanzar por los raíles de una vía de tren es algo completamente monótono. Apenas se perciben las curvas, no hay cambios de dirección, ni adelantamientos y tampoco demasiados sobresaltos. Es un viaje en línea recta, sencillo y directo. Sin embargo, a mí me parece estar subida en la montaña rusa más grande de la historia.

—Hablando de tus libros; acabo de comprarme otro —Informa, sorprendiéndome y mostrando su dispositivo de lectura electrónico.

—¿Cuál?

—«Acuérdate de volver»

Escuchar ese título trae a mi rostro una sonrisa automática.

—Es mi favorito —Ahora es ella quien expresa sorpresa—. ¿Sabes por qué le puse ese título?

—No, pero me encanta este privilegio de tener información vip de la mano de la mismísima autora. ¿Por qué?

—Es algo que me dice mi abuela cada vez que nos despedimos, cuando me voy o cuando hablamos por teléfono; «Acuérdate de volver, hija» Esta historia creció alrededor de esa frase y tiene mucha importancia en ella.

—Así terminas el prólogo. Es lo último que le dice Cris a Ana en la puerta de su casa. Leí la sinopsis antes de comprarlo y el prólogo en cuanto lo descargué, pero estoy muy intrigada con algunas cosas que no me quedan claras todavía. ¿Por qué parece que Ana está enfadada con ella antes de irse? ¿Por qué tanta frialdad? ¿Y quién es Cris, exactamente?

—Tuvieron una discusión importante. Lo leerás muy al principio, la propia Ana lo explica y también explica quién es Cris en uno de mis fragmentos favoritos: *«Estoy segura de que fuimos amigas desde que mi madre puso su panza junto a la de Carmen para medir cuál de las dos crecía más rápido. A partir de ese momento, no nos separamos. Hasta aquel día. El día que me fui»*

—O sea que, Ana y Cris eran prácticamente como hermanas. Ana se marcha y por lo que intuyo, conociéndote, no vuelven a hablar hasta que, por motivos que aún desconozco, se ve obligada a volver.

—Algo así —Sonrío ante su resumen y su expresión de medio enfado.

—Vale, pues voy a averiguar cuáles son esos motivos y por qué te largas cabreada con tu mejor amiga y no le vuelves a hablar en años. Creo que me va a caer un poco mal esta protagonista. Ya lo estoy viendo venir.

—Suele ocurrir al principio, pero cambiarás de opinión.

—Ya veremos —Alza una ceja no muy convencida y vuelve la vista hacia su lector electrónico—. Te mantendré informada.

Me quedo mirándola mientras comienza a concentrarse en la lectura y mi corazón aumenta el ritmo de sus latidos sin previo aviso. Nunca pensé que una imagen como esta fuera a gustarme tanto. Es la primera vez que alguien se sumerge en una de mis novelas delante de mí y eso, en cualquier otro caso me pondría nerviosa e intimidada, pero que esa persona sea Chiara, lo vuelve fascinante. Va a conocer a Ana y con ella, una parte de mí algo escondida. Es una chica que dejó atrás todo eso que yo nunca he querido construir, pero que, en el fondo, muchas veces he extrañado. Esos vínculos tan famosos que a veces nos asustan pero que necesitamos. Somos seres sociales y nos guste o no, en algún momento todos queremos cariño, comprensión y personas que, más lejos o más cerca, nos hagan sentir que no estamos solos en esta locura de vida.

¤

—¡Pero bésala ya, por dios!

Su exclamación me obliga a apartar la vista de la ventana y mirarla perpleja. Desde hace bastante rato, en este vagón solo había silencio.

—¿Quién tiene que besar a quién?

—Cris a Ana. O Ana a Cris. —Asciende la vista y se encoge de hombros—. El orden de los factores no altera el producto.

—¿Estás emparejando a mis protagonistas? ¿Desde cuándo?

—Desde que a ti te dio por hacerlas tan cómplices y llenas de química. Vamos, Dakota, sé que vas a hacer un *Queerbaiting* peor que el de *Rizzoli & Isles, Xena y Gabriell, Buffy y Faith* o… ¡por dios! ¡*Pitch Perfect*! Pero no me lo podrás negar, entre estas dos hay fuegos artificiales.

—¿Qué demonios es eso de *Queerbaiting*?

—Pues, precisamente, lo que los directores hicieron en todas las series y película que te acabo de mencionar. Crean una química apabullante entre dos personajes del mismo sexo, en estos casos femenino, y nunca llega a pasar nada entre ellas. Pero el subtexto está ahí, todas lo vemos. A veces más evidente y otras más disimulado como… Bueno, no, entre todas estas saltaban chispas. —Zarandea el libro frente a mí—. Igual que entre Ana y Cristina.

—En las otras no te lo niego, el tema de Beca y Chloe es para dar de comer aparte, pero Buffy y Faith eran enemigas. O algo así.

—Sí, claro, y Spike era el amor de su vida. —Ríe irónica—. ¿Viste el capítulo en el que las dos están luchando en la mansión de Ángel y se quedan mirando fijamente cuando el cuchillo de una roza el cuello de la otra? —Asiento. Es tan friki como yo—. El beso que Faith le da en la frente antes de salir corriendo, iba a ser en los labios, pero al final los productores dijeron que no y quisieron consolar al mundo con ese fraude. ¿Y el corazón que le dibuja en la ventana? ¿Y la escena en la que sin venir a cuento están haciendo la cama de Buffy? Faith era una chica mala, al igual que Spike, y estoy segura de que, si hubiera sido un hombre, la historia habría seguido otro rumbo. De hecho, Buffy se acuesta con una chica en los comics de la octava temporada.

—Te veo informada y bastante afectada con el asunto —me burlo—. Y puede que tengas razón, pero no es el caso de Cris y Ana. O al menos no lo hice con esa intensión. Mejor dicho, no lo hice conscientemente. No quería desarrollar una historia de amor en esta novela. No de amor romántico.

—Pues deberías escribir la segunda parte.

—Ya estamos. —Ruedo los ojos sonriendo—. Termina de leerlo, anda.

Ella me guiña un ojo y desciende la vista hacia el libro.

—Me gusta mucho esta escena —Vuelve a mirarme.

—¿Cuál?

—Están en la cueva, mirando las cosas que guardaron en aquella caja para abrirla cuando tuvieran treinta años. Cris le dice que nunca quiso cortarle las alas, pero que ahora, al verla después de tanto tiempo, no sabe hasta qué punto el vuelo la ha hecho feliz. Ella le responde que a veces nos empeñamos tanto en buscar lo ideal, que dejamos atrás lo verdaderamente importante. Y que no, que no ha encontrado lo que buscaba, porque siempre tuvo al lado todo lo que necesitaba. Dime que esta conversación no es una declaración de amor, Dakota, por dios.

—No lo sé, Chiara. Se refiere a su pueblo, a su vida allí y también a Cris, claro. Ana era muy ambiciosa y tenía una idea de felicidad algo distorsionada. Ni siquiera se fue para estudiar algo que le gustara o cumplir sus sueños, solo quería vivir en una gran ciudad y ser una mujer de éxito. Da igual cómo. Y lo consiguió.

—Y un cuerno. Consiguió convertirse en una estúpida prepotente y cobarde, que prefería vivir una mentira a enfrentarse a sí misma y tuvo que volver a casa para comenzar a recordar quien era.

—Y quién, en el fondo, sigue siendo.

—Bueno, eso aún está por verse —concluye, volviendo a la lectura.

—Gruñona.

Alza la mirada de nuevo y su semblante se relaja al dedicarme una sonrisa.

—Llevas horas mirando por la ventana y ya no se ve casi nada porque está muy oscuro, ¿no te aburres?

—No. Me relaja saber dónde estoy. Además, miro el paisaje oscuro a ratos y a ratos te miro a ti, concentrada leyendo uno de mis libros. No se me ocurre algo más interesante y perfecto que eso.

—¿Quieres apostar? —pregunta con picardía, consiguiendo arrancarme una sonrisa y subirme los colores mientras vuelvo al cristal y niego resignada—. Sonrojarte es muy fácil de conseguir, Dak.

—No, no es fácil. Tú tienes un máster en ello.

Su risa es lo último que escucho antes de verla, a través del reflejo, volver a sumergirse en la historia. Es tan expresiva, que a ratos me adentro con ella, aunque no sepa ni por qué parte debe ir. Sonríe, frunce el ceño, se lleva la mano a la boca asombrada. Es como estar viendo una película de cine mudo. En algunos momentos he tenido la tentación de sentarme a su lado y seguir la lectura a su ritmo, pero entonces me perdería el poder mirarla así.

¤

—Volvió —susurra, consiguiendo que me gire y la descubra

mirándome con los ojos vidriosos. —Esto sí que no me lo esperaba.

Chiara acaba de terminar el libro. En tan solo unas horas lo devoró por completo y la sensación que tengo mientras la observo emocionada, es una mezcla de satisfacción por haber conseguido tal cosa y congoja al ver sus ojos llorosos.

—¿Por qué no?

—Porque le ofrecieron el ascenso que tanto quería, se fue de nuevo y... te juro que estaba leyendo la última escena y me hiciste creer que conducía camino a la empresa.

—Pues no —le sonrío—. Conducía de regreso a casa.

—Y ese momento en el que Cris alza la vista y la ve, ¡Dios mío! Creo que yo sonreí igual de tonta que ella. ¿Y ahora qué va a pasar? ¿Ves? Lo dejaste perfecto para escribir una segunda parte.

—¿No crees que ya entendió lo que tenía que entender?

—Eso es lo que más me gusta de tus historias. Al menos en las dos que he leído, no creas drama gratuito, todo lo que sucede es para extraer algo. Me encanta. Y esta me llegó especialmente. Ahora entiendo que sea tu favorita.

—¿Te gustó más que «Las huellas del camino»?

—Ambas me han gustado mucho, por diferentes motivos, pero con esta me he sentido muy sumergida. Creaste a esas dos mujeres de una manera fascinante y me alegro muchísimo de que hayan sido solo ellas durante toda la historia. Sin parejas. Solo dos mujeres fuertes, luchando por conseguir lo que desean en un mundo de hombres. Aunque sigo pensando que están enamoradas y que deberías escribirlo.

—O también puedes imaginar que Ana se une a Cris en el manejo de su escuela de surf, como alguna vez soñaron y... ¿Quién sabe? Entre ola y ola...

—¡Cállate, Dakota! —me interrumpe y ambas nos echamos a

reír. Poco a poco, la risa se va calmando, dando paso a un cruce de miradas tan intenso como siempre, pero con una complicidad mayor que nunca—. ¿Quieres cenar conmigo esta noche?

—Ese era el plan.

—Te estoy pidiendo una cita, imbécil.

—Vaya, pues que poco te duró el romanticismo —Ella frunce el ceño mientras sonríe y niega—. Me encantaría.

—¿Nos vemos dentro de media hora en el restaurante? Quiero dejar esto y cambiarme de ropa.

—¿Ya tienes hambre? —pregunto perpleja.

—No he comido en todo el día, ¿sabes? Yo creía que ibas a tener el gesto romántico de llevarme el desayuno a la cama, pero me quedé con las ganas.

—A la hora del desayuno estabas en el quinto sueño, guapa. Y por lo visto a la de comer también.

—Sí. Cuando me desperté, solo tuve tiempo de ducharme, buscar tu libro, comprarlo y venir a buscarte. Luego se me olvidó comer por tu culpa —finaliza, alzando el libro.

—Ya veo. Pues nos encontramos dentro de media hora en el restaurante.

—Trato hecho —Me guiña un ojo mientras sonríe y se levanta para marcharse.

La observo abandonar el vagón sintiendo como un hormigueo crece en el interior de mi pecho. No sé si esto es lo que deben sentir los adolescentes cuando pierden la cabeza por alguien, y digo adolescentes porque creo que es una etapa en la que todo se vive con más intensidad que nunca, pero desde luego, si es similar a esto, no me extraña que la pierdan.

Decido ponerme en marcha yo también para cambiarme de ropa. Cuando salí de la ducha esta mañana, me puse mi sudadera favorita y un pantalón tejano de lo más normal. No es que vayamos a un restaurante muy sofisticado, de hecho, no nos vamos a mover del tren y llevamos toda la tarde juntas con estas pintas, pero el hecho de que haya mencionado la palabra «cita» le otorga a la noche de hoy un sentido diferente. Hemos estado cenando juntas cada día desde que nos conocimos, pero es la primera vez que vamos a hacerlo después de lo que pasó entre nosotras. Y con la tontería que ha habido entre ambas durante toda la tarde, me siento… no sé, como un flan, básicamente.

Unos leggins negros, una camiseta blanca, chaqueta vaquera y mis botas, me parece un conjunto adecuado para la ocasión. Arreglada, pero informal y cómoda. Me aseguro de tener el pelo en condiciones y me retoco un poco la línea de los ojos. Dejo escapar una gran bocanada de aire frente al espejo y, ahora sí, lista para emprender la marcha.

Mientras camino por los pasillos del tren, mis nervios aumentan. No lo entiendo, llevo solo media hora sin verla y mi corazón late tan deprisa que parece que estoy a punto de enfrentarme a algo terrible. Pero, en realidad, es una sensación de nervios buena. De hecho, creo que no es la primera vez que la siento, aunque sea ahora cuando le veo algo de sentido. Mi cerebro se anticipa, sabe que estoy a punto de verla y comienza a enviarme los mismos estímulos que se dan cuando alguno de mis sentidos la percibe.

Al llegar al restaurante, todavía no hay rastro de ella y, a decir verdad, el lugar está bastante completo. Por suerte no hay demasiado ruido y creo que podremos cenar tranquilas. No obstante, el pensamiento de que esto podría no estar ocurriendo, asalta mi cabeza cuando veo a esos pasajeros cenar tranquilamente. Yo podría haber seguido en la línea de siempre y hacer la ruta del transiberiano de una manera más real, esa que todo el mundo conoce y que es mi manera habitual de viajar; mochila al hombro e ir cambiando de tren, durmiendo en vagones compartidos si el trayecto es nocturno o en hostales si me quedo a visitar la ciudad, compartiendo camino con la gente local e incluso trabajar a cambio de hospedaje, comida o algo de dinero para seguir viajando. Sin embargo, cuando planeé este viaje, decidí ahorrar durante años para hacerlo en esta especie de crucero de lujo. Habitación propia, baño propio, mucha tranquilidad y mucho tiempo para escribir. Quería pasarme horas y horas sumergida en la escritura y sabía que eso no iba a conseguirlo en un tren lleno de ruido o empujones, donde tuviera que utilizar el portátil de almohada para no amanecer sin él. Si hubiera optado por esa opción, no estaría aquí, a punto de cenar con Chiara. Jamás la hubiera conocido. Quizás me la habría cruzado en alguna ciudad, sí, pero seguramente no nos hubiéramos dirigido ni una palabra. Tal vez nos hubiéramos mirado, sonreído como mucho, ella seguiría su ruta y yo la mía, sin llegar a saber lo importante que hubiera podido ser para mí. El corazón se me encoje al pensarlo. No me había dado cuenta hasta ahora, pero fue la escritura quien me trajo hasta ella.

—Qué suerte —murmuran a mi espalda—. Voy a tener la compañía más guapa e interesante del lugar.

Me giro y la descubro, por supuesto, a ella, unos pasos por detrás de mí, apoyada en la pared contraria, con los brazos cruzados bajo su pecho y una postura de chulería que sinceramente, me encanta. Lleva puesta una chaqueta de cuero negra sobre una camiseta blanca y unos pantalones vaqueros. Tiene una mezcla de elegancia, sensualidad y rebeldía, que me vuelve loca.

—Te aseguro que no.

Sonríe con una mezcla de agradecimiento y misterio, incorporándose para acercarse.

—¿Tienes hambre?

—Empiezo a tenerla.

—Entonces vamos —ordena comenzando a caminar por delante de mí—, que tenemos una mesa reservada.

—¿Desde cuándo? ¿En qué momento hiciste la reserva?

—Cuando me fui a la habitación. Supuse que esto estaría a tope y no quería que nos quedáramos sin cenar.

—Chica lista.

Llegamos a la altura de un camarero que nos dirige hasta nuestra mesa en cuanto ella le da su nombre. O tenemos mucha suerte, o la propia Chiara eligió previamente el lugar exacto en el que quería sentarse, porque el hombre nos conduce hacia un pequeño rincón junto a una de las ventanas, muy cerca de la chimenea eléctrica, que no sé si es de adorno o realmente funciona, pero le da un toque muy romántico al ambiente.

Nos sentamos y no puedo evitar distraerme con el paisaje. Ahora mismo debemos estar pasando junto a un río o un lago. Lo único que se ve al otro lado de la ventana, es el reflejo de la luna sobre el agua, pero bueno, ya es bastante más que en las últimas horas en las que todo se veía negro, salvo cuando atravesábamos alguna ciudad. Aun así, me sentía cómoda mirando a la nada.

Regreso la vista hacia Chiara, que parece haber estado observándome desde que nos sentamos, porque tiene el codo apoyado sobre la mesa, la barbilla descansando en su propia mano y cara de estar intentando analizarme.

—Tienes los ojos más bonitos que he visto en mi vida —comenta, así, sin más.

—Le dijo al sartén al cazo —respondo entre risas—. ¿Tú te miras al espejo?

—Te lo digo en serio. Cuando te conocí pensé que tenías una

mirada muy bonita. Tierna y desconfiada a partes iguales, pero ahora tienes un brillo distinto. Especial e intenso, es incluso inspirador y…

—Es el brillo que provoca estar mirándote a ti, Chiara.

Sus palabras se cortaron de golpe y su expresión pasó directa al asombro. No me extraña, porque en mi vida he dicho una cursilería tan grande como esa. Pero esta vez no me sonrojo ni me avergüenzo. Bueno, un poco sí. Pero es exactamente lo que siento y por muy cursi que suene, callarlo no hará que dejé de ser cierto. Ella sonríe y yo respondo de la misma manera. Estoy segura de que podríamos quedarnos así durante minutos, mirándonos la una a la otra sin necesidad de decir nada. Sin sentirnos incomodas y disfrutando del momento, pero lamentablemente, el mundo no se detiene por nosotras, continúa su curso y el camarero vuelve a hacer acto de presencia para traernos la carta y apuntar la bebida.

—¿Vino? —me sugiere ella. Asiento a modo de respuesta y después de anotar sus indicaciones, el hombre se marcha de nuevo—. ¿Qué te apetece cenar?

—Pizza.

—¿En serio? —Sonríe sorprendida y yo me encojo de hombros.

—No serás lo suficientemente importante en mi vida hasta que hayamos comido pizza juntas.

—Mira tú qué bien. Y yo que creía que arrancarte orgasmos era la clave.

—¡Chiara! —Le lanzo la servilleta a la cara a modo de protesta, pero no puedo controlar la risa nerviosa y ella lo sabe.

—Muy bien, pues pedimos pizza.

Su expresión de niña inocente mientras se encoge de hombros y abre la carta dispuesta a buscar opciones, me obliga a negar e imitarla.

—¿Cuál suele gustarte? —pregunto, tras leer la lista de pizzas.

—Todas.

—Bien —ambas emitimos una risa nada discreta—, pues va a tener que decidir el camarero por nosotras.

—¿Qué te parece una Regina? —Leo de manera fugaz los ingredientes en inglés y alzo la vista para confirmarle, asintiendo, que me parece una buena opción—. Decidido. ¿Ves? Nadie tuvo que ayudarnos.

El camarero regresa en el momento justo, trayendo consigo la botella de vino, pero la expresión de Chiara se torna confusa cuando comienza a servir nuestras copas. No obstante, al terminar, le indica la pizza que queremos compartir y él vuelve a desaparecer. A continuación, la veo quedarse pensativa mientras observa su copa, cosa que me extraña.

—¿Todo bien?

—Sí —Alza la vista para mirarme—. ¿Nosotras pedimos vino?

Ahora soy yo quien se confunde. Por un momento creo que me está vacilando, pero no, su mirada es interrogante.

—Pediste tú la botella hace unos minutos.

—Estoy perdiendo la cabeza —Sonríe, sacudiendo la misma—. Mira cómo me tienes.

—Va a ser verdad eso de que estás intentando quitarle el papel a Dory.

—Te lo dije. Y yo nunca miento.

Choca nuestras copas sin que yo haya cogido la mía todavía y bebe un sorbo mientras me mira fijamente y alza las cejas. Imito su gesto, frunciendo el ceño, no muy convencida del desvío que tomó la conversación.

—Bueno, en realidad te mentí una vez —La confesión me hace abrir enormemente los ojos—. O, más bien, hay información que nunca te he contado.

—¿Y a qué esperas para hacerlo?

La intriga se apodera de mí en ese momento previo en el que no sabes si lo que te van a contar es algo bueno o malo.

—Siempre has dado por hecho que nos conocimos el día que llegamos a Novosibirsk, pero no fue así. Yo ya te había visto antes de sentarme frente a ti. Mucho antes —Frunzo el ceño, sin saber muy bien qué decir, pero esperando que continúe—. Creo que la primera vez fue a las pocas horas de salir de Moscú. Caminaba por el pasillo, cotilleando los vagones a ver en cuál me sentaba y tú estabas en el de siempre, mirando hipnotizada la pantalla de tu ordenador. No le di mucha importancia, pero algo me llamó la atención, porque horas más tarde volví pasar y seguías exactamente en la misma posición. Lo más curioso, es que yo me acordaba de haberte visto antes. Al día siguiente ocurrió lo mismo y al otro…y al otro.

—Vaya —susurro, un poco sorprendida.

—Sí, despertaste mi curiosidad.

—Pues no lo entiendo. ¿Qué tiene de interesante una chica que, día tras día, mira pasmada un documento en blanco?

—No lo sé, una corazonada tal vez —Se encoje de hombros con una sonrisa—. Te veía siempre ahí, sola, con la mirada perdida en la ventana o en tu ordenador. A veces me quedaba en la puerta mirándote y ni te inmutabas. Era tan gracioso como irritante. Siempre me pregunté qué tanto estarías pensando y un día, sin planteármelo mucho, decidí sentarme frente a ti, a ver qué pasaba.

—Y yo pensando que ese día había llegado al punto del acoso cuando me quedé atontada mirándote. Pero resulta que tú llevabas días haciendo exactamente eso.

—La diferencia es que yo sí me di cuenta de la cara de idiota que se te quedó en cuanto me viste. Sin embargo, tú estuviste un poco más lenta, cariño.

—No te pases. Que habías interrumpido mi concentración y estaba indignada.

—¿Tu concentración contando los pixeles inexistentes de las palabras invisibles que había en la pantalla?

—Exacto. —Ambas sonreímos, mientras ella niega resignada y yo vuelvo a beber un sorbo de vino—. Antes de que llegaras, estaba pensando en lo que hubiera pasado de haber decidido hacer la ruta a la antigua usanza. O más bien, en lo que no hubiera pasado.

—¿Crees que no nos hubiéramos conocido?

—¿Tú sí?

—¿Quién sabe? —Se encoge de hombros—. Estando en el mismo país tampoco hubiera sido muy difícil. Viajaríamos a las mismas ciudades, al fin y al cabo, aunque fuera de forma distinta. De hecho, creo que es el cáncer, el responsable número uno de que estemos aquí esta noche.

—Eso sí que no pienso agradecerlo.

Escuchar esa palabra todavía consigue ponerme en tensión. Su naturalidad al mencionarlo, mientras bebe vino despreocupada, continúa chocando con mi estado de inquietud al pensar en ello.

—Quiero decir que, tanto tú como yo, hemos tomado una serie de decisiones que nos han traído hasta aquí. Da igual que los motivos puedan ser más o menos ¿agresivos? —Vuelve a encogerse de hombros y entorna los ojos, dándome a entender que no era esa, exactamente, la palabra que buscaba—. El caso es que estamos aquí, Dakota. Y eso tengo que agradecerlo.

—¿Por qué?

Una enorme, humeante y aparentemente deliciosa pizza, es colocada en el centro de la mesa, consiguiendo hacerme olvidar al instante cualquier pregunta sin responder. La pizza es mi debilidad. Creo que podría vivir eternamente a base de ellas. Con su queso fundido y sus infinitos ingredientes mezclados. A veces no sé ni lo que estoy comiendo, solo sé que el sabor es irresistible. Ambas atacamos el plato como si alguien fuera a venir para arrebatarnos la cena y reímos justo antes de dar el primer mordisco. Acto seguido, la imagen de Chiara se vuelve borrosa a causa de la humedad que invade mis ojos. Acabo de quemarme el paladar de una forma muy absurda y en cuanto consigo recuperar la visión me doy cuenta de que a ella le pasó lo mismo. Desesperadas.

—¡Qué tortura! —exclama tratando de abanicar su propia boca.

—El humo tendría que haber conseguido que nos lo pensáramos dos veces.

—Ya ves. Pero a nosotras nos pone el riesgo.

Al alzar ambas cejas de forma sugerente y continuar comiendo como si tal cosa, me obliga a preguntarme; ¿alguien puede ser sexy comiendo pizza?

Sí, Chiara.

—Por cierto ¿cómo va el tema? Ya ha llamado a tu puerta la inspiración.

—No, pero en este momento no me preocupa demasiado. Creo que llevo días sin darle vueltas al asunto. De vez en cuando abro el archivo y lo dejo ahí, a la vista, por si acaso, pero la verdad es que ahora mismo no podría concentrarme en escribir una historia.

—¿Eso quiere decir que estás viviendo tu propia historia?

—Probablemente —Le sonrío—. Tal vez en unas semanas o meses extraiga lo que necesito y, ¡pum!, surja lo que busco.

—Me gusta esa filosofía.

A veces hay que dejar la vida fluir. Pablo Picasso decía; «cuando llegue la inspiración, que me encuentre trabajando» Esa frase es un motor para todo artista, es la forma de recordarnos que la creatividad, al igual que cualquier otra habilidad, hay que cultivarla, ejercitarla. La única forma de ser productivos es trabajando, dedicando tiempo a aquello que queremos conseguir, porque cuando nuestra mente está enfocada en su totalidad hacia ello, todo a nuestro alrededor se vuelve útil, inspirador. Siempre he trabajado de esa forma, sentándome a escribir cualquier cosa, viajando y leyendo para cultivarme. A veces han surgido historias y, otras veces, verdaderas porquerías que no llegan a ninguna parte. Pero en este momento, siento que debo parar, dejarlo fluir. Como me dijo Chiara hace unos días; «cuando tengas algo que contar, simplemente, cuéntalo» Ahora mismo sé lo que no quiero contar, lo que no quiero escribir. Ese fue el primer paso, el que me hizo embarcarme en la aventura del Transiberiano. Tengo un millón de cosas rondando por mi mente y sé que se acerca ese momento clave en el que voy a necesitar vomitar, expulsar cada una de ellas. Entonces, llegará esa corriente imparable que me lleva a crear mundos. Pero ahora, solo quiero disfrutar este viaje. Vivirlo al máximo, con ella. Para el resto, ya habrá tiempo.

La aparición en escena del chico de la otra noche, el que apuntó su teléfono en mi mapa, consigue detener el camino que un trozo de pizza estaba haciendo hacia mi boca y capta la atención de Chiara, que se sorprende cuando el muchacho apoya su mano en nuestra mesa y se inclina con una sonrisa radiante para hablarle más cerca. Ella también le sonríe y, a continuación, él se arrodilla para continuar hablándole. Le acaricia el brazo en un gesto inocente que, por algún motivo, me incomoda y logra tensar todo mi cuerpo. No tengo ni la más mínima idea de lo que hablan, porque soy incapaz de oír nada. Se sonríen el uno al otro y la risa de Chiara hace acto de presencia. No la escucho. Lo único que puedo escuchar son estos pensamientos taladrándome el cerebro, pero sus gestos me hacen adivinar su risa y a él se le cae la baba al verla. Es tan endemoniadamente guapo, que ambos podrían protagonizar portadas de revistas y pertenecer a las listas de las parejas más bellas del mundo. Seguro que así sucedía con su novio, exnovio, ex prometido o lo que quiera que sea. Una sensación muy extraña me recorre por dentro, es diferente a la que sentí anoche, al verla bailando en la discoteca, pero es muy similar a la noche anterior, cuando vine a buscar agua y descubrí que estaba aquí, con él. No lo entiendo, pero no me gusta nada.

Me levanto para ir al baño y ella me mira confusa en cuanto me disculpo. Intento dedicarle una sonrisa lo más real posible y me alegro de no tener un espejo delante, porque intuyo por su expresión y mi sensación, que me debió salir una mueca bastante interesante. De igual manera abandono la mesa mientras ellos continúan la conversación y cruzo el restaurante para ir a los baños comunes del tren. En realidad, hace rato que el vino estaba queriendo abandonar mi vejiga urinaria y no pude haber encontrado mejor momento.

La imagen que me devuelve el espejo cuando alzo la vista mientras el agua del grifo corre por mis manos, está muy lejos de lo que me esperaba encontrar. Una chica que se parece a mí, con el ceño fruncido y la mandíbula contraída, me lanza una mirada llena de desconcierto y algo de rabia. —¿Qué te pasa, Dakota? Tú nunca has sido celosa. Y, sinceramente, Chiara puede hacer lo que le dé la gana. Sí, anoche nos acostamos, pero ¿qué significa eso en este momento de su vida? Ni siquiera hemos abordado el tema de una forma clara, más allá de dos tonterías y coqueteos. Y yo no tengo que crearme expectativas de ningún tipo. Ambas somos adultas y tú estás más que acostumbrada a no volver a ver a las personas con las que te acuestas— Dios, si ni siquiera sé lo que quiero. Solo sé que esta sensación me abruma.

—Celosa...

El susurro de su voz me hace enfocar la vista más allá de mi propio reflejo en el espejo y la descubro unos metros por detrás de mí, apoyada en el marco de la puerta, con los brazos cruzados bajo su pecho y mirándome de una forma que no sabría interpretar. Siento mi mandíbula contraerse y desciendo la vista, fingiendo volver a la labor de enjuagarme las manos.

—Yo no soy celosa.

—Que no lo seas habitualmente, no quiere decir que no lo estés en este momento concreto.

—No, no lo estoy. Odio esa palabra y el sentimiento de posesión que implica.

—¿Entonces, por qué te marchas así, con esa cara de pocos amigos y ese intento fallido de sonrisa?

—Porque me estaba meando.

—Esa es una de las razones. ¿Cuál es la otra?

Suspiro pesadamente y cierro el grifo antes de volver a enfrentar sus ojos.

—¿Qué quieres que te diga, Chiara? Porque pareces tenerlo muy claro.

—Lo que sientes, estaría bien.

—¿Y qué pasa si no lo sé?

—Sí lo sabes.

—No, no lo sé. Te lo acabo de decir, yo no soy celosa. Nunca lo he sido. Estoy totalmente en contra de ese sentimiento y ahora... —Vuelvo a suspirar, al ver que me escucha atentamente y no encuentro manera de explicarme—. Chiara, no tengo por qué estarlo. Ese es el problema. Ni siquiera sé qué hay entre nosotras exactamente y si quisieras pasar la noche con ese chico, yo no podría hacer nada para impedirlo. La otra noche, cuando vine a la cafetería y te vi con él, creía que acabarías en su habitación y no pude quitarme ese pensamiento de la mente durante horas. A la mañana siguiente me dijiste que no había pasado nada, que te habías ido a tu habitación, sola, y sentí alivio. Alivio —repito, sonriendo con ironía—. Es una estupidez y me molesta muchísimo sentirme así.

—O sea que, te cabreas porque estás celosa, pero no son los celos los que te hacen estar enfadada, sino el hecho de estarlo, ¿no? Eres rara de cojones, Dak.

No puedo evitar reírme al escuchar lo patético que acaba de sonar su resumen y ver esa media sonrisa con la que me mira mientras comienza a acercarse. A los pocos segundos, siento su pecho contra mi espalda y sus brazos rodean mi cintura, consiguiendo que mi cuerpo tiemble de esa forma a la que todavía no me acostumbro. Apoya la barbilla en mi hombro, cierra los ojos un momento y suspira de una manera tan lenta que parece estar intentando inhalar todo el aroma de mi cuello.

—Bienvenida al mundo del amor —susurra, mientras vuelve a mirarme.

—No me gusta.

—Pues haberte fijado en una mujer menos atractiva e interesante.

—¡Chiara!

—A ver, —Suspira de nuevo y rompe el abrazo por un momento para girar mi cuerpo y que quedemos cara a cara. Permanece en silencio mientras me mira fijamente, como si estuviera intentando encontrar las palabras adecuadas o tal vez leer mis pensamientos. A mí me gustaría leer los suyos, porque parezco un flan ahora mismo. No estoy acostumbrada a esto y no sé qué se supone que viene ahora—. Soy tuya, Dakota. —La respiración se me corta de golpe al escuchar esas palabras y creo que separo los labios dispuesta a responder algo, pero no escucho ni una sola sílaba a continuación. ¿Mía?—. Intenta quitarle el sentido de posesión a la frase.

—Lo veo difícil, porque «tuya» es un adjetivo y pronombre posesivo que indica la relación de pertenencia entre lo poseído y un poseedor.

—Vale, escritora. —Su risa consigue eliminar poco a poco todas esas sensaciones desagradables que estaba teniendo hasta hace nada. Vaya pringada estás hecha, Dakota—. Pues quiero decir que no me interesa pasar un solo minuto de este viaje con otra persona que no seas tú. —A pesar de mis intentos por permanecer seria, escuchar esa frase consigue acelerarme el corazón y, como consecuencia, una incontrolable sonrisa se dibuja en mis labios—. Dakota, lo último en lo que pensaba cuando dejé a mi novio plantado para comprar unos billetes de avión y tren rumbo a Rusia, era en tener una relación, una aventura o incluso, simplemente, acostarme con alguien. Mucho menos con una mujer, he de destacar. No estabas en mis planes, te lo aseguro, pero estás aquí, con esa cara de adolescente frustrada porque tiene miedo de unos sentimientos nuevos para ella. Y me encanta. No que tengas miedo —aclara al verme fruncir el ceño—, sino que esto sea tan real para ti como lo es para mí. Esa noche que me viste con él y te marchaste, hubiera dado lo que fuera porque no lo hicieras. Habíamos pasado un día tan especial y me resultaba tan curioso no haber tenido suficiente. Quería más. Más de tu compañía. Hubiera cambiado cualquier plan de Martini en solitario o conversación banal por quedarnos toda la noche en nuestro vagón, arreglando el mundo, picándote a ratos, leyendo a tu lado y mirándote de reojo de vez en cuando, para verte no escribir nada o mirar por la ventana, como si al otro lado estuvieran pasando cosas muy interesantes. Y lo de anoche —Vuelve a suspirar—, no tengo palabras para describirlo, solo sé que hoy me hubiera pasado el día entero repitiéndolo una y otra vez —Su sonrisa pícara y el simple hecho de pensarlo y recordarlo, crea un hormigueo descendente en mi estómago—. Pero también me encantó la tarde que compartimos, leerte contigo al lado y esa paz absoluta que sentimos estando juntas. Aunque he de confesar, que he estado luchado mucho con mis ganas de besarte a cada minuto —Su mirada desciende a mis labios y me pregunto en qué momento pasó a estar tan cerca y en qué instante comenzó a dificultárseme la respiración. Vuelve a ascender la vista, sus ojos azules se me clavan de una forma tan intensa que hasta me provoca escalofríos—. Lo que quiero decirte, es que eres tú, es contigo y soy tuya.

—¿Y por qué luchabas contra esas ganas de besarme? —Mi voz suena más ronca de lo que esperaba y esta vez soy yo misma quien baja la mirada para encontrarme con esa boca semiabierta, respirando con la misma dificultad.

—Porque siento que cualquier paso en falso te hará salir corriendo agobiada.

—No puedo ni quiero irme a ninguna parte, ¿es que no lo ves?

Sin dejarla responder, llevo ambas manos a sus mejillas y me inclino los milímetros necesarios para atrapar esa boca que me recibe como si llevara toda la vida esperándome. Volver a sentir el tacto y el sabor de sus labios con los ojos cerrados, aumenta el hormigueo imparable de mi estómago, que ya ni siquiera sé qué dirección está tomando. Ascendente, descendente, ambas, da igual, el caso es que recorre mi interior sin control, mientras nos devoramos con ansia y desesperación. La desesperación de estar deseando algo durante tantas horas y no atreverse a llevarlo a cabo. La humedad perfecta, el ritmo perfecto. Nuestras lenguas se encuentran, acaricio su rostro suavemente, contrastando por completo con la intensidad del beso y ella aferra sus manos a mi camiseta. Atrapo su labio inferior entre mis dientes y abro los ojos un momento para mirarla y deleitarme con la situación, ella hace lo mismo y ambas sonreímos, antes de que nuestras lenguas vuelvan a buscarse desesperadas. ¿Cómo he tardado tanto en volver a hacer esto?

—Tienes una habilidad muy grande para conseguir que al final sea yo quien se lance siempre —susurro contra sus labios.

—¿La habilidad de hacértelo desear hasta reventar?

Esa sensualidad con la que sonó su voz ronca y la manera en la que vuelve a besarme, eriza cada centímetro de mi piel y, como consecuencia, se me escapa un gemido ahogado en nuestro beso. Siento sus labios expandirse como si estuviera muy orgullosa de lo que me provoca y sus dedos comienzan a rozarme la piel, caminando por el borde de mi pantalón. En un abrir y cerrar de ojos se deshace del botón y su mano se cuela en mi ropa interior, tensándome al instante.

—¿Estás loca? ¿Cómo entre alguien no vas a poder sacar la mano de ahí a tiempo?

—¿Y quién te ha dicho que vaya siquiera a intentarlo?

La miro entre confusa y desesperada porque ahora mismo me debato entre mi yo racional y el yo instintivo que esta mujer despierta con un chasquido. Ella sonríe y sus pupilas dilatadas brillan de tal manera, que entiendo que no tengo escapatoria. Sus dedos se deslizan en mi humedad, empapándose con ella y aumentando las palpitaciones que siento en mi intimidad desde que comenzó a tocarme. Me muerdo mi propio labio inferior y ella abre los ojos sorprendida.

—Dios mío…

—Cállate —suplico atrapando de nuevo su boca.

La beso con tanta desesperación y responde de una manera tan similar, que estoy segura de que si ahora mismo entrara alguien en el baño, ninguna de las dos nos daríamos cuenta. Sus dedos se mueven entre mis labios inferiores, lubricándose y haciéndome temblar cada vez que me roza el clítoris. Nunca me había pasado esto. Nunca me había bastado con tan poco para estar de esta manera. Bueno, de hecho, no sé si alguna vez en mi vida he llegado a estar así. Intento controlar mis gemidos aferrándome a su rostro para que entre nuestras bocas no quepa ni un milímetro de aire, pero cuando siento dos de sus dedos entrar en mi interior, necesito abrir la mía para que, a través de ella, entre todo el oxígeno posible. Junto nuestras frentes y observo sus labios, muriéndome por volver a tenerlos entre los míos. Enredo los dedos en su pelo y ella comienza a salir y entrar, llevándose por completo todo el autocontrol que estaba teniendo hasta ahora. De pronto siento la necesidad de devorar su piel, me inclino hacia su cuello y en él, comienzo a desahogar mis ansias de ella. Lo recorro con mis labios, jugueteo con mi lengua, muerdo a ratos y dejo besos húmedos por todo el recorrido. Su piel se eriza y sus movimientos en mi interior aumentan como consecuencia. Mis caderas se unen al baile, pidiendo más, necesitando más. No sé qué es lo que está haciendo ahí dentro, en qué posición tiene los dedos ni qué lugares está golpeando, solo sé que me está volviendo loca y que la palma de su mano está rozándome por fuera de una manera estratégicamente placentera.

—Quiero que se te quiten todas las dudas —susurra junto a mi oído—. Y los miedos. Quiero que entiendas —atrapa el lóbulo de mi oreja entre sus dientes y succiona, provocándome un espasmo. Su respiración en este lugar me está volviendo loca—, que, si pudiera estar en cualquier otra parte, elegiría estar exactamente aquí. Que escucharte gemir y que me empapes la mano es, ahora mismo, mi afición favorita.

—Chiara...

—Me equivocaba. Escucharte decir mi nombre de esa forma es todavía mejor. Tú también eres mía, Dakota.

Sus embestidas aumentan, mis piernas pierden cada vez más fuerza, me aferro a ella para no perder el equilibrio, para no caerme, y porque cualquier espacio que nos separe se vuelve cada vez más insoportable. Su olor me impregna cada sentido, haciéndome sentir completamente en casa. Con Chiara no hay una línea que limite lo pasional de lo romántico. Ahora lo entiendo. Ambas cosas van de la mano, siempre ha sido así. Siempre han estado presentes al mismo tiempo. Mi espalda se arquea buscando ese último y más intenso contacto, las paredes se contraen, atrapando sus dedos en mi interior y la descarga llega, haciéndome temblar y soltando todos mis fluidos sobre ella.

—Mía —susurra.

Un escalofrío me recorre la espalda al escuchar su voz en mi oído mientras trato de recuperarme. Me dejo caer sobre su cuerpo, aferrándome a su cintura y apretándola hacia mí con las pocas fuerzas que me quedan. Está sudando tanto como yo, lo siento en nuestra piel, pero el olor, lejos de ser desagradable, me podría resultar incluso adictivo. Un ruido inesperado consigue que vuelva a incorporarme y cuando miro hacia la puerta, me quedo perpleja al descubrir a una mujer mirándonos completamente pálida. Al verse descubierta, reacciona desapareciendo rápidamente de nuestra vista y cerrando la puerta a su paso. No me lo puedo creer.

—Creo que te acaban de ver tener un orgasmo. ¿A qué nunca te había pasado?

El ataque de risa nos llega al mismo tiempo. A mí, con una mezcla de vergüenza e indiferencia que me hace sentir bastante bipolar. Y a ella, con el descaro que la caracteriza. Con esa actitud de que, ya puede el mundo entero echársele encima, que nada ni nadie va a impedir que viva como siente. Atrapo sus labios en un impulso y ella, aunque al principio parece sorprendida, no tarda demasiado en responder. Nos fundimos en un beso distinto al anterior, pero no menos pasional ni romántico, simplemente más lento, menos desesperado. Yo tampoco estoy dispuesta a dejar de vivir como siento.

—Vamos a mi habitación —susurro contra sus labios.

Asiente, con un brillo espectacular en los ojos y emprendemos la marcha hacia la habitación, no sin antes, colocarme bien el pantalón y mojarme un poco la cara, porque con el calor que tengo ahora mismo, cualquiera diría que estamos pasando el invierno en Rusia. Caminamos de la mano y en completo silencio por los pasillos del tren, acompañadas por el único sonido de nuestros pasos y nuestra respiración aún algo agitada. Cuando llegamos a la altura del restaurante y lo cruzamos, me pregunto qué habrá pasado con el chico, ella me mira como si hubiera escuchado mi mente y sonríe, entrelazando nuestros dedos para continuar el camino.

A los pocos minutos entramos en mi habitación y, como si lo hubiéramos planeado con anterioridad, nos lanzamos sobre la cama quedando boca arriba. Permanecemos mirando el techo durante un tiempo indeterminado mientras los recuerdos de lo que acaba de pasar asaltan mi cabeza. La expresión de pánico de esa mujer, la adrenalina y excitación del momento, las risas. Debo parecer una completa imbécil sonriéndole al techo de un vagón de tren. Giro la cabeza a la izquierda para descubrir que Chiara estaba haciendo exactamente lo mismo y decido colocarme de perfil, mirando hacia ella. En cuanto se percata, adopta la misma posición y nos observamos sin decir ni una palabra. La necesidad de volver a tocarla invade mi sistema nervioso y llevo una mano hacia su mejilla para acariciarla. Recorro su perfil con mis dedos, coloco algún mechón de pelo rebelde y continúo deslizándome por su piel hacia sus labios. Ella los besa mientras me mira, los humedece, succiona y juega con su lengua.

Yo, suspiro.

Tuya.

Como subir a una montaña rusa, agarrarte de la mano y realizar el viaje sin quererte soltar. La libertad golpeando mi cara, la adrenalina gritando sin parar y tus dedos convirtiéndose en mi hogar. Sé que te puedes ir. Sé que, si quieres, me vas a soltar. Pero aquí estás.

Mía.

Por decisión y convicción, porque en este viaje, somos dos. Porque *tuya* y *mía* nunca habían tenido tanto sabor a libertad. Porque no te poseo, ni me tendrás. Pero estamos, y el resto, ya da igual.

10

Sentir unas ligeras cosquillas por mi rostro me despierta de un profundo sueño en el que ni siquiera sé cuánto tiempo llevo sumergida. Al abrir los ojos, la imagen de Chiara sonriendo como quien hace una travesura me vuelve loca. Tiene el brazo izquierdo apoyado en la cama, para sostener su propia cabeza, y su mano derecha parece haber sido la encargada de despertarme a base de caricias. Me cuesta mantener los párpados abiertos todavía y más si continúa con ese roce tan relajante en mi piel. A pesar de su expresión calmada y alegre, parece cansada, porque una sombra grisácea se cierne bajo sus ojos. Ahora me doy cuenta de que nunca los había tenido tan cerca a plena luz del día. La incidencia directa del sol los vuelve de un celeste tan claro que, incluso, parecen grises a ratos.

—Si tuviera tus ojos me pasaría el día mirándome al espejo.

Estalla en una risa que consigue acelerar mi corazón, recordándome que él, también está despierto ya.

—Curiosa manera de decirme que también te gusto por las mañanas. ¿Ves lo que te perdiste ayer?

—Puedo llegar a ser muy idiota —confieso con una sonrisa todavía más idiota—, pero te lo voy a compensar. ¿Qué haces despierta tan temprano?

—¿Cómo sabes que es temprano si aún no has mirado la hora?

—Si no me he despertado por mí misma, quiere decir que es

muy pronto todavía. Además, tienes cara de que te faltan varias horas de sueño.

—Dak —Frunce el ceño—, habías empezado muy bien el día, pero qué rápido la cagas. ¿Es un don?

Me encojo de hombros y ambas sonreímos. Permanecemos mirándonos en completo silencio durante algunos segundos. Podría acostumbrarme muy rápido a despertar así cada mañana.

—¿Vas a responder mi pregunta? —cuestiono, rompiendo el momento.

—Me despertó un dolor de cabeza, pero cuando se me alivió, quise disfrutar un rato de esto.

Mi mano se dirige de manera automática hacia su mejilla para acariciarla. El tacto de su piel es tan suave como imaginé el primer día y, además, parece que tenga algún tipo de magnetismo que envía impulsos por todo mi cuerpo a través de mis dedos, porque cada vez que la toco mi interior se revoluciona como por arte de magia.

—¿Te sientes mejor?

—Mucho mejor.

Aunque su sonrisa es tranquilizadora y convincente, su aspecto me sigue diciendo que no es del todo cierto.

—Iré a buscar algo de desayuno para que recuperes fuerza —informo, abandonando la cama, muy a mi pesar—. Te vendrá bien.

—No te preocupes. Últimamente suelo despertarme con el estómago algo revuelto y no estoy desayunando más que un café. Esto de estar siempre en movimiento no me sienta del todo bien.

Por primera vez desde que abrí los ojos, observo su cuerpo en perspectiva, recordando y comprobando al instante que está desnuda. La sábana impoluta de mi cama se enreda estratégicamente entre sus piernas y hasta logra que la envidie. Hace unas horas era yo quien me enredaba y como siga mirándola así, no voy a tardar en volver a hacerlo.

—Pues yo, sin la comida más importante del día, soy un completo despojo humano. Además, es mi favorita. Así que, voy a buscar un suculento desayuno, y si después de verlo todavía te resistes —Me encojo de hombros—, yo me lo como.

—Está bien. —Se ríe rendida y asiento satisfecha antes de que mi vista comience a hacer un recorrido alrededor de la habitación para buscar, sin éxito, unos pantalones. Pongo los brazos en jarra, sintiendo el tacto de mi propia piel entre los dedos y frunzo el ceño—. ¿Cómo es posible que tengas montado este desastre si viajas con una maleta diminuta? Tu habitación parece un mercadillo, que lo sepas.

—Perdona, chica de la maleta de 30 kilos que ordena las camisetas por colores y tamaños. —Un pantalón aterriza en mi cara mientras escucho su risa—. Gracias.

Su mirada, descaradamente directa cuando comienzo a vestirme, además de ponerme nerviosa, consigue que me den ganas de lanzarme de nuevo a esa cama y comérmela a besos. ¿Cómo he podido abandonar ese lugar sin atacar su boca antes? A veces creo que mi cerebro tiene alguna conexión en mal estado. Suspiro, entre indignada y resignada conmigo misma, y ella sonríe.

—Vuelvo en seguida, ¿vale? No te muevas de aquí.

Tras su movimiento afirmativo y divertido con la cabeza, abandono la habitación en dirección a la cafetería del tren. Todavía no sé qué hora debe ser, pero en los pasillos y diferentes compartimentos ya hay pasajeros desayunando, leyendo el periódico, etc. Al igual que en el bar/cafetería, donde todas las mesas vuelven a estar ocupadas. Mientras leo la versión en inglés del menú de los desayunos, me doy cuenta de que ni siquiera le pregunté qué suele desayunar. No sé si prefiere dulce o salado y lo único que tengo claro es que, es tan adicta al café como yo. Así que, decido optar por un poco de todo. Un menú continental para dos que incluye café, leche, tostadas con mantequilla y/o mermelada, croissants, yogur, fruta, etc. Cuando transcurren unos minutos y el camarero pone la bandeja frente a mí, casi se me salen los ojos de las órbitas al ver tal cantidad de comida. Dios mío, como tenga que comerme todo esto yo sola, vamos a necesitar una grúa para moverme.

Mis años trabajando en la hostelería, son los encargados de permitirme llevar la bandeja con tanta facilidad, mientras esquivo al resto de pasajeros por los pasillos de un tren que cada vez parece más despierto. Al abrir la puerta de mi habitación, un calor intenso emana del interior y no tardo demasiado en averiguar el motivo. Todavía no me he adentrado del todo, cuando el olor a champú y el vapor que aún permanece en la ventana me indican que Chiara debe haberse dado una ducha con agua hirviendo. Sin embargo, eso debió ser hace unos minutos, porque ahora mismo se encuentra sentada en el bordillo de dicha ventana, abrazada a sus propias rodillas descubiertas y mirando a través del cristal. ¿Cómo puede caber en un sitio tan minúsculo? Lleva puesta mi sudadera favorita y eso me hace sonreír al instante. Podría pasarme el resto del día contemplado esta imagen, pero el peso de la bandeja comienza a hacer mella en mis brazos y decido terminar de adentrarme para dejarla sobre la cama un momento. Es con esos pequeños pasos cuando Chiara se percata de mi presencia, dándose la vuelta sorprendida y algo extrañada, supongo que por no haberme escuchado al abrir la puerta.

—Parece que tardé más de lo que esperaba en volver, porque te dio tiempo de ducharte e, incluso, de abstraerte.

—Espero que no te importe.

—¿Que te abstraigas? Lo único que me importa es no poder

saber lo que piensas cuando lo haces.

—Bienvenida a mi mundo contigo.

—Maldita intimidad mental —bromeo y ella sonríe, desviando su mirada hacia la bandeja.

—Menos mal que te dije que no solía desayunar mucho últimamente.

—Ya, bueno, esto fue un fallo técnico. Come lo que te apetezca y el resto nos lo guardamos para la comida, como en los *buffets* de los hoteles.

—¿Robas cosas del desayuno de los hoteles para comer el resto del día?

—En primer lugar; no robo nada. Pago por ese desayuno y ni de coña llego a amortizar dicho precio en una sola comida. Así que, me la guardo para más tarde. —Me encojo de hombros y ella ríe sorprendida—. Y, en segundo lugar; ¿cómo te crees que sobrevivo a tanto viaje? Son técnicas de supervivencia. Trucos de viajera con escasos recursos. Pero claro, no puedo pretender que lo entiendas, seguro que a ti te llevaban el desayuno a la habitación.

—Tú me acabas de traer el desayuno a la habitación —responde alzando una de sus cejas.

—Sí y para un gesto romántico que tengo en mi vida, te lo estás cargando con mucha facilidad.

—¿Por qué? ¿Porque eres una picada? —Su expresión pícara me hace negar con la cabeza y ella se levanta, comenzando a acercarse y consiguiendo que mi vista se pierda en algún lugar de sus piernas desnudas. Mi sudadera le llega un poco por debajo de las caderas y junto a unas diminutas bragas, es lo único que cubre su cuerpo ahora mismo. A pesar de que esa prenda siempre ha sido mi favorita, nunca la había visto tan bonita.

Chiara no tiene unas piernas largas, ni mucho menos. Su estatura está lejos de alcanzar a las modelos de revista o pasarela, pero este pequeño paseo con el pelo empapando a ese unicornio que tantas veces he visto a través del espejo, me resulta más sexy que cualquier desfile de *Victoria Secret's*—. Lo que quise decir antes, era que, espero que no te importe que me haya duchado aquí y que me haya puesto tu ropa.

—Tranquila, sé que le tenías echado el ojo a esa sudadera desde la otra noche y viste la oportunidad perfecta.

—¿Eso significa que me la puedo quedar? —pregunta a un palmo de mi rostro.

—Ni lo sueñes.

Ella arruga la nariz en un gesto de inconformidad y desciende la vista hacia mis labios, encontrándolos con una sonrisa. Entonces vuelve a ascender y en el brillo de ese celeste me doy cuenta de que también está sonriendo.

—¿Desayunamos?

Nos sentamos en la cama y, prácticamente, atacamos la bandeja al mismo tiempo. El color entre pálido y amarillo que cubría el rostro de Chiara comienza a desaparecer a medida que ingiere algún alimento, aunque me doy cuenta de que lo hace despacio y con cautela, como si tuviera miedo de que le fuera a sentar mal. Es la primera vez que desayunamos juntas, la primera vez que compartimos el café de la mañana y que puedo fijarme en sus preferencias. Opta por lo dulce en la comida y, sin embargo, se toma el café con medio sobre de azúcar. Una contradicción que me despierta incluso ternura. Yo soy más de salado a primera hora del día, aunque ante un buen croissant, me es imposible resistirme. Y en cuanto al café, no puedo beberlo amargo.

—¿Sabes qué me apetece? —pregunta de pronto. La miro alzando ambas cejas de manera interrogante—. Que vayamos a

París. Me apetece que nos sentemos en *Champs de Mars* a comernos un auténtico croissant parisino acompañado de un delicioso café, mientras contemplamos la Torre Eiffel y a los millones de turistas intentando hacerse la foto perfecta.

—No se te ocurren planes nada aburridos a ti. Lástima que nos pille un poco lejos.

—Sí, hoy ya no llegamos. Pero ¿y si lo hacemos mañana?

—¿Mañana el qué? —Abro los ojos perpleja—. ¿Ir a París?

—¡Sí! Podemos tomar un vuelo cuando lleguemos a Khabarovsk y al día siguiente ya estaríamos desayunando con vistas a la Torre Eiffel. ¿Qué te parece?

—Que tú debes creer que soy millonaria —respondo, provocándole una automática expresión de decepción, como si acabara de convertirme en su aguafiestas número uno—. Chiara, cuando decidí volver al tren después de conocerte, rompí mi billete a Moscú y con él, tiré a la basura gran parte de mis ahorros para este viaje. Así que, mi vuelta está programada desde Vladivostok hasta Madrid y no puedo permitirme improvisar de nuevo otra cosa, porque me quedaría, literalmente, en la ruina. ¿Sabes cuánto cuesta salir de este país si no lo compras con tiempo? Pero ve tú. No puedes perderte algo así si es lo que quieres hacer.

—¿Y qué sentido tiene eso? He estado en París demasiadas veces. Lo que quiero ahora es ir contigo.

—Nunca se está en París demasiadas veces.

—Eso es cierto. Pero prefiero comerme un croissant rancio y seco frente a ti, que llevar a cabo un plan que acabo de imaginar contigo, sin que tú estés presente. Además, no podemos abandonar Rusia a tan solo una parada de completar la ruta. Cuando lleguemos a Madrid ya hablaremos sobre París.

Me quedo observándola mientras continúa desayunando

como si tal cosa. Por un lado, me alucina el giro que de pronto tomó la conversación y la felicidad que me provoca algo tan simple, como escucharla contando conmigo después de este viaje, de este tren. ¿Ella y yo en París? ¿Desayunando en los jardines de Campo de Marte, mientras la Torre Eiffel se alza sobre nosotras haciéndonos ver lo pequeñas que somos en un mundo tan grande? París es una ciudad con un encanto especial. A pesar de su fama mundial, su belleza y sus aglomeraciones turísticas, tiene algo que la diferencia de otras capitales europeas. Es un lugar en el que no me importaría vivir. En el que, cada rincón es arte, belleza e historia. Chiara tiene razón cuando dice que sentadas en los jardines veríamos a miles de turistas tratando de hacerse la foto perfecta. Sí, pero nunca he sentido agobio en medio de esa multitud. Algo que suele ocurrir en ciudades muy conocidas y visitadas, cuya belleza queda opacada por mantos interminables de gente y colas todavía más interminables. En París da la sensación de que cada persona tiene la posibilidad de encontrar un lugar propio. Puedes ser un turista y no sentir que estás de paso, sino que podrías sentarte cada tarde en esos jardines, pasear cada mañana por sus calles adoquinadas o leerte cientos de libros en *Shakespeare and Company* con Anggie, la mascota de la casa, durmiendo plácidamente sobre tu regazo mientras los turistas la observan encantados. Nada importa. Sus ronroneos logran que dejes de escuchar el bullicio de los visitantes y el olor a libro viejo, a historias por descubrir, te aísla del mundo real para sumergirte en otros muchos. París es especial, pero París con Chiara debe ser mágico, sin duda. Por otro lado, eso es precisamente lo que me preocupa: yo soy mucho de improvisar en los viajes, tiendo a dejarme llevar sin pensar en las consecuencias, pero en este momento me resulta económicamente imposible y no quiero que ella se vea arrastrada en mis decisiones. Aunque, a decir verdad, no creo que se haya dado por vencida con el tema todavía.

—Tal vez no podamos desayunar en París mañana, pero hoy puedo llevarte a un lugar que también te va a gustar.

Alza la vista para mirarme confusa, mientras detiene el camino que un pedazo de fruta estaba haciendo hacia su boca.

—Pero si no podemos salir del tren hasta mañana.

—¿Y quién dijo que había que salir del tren? —Con una expresión cargada de misterio y dando por finalizado mi desayuno, me levanto de la cama bajo su atenta mirada—. Voy a darme una ducha rápida y nos vamos.

—¡¿Puedo poner música en tu ordenador?! —grita cuando estoy atravesando la puerta del baño, como si la habitación fuera muy grande. Me giro para confirmarle con una sonrisa y de un salto, cual gacela, llega hasta el portátil para abrir la tapa. Lo que hace después ya no lo veo, porque me adentro en el cuarto de baño.

Suenan las primeras notas de una canción mientras el agua caliente comienza a caer por mi rostro. Creo reconocer que es *Issues,* la que cantó en la plaza la otra noche. El ligero y tímido sonido de su voz no tarda en unirse a la cantante, obligándome a bajar un poco la presión del agua para escucharla mejor y sonrío de manera automática. El timbre de su voz es tan relajante y placentero que podría pasarme horas escuchándola. Cierro los ojos y mi mente comienza a imaginarse sus gestos y expresiones al cantar, su manera de sentir la música y lograr que algo tan complicado parezca tan sencillo como el acto de hablar. Chiara debería estar sobre un escenario y no en esta habitación. Debería llenar estadios, teatros o lo que sea. Tendría que estar consiguiendo que el mundo se detenga para quienes la escuchan, como ocurrió en aquella plaza. ¿Cuántas personas con magia estarán ahora mismo limitándose a vivir una vida que no les corresponde? Prácticamente me la puedo imaginar en su adolescencia, una noche cualquiera, en esas típicas casas americanas con porche y ventanas divididas en cuadrados. Toda la casa a oscuras salvo su habitación, iluminada por una pequeña luz de escritorio. Seguramente sus padres pensarían que estaba estudiando para convertirse en la abogada que llegó a ser, pero en realidad, ella estaría escuchando música con unos enormes cascos, mientras cierra los ojos y se imagina recorriendo el mundo de escenario en escenario. Puede incluso, que estuviera escribiendo alguna canción que nunca llegó a leer nadie. Hay un momento durante la noche que parece estar hecho exactamente para eso; para ser tú misma. Los instantes previos a quedarte dormida, cuando las luces se apagan y reina el silencio exterior, el interior decide hablar.

Cuando cierro el grifo tras haber terminado con una ducha rápida de lo más peculiar, el ambiente ha cambiado completamente. De unas canciones lentas y emocionales, hemos pasado a un ritmo que ni siquiera necesita letra para levantar a toda una multitud. La reconozco porque es una de mis favoritas, «Viva la vida» de Coldplay. Una versión en vivo que comienza con Chris Martin tocando el piano, lento, marcando una melodía que prácticamente todo el mundo conoce y a la que el público se une coreando el mítico «*Ouoh ohoh oh, ouoh ohoh oh*», mientras el resto de los componentes de la banda empiezan a tocar los primeros acordes. Es un tema cuya melodía incita, precisamente, a eso: a vivir la vida. Cantarla a pleno pulmón, gritar, saltar, expulsar algún que otro gallo y reírte en el proceso. La voz de Chiara, que había decidido darse un respiro, vuelve a hacer acto de presencia en cuanto comienza el primer estribillo. Mientras tanto, yo termino de cepillarme el pelo y vestirme, pero unos golpes en la habitación que desconozco y el sonido de su voz cada vez más alto, me hacen abrir la puerta para ver qué está pasando. La encuentro encima de la cama, reproduciendo la armonía de la canción con un bolígrafo y una botella de agua, que sirve tanto de percusión como de micrófono. Me quedo perpleja al verla saltando como si estuviera en un parque de bolas, pero debo tener una sonrisa de estúpida totalmente delatadora, porque al verme se ríe y con un gesto de su mano me invita a acercarme. Mis pies obedecen sus órdenes sin darme opción a réplica. Ella empieza a tocar el bajo invisible, moviendo la cabeza de lado a lado y mordiéndose el labio inferior, cual rockera, a medida que el ritmo aumenta en intensidad. Estoy al borde de la cama y no puedo dejar de mirarla. Ahora mismo me siento como una fan hipnotizada por la energía de su artista favorita. «*Ouoh ohoh oh, ouoh ohoh oh*» comienza a gritar mientras el público la acompaña, como si realmente estuviera en su propio concierto. Coloca ambas manos sobre mis hombros y de un salto inesperado se cuelga de mi cuerpo, rodeándome la cintura con las piernas y provocando una carcajada mutua. El público de Coldplay continúa coreando nuestras risas, mi corazón late tan deprisa y su rostro está tan cerca, que no puedo mirar otra cosa que no sean sus ojos; Grandes, brillantes, felices, y sentirme la persona con más suerte del mundo. Doy un paso hacia adelante y caemos sobre la cama. Su gesto de dolor por haber sido aplastada nos hace reír de nuevo, pero esta vez la risa dura poco, porque con el último y más lento coro de fondo, soy incapaz de aguantar un segundo más sin besarla. Mis labios atrapan los suyos con desesperación y su lengua se cuela en mi boca ante el primer roce, como si ambas lleváramos todo lo que va de día esperando este momento.

Aún me cuesta asimilar que hay algo entre nosotras, que estamos teniendo una especie de relación, aventura o lo que quiera que sea esto. Me cuesta asumir que puedo besarla cuando quiera, acariciarla, y que cuando eso ocurre, el mundo se queda en absoluto silencio. Sus manos se enredan en mi pelo al profundizar el beso, nuestras lenguas se enredan, diciéndonos que tardamos demasiado, que quieren estar juntas con más frecuencia, que todavía no se conocen lo suficiente y que quizás nunca dejen de querer explorarse. Siento que mi cuerpo se prepara para ir más allá con un simple beso, aunque nuestros besos no tienen nada de simple. Me sigue sorprendiendo el efecto que provoca en mí, la humedad instantánea que me delata y el hormigueo que me recorre por dentro. Chiara muerde mi labio inferior y me arranca una sonrisa nerviosa que separa nuestras bocas. Ambas sonreímos mientras nos miramos, y es el momento perfecto para que suelte alguna de las suyas. Para que me diga que soy muy lenta, que siempre tiene que provocarme para que reaccione. Sin embargo, no dice absolutamente nada. Me mira en silencio, haciéndome pensar que una de las mejores partes de besarla es, precisamente, esta: abrir los ojos y verla, confirmar que, es ella y que solo quiero que sea ella.

Después de unos minutos disfrutando de este momento, me levanto, extendiendo mi mano para ayudarla a incorporarse también. Un vistazo rápido a la cama me hace divisar la camiseta que está a punto de convertirse en el complemento perfecto para mi plan. Y con una sonrisa traviesa, me dispongo a cubrir sus ojos con ella, a modo de antifaz.

—¿Qué se supone que estás haciendo? —pregunta, frunciendo el ceño antes de quedarse completamente a oscuras.

—Siempre he querido imitar a las películas románticas.

Me acerco para poder hacer un nudo en la parte trasera de su cabeza y así evitar que el pañuelo improvisado se le caiga, arruinando por completo la sorpresa.

—¿Sabes que en las películas también utilizan esta técnica para los secuestros?

—Tranquila, que, si alguien decidiera secuestrarte, te devolvería antes de quitarte el pañuelo. —Un manotazo aterriza en mi pecho de manera impredecible, arrancándome una risa silenciosa—. ¿Lista?

—No sé para qué, pero sí.

Aunque un trozo de tela me separa ahora de sus ojos, puedo ver emoción e intriga reflejadas en su sonrisa. Me coloco detrás de ella y con ambas manos en sus hombros comienzo a dirigirla hacia la puerta. Ni sé lo que deben pensar las personas que nos cruzamos durante el camino. Una chica con los ojos tapados y otra que la guía y a la que se le escapa una sonrisa cada vez que alguien las mira desencajado, deben ser lo más raro que han visto el día de hoy.

—¿Sabes? Cada vez que te ríes siento un airecillo en mi oreja que me pone muy nerviosa. Nos están mirando como a extraterrestres, ¿verdad?

—Sí —confirmo volviéndome a reír—. A la gente le falta emoción en su vida.

—Pues les voy a tener que recomendar una Dakota, porque emoción y adrenalina es ir caminando a ciegas, contigo detrás y temiendo que me estampes en cualquier momento.

—¿No confías en mis dotes de guía?

—Confío en tus dotes de chica vengativa y veo que este es un buen momento para cobrarte todo lo de estos días.

Vuelvo a reírme y en esta ocasión ella también lo hace.

—Ya estamos llegando —susurro junto a su oído—. Procura no hacer mucho ruido ahora.

—¡Dakota! Tanto misterio me está poniendo de los nervios.

Completamente divertida con la situación, abro una de las puertas que dan acceso al lugar al que quiero llevarla. Ahora sí que estamos solas y, menos mal, porque esto debe estar absolutamente prohibido. Caminamos unos pasos más y llegamos a la última puerta. Al abrirla, un enorme estruendo acompañado de una ráfaga de aire congelado se cuela en el interior del tren, logrando que Chiara pegue un pequeño salto por el susto.

—¡¿Dónde estamos?! —grita para hacerse escuchar con tanto ruido—. ¿Vas a echarme a las vías?

—¡No seas idiota! Y ten mucho cuidado ahora, ¿vale? Es un poco peligroso, así que tienes que hacerme caso.

—Dak, creo que la locura es contagiosa y que la alumna está superando a la maestra.

Vuelvo a reírme y niego con la cabeza, aunque ella no pueda verme. Comienzo a guiar de nuevo su cuerpo hacia el exterior. Solo tenemos unos centímetros de margen antes de topar con una barandilla, pero no es al frente hacia donde tiene que ir, sino hacia nuestra derecha. Los movimientos del tren se perciben muchísimo ahora y nos hacen dar pequeños tumbos que nos dificultan un poco el avance. Llevo una de sus manos hacia la pared derecha para que palpe y encuentre la pequeña escalera.

—Tenemos que subir por aquí —le informo.

—¿Hay riesgo de que me caiga en alguna parte?

—Sí. A las vías.

Ahora es ella quien emite una carcajada antes de colocar el pie en la primera barra y buscar con sus manos alguna que quede más arriba.

—Tienes una idea algo distorsionada del concepto romanticismo, ¿lo sabías?

Me vuelvo a colocar justo detrás de ella, con mi pecho pegado a su espalda, encarcelando su cuerpo entre la escalera y el mío, y los labios a la altura de su oreja.

—Te espera un arduo trabajo conmigo, Chiara.

Ella sonríe ante el susurro de mi voz en su oído y al sentir mis manos descender hasta su cintura, comienza a subir muy despacio. Yo la sigo sin despegarme demasiado. Es bastante difícil coordinar los movimientos y ascender con este panorama, pero el ingenioso plan de traerla a ciegas nos impide hacerlo de otra forma. Cuando sus manos buscan la última barra, sin éxito, porque era la anterior, me doy cuenta de que esto ya no es tan buena idea.

—Se acabó el romanticismo por hoy —decido, quitándole la camiseta de los ojos e intentando no hacer demasiado movimiento—. En las películas lo pintan mucho más fácil.

Al mirar hacia la izquierda, sus ojos, después de entornarse para acostumbrarse al cambio tan brusco, se abren enormemente. No sé si expresando sorpresa, miedo, ganas de matarme o un poco de las tres.

—En las películas, cuando te destapan los ojos te encuentras una cena romántica, un pasillo lleno de pétalos y velas, una fiesta sorpresa... no un precipicio con caída directa a las vías de un tren.

—Ya, bueno, iré mejorando —bromeo—. Sube, anda. Pero ten cuidado ahí arriba. Siéntate con la espalda apoyada en la barandilla que hay a ambos lados y, sobre todo, agárrate fuerte.

Me hace caso sin poner objeción y termina de subir la escalera para, a continuación, sentarse en la parte izquierda del techo del tren, dejándome a mí un hueco justo enfrente. Cuando consigo colocarme en dicho lugar, la observo aferrada a la barra que nos impide caer, pero con los ojos cerrados y una media sonrisa en sus labios. La velocidad del transiberiano alborota nuestro pelo, el frío de Siberia se siente como pequeñas cuchillas clavándose por todo el rostro y el miedo a caer en cualquier momento, hace que la circulación deje de llegar a nuestra mano de lo fuerte que agarramos la barra. Pero la sensación de libertad es tan grande, que todo lo anterior deja de importar cuando cierras los ojos y respiras profundamente.

—¿Cuándo y cómo descubriste esto? —me pregunta abriendo los ojos.

—Un día antes de conocerte. Andaba sin rumbo por los vagones y me colé en este. No sabía que era el último y mucho menos que se podía subir al techo del tren, pero la sensación al hacerlo fue tan espectacular, que… —Echo un vistazo alrededor antes de volver a detenerme en ella, que me mira expectante—. Es como enamorarse. Al principio te invade el miedo, cuando comienzas a subir, el vértigo es apabullante. Pero una vez estás arriba, calada de frío hasta los huesos, dejándote llevar por la velocidad y disfrutando de todas esas sensaciones, es como si volaras.

Su mirada se vuelve curiosa, una pequeña sonrisa invade sus labios y mi corazón no sabe si volverse loco o relajarse.

—Eso sí que es romántico, Dak.

—Te dije que iría mejorando.

Nos dedicamos una sonrisa cómplice y algo tímida, me atrevería a decir. Después de un instante, aparto la mirada y giro el rostro a la derecha para contemplar el camino infinito de montañas que recorre el transiberiano a toda velocidad. El viento me golpea en la cara dándole una pequeña tregua a la dirección de mi pelo. Cierro los ojos e inhalo aire profundamente.

—Escribe nuestra historia, Dakota. —Su voz interrumpe mi exhalación y vuelvo a girarme para mirarla confusa—. Convierte estos días en ese libro que estabas buscando.

—¿Por qué quieres que haga eso?

—Para que recuerdes hasta el último detalle de lo que está sucediendo.

—No necesito escribir un libro para acordarme de ti, Chiara. Ni de todo esto. No voy a olvidarlo, te lo aseguro.

—No me entiendes. Ya sé que no vas a olvidarme. De hecho, no pienso permitir que lo hagas. Dentro de algunos años, cuando estés tomándote el primer café del día y le pongas una cucharada o dos más de azúcar, seré yo, intentando que te despiertes. O cuando estés muy agobiada por algo y tus manos parezcan de mantequilla porque todo se te cae, también seré yo, diciéndote que no pasa nada, que solo tienes que recuperar la perspectiva. Cuando sientas el viento en tu cara, estaré intentando acariciarte. Y si lo sientes a tu espalda, seguramente mi intención será impulsarte. Si algún día tropiezas, será porque te puse la zancadilla. Esto no tendrá ningún sentido oculto, solo estaré divirtiéndome, que no sé cómo de aburrido será el «más allá».

—Qué idiota eres, Chiara.

Mi voz sonó mucho más quebrada de lo que me hubiera gustado y es que el nudo en la garganta impide el paso de las palabras con normalidad. A pesar de ello, sonrío como una tonta que no sabe si quiere reír o llorar.

—Llevo días repitiéndote algo que debes estar cansada de escuchar: Vivir el momento. Aprovechar cada minuto como si fuera el último. Son frases trilladas. Tópicos de los más grandes. Palabras que, escuchamos continuamente y que quizás nos hacen reflexionar durante un tiempo, pero ¿Cuánto tardamos en olvidarlo? Ocurre una tragedia cerca de nosotras y nos paramos a pensar y cuestionamos nuestras prioridades. Nos proponemos vivir diferente. Menos quejas, menos preocupaciones banales y más disfrutar. Más vivir. Sin embargo, al cabo de unas semanas lo olvidamos. Volvemos a preocuparnos por cosas que no deberían importar tanto. Un día, podemos estar de pie en la cocina, comiendo cualquier cosa a toda prisa antes de ir al trabajo, seguramente pensando en las facturas que están a punto de llegar o en eso que tienes que hacer y no se te puede olvidar, y recibes una llamada para informarte de que, alguien a quien quieres acaba de sufrir un accidente. Simplemente estaba en el lugar equivocado a la hora equivocada y alguien, también equivocado, se habrá cruzado en su camino. Nos preguntamos, ¿por qué? ¿por qué a él o ella? ¿por qué a mí? Pues porque sí. Simplemente, porque sí. ¿Y cuál fue nuestra última palabra hacia esa persona? ¿Le habremos dicho los «te quiero» necesarios? ¿Habremos dado suficientes abrazos? ¿Podremos volver a hacerlo? O, tal vez pillemos un virus de estómago, de esos que te hacen estar en cama durante días, echando hasta el alma por la boca y con la cabeza a punto de estallar. Vas al médico y te mandan a casa con una dieta blanda y mucho líquido, porque, bueno, hay que expulsarlo. Y mientras sigues vomitando y vomitando, sintiéndote cada vez peor, también piensas en recuperarte lo antes posible, porque se te acumula el trabajo. No recuerdas exactamente qué trabajo, pero sabes que algo tienes que hacer. ¿Un juicio? ¿Una cita pendiente? ¿Una boda que realmente no quieres? ¿Qué le pasa a tu memoria? Y no ocurre. Los vómitos no cesan y el dolor de cabeza aumenta. Vas a otro hospital. Un médico demasiado joven como para haberse acostumbrado todavía a generalizar, frunce el ceño y decide hacerte una resonancia magnética. Y, vaya, resulta que el virus de estómago se convirtió en un tumor cerebral del que no te vas a curar. Porque nadie te garantiza el éxito de la operación y el tratamiento es incluso más duro que la propia enfermedad. Entonces lo recuerdas, aquello que tenías pendiente, era vivir. Porque da igual que tu memoria esté fallando a causa de ese intruso que tienes en el cerebro, lo ha hecho siempre, olvidándose de lo más importante: Vivir. La única palabra que damos por hecho hasta el último minuto. Hasta que desaparece entre nuestras manos sin que nos demos cuenta. Ahora me estás escuchando y comprendes lo que te digo, pero dentro de un año o quizás cinco, por mucho que recuerdes mis palabras, habrás olvidado su significado y no quiero que eso te ocurra a ti. La literatura es eterna, Dakota. Sobrevive al paso del tiempo. Así que, quiero que tengas la posibilidad de revivir este instante cada vez que sea necesario. No solo que leas mis palabras, sino que me veas mirándote, que me sientas tocándote y que esas lágrimas de emoción que asoman al borde de tus ojos ahora, dejen una marca al caer en aquellas páginas. O se carguen el e-book, depende. Y si le cuentas al mundo que un día, una loca se te atravesó en medio de Siberia para decirte cosas que seguramente ya sabías, para hacerte reír y gemir. Y si les haces sonreír y cuestionarse, aunque sea un poco. Dios, entonces nunca un cáncer habrá merecido tanto la pena.

¤

No sé cuantos minutos han pasado desde su petición y ese pequeño discurso que todavía me tiene el corazón encogido. La miro sin pronunciar palabra, llevo así un rato considerable y ella simplemente me devuelve una mirada tierna y paciente. Trago saliva, contraigo la mandíbula, me aferro a la barandilla y repito el proceso una y otra vez con la intención de controlar esas lágrimas casi congeladas que luchan por abandonar mis ojos. Es la única manera que encuentro de hacerlo. Solo hasta que el nudo en mi garganta se deshaga y las palabras adecuadas salgan sin dificultad, sin llanto, con convicción. Porque lo cierto es que no quiero escribir un libro sobre ella y tampoco sobre nosotras. No quiero recordar esta conversación dentro de unos años y pensar que está a mi lado sin estarlo. No quiero que deje de estarlo.

—Solo con una condición. —Sus ojos se hacen más pequeños, no sé si sorprendida porque por fin haya hablado o expectante por lo que esté a punto de decir—. Hagámoslo juntas. Escribamos cada línea y cada párrafo a la par. Y no te mueras, por lo menos, hasta que lo hayamos terminado.

Sus labios dibujan muy despacio una sonrisa algo temblorosa. Dios mío, que guapa eres, Chiara. Incluso en este momento de mierda, en el que me tienes el corazón roto y cagada de miedo, eres tan bonita que dueles.

—Habrá que empezar pronto, entonces.

Yo también le sonrío. Sé que son dos sonrisas cargadas de lágrimas y que ninguna de las dos quiere romperse todavía. No sabría de qué manera explicarle al mundo lo que se siente al saber que tu tiempo con alguien es limitado. Lo vives y todo es casi perfecto, salvo esos pequeños instantes en los que la miras y algo de tu cerebro te hace ser consciente de que un día ya no podrás volver a hacerlo. Te queda poco, así que intentas grabar en tu memoria cada gesto, cada peca escondida, los diferentes tonos de su color de ojos y las diferentes sonrisas que es capaz de emitir. Los matices de su voz y el sonido de su risa. Y es ahí cuando la persona te atrapa. Cuando sabes perfectamente que tiene sombras, como cualquier ser humano sobre la faz de la tierra. Tendrá sus días de mal humor, de histeria, de preocupación, manías que todavía no conoces y que quizás te pongan de los nervios, pero la luz que irradia es tan grande y tus momentos son tan bonitos junto a ella, que da igual. Da igual el tiempo que quede o el que ya haya pasado. Estás aquí y ella está aquí, y lo que sientes es tan real, que los motivos sobran.

—Deberíamos volver ya —propongo rompiendo el silencio—, porque si llega a aparecer un túnel, igual nos decapita y el mundo se queda sin su *best seller*.

Chiara asiente con una sonrisa y comenzamos la vuelta al interior del tren, resultando la bajada un poco menos peligrosa que la subida. Cuando cerramos la puerta detrás de nosotras y la ausencia de ruido vuelve a reinar en el lugar, mis oídos lo agradecen.

Caminamos en completo silencio por los pasillos del tren, cogidas de la mano y mirando al frente como si fuéramos las dueñas del lugar, como si no nos importara absolutamente nada la homofobia que existe en este país. Como si el mundo nos perteneciera en este instante.

—¿Es un buen momento ahora? —cuestiono sin más.

Ella me mira y aunque no aclaro exactamente a lo que me refiero, sonríe.

—Ahora, es siempre el mejor momento.

¤

Observo el documento en blanco y mis manos preparadas sobre el teclado. He vivido esta escena cientos de veces en los últimos meses. De hecho, es una imagen muy parecida al momento en el que conocí a Chiara. Estaba en este vagón, con este mismo portátil frente a mí y la misma hoja en blanco esperando convertirse en una historia. La única diferencia es que ahora esa chica que se sentó en el sofá de enfrente está justo a mi lado. Escucho su respiración y puedo incluso percibir su olor. Una de sus manos reposa sobre mi pierna y con leves caricias me transmite que no hay prisa, que me tome el tiempo necesario para estar lista. Me resulta muy difícil comenzar a escribir esta historia. No sé cuáles son las palabras adecuadas y no sé si voy a lograr plasmar la realidad tal y como está ocurriendo. Esto es tan mío, tan nuestro. Y nunca he escrito directamente sobre mí. Siempre me he escondido detrás de mis personajes, aportándoles lo que creo necesario, pero no todo. Sé que ahora tiene que ser distinto y que, en cierta manera, voy a exponerme ante todo aquel que algún día tenga este libro entre sus manos.

—Piensa en lo que estabas haciendo —me susurra—. Justo antes de que yo entrara, ¿qué hacías? ¿qué pensabas?

Trato de viajar en el tiempo y trasladarme a aquel momento. Han pasado tan solo unos días, pero lo cierto es que parece mucho más. Giro la cabeza a mi izquierda y me topo con la gran ventana, la misma que estuve contemplando durante toda aquella mañana e incluso días anteriores. El paisaje es distinto, eso sí, pero recuerdo a la perfección lo que hacía, lo que pensaba, lo que sentía.

—Observaba el paisaje correr a toda velocidad ante mis ojos —respondo. Vuelvo a mirarla y sus ojos brillan. Entonces entiendo de qué manera tengo que hacer esto—. El tren avanzaba sin parar, pero yo me sentía estancada en el mismo lugar.

—¿Y entonces?

—Tú —le sonrío y me corresponde con algo de curiosidad en su mirada—. Voy a contártelo todo.

11

—¿Comida favorita? —le pregunto.

—El cachopo de mi abuela.

Ladeo la cabeza y frunzo el ceño algo confundida.

—¿Eso qué se supone que es?

—Un plato típico asturiano en el que dos filetes de ternera hacen una especie de sándwich. Se coloca jamón y queso entre ambos, se empana todo y a freír. Tienes que probarlo, es una delicia. Aunque mi abuela debe tener un secreto milenario en su receta, porque he intentado hacerlos muchas veces y nunca me saben igual. Claro que, eso no es raro.

—No soy mucho de carne, pero seguro que el cha…

—Cachopo —interrumpe para ayudarme.

—Seguro que el cachopo de tu abuela me conquista.

—Siempre supe que te iba más el pescado.

Con la sonrisa de medio lado que me dedica y esa mirada traviesa que se gasta, me obliga a rodar los ojos. Aunque, sin siquiera proponérmelo, también sonrío.

—Qué chiste más fácil.

—Llevo prácticamente toda la noche despierta. Tampoco pidas que mi ingenio esté al cien por cien ahora mismo. Confórmate con un noventa y cinco.

—Yo —recalco señalándome a mí misma—, llevo toda la noche

despierta. Y tú llevas toda la noche babeándome el hombro, querrás decir.

—¡No mientas! —exclama, abriendo la boca enormemente—. Solo eché una cabezadita de vez en cuando. Y tú también dormiste.

Desde que nos sentamos a escribir, casi no nos hemos levantado ni para orinar. A base de sándwiches y cafés hemos pasado horas sumergidas en nuestra propia historia. Se hizo de noche, volvió a amanecer y aquí continuamos. Hacía mucho tiempo que no lograba adentrarme tanto en la escritura, de forma que las horas transcurrieran sin darme cuenta. De esa manera en la que no puedes parar y no te supone ningún esfuerzo, porque disfrutas. Disfrutas de lo que cuentas y al finalizar ciertos párrafos que te resultan épicos, una sensación de plenitud se instala en tu corazón. Lograste encontrar las palabras adecuadas para expresar tus ideas y emociones. Unas simples frases son capaces de abrirte en canal ante el mundo y hacerte sentir orgullosa de ello. Creo que no me había dado cuenta del aprendizaje que me ha aportado Chiara, hasta ahora. Hasta que me senté a escribirlo, con ella al lado, apoyando su cabeza en mi hombro a ratos y sin emitir ningún sonido. Jamás imaginé que podría escribir de esta forma. Siempre he necesitado demasiada soledad, demasiado silencio, concentración, pensar, escribir, borrar, reescribir. El simple pensamiento de que alguien pudiera estar mirando lo que hago, me resultaba abrumador. Pero ella ha sabido respetar tan bien mi espacio, que se ha limitado simplemente a acompañarme, responder mis preguntas y con su sola presencia, conseguir que me sea más fácil plasmar cada sentimiento que me provoca. Ahora está de nuevo en el asiento de enfrente, como la mañana en que la conocí.

—Hay algo que todavía no me has contado. ¿Cómo es que una

chica asturiana terminó viviendo en Estados Unidos?

—Mis padres tienen una historia de amor muy peculiar —Se encoje de hombros y niega riendo, como si dicha historia fuera increíble—. Nací y vivimos en Llanes hasta mis ocho años, más o menos.

—¿Me cuentas esa peculiar historia?

—Mis abuelos eran amigos de toda la vida y mis padres se conocieron prácticamente al nacer. Fueron vecinos, mejores amigos y primer amor el uno del otro. Pero mi abuelo paterno era algo estricto, quería un hijo exitoso, con una buena carrera y el reconocimiento que, según él, no tendría en un pueblo. Así que, cuando iba a comenzar la universidad, decidieron irse a Madrid. De ahí, no sé cómo, terminó en Miami.

—Pues vaya faena para tu padre.

—No creas. Siempre dice que gracias a eso ha logrado todo lo que ha querido y que, si se hubiera quedado en Llanes, como mucho tendríamos ovejas, vacas o un barco pesquero.

Aunque se ríe al contarlo, siento que hay algo en esta historia que le provoca cierto grado de tristeza o decepción.

—Pero entonces, ¿qué pasó con tu madre?

—Transcurrieron bastantes años. Ella continúo su vida normal, fue a la universidad en Oviedo para estudiar Filosofía y se unió al movimiento hippie de finales de los 70. Dejó la carrera y terminó viviendo en Ibiza, dentro de una furgoneta, haciendo artesanía para sobrevivir.

—¡Es de las mías! —exclamo, absolutamente sorprendida—. Eso sí que no me lo esperaba.

—Sí, nunca he llegado a entender del todo que haya renunciado a aquello. Un día, la detuvieron por escándalo público. Ella y unos amigos se habían colado en la plaza de toros para impedir la corrida de aquella tarde.

—Por favor, era una revolucionaria de la época. Creo que ya me empiezan a encajar algunas piezas del puzle.

—Pues todo esto me lo han contado mis abuelos, porque ella jamás ha pronunciado una palabra al respecto. De hecho, es la primera vez que lo cuento y me parece que estoy hablando de otra persona. Si conocieras a mi madre ahora, no me creerías.

—¿Tanto ha cambiado? En el fondo debe quedarle algo de esa juventud libre, ¿no?

—Si es así, lo debe tener enterrado, dentro de una caja fuerte y con contraseña, porque te prometo que es una mujer muy diferente.

—Sigue contándome.

—Aquí viene lo fuerte: ¿Quién crees que la sacó del calabozo aquel día?

—¡No! —vuelvo a exclamar sorprendida y ella asiente.

—Había regresado a España para realizar sus últimas prácticas y al terminar la carrera de derecho, le ofrecieron un puesto en el que la mayor parte del tiempo tenía que tragarse las guardias como abogado de oficio.

—Esto es de película.

—Totalmente. Fui el resultado del reencuentro de dos amantes que el destino parecía empeñado en juntar —Al tono dramático le añade una semi carcajada—. Mi madre se olvidó de la vida que llevaba y volvieron a Llanes para que yo naciera allí. Él consiguió trabajo en Oviedo y vivimos con mis abuelos maternos hasta que decidió que esa no era la vida que quería para sí mismo y tampoco para mí. Entonces nos mudamos a Miami.

—¿Y tu madre se adaptó a todo? ¿Así, sin más?

—Supongo que el haberse reencontrado con su primer amor y el hecho de tener una hija, hicieron que se olvidara de quién era en realidad.

—¿No crees que en algún momento lo ha extrañado?

—Estoy segura de que nunca ha sido feliz, Dakota, pero también creo que su cobardía o comodidad han sido más poderosas que sus ideales. Cuando mis abuelos me contaron esta historia, comprendí por qué mi madre se volvía más fría y ausente con el paso de los años. Cada vez se sentía más lejos de sí misma y más cerca del personaje que interpretaría el resto de su vida. Es una buena madre, no me malinterpretes. Ambos lo son. Nunca me ha faltado de nada y él siempre ha trabajado muy duro para darnos lo mejor, pero creo que ella no nació para ser una mujer de sociedad, una esposa y madre abnegada, y eso le ha pasado factura toda la vida. ¿Por qué renunció a ser quién era? ¿Por amor? ¿Por mí? Hubiera preferido tener la posibilidad de contarle a mi madre que, por las noches, sueño con dedicarme a la música y no con estar frente a un jurado. Pero bueno, cada uno tiene sus problemas y toma sus propias decisiones. No puedo culparlos a ellos por mi propia cobardía ni por abrir los ojos tarde. Es solo que, me hubiera sentido muy orgullosa de una madre feminista y revolucionaria.

—Por eso te dije que me empiezan a cuadrar las piezas del puzle. Tal vez ella haya renunciado a la persona que era, pero aquí estás tú. Te heredó la locura y la personalidad arriesgada. A lo mejor ahora mismo se está sintiendo orgullosa de que su hija sea más valiente de lo que ella fue.

—Es posible —sonríe, bajando la mirada con nostalgia.

—¿No crees que deberías contarles…

—Sí —interrumpe, volviendo a alzar la vista—, pero todavía no. Sé que intentarían que regresara, que me tratara. Creo que serían capaces de buscarme por cielo, mar y tierra, y me despertaría en un hospital sin recordar nada de lo que haya pasado.

—Qué exagerada eres.

—Les contaré lo que ocurre, pero aún no. Y ahora cambiemos de tema, que te estoy dando demasiado material de escritura.

—La verdad es que sí. Si llego a saber todo esto, no me hubiera ofendido cuando el primer día me sugeriste que te utilizara para ello.

—Imbécil.

Le guiño un ojo y nos quedamos así durante unos segundos, mirándonos y sonriendo como ya estamos acostumbradas a permanecer en ocasiones. Ella tenía razón al decirme que sus padres habían tenido una historia muy peculiar. A priori, es realmente romántica; un primer amor que, a pesar de la distancia, terminan volviéndose a reunir y compartiendo el resto de su vida. Pero ¿hasta qué punto eso es cierto? ¿Compartían la vida? ¿O su madre se limitó a vivir la que su padre quiso? Eso no tiene nada de romántico.

—Si supieras la tranquilidad que transmites —comenta, pillándome fuera de juego—. No pongas esa cara, seguro que no es la primera vez que te lo dicen.

—Mi madre solía decir que, hablando conmigo encontraba las respuestas para todo, aunque no dijera nada. Y si no, daba igual.

—¿Ves? —Asiente, como si estuviera completamente de acuerdo—. Estaban muy unidas, ¿verdad?

—Siempre fuimos ella y yo solas —Me encojo de hombros—. Supongo que eso crea un lazo especial. Solo nos teníamos la una a la otra. Bueno, mi abuela estuvo ahí para nosotras en todo momento. Pero sí, nos lo contábamos todo. Cuando llegaba del trabajo estresada y de mal humor porque le había pasado algo, le preparaba un sándwich de queso y un vaso de leche con miel —Me dedica una sonrisa burlona, al tiempo que alza una de sus cejas—. Era todo lo que sabía preparar a esa edad, ¿vale? El caso es que, era curativo. Siempre terminaba mirándome seria y diciéndome que debería ser yo quien le contara mis problemas preadolescentes y ella quien me diera sabios consejos o, simplemente, me escuchara. Que estaba madurando demasiado rápido, pero que, si no fuera por esos momentos, se volvería realmente loca. Sin embargo, creo que, al morirse, cambié mi forma de relacionarme con el mundo.

—Puede que te hayas vuelto más huidiza y empeñado en no dejar a la gente acercarse más de lo que tú quieras permitir, pero por lo menos yo, creo que sé a lo que se refería tu madre. Tu presencia da tranquilidad, Dak. Tu forma de mirar tiene una profundidad y verdad, que me hace sentir que estás aquí, que me escuchas y me comprendes, aunque no pronuncies una palabra. Tu persona es como un calmante natural.

—No estoy segura de que eso sea un piropo si viene de la persona con la que te acuestas.

—¡Qué idiota! —exclama con una carcajada. Poco a poco, dicha risa se va convirtiendo en una sonrisa de lo más cómplice por ambas partes. Incluso algo tímida, diría—. Creo que es hora de darme una ducha y cambiarme de ropa. El paisaje empieza a llenarse de casas y eso significa que en breve llegamos a Jabárovsk.

—Sí, yo voy a hacer lo mismo —Bajo la tapa del portátil y estiro un poco mi espalda antes de levantarnos, sintiendo como cada uno de los huesos me crujen en el acto—. Tengo el cuerpo entumecido.

—Llevas en la misma posición demasiadas horas. ¿No quieres descansar un poco antes de salir?

—No. Ya descansaré esta noche —De nuevo, esa sonrisa traviesa y esa ceja alzada, me vienen a advertir que nada más lejos de la realidad—. Bueno, da igual, no me pongas nerviosa —Ella sonríe todavía más, al haber logrado su objetivo y yo, paso mi brazo alrededor de sus hombros para emprender la marcha de vuelta a nuestras respectivas habitaciones—. El caso es que no quiero descansar. Vamos a ver qué nos ofrece esta penúltima ciudad.

—Buena actitud. ¿Has pensado en algo concreto que te apetezca hacer?

—Pasear contigo. Me da igual hasta donde lleguemos.

—¡Oye! —Se detiene de súbito, ejerciendo presión con la mano que rodea mi cintura—. Estás mejorando a pasos agigantados con eso del romanticismo. Me gusta.

Niego con una sonrisa y continuamos caminando hacia mi habitación, que es la primera parada. Nos detenemos junto a mi puerta, deshaciéndonos del agarre y sin muchas ganas de despedirme, vuelvo a sonreírle.

—¿Vengo a buscarte cuando hayamos llegado a la estación?

—Aquí te estaré esperando.

—Muy bien. —Ella también sonríe. Nos quedamos de nuevo en silencio, mirándonos como un par de idiotas que no saben muy bien qué decir. Parece que ninguna de las dos está dispuesta a separarse todavía—. ¿Piensas darme un beso? ¿o vamos a estar mirándonos como adolescentes enamoradas hasta que la bocina nos deje sordas?

—Lo que yo avanzo en el romanticismo, tú lo retrocedes, ¿te fijas?

—Somos puro equilibrio —susurra, acercándose y descendiendo la mirada hacia mis labios. Antes de que yo pueda reaccionar y abalanzarme, es ella quien atrapa mi boca con una decisión que impone, volviendo mis piernas de mantequilla. Nuestras lenguas se encuentran de manera fugaz, en un visto y no visto. Sus dientes atrapan mi labio inferior y sin siquiera darme tiempo a saborear el beso, se separa, dedicándome una mirada de lo más traviesa y satisfecha. A continuación, se da la vuelta y se aleja, sin más.

—¡¿En algún momento te cansas de ser un arma de seducción pasiva?! —pregunto alzando la voz para que pueda oírme a distancia. Una carcajada es lo último que escucho mientras ella continúa alejándose por el pasillo y el dolor en mi mandíbula me recuerda que, de nuevo, por su culpa, tengo una estúpida sonrisa dibujada en la cara.

¤

El tren aminora su marcha mientras poco a poco voy observando, desde la ventana de mi habitación, los edificios que componen la estación de Jabárovsk. Hace ya varios kilómetros que se puede ver nieve y obviamente, al llegar no iba a ser de otra forma. Estamos tan cerca de china, que resulta difícil no sentir la tentación de cruzar la frontera y visitar de manera fugaz el país asiático. Esta es la penúltima parada de la ruta del transiberiano y, por un lado, siento que el tiempo ha pasado volando, que ha sido un viaje muy distinto a los que he hecho hasta ahora. Chiara y yo nos hemos centrado más en estar juntas que en conocer las ciudades y eso ha sido completamente nuevo para mí, pero no por ello menos satisfactorio. Desde que regresé al tren después de conocerla, supe que esto no iba a ser igual a las otras veces. Y, por otro lado, el corto espacio de tiempo ha sido tan intenso, que podría decirse que llevamos meses viajando sobre reíles. Me da pena que se acabe. Estaría dispuesta a comenzar la ruta de nuevo en cuanto llegáramos a Vladivostok, quizás a la inversa. Con ella. Aunque en esta ocasión, evitaría el *Golden Eagle* y la convencería para hacer el viaje de verdad, el de dormir en hostales o literas junto a desconocidos, sumergirte en la cultura de la ciudad y no dirigirte a la siguiente hasta haberte cansado. Estoy segura de que le encantaría algo así. ¡Tengo que proponerle un interrail! Yo hice uno para explorar Italia, pero intuyo que recorrer Europa de esa manera, junto a Chiara, tiene que ser una auténtica aventura.

Llaman a la puerta de mi habitación y una sonrisa automática se instala en mis labios al anticipar su presencia. Me pongo nerviosa, como si alguna parte de mi cerebro todavía no se hubiera acostumbrado a verla, por muchas horas que pase junto a ella.

—Cariño, ya estoy en casa —saluda con una sonrisa de medio lado en cuanto le abro. La miro de arriba abajo sin disimulo alguno, aunque esta vez no es por haberme quedado maravillada con su aspecto. Bueno, también.

—¿No ibas a cambiarte de ropa?

—Eso hice —se encoje de hombros, mirando su propio cuerpo—, pero mientras tenga puesta tu sudadera, no me la podrás quitar. El único inconveniente es que cada vez huele menos a ti y más a mí.

—Recuérdame que después le ponga mi colonia.

—¿Eso quiere decir que me la vas a regalar? —El brillo de ilusión que invade su mirada de manera automática, casi me convence.

—No. —Rueda los ojos y resopla con fastidio, provocándome una risa inevitable—. ¿Vamos?

—Vamos, corta rollos.

Termino de coger mis cosas y nos dirigimos hacia la salida del tren. La afluencia de gente en la estación es bastante importante, ya que, estamos en la capital del distrito federal del Lejano Oriente. De hecho, la ruta del ferrocarril transiberiano se construyó primero desde Vladivostok hasta Jabárovsk y posteriormente, desde Moscú hasta Jabárovsk. Sinceramente, el interior de la estación no es nada del otro mundo, pero al salir de ella y girarme para observar su fachada un instante, me quedo absolutamente maravillada. Un conjunto de edificios de paredes amarillas, coronadas por imponentes tejados verdes y ventanas en forma de arco, se alzan sobre nosotras como si estuviéramos en el interior de un cuento. La plaza que rodea la estación es enorme y está repleta de zonas verdes que ahora mismo se encuentran grisáceas y blancas a causa del frío y la nieve. Unas altas farolas negras son el complemento perfecto para hacerte sentir en el interior de un país mágico. Hace mucho frío. Demasiado para lo que soy capaz de soportar, pero la estampa consigue que, incluso eso, se me olvide.

Chiara, junto a la mayoría de los pasajeros que abandonan el transiberiano y yo, caminamos hacia el frente para tomar el transporte que nos llevará al distrito central de la ciudad. La línea 1 de autobús se acerca, permitiéndome ver su gran tamaño. Es doble y una especie de acordeón separa ambas mitades. Cuando se detiene frente a nosotras, la gente se agolpa para entrar por alguna de sus puertas y antes de que estas se abran, empiezan los empujones. Accedo al interior sintiéndome encerrada en una lata de sardinas, pero al darme la vuelta y ver que Chiara no está detrás, el corazón se me detiene unas milésimas de segundo. Me invade un bloqueo que me impide incluso reaccionar. Solo veo cabezas a mi alrededor, olores mezclados que me llegan a marear y una leve sensación de pánico que me impide moverme. Entonces, se abre un pequeño hueco entre la gente que hay a mi lado y esos ojos azules bajo un ceño fruncido, consiguen que vuelva a coger aire.

—¿Eres idiota? —pregunta, dándome un manotazo con malos humos—. Vaya susto me acabas de pegar.

—¿Yo? Pero si eras tú la que venías detrás. ¿Dónde te metiste?

—No sé, me despistó la multitud y entré por otra puerta. Casi me da un infarto cuando me di cuenta de que no estabas. Y tú aquí, tan tranquila y sin buscarme.

—Estaba procesando la información. Todavía lo estoy intentando, de hecho.

—Pues mientras procesabas la información nos podríamos haber perdido.

Coloco una de mis manos en la parte baja de su espalda y atraigo su cuerpo para que, entre las dos, no quepa ni una partícula de aire. Me mira sonriendo, su ceño fruncido se relaja y el autobús emprende la marcha haciéndonos perder ligeramente el equilibrio entre risas.

Lo más agradable del trayecto es estar pegada a ella durante media hora, porque la verdad es que de Jabárovsk todavía no hemos conseguido ver nada. La megafonía del autobús dice algo en ruso y Chiara me indica con un movimiento de cabeza que esta es nuestra parada. Así que, comenzamos a intentar abrirnos paso entre la multitud, en esta ocasión, bien agarradas de la mano. Por primera vez desde que llegué a Rusia, estoy agradeciendo el aire helado en mi cara al volver a pisar tierra firme. Casi nos asfixiamos ahí dentro.

No nos hace falta dar muchos pasos para, en seguida, visualizar uno de los puntos que hay marcados en el mapa: la enorme y preciosa iglesia Uspensky. La había visto en fotografías, pero en vivo impresiona todavía más. Sus cúpulas azules y doradas consiguen que también parezca sacada de un cuento y ver nevada la plaza Komsomolskaya, es una maravilla. Hay que reconocer que la arquitectura de las iglesias ortodoxas me parece fascinante. Una autentica recreación para la vista. Ambas nos quedamos observándola durante varios minutos. Sin ningún tipo de prisa, pensando en a saber qué cosas. Definitivamente, me parece la iglesia más bonita que he visto hasta ahora.

Emprendemos de nuevo la marcha para rodear la plaza y al otro lado vemos unas enormes escaleras que bajan hasta la playa fluvial del río Amur. Obviamente, la playa está desierta, pero merece la pena bajar las escaleras solo para observar la iglesia desde esa perspectiva. Impresiona todavía más.

Continuamos caminando y perdiéndonos entre las calles del centro. Es cierto que tenemos un mapa con los mayores puntos de interés señalizados, pero ninguna de las dos tiene intención de consultarlo con mucha frecuencia. Pasear y descubrir las callejuelas por nosotras mismas es mucho más interesante. Llegamos a un parque en el que hay algunas estatuas del periodo soviético y un puesto de comida que desprende un olor exquisito. Al acercarnos, todas las descripciones están en ruso, pero veo expuestas una especie de empanadillas que huelen de manera sublime y, automáticamente, me abren el apetito.

—Se llaman Cheburek —informa Chiara—. Tenemos de carne, pollo, queso, huevos, arroz. Son como empanadillas. Me apetece una de pollo, ¿a ti?

—Queso —respondo, sin dudar ni un segundo—. Estoy empezando a salivar de solo verlas.

Ella misma se encarga de pedirlas al señor que atiende el puesto ambulante y yo me aseguro de ser más rápida para pagarlas, aunque me lanza una mirada que a cualquiera acojonaría. Están calientes, ¡qué delicia! Nos dirigimos hacia uno de los bancos para poder comer con tranquilidad y al sentarnos me doy cuenta de las maravillosas vistas que tenemos. No creo que sea capaz de aguantar quieta mucho tiempo sin morir congelada, pero merece la pena hacer el esfuerzo por disfrutar de semejante imagen de postal navideña. El sol brilla tanto hoy, que a la nieve le está resultando difícil mantenerse. Da la sensación de que luchan por demostrar quien tiene más derecho de estar aquí en pleno invierno, o tal vez, ambos hacen un esfuerzo enorme por permanecer al mismo tiempo para regalarnos esto tan especial. Un par de niños juegan a perseguirse alrededor de una fuente, mientras un grupo de ancianos llevan a cabo algún juego de mesa por parejas. El resto parecen turistas, analizando cada monumento con atención, fotografiándose frente a los más significativos. Y luego, estamos nosotras, observándolo todo desde un banco mientras disfrutamos de un Cheburek que, por cierto, está delicioso. Estas personas parecen felices. Las más pequeñas, preocupándose por correr más rápido que su acompañante para alcanzarle y sentir la satisfacción del día entre risas. Las mayores, viviendo ese tramo en el que su único deber ahora, es disfrutar. Ya han trabajado todo lo que tenían que trabajar y, seguramente, han ganado todo lo que tenían que ganar, económicamente hablando. Unas, en la primera etapa de su vida y las otras, entrando en la última. Me giro para buscar a Chiara y su mirada, que también había estado observando el panorama, recae sobre mí. Sus ojos expresan intriga y al borde de mis cuerdas vocales se detienen cientos de palabras que todavía no sé canalizar, un cúmulo de emociones que no sé conducir hacia el exterior más que en forma de sonrisa. Ella, algo confusa, me devuelve el gesto de manera dulce. Sus ojos celestes parecen pertenecer a este lugar. Parecen fundirse con el paisaje medio nevado mientras el sol los hace brillar como nunca. Dicen que el azul es un color frío, pero yo no he visto jamás una mirada más cálida que la suya. No me cambiaría por ninguna persona de este parque, aunque todo se volviera fácil de repente.

—Eres una maldita montaña rusa, ¿lo sabías? —Ella no responde. Simplemente me mira con un atisbo de comprensión y continúa sonriendo—. Por cierto, ¿te apetece ir a ver una ópera mañana? Espero que la respuesta sea sí, porque ya compré las entradas.

—¿En Vladivostok? —Sus ojos se iluminan en el acto y asiento—. ¡Por supuesto! Pero ¿a ti te gusta la ópera?

—No lo sé. Nunca he asistido a una y resulta que en la primera no voy a entender ni una palabra porque será en ruso. Pero se supone que lo importante es la música, ¿no?

—¡Dakota! —exclama, entre alarmada y divertida.

—Tranquila, que estará siendo subtitulada simultáneamente en inglés.

—¿Qué ópera es?

—*Christmas Eve.*

—¿La de Rimsky-Korsakov? —cuestiona con sorpresa.

—Sí, pero no me preguntes más, porque no tengo ni idea de música clásica. Luego te enseño el folleto, que lo tengo en el ordenador. ¿Te parece si volvemos a caminar? Estoy empezando a congelarme.

Me mira con ternura desde abajo mientras me levanto.

—No podrías vivir en Rusia, ¿verdad?

—Tendría que volver en verano para darte una respuesta.

—Qué rápido encontraste una excusa para venir de nuevo —Se pone en pie ella también y rodea mi cintura con su brazo para comenzar a caminar. Desde luego, el frío es mucho más llevadero de esta forma—. Gracias por las entradas. Has vuelto a sorprenderme con algo que ni se me pasaba por la cabeza.

—Solo espero no quedarme dormida como le pasaba a tu ex. Perdería todo el encanto y los puntos de golpe.

—No perderías el encanto ni los puntos, aunque me roncaras seductoramente en el oído.

Estallo en una carcajada mientras continuamos caminando para comenzar a explorar las calles del Bulevar Amursky.

La tarde empieza a caer sin que apenas nos demos cuenta, el

sol calienta cada vez menos y el aire frío se cuela por cualquier orificio de mi rostro. Estoy segura de que tengo la nariz roja como Rudolf, y las manos, de no ser por los bolsillos del abrigo, las tendría rompiéndose en pedacitos. No me acostumbro a que anochezca tan pronto y mucho menos a la locura de horarios que tiene un viaje en el transiberiano, en el que atraviesas nada más y nada menos, que ocho husos horarios. Aunque, no acostumbrarme, no quiere decir que no me esté pareciendo una sensación única. Sin duda, es algo que solo se puede experimentar en un viaje como este, en un país como Rusia. Y tiene su encanto.

Nos topamos de golpe con un monumento que llama nuestra atención en el acto: dos instrumentos musicales enormes, colocados en vertical y unidos por un aro en la superficie, sobre el que reposan algunas palomas blancas. Chiara se acerca a leer la inscripción y yo la sigo, aunque como era de esperar, no entiendo ni una palabra.

—Canción de amistad —lee en voz alta—. Monumento que conmemora el veinte aniversario de las relaciones entre Khabarovsk y Harbin tras las disputas durante la Segunda Guerra Mundial. Aquí se expone la representación de una balalaika por Rusia y una pipa en honor a China, países amigos en la actualidad.

—Es precioso —comento, mirando perpleja la altura del monumento.

—No tenía ni idea de su existencia. ¿Esto está marcado en el mapa?

—No lo sé. Pero ¿sabes qué si no llego a estar contigo, me hubiera quedado sin saber su significado? Eres *Google Translate* con patas. —Un golpe acompañado de su contagiosa risa va a parar directo a mi abdomen.

Continuamos caminando entre las callejuelas, perdiéndonos

durante minutos, observando a los transeúntes andar con prisa, hablar por teléfono, cuando otra obra de arte nos hace detenernos al mismo tiempo. En esta ocasión se trata de un *graffiti* que, desde luego, no esperaba encontrar a este lado del mundo. El dibujo de dos mujeres con hábito de religiosas, bueno, en realidad del hábito solo les queda el velo, porque están prácticamente desnudas. Una de ellas lleva medias y una ropa interior sexy, mientras que la otra, además de su velo, solo lleva una liga con una cruz. Se encuentran en una postura claramente sexual, con sus labios a escasos centímetros y está firmado por *Epic Days*. No tengo ni idea de quién o qué es *Epic Days* y tampoco cuál fue su intención al realizar un dibujo que para muchas personas puede ser objeto de controversia, pero lo que sí sé, es que no me da la sensación de que lo hayan hecho buscando lo obsceno. Todo lo contrario. Por la expresión de esas mujeres y lo que me transmite, da la sensación de que es algo reivindicativo.

—Necesitamos una foto aquí, por dios.

Chiara comienza a buscar algo en el interior de su bolso y no tarda demasiado en sacar un teléfono que es la primera vez que veo. Me recuerda que el mío debe estar también en algún lugar, puede que, incluso, sin batería y apagado. Hasta ahora no me había parado a pensar en la poca falta que nos ha hecho, durante estos días, este aparato que a veces parece imprescindible para el mundo. Es cierto que los móviles son un gran avance para la comunicación humana. Nos permiten estar en contacto a tiempo real con nuestros seres queridos, rompen la barrera de la distancia y nos acercan a quienes están lejos. Pero a veces, también nos alejan de quienes están cerca. Y no solo de las personas, también de nuestro entorno. Caminamos mirando una pantalla, perdiendo de vista todo lo que nos rodea. Es curioso que el ser humano sea capaz de llevar algo tan bueno a un extremo tan triste.

Ella vuelve a rodear mi cintura para atraerme y aleja el móvil enfocando nuestras caras en la pantalla y asegurándose de que el *graffiti* también aparezca.

—¿Este cuál es? ¿El Iphone 25S Plus? —pregunto para picarla.

—Cállate.

Junta nuestras mejillas y hace la primera foto. A continuación, vuelve a acercar el teléfono para verla. Nuestra risa y expresión es de lo más natural, totalmente nosotras cuando estamos juntas. Nunca lo había visto reflejado en una imagen y, de manera inconsciente, sonrío. ¿De verdad que tengo esta cara de tonta cuando estoy con ella?

—¿Me la enviarás?

—Cuando te dignes a darme tu número —responde, encogiéndose de hombros—, que es muy fuerte que me hayas llevado a la cama antes de pedirme el teléfono.

—Qué cara más dura tienes, guapa.

Me saca la lengua y vuelve a extender el brazo con la intención de hacernos otro *selfie*, pero un impulso me obliga a posar mi mano en su mejilla y girarle la cara para atrapar sus labios en un beso cálido y tranquilo, sin más pretensiones que inmortalizar uno de nuestros besos. Sin embargo, ella decide ignorar mis intenciones y lo profundiza, colocando sus brazos alrededor de mi cuello. Su traviesa lengua se abre paso entre mis labios, un hormigueo comienza a ascender por mi estómago, rodeo su cintura para pegarla más a mí si es posible y durante unos segundos, nos olvidamos del mundo. Del mundo, de Rusia, del final del viaje y de la vida. Estamos solo ella y yo, en este momento, transformando el frío en calor y el tiempo en eternidad. Porque la vida es eso; una colección de instantes finitos e infinitos, pasajeros y eternos. Porque pase lo que pase, nadie nos va a arrebatar este, nuestro momento.

Mientras el juego de unos labios ansiosos por sentirse se va volviendo cada vez más lento, el latido de mi corazón no disminuye en absoluto. Besar a Chiara a veces resulta frustrante, porque es como si nunca lo hubiera hecho. Como si antes de ella, jamás hubiera besado, ni acariciado, ni sentido. Mi memoria lo recuerda, pero mis labios aseguran que aquello estaba muy lejos de ser esto. Cuando el aliento da signos de necesitar recuperarse, unimos nuestras frentes.

—La chica que el otro día se quedó mirando pensativa a una pareja de mujeres que paseaban, cariñosamente, por «la Rusia de Puntin», acaba de besar a su chica en medio de una calle del mismo país —susurra contra mis labios—. Qué vueltas da la vida, ¿no?

—Bueno, es que yo te iba a dar un besito para la foto, pero tú me metiste la lengua hasta la garganta —bromeo. ¿Acaba de definirse a sí misma como "mi chica"?—. Además, Rusia no es de Putin, es de las rusas y los rusos. Te confieso que cuando vimos a esas chicas no supe si eran valientes o un poco temerarias. Sería de ilusas pensar que este es un país abierto a la diversidad sexual en el que no va a suponer ningún problema caminar de la mano o tener muestras de cariño en público, pero el adoctrinamiento homofóbico hay que cambiarlo; con referentes, con educación, con visibilidad. Es la única forma. Cuando las vi a ellas, entendí que aquí también existe un sector que necesita su revolución.

—La revolución de unos pocos traerá la evolución para todos, ¿no?

—Exactamente.

—No hay tiempo para el miedo y la opresión, Dak.

Esto último lo dice suspirando contra mis labios y cerrando los ojos un momento. El instante se alarga tanto, que hubiera pensado que se quedó dormida de pie y con su frente apoyada en la mía, si no fuera porque el ritmo de su respiración me indica que está completamente despierta.

—¿Estás bien? —susurro acariciando su mejilla.

—Mejor que nunca —Abre los ojos y me mira con una sonrisa radiante. Ojalá supiera lo que pasa por su mente en ciertos momentos—. ¿Seguimos?

Después de asentir, comenzamos de nuevo a caminar entre calles escondidas de la ciudad, pero por algún motivo, nuestra dirección vuelve a encaminarse hacia el río. Supongo que lo tenemos como referencia para no perdernos, ya que en la nocturnidad cuesta mucho más orientarse. Mientras lo mantengamos a la vista, encontraremos la forma de regresar. Además, el paseo que lo recorre está precioso; a lo lejos se ve una gigantesca hilera de luces atravesando el río de una orilla a otra. Es el puente que lo cruza y su tamaño impresiona ahora mucho más que cuando aún había sol. Un poco más cerca se aprecia la imagen de una noria muy alta, también iluminada. Debe estar a tan solo unos minutos de donde nos encontramos, porque mientras más avanzamos, más grande se vuelve la rueda de luces. Hay personas caminando en ambas direcciones por el paseo, aunque realmente no pasean. Parece que llevan bastante prisa y no me extraña, tenemos que caminar rápido para que el frío sea más soportable. Me pregunto qué temperatura hará falta para que el río se congele. He visto fotos del Amur helado, pero deben bajar los grados a un nivel tremendo para conseguir tal cosa. A los pies de la noria se agolpa todavía más gente. Me recuerda mucho al ojo de Birmingham, con su enorme explanada y su pista de patinaje sobre hielo. En cuanto descubrimos la atracción y a las decenas de personas adultas, mayores y pequeñas que se deslizan de un lado a otro como si lo hubieran hecho toda la vida, junto a otras que no se separan de la barandilla, Chiara se gira para mirarme con un brillo en los ojos que me pone a temblar sobre la marcha, anticipando lo que viene ahora.

—¿Vamos a patinar? —pregunta emocionada.

—Siento estar a punto de ser de nuevo tu aguafiestas, pero no sé patinar. Ni siquiera con patines de ruedas. Bueno, con esos que tienen cuatro en paralelo sí.

—No sabes conducir, no sabes patinar. Va creciendo la lista de cosas que tengo que enseñarte, Dak.

Me encojo de hombros y ella, sonriendo, me agarra la mano y comienza a dirigirme hacia la pista.

—¿Qué se supone que estás haciendo?

—En algún momento habrá que empezar con esa lista, ¿no? Que al final se me acumula la tarea.

—Chiara, esto va a ser un completo desastre —le advierto, mientras soy arrastrada—. ¿Ves a todas esas personas que se agarran a la barandilla y no la sueltan ni a palos? Pues yo voy a ser peor. Mucha suerte sería que consiguiera ponerme de pie. No tengo ganas de terminar la noche en un hospital por haberme roto los dientes. Encima dejaría de gustarte. Y, además, será muy penoso pegarme la hostia del siglo delante de ti. Hay límites, Chiara —suspiro—. Déjame conservar un poco de dignidad, por favor.

—Dakota, ¿te quieres callar? —Se da la vuelta para mirarme con los ojos muy abiertos y muy brillantes, como si estuviera alucinando—. Vaya verborrea. No es tan difícil como parece, ya verás.

—¿A quién pretendes engañar? Eso tiene pinta de resbalar un montón. Mira, mira, si esos se sueltan un poco y ya tiemblan —Señalo a un grupo de adultos que continúan sin separarse de la barandilla—. En serio, ¿no podemos empezar por los de ruedas?

—¿Tú ves algunos patines de ruedas por aquí? Además, ayer querías hacer algo de película romántica. ¿Qué puede haber más romántico que patinar juntas sobre hielo?

—No abrirme la cabeza en el intento, por ejemplo.

Negando con una sonrisa, se inclina hacia adelante y me deja un beso fugaz en los labios. Tan fugaz, que apenas me da tiempo a sentirla, cuando vuelvo a tener sus ojos azules mirándome con unas pupilas tan dilatadas por la oscuridad, que casi ni se distingue dicho azul.

—Eso, tú provoca a las masas, que ahora a lo mejor me tiran a propósito, por lesbiana.

Su carcajada logra que todas las personas de la fila se den la vuelta para mirarnos. Los escasos minutos que permanecemos haciendo cola para acceder a la pista se me vuelven eternos. Creo que, a medida que avanzamos un paso, más ganas tengo de salir corriendo. De verdad, que a mí esto no se me va a dar bien, que siempre he sido muy torpe con los deportes y de pequeña llegaba a casa hecha un auténtico cuadro después de haber estado practicando con el monopatín. Al final le cogí el truco y me encantaba, pero eso fue hace tantos años, que ahora no sería capaz ni de subir ambos pies a la tabla. Además, el patinaje sobre hielo es completamente distinto. El simple pensamiento de que tengo que mantener el equilibrio sobre unas finísimas y afiladas hojas, me hace sudar en el mismísimo polo norte.

—¡Nos toca! —exclama Chiara, con la emoción de una niña el día de reyes.

Una chica y un chico, que parecen ser los encargados de la atracción, nos entregan un par de patines de la misma talla a cada una. El banco en el que tenemos que sentarnos para poder calzarnos está rodeado de una manta de zapatos que hay que esquivar. Madre mía, pronto los nuestros estarán entre esa multitud. Espero que al salir los encontremos. Chiara, una vez lista, se pone de pie como si de una patinadora profesional se tratase y yo la miro perpleja.

—¿Hay algo que hagas mal?

—Cocinar —responde tras haberse quedado pensativa unos segundos para hacerse la interesante—. Soy capaz de incendiar una cocina en cuestión de minutos.

—Recuérdamelo si algún día te pido que hagas una ensalada.

—Trato hecho.

Frunzo el ceño con algo de preocupación y temor a partes iguales.

—Sabes que no tienes que encender el fuego para preparar una ensalada, ¿verdad? —Ella se encoje de hombros, como si no hubiera cortado una lechuga en su vida—. ¿Estás haciendo esto para que me sienta un poco menos patética?

—¿Funciona?

—No estoy segura.

Miro a ambos lados, pensando rápidamente una estrategia para llegar a la barandilla sin tener que reptar por el hielo, y ella, como si me hubiera leído la mente, extiende los brazos para que me ayude de sus manos a la hora de levantarme. No lo veo muy claro, porque podemos terminar las dos en el piso en un abrir y cerrar de ojos, pero a Chiara le da absolutamente igual. Antes de que pueda negarme, agarra mis manos y tira de ellas para que me ponga en pie. Su cuerpo pierde ligeramente el equilibrio cuando llego a su altura y tiene que manejar también el mío, pero muy rápido se estabiliza. Me tiemblan las piernas. ¿Cómo voy a dar un paso, si parece que tengo un terremoto de rodillas para abajo?

—No te mires los pies —me indica—. Mírame a los ojos.

—¿Con eso pretendes que no me caiga redonda? Mala idea.

—Eres una torpe muy tierna y encantadora —Me dedica una sonrisa y aprieta mis manos con fuerza. Si me detengo a pensarlo, la situación no es tan horrible por el momento—. Concéntrate, no mires al suelo. Mantén siempre tu mirada hacia donde quieras ir. No intentes caminar, esto es más parecido a un baile. Pero no como el de la otra noche, de restregarse, sino… —Frunzo el ceño, lanzándole una mirada asesina y ella no puede evitar reírse como un demonio—. Desliza un pie y luego el otro. Imagina que intentas acariciar la pista. Derecha —indica, retrasando su pie izquierdo—, izquierda —Sigo sus instrucciones y mi cuerpo avanza mientras el suyo retrocede—. ¿Ves? No es tan difícil.

—Me estás llevando tú, Chiara.

—Tienes razón, pero en unas horas irás sola sin siquiera darte cuenta.

—¿Unas horas? —Abro los ojos alarmada—. ¿Cuánto piensas estar aquí?

—Hasta que aprendas.

—¿Sabes que el sitio cierra? Esta gente debe querer irse a su casa en algún momento, intuyo.

—Pues entonces, espabílate.

Cuando quiero darme cuenta, la barandilla está a mi izquierda. No sé en qué momento, mi acompañante decidió que sería mejor empezar por el final de la pista, llevándole la contraria a la multitud. Deja que me desprenda definitivamente de ella para agarrarme al frío metal. La sensación es mucho menos agradable ahora, para qué mentir. Además, cuesta avanzar cuando alguien deja de tirar y mis pies se vuelven torpes al no ser arrastrados.

—No le pillo el truco.

Con toda la frustración que siento, la miro. Está a mi derecha, deslizándose tranquilamente como si hubiera aprendido a caminar sobre una pista de hielo. Sus ojos expresan una mezcla entre ternura y diversión que me hace bufar, todavía más frustrada.

—Llevas dos minutos, Dak. Acuérdate, no mires hacia abajo. Busca un punto hacia el que quieras ir y dirígete a él. ¿Recuerdas la comparación que me hiciste ayer sobre enamorarse y subir al techo del tren? Pues esto es parecido. Da vértigo, un poco de miedo y sensación de inestabilidad al principio, pero cuando te deslices sola y la velocidad te acaricie la cara, verás que no existe nada igual.

—Me voy a caer, Chiara. Ya puedo estar una hora rodeando la pista, que en cuanto me suelte, mi culo va a saludar amablemente al hielo.

Ella emite una sonora risa echando su cabeza hacia atrás. Ni siquiera así pierde el equilibrio la tía.

—Pues te levantas y lo vuelves a intentar. Es un poco como la vida.

—Buen momento para ponerte filosófica —espeto, haciendo el intento de soltar la barandilla un microsegundo, pero al darme cuenta de que mis piernas parecen las de Bambi recién nacido, decido que es una mala idea—. Joder, pero es que esto resbala muchísimo. ¿Cómo lo haces?

—Tienes que pillarle el truco a la técnica y dejarte llevar, simplemente. Lo que pasa es que tú no quieres caerte, Dak, y no creo que alguien haya aprendido a patinar o a montar en bici sin rasparse las rodillas y el culo.

—¿Y tú cómo aprendiste a manejarte así de bien? No sabía que en Miami abundaran las pistas de patinaje sobre hielo.

—Pues te equivocas, listilla. De hecho, me celebraron varios cumpleaños en el *Kendall Ice Arena* cuando era una niña. Pero me aficioné al patinaje mucho más tarde, cuando viví en New Haven.

—Vaya —Aparto la vista de mis pies temblorosos para mirarla—, eso tampoco me lo habías contado.

—Estuve viviendo en Connecticut durante dos años porque gané el acceso a un programa de especialización en la universidad de Yale —La perplejidad debe estar completamente reflejada en mi cara, porque Chiara me sonríe antes de continuar la explicación—. Cerca de mi casa había una pequeña pista de hielo y cada noche, después de una jornada intensa, me relajaba ir a patinar sola. Yo llegaba justo cuando el equipo de Hockey terminaba su entrenamiento, así que, tenía la pista solo para mí. No podía estar mucho rato porque tenían que cerrar, pero esos minutos eran de desconexión total. A veces, Henry, el encargado de seguridad, me dejaba un tiempo extra —recuerda con una sonrisa llena de nostalgia—. Creo que han sido los dos mejores años de mi vida en Estados Unidos. Me sentía más independiente y libre. Seguramente, le guardo tanto cariño al patinaje por eso, me traslada a aquella época.

—¿Y por qué no te quedaste allí?

—No lo sé —responde, encogiéndose de hombros—. El plan siempre fue trabajar con mi padre y toda mi vida estaba hecha en Miami. Derek venía cada fin de semana a verme, pero los planes de futuro estaban en Florida, supongo.

—¿Vivías con él antes de todo esto? ¿Antes de venir aquí?

—Sí, pero no desde hace mucho. Tal vez dos años. De hecho, él se encargó de encontrar el *loft* cuando yo estaba fuera. Al volver, solo tuve que llevar mis maletas a lo que sería mi próxima casa, que en realidad, es suya.

—¿Es bonita?

Mi curiosidad parece sorprenderle y permanece en silencio

unos segundos, como si estuviera buscando la respuesta en algún punto hacia el que avanzamos lentamente.

—Derek es muy buen arquitecto, si te digo la verdad. Además, le obsesiona su trabajo. Él mismo diseñó el proyecto del edificio y se encargó de la decoración interior. Así que, el *loft* es precioso y tiene unas vistas espectaculares. Pero quizás un poco... ¿frío? —pregunta encogiéndose de hombros—. No sé, nunca lo sentí como un hogar, sino como el lugar en el que vivía en ese momento. Mi pequeño alquiler en *New Haven* era mucho más sencillo, pero tenía algo que me hacía sentir bien al volver de un día estresante.

—Quizás era precisamente por lo mismo: allí te sentías un poco más libre, más independiente y más tú.

—Aunque no tanto como aquí, durmiendo en el vagón de un tren que va de ciudad en ciudad. Creo que me equivoqué al nacer en el cuerpo de una niña rica, como tú dices.

—Eso tendría sentido, si dicho tren no fuera igual que un hotel de lujo.

—Oye, los cambios tienen que ser progresivos —protesta frunciendo el ceño de una manera que me parece muy tierna—, tampoco hay que abusar.

Ambas sonreímos levemente y una sensación de nostalgia por algo que ni siquiera he vivido, me invade.

—No dejo de pensar que me hubiera gustado conocerte en ese entonces. Cruzarnos un día por la calle y, por cosas de la suerte, terminar tomando un café, hacernos amigas y formar parte de tu vida cotidiana. Es una sensación extraña que no sé bien cómo explicar, pero el caso es que me hubiera encantado estar ahí.

—Y a mí que estuvieras, Dak —Una ligera sonrisa reaparece en sus labios. Me invaden unas ganas terribles de besarla cuando me mira de esta forma. Un deseo insoportable de atrapar su boca y confirmarme a mí misma que ahora está aquí. Estamos aquí y es todo lo que importa—. ¿Y qué hay de ti? ¿Ha habido algún lugar del mundo que hayas sentido como tu hogar?

Aparto la vista de sus ojos para poder pensar en otra cosa que no sean sus labios y las consecuencias de una pierna rota, si hago algún movimiento que no sea avanzar junto a la barandilla. Sí, supongo que yo también he tenido ese lugar.

—Cada vez que regreso a la casa de mi abuela, ese olor a café recién hecho, no importa la hora que sea, me da una sensación de familiaridad tremenda. Mira que he probado cafés alrededor del mundo, pero el suyo es diferente, te lo juro. Mi abuela es puertorriqueña, así que, aunque haya vivido casi toda su vida en España tiene unos métodos y tradiciones que por mucho que intente, jamás lograré igualar. Pero ya lo tengo asumido.

—Las casas de las abuelas y sus olores, sin duda, tienen ese algo que no se puede explicar. ¿Siempre has vivido allí?

—Después de morirse mi madre, sí. Hasta que empecé a viajar y dejé de vivir en un sitio concreto.

—¿Y antes? ¿Dónde vivían tu madre y tú?

—En un piso que compró para las dos antes de que la crisis llegara a España. Era profesora, así que no le resultó muy difícil conseguir una hipoteca y se lanzó de cabeza. Para ella era muy importante la idea de tener algo que nos perteneciera.

—¿Y qué pasó con ese piso?

—Que lo heredé. Mi madre era una mujer muy precavida, Chiara. Creo que tenía un miedo terrible a dejarme desamparada. Así que, desde que hizo esa inversión estuvo pagando un seguro de vida que, al morirse, cubrió lo que faltaba de hipoteca y también uno de orfandad, para darme una pensión mensual hasta mis veinticinco años. Ese dinero, al igual que las llaves de la casa, lo ha estado guardando mi abuela desde entonces.

Cuando yo me quedé a su cargo no quiso utilizarlo para mantenernos, salvo en ocasiones estrictamente necesarias. Siempre que pudo, lo evitó, y cuando cumplí la mayoría de edad, como no quise ir a la universidad, quedamos en que ella seguiría guardándolo por si algún día lo necesitábamos para otra cosa. Aunque, bueno, con su cabezonería se encargó de asegurarse que pueda disponer de él en caso de emergencia.

—Entonces, ¿tienes una casa propia y un montón de ahorros? Y, ¿qué hay de tu padre? —Entorna los ojos evidenciando su curiosidad—. Nunca hablas de él y, teniendo en cuenta los avances de la ciencia, supongo que ha habido un portador de espermatozoides para que tú y yo estemos hablando en este momento.

—Sí —respondo riendo—, pero eso es todo lo que ha aportado. Se largó cuando era muy pequeña y no he vuelto a saber de él. Y no tengo ningún interés, si te soy sincera. Siempre tuve claro quien componía mi familia y nunca me ha hecho falta la figura de un fantasma. —Ella asiente con expresión seria, como si su curiosidad hubiera sido resuelta y no necesitara indagar más sobre el tema—. En cuanto a la casa, la última vez que la pisé fue con mi madre. No he vuelto desde entonces.

Este dato sí que parece pillarla por sorpresa y no me extraña.

—¿Por qué?

—Supongo que esperaba el momento de sentirme preparada y, tantos años después, ese momento todavía no ha llegado. No sé si algún día llegue, de hecho. Sé que todo está tal y como lo dejamos aquella mañana. Mi abuela va muy seguido para mantenerlo limpio, pero estoy segura de que no ha movido ni el mando de la tele —Dibujo una media sonrisa más temblorosa de lo que imaginaba—. ¿Existe preparación para eso? ¿Se puede regresar a un sitio en el que todo son recuerdos de una vida que ya no existe?

—No. Existe enfrentarlos, sin más. Nunca se está preparada para el dolor, aunque lo sepas de antemano, pero hay que enfrentarlo, porque los recuerdos tienen una parte bonita y por mucho que evitemos lugares o fotografías, están siempre ahí. Así que, el dolor hay que sentirlo y ya está. Algún día, la balanza se equilibra. Nunca dejará de doler, pero aprenderás a vivir con ello y los recuerdos te producirán más alegría que tristeza. —Me quedo observándola en completo silencio—. Como ahora, que te acabas de enfrentar a tu inseguridad con los patines, tu miedo al ridículo, tu imposición mental de que no podías hacerlo, y, aquí estás: has bordeado toda la pista.

Miro hacia el frente para comprobar que tiene razón. Distraídas con la conversación, hemos rodeado la pista.

—Agarrándome a la barandilla, Chiara.

—¿Qué más da cómo? El caso es que lo has hecho.

Vuelvo a quedarme observándola en silencio y no puedo evitar que una sonrisa de lo más tonta se me escape.

—Quiero verte patinar —digo, consiguiendo que me mire extrañada—. Pero no aquí ni así, a la velocidad de una tortuga por mi culpa. Quiero verte patinar como lo hacías cuando vivías en New Haven, olvidándote del mundo y siendo libre.

Me mira fijamente durante unos segundos. Y con una picardía que estremece y asusta a partes iguales, comienza a deslizar sus pies marcha atrás.

—Volveré —concluye, sonriendo de medio lado antes de darse la vuelta y alejarse hacia el centro de la pista, esquivando obstáculos.

Yo permanezco observándola desde mi posición, completamente aferrada a la barandilla para no perder el equilibrio y embelesada con su forma de deslizarse sobre el hielo. Su movimiento es tan elegante como desenfadado e informal. Avanza alcanzando una velocidad de vértigo sin importarle que la pista esté llena de gente cruzándose en su camino. Esquiva a cada persona que se le atraviesa con total tranquilidad. Yo ya me habría estampado, caído de espaldas y roto el coxis. Pero ella va por la vida sin miedo, rompiendo esquemas en lugar de romperse el trasero, sorteando adversidades y levantándose entre risas tras cada caída. El mundo entero debería detenerse a mirarla. Todas las personas de esta pista deberían parar un momento su baile y observarla. Tan desquiciada, risueña y llena de vida. Tan imperfecta que enloquece. Tan libre que te hace querer volar a su lado. Tan guapa que desespera. Tan ella.

Suena *Never Enough* de *The Gratest Showman* y contengo la respiración, «*Porque cariño, sin ti, todo el brillo de miles de focos, todas las estrellas que robemos del cielo nocturno, nunca serán suficientes. Nunca será suficiente*». Siento mis ojos comenzar a empañarse y el paisaje se vuelve borroso, sin embargo y de manera contradictoria, sonrío. Ella se da la vuelta y me mira desde la distancia, también sonríe, aunque dudo mucho que sea capaz de percibir lo que me está ocurriendo. El resto de seres humanos que nos rodean se desenfocan en mi cerebro y, por consecuencia, en mis ojos, porque no puedo mirar otra cosa que no sea ella y sentirme la persona con más suerte del planeta. «*Estas manos podrían sujetar el mundo, pero, aun así, nunca sería suficiente. Nunca será suficiente*». Sus labios comienzan a repetir la letra de la canción a medida que se acerca. No sé si está cantando o no, pero me encantaría escuchar este tema en su voz, seguro que se sabe de memoria todas las canciones de la película. Ojalá un día la veamos juntas.

«*Never Enough. Never. Never*»

Ojalá la música se apagara en este momento para poder escucharla a ella, borrando de mi memoria esa escena tan espectacular del filme. Me siento un poco como Hugh Jackman observando boquiabierto la actuación de Jenny Lind. Esa mujer hizo una interpretación espectacular, pero Chiara…

«Never Enough. Never. Never»

Chiara es otra cosa.

«For me»

Cae al suelo.

En menos de un segundo, sus rodillas colisionan contra el hielo y aunque me sobresalto al verla descender tan rápido, imagino que está haciendo la tonta o que, simplemente, resbaló por no estar concentrada. Tal vez chocó con alguien y no me di cuenta al estar tan atontada mirándola. Pero no se levanta, sus manos también se encuentran en contacto con el hielo y no puedo verle la cara porque mira hacia abajo. Las milésimas de segundo que transcurren mientras permanezco bloqueada me resultan tan eternas que parece que alguien haya pulsado el botón de detener el tiempo para todo el mundo menos para mí. El cuerpo de Chiara comienza a hacer movimientos extraños, parecidos a convulsiones, y es entonces cuando el mío reacciona corriendo a su lado como si, por arte de magia, hubiera aprendido a patinar. Solo tenía que impulsarme con la fuerza suficiente para avanzar los escasos metros que me separaban de ella, y aunque no sé de dónde saqué dicha fuerza, me dejo caer a su lado, sintiendo mi tobillo crujir al instante. Escucho su tos desesperada y antes de que pueda llegar a tocarla, comienza a vomitar sobre el hielo.

—Chiara… —Su nombre sale de mis labios con una mezcla de dolor y desesperación por no saber qué hacer. Rodeo sus hombros con mi brazo y trato de apartarle el pelo de la cara. Está temblando tanto que mi corazón convulsiona al mismo ritmo de su cuerpo y un nudo en la garganta me dificulta respirar—.

Chiara… —repito, en un susurro desgarrado. Ella busca mi mano, la aprieta con fuerza mientras arcada tras arcada, vuelve a vomitar. El contacto con su piel es frío, desesperante y aterrador. Yo también la aprieto, porque no sé qué decir ni qué hacer, solo quiero que me sienta, que sepa que estoy aquí, con ella y que no pienso soltarla. Dirige la otra mano hacia un lateral de su cabeza, la vena de su cuello se marca tanto que parece estar a punto de estallar, presiona mi mano con más fuerza que nunca, y de un momento a otro, en un simple pestañeo, todo acaba. Su cuerpo se desprende del mío, desplomándose sobre la pista, y dejo de sentir el latido de mi corazón al mismo tiempo que dejo de sentir el frío de sus manos. El ruido exterior desaparece en el acto. El mundo se vuelve desolador con la imagen de Chiara inmóvil sobre el hielo.

12

Todo puede acabar en un instante. En un segundo. Un simple pestañeo y la vida se escapa de entre tus dedos como un montón de delicadas plumas siendo arrastradas por una ráfaga de viento inesperada. Lo peor es cuando te quedas inmóvil, simplemente observando cómo ocurre, porque ya es demasiado tarde para que hagas algo. Está sucediendo y tú estás parada sin poder remediarlo. En el sofá de tu casa, cambiando canales de manera automática; en una cafetería, con una conversación de fondo a la que llevas minutos sin prestar atención; mientras caminas o conduces hacia tu lugar de trabajo sin pensar realmente a dónde vas, porque tu cuerpo ya lo tiene mecanizado; en el supermercado, cuando te debates entre comprar pizza o ensalada, para cenar algo fácil y rápido; o en una pista de hielo. El instante llega, sin avisar. Para derrumbar.

Inhalo profundamente, permitiendo que el olor del mar se cuele por mis conductos nasales. Es un poco húmedo, un poco salado, tan similar a las lágrimas que no entiendo cómo pueden ser, en realidad, tan diferentes. El sol calienta la arena que se enreda entre mis pies. Qué sensación tan agradable y liberadora. Me quedaría aquí eternamente. Una leve caricia en mi mano me hace girar el rostro para encontrarme con esos ojos azules mirándome tan entusiasmados y llenos de vida como siempre. Sonríe, consiguiendo que mi corazón lata a toda velocidad, también como siempre. Es preciosa. Parece que lo sabe. Sabe lo que estoy pensando, sabe que se me cae la baba cuando la miro y que me tiemblan hasta las pestañas, sabe que me vuelve vulnerable y que eso me aterroriza y me encanta a partes iguales. Sabe que me fascina desde el primer día, antes incluso de que yo lo supiera, y también sabe que jamás se lo reconoceré del todo. Sí, por supuesto que lo sabe.

De pronto, el azul de sus ojos se vuelve más brillante que nunca, desprendiendo una luz cegadora. El sonido de las olas comienza a mezclarse con pitidos y sirenas. Ya no soy capaz de oler el mar y la luz blanca me daña las pupilas de tal manera, que tengo que pestañear varias veces. Su rostro desaparece y el resto regresa. Las palabras en ruso que no entiendo, el vaivén de un automóvil que me desplaza, ruido de máquinas, una sirena que no recuerdo haber escuchado antes, un «*shock*» furtivo que pronuncia alguien.

—*khorosho sdelannyy* —me dice el chico que apuntaba con esa luz hacia mis ojos. Me gustaría decirle que no le entiendo—. *I don't…* —Pero entonces la veo otra vez. Chiara, acostada en una camilla que da pequeños tumbos por el movimiento. Una mascarilla cubre su nariz y boca. Junto a ella, hay una chica vestida de negro, con algunas partes naranjas que reflectan en la oscuridad de la ambulancia. Su insistente pelea con la máquina emisora de los sonidos me hace devolver la vista a Chiara. Tiene los ojos cerrados y en su rostro una expresión de calma aterradora. Mi corazón se paraliza y también se desgarra. La sensación en tan real, tan palpable. Un simple músculo rompiéndose en pedazos ante personas que no lo ven y no lo escuchan. Las palabras vuelven a perderse en el aire y comienzo a sentir que el camino de oxígeno hacia mis pulmones se cierra, como si algo estuviera obstruyéndome el esófago. La serenidad se esfuma, la angustia regresa, y la paz que experimentaba hace un momento, mientras observábamos ese mar al que mi cerebro decidió transportarnos, desaparece. Era la misma paz que sentí en la pista de hielo, viéndola volver hacia mí justo antes de desplomarse. Ahora, sin embargo, reina el caos, el ahogo, los temblores descontrolados y una parálisis de la que somos presas.

En un segundo.

Todo puede desmoronarse en un segundo.

La ambulancia se detiene de forma brusca y las puertas traseras se abren en el acto. Hablan, gritan, preguntan, bajan la camilla y corren hacia el interior del hospital. Mi cuerpo decide ir tras ellos, o tras ella. No sé hasta qué punto mi cerebro está siendo responsable de estas acciones. Corren. Corro. Huele a hospital, a limpio, a productos desinfectantes, a perfumes mezclados entre sí, a miedo, a esperanza, desesperanza. Huele a agonía.

Desaparece.

El nudo en mi garganta se hace más grande cuando las puertas de metal se cierran frente a mis ojos, alejándola completamente de mi vista. Grito. O eso creo, porque no me escucho, pero siento mis cuerdas vocales rasgarse. Unas manos sujetan mis brazos con firmeza. Intento soltarme, pero no lo consigo. Intento hablar, pero tampoco lo logro. Veo borroso y el pequeño hueco que estaba dejando entrar el oxígeno, se cierra cada vez más. Me ahogo y la opresión que provocan los latidos, duele. Me llevo las manos a la cabeza, estoy sudando, pero tengo frío.

Chiara...

—¡Escúchame, por favor! Estás sufriendo un ataque de ansiedad —Mis ojos enfocan a la persona que habla, encontrándome con una mirada marrón que me observa preocupada pero firme—. ¿Cómo te llamas? —No respondo. Continúo mirándola y aunque en algún punto de mi mente lo intento, las palabras no llegan a salir de mis labios—. ¿Cómo se llama ella?

Pero, claro, todas las personas tenemos ese punto de inflexión. Ese instante en el que, por muy perdida que estés, por muy lejos que te hayas ido, regresas. Y mi punto de inflexión ahora mismo, mi lugar al que regresar, es ella. El nudo que resquebraja mi garganta se fortalece, quisiera llorar, porque de esa manera liberaría esta presión que me invade, pero ni siquiera eso puedo. A cambio, vuelvo a clavar la vista en aquella puerta por la que ella desapareció hace tan solo un instante.

—Chiara...

—Chiara está en buenas manos —susurra la chica que me retiene—. ¿Cómo te llamas tú?

Ella lo intenta de nuevo, parece persistente. Me gustaría decirle que eso no importa, que no quiero hablar, moverme ni respirar, que solo quiero acelerar el tiempo hasta el momento en el que Chiara aparezca por esa puerta como si nada, soltándome alguna de sus idioteces y pidiéndome que nos vayamos de aquí, que continuemos el viaje. Nuestro viaje.

—Dakota.

—Muy bien, Dakota. Yo soy Silvia Araya, doctora en la unidad de trauma. Ahora tienes que acompañarme, ¿okey? —La miro con recelo, niego, e intento soltarme—. Escúchame, estás sufriendo un ataque de ansiedad y tenemos que controlarlo. Solo voy a llevarte a un sitio en el que puedas estar más tranquila, aquí hay demasiada gente. Serás la primera en conocer el estado de Chiara cuando mis compañeros vuelvan, te lo prometo.

—No... no voy a moverme...de aquí.

—Dakota, puedo seguir pidiéndotelo amablemente o podemos llevarte a la fuerza. Estás es un hospital, acabas de salir de un estado de shock transitorio y llevas hiperventilando varios minutos. Necesitamos corregir tus niveles de CO2 de inmediato. ¿Quieres estar aquí cuando ella regrese? —Frunzo el ceño y permanezco en silencio, mientras la sala comienza a volverse inestable—. Eso me parecía. Acompáñame.

Caminamos hacia algún lugar cuyo trayecto se me vuelve eterno. La chica me sostiene el brazo para guiarme y lo agradezco, porque no estoy segura de haber podido llegar por mi propio pie. Accedemos a una sala pequeña, completamente oscura hasta que enciende las luces. Solo hay un sillón de hospital azul, con un monitor a un lado y una camilla al fondo, algunos armarios, una pequeña ventana y poco más. No sé cómo pretende que deje de ahogarme aquí, si ya me está entrando claustrofobia.

—Siéntate, por favor —Me señala el sillón y se dirige a uno de los armarios. Tardo más en sentarme que ella en encontrar lo que buscaba y acercarse para ofrecerme una bolsa de papel—. Intenta respirar en ella unos segundos. De esta manera recuperarás el CO2 que estás perdiendo.

Obedezco sin pronunciar ni una palabra. Coloco la bolsa cubriendo mi nariz y boca y comienzo a respirar en su interior. El objeto se desinfla con cada inhalación y vuelve a inflarse al exhalar. El movimiento de la bolsa es tan rápido, que no estoy segura de que esté dando resultado. La doctora coge una silla y se sienta justo enfrente, lo suficientemente cerca para vigilarme y al mismo tiempo, con la lejanía exacta para darme espacio. Me observa atenta y comienza a inhalar aire de forma pausada y profunda, apoyándose con un movimiento de manos que me mantiene atenta. Inhala, exhala. Pausado, relajado, tranquilo. Respira y lo suelta lentamente. Y una vez más. Por algún motivo, mientras la observo, percibo que mi respiración intenta unirse a la suya poco a poco. Disminuye el ritmo, la bolsa ahora se infla de una manera más lenta y tarda cada vez más en volver a desinflarse. Después de un rato, no demasiado largo, aparta el objeto de mi cara y el aire fresco vuelve a conquistar mi boca. Ella continúa con el mismo patrón y yo en el intento de amoldarme a su ritmo. Junta los labios dejando un mínimo espacio entre ellos, como si fuera a soplar una vela, y con un gesto me invita a hacer lo mismo. Estamos en silencio durante minutos, mirándonos fijamente y tratando de respirar a la par. Hay algo en sus ojos que me tranquiliza, me produce confianza y me recuerda a Chiara. Me recuerda a todos esos momentos en los que nuestras miradas se encuentran y el silencio es tan perfecto que ya puede el mundo gritar y patalear a mi alrededor, que no seré capaz de escucharlo. Creo que lo sentí desde el primer día, desde ese instante en el que nuestros ojos coincidieron por primera vez. Tengo esa imagen tan nítida, tan presente en mi memoria, que el nudo que se forma en mi pecho hace que la figura de la doctora se torne borrosa.

La siento deslizarse lentamente al borde de mis ojos.

La primera lágrima.

Desciende mejilla abajo, llevándose con ella cualquier rastro de fuerza que me quedara. La impotencia, el dolor, el miedo, todo ello confluye en un río salado que roza mi piel, esta vez sin control. Dejo caer mi cabeza en el respaldo de la silla y cierro los ojos intentado que pare. Intentado cerrar este grifo que, bajo ningún concepto, deseaba abrir. Pero ya es demasiado tarde, el dolor está aquí. Tan insoportable como real, tal latente que asusta.

—Dentro hace más daño —susurra. Y tiene razón. Dentro duele todavía más, pero ojalá no doliera, ojalá no existiera—. Deja que salga, Dakota.

Pero no puedo. Ahora no es el momento.

—Necesito saber cómo está —suplico, volviendo a incorporarme—. ¿A dónde se la llevaron?

—Están haciéndole pruebas. Te aseguro que se encuentra en las mejores manos, pero tú tienes que calmarte. —Intento responderle y las palabras se quedan de nuevo atascadas al borde de mis labios temblorosos, de la misma manera que las lágrimas se instalan en unos ojos aguados que se resisten a seguir llorando—. Sé que suena tan fácil decirlo como imposible llevarlo a cabo para ti. No te pido que no te preocupes, sino que no vuelvas a desaparecer, porque tienes que estar aquí cuando ella vuelva. —Asiento, porque ella tiene razón. No sé qué mala pasada me están jugando mi cuerpo y mi cerebro, por qué todo está tan confuso y por qué soy incapaz de expresarme, pero tengo que espabilar. La doctora me sonríe, como si supiera lo que estoy pensando. Tiene un acento que me recuerda al chileno, aunque no puedo asegurarlo, porque es muy suave, y de ser así, estoy segura de que lleva años lejos de su país—. ¿Tienes alguna información que pueda sernos útil sobre lo ocurrido?

—Estábamos patinando. Bueno, ella patinaba, yo solo la miraba —corrijo—. Y en una fracción de segundo, cayó de rodillas y comenzó a vomitar. Me acerqué corriendo, temblaba —recuerdo con la voz entrecortada—. No sé muy bien qué pasó luego. Ella… perdió la conciencia de un momento a otro. No lo sé, está borroso. Lo siguiente que recuerdo con claridad, es estar en la ambulancia, mucho ruido, movimiento.

—Entraste en un estado de choque emocional nervioso. Ocurre cuando se vive una situación traumática o extremadamente dolorosa. Tu desconexión momentánea y la ansiedad posterior son producidas por toda esta situación.

—¿Se va a poner bien?

—Sus constantes fueron estabilizadas en la ambulancia. Chiara llegó aquí estable, pero inconsciente. Ahora está como dormida, ¿sabes? —Entorna los ojos, como si quisiera asegurarse de estar eligiendo las palabras coloquiales adecuadas para hacerse entender—. Las próximas horas son de suma importancia y tenemos que hacer pruebas, asegurarnos de que no ha habido daños y, sobre todo, hallar la causa. Porque en medicina, siempre hay una causa. —Ese es el problema; la causa. Suspiro pesadamente—. Déjame examinar tu pie izquierdo. —Frunzo el ceño y le lanzo una mirada de completa confusión—. Has venido cojeando todo el camino, puedes tener alguna lesión. —Por un momento pienso que la doctora me está vacilando, pero el ligero pinchazo que siento en el tobillo me hace tener que darle la razón en silencio, aunque no me había percatado de ello hasta ahora. Levanto el pie y al hacer un gesto tan simple como descalzarme, veo las estrellas. A continuación, lo apoyo en el borde de su silla, donde sus manos esperan para analizarlo. Roza el borde del hueso de manera muy delicada y sus ojos se pierden en mi piel, como si estuviera muy concentrada. ¿Qué puede estar averiguando con tal movimiento?

—¿Eres de Chile?

Ella alza la vista sorprendida y me dedica una sonrisa.

—Sí, aunque llevo muchos años viviendo fuera de mi país. Estudié medicina en España y al final terminé en Rusia.

—Un cambio extremo.

—El amor, que te lleva a hacer estupideces, ¿no crees?

Me encojo de hombros.

—Imagino que no te ha ido tan mal.

—Por supuesto que no. De hecho, si no llego a casarme con un ruso, tal vez tú aún seguirías gritando en el pasillo del hospital sin que nadie te entendiera.

La confesión me sorprende, porque esta chica me parece demasiado joven para estar casada. Demasiado joven incluso para ser doctora.

—Voy a tener que darle las gracias a tu marido.

—Pues ahora mismo está en un congreso fuera del país, pero le haré llegar el mensaje —asegura volviendo a sonreír—. ¿Qué hay de ustedes? ¿Vacaciones?

—Viajamos en el transiberiano.

—Me han hablado muy bien de esa experiencia —Un pequeño grito de dolor es emitido por mis labios antes incluso de que pueda procesarlo—. Tienes un esguince de grado uno —informa, volviendo a palpar más despacio. Creo que el pinchazo me cortó la respiración—. Voy a traerte hielo para reducir un poco la hinchazón. Luego te podremos una venda elástica para que realices el menor movimiento posible. Intuyo que no me vas a hacer caso si te digo que guardes reposo, que no camines demasiado y que no lo apoyes, pero es la única forma de que, en cuatro semanas, esté totalmente curado. Si no, se te puede complicar. Y créeme que no vas a querer un esguince mal curado.

—Lo intentaré.

Me mira frunciendo el ceño con una sonrisa, como si estuviera sorprendida.

—Me sirve.

Devolviendo mi pie con cuidado a su lugar, se levanta para dirigirse hacia la puerta, pero me doy cuenta de algo que me obliga a detenerla.

—Espera, ¿cómo te llamabas?

La chica interrumpe su marcha para darse la vuelta y mirarme.

—Silvia. Silvia Araya.

—Gracias, Silvia.

Asiente y me dedica una sonrisa comprensiva tras la cual,

abandona la sala, dejándome completamente sola en ella. Debe resultarle muy difícil vivir en un país tan lejos del suyo y tan diferente en cuanto a clima, costumbres, gastronomía, etc. Chile es un país fascinante. Desde la Patagonia al desierto de Atacama, Los Andes, Puerto Varas, Santiago o Valparaíso. He recorrido ese pequeño continente de punta a punta, literalmente, y son infinitos los rincones que todavía me quedan por ver. Volvería a Chile mil veces más, porque nunca dejas de conocerlo, nunca dejas de descubrirlo. Chiara y yo, con un par de mochilas a cuestas, visitando Isla de Pascua, caminando por el Valle de la Luna, bañándonos en el Lago Villarrica mientras observamos el volcán. Nos moriríamos de miedo si nos pilla un terremoto en plena aventura, pero casi puedo ver la expresión de felicidad que tendría durante todo el viaje. Una enorme bola vuelve a apoderarse de mi garganta y la lucha contra las lágrimas regresa. ¿Dónde estás? Necesito verte, Chiara. Necesito saber que estás bien, que esto no ha sido más que un susto, que volveremos al tren y continuaremos nuestro viaje, que llegaremos a Vladivostok y una vez allí...no lo sé, pero estaremos juntas. Necesito verte sonreír, escuchar tu risa de bruja contagiosa y mirarte a los ojos, quedarme como una idiota observándote y que seas consciente de lo mucho que me encantas. Necesito decírtelo, Chiara, que me encantas, que estoy loca por ti. Y necesito que salgas de esta, porque no estoy preparada para vivir en un mundo en el que tú no existas.

La puerta se abre de nuevo, interrumpiendo mis pensamientos, y Silvia aparece con un carrito típico de hospital lleno de cosas. Se sienta en la misma silla y me mira en silencio un instante. Sé que mis ojos me delatan, pero en lugar de decir algo, mantiene el silencio y procede a colocarme una bolsa de hielo sobre el tobillo. Doy un pequeño salto al sentir el frío en contacto con mi piel y el dolor que ello me provoca. Todavía me sorprende no haberme dado cuenta de que me había hecho daño y estaba cojeando. Debió ser en la pista de hielo, cuando corrí hacia Chiara.

—Con esto te bajará un poco la inflamación —informa, rompiendo el silencio—, pero también te traje unos antiinflamatorios para ayudar y calmarte el dolor.

—Gracias.

—No quiero que te preocupes ahora por esto, Dakota, pero necesitamos saber si tienen seguro médico. Hay que rellenar una serie de papeles. La burocracia, ya sabes.

—Yo sí. Pero Chiara, no lo sé.

—¿No lo sabes? —pregunta frunciendo el ceño confundida.

—Hace tan solo unos días que nos conocemos y no es una conversación que hayamos tenido.

Mi confesión parece sorprenderle, porque el ceño fruncido pasa a convertirse en unos ojos enormemente abiertos.

—Creía que estaban viajando juntas.

—Y así es, pero nos conocimos en el tren. —Tras mi respuesta, sonríe y baja la vista hacia mi tobillo, negando repetidas veces con la cabeza—. ¿Qué?

—Nada. Es solo que no me lo esperaba. Me parece interesante.

Guardo silencio, mientras ella continúa deslizando la bolsa de hielo sobre mi pie hinchado. Es delicada y cuidadosa. Parece tan concentrada y sus movimientos son tan seguros, que podría pensar que en la universidad les enseñan una especie de coreografía para aplicar hielo a los esguinces.

—¿Qué es lo que te sorprende? ¿Qué me afecte tanto el estado de una chica a la que apenas conozco?

Silvia alza la vista y me mira curiosa, como si ya hubiera dado por terminada esta conversación hace unos minutos.

—Tú no estás afectada, Dakota, estás aterrorizada. —Frunzo el ceño—. Y yo no he dicho que me sorprenda, sino que me parece interesante. Ten, tómate esto para que vaya haciendo efecto.

Cojo el medicamento y la pequeña botella de agua que me ofrece y los ingiero sin mucha dificultad. La doctora no tarda en volver a su labor con mi pie mientras el silencio regresa para apoderarse de la habitación y yo pierdo la vista y la mente en algún lugar de esta.

Transcurren unos veinte minutos. Lo sé porque me quedé hipnotizada observando el reloj que hay en la pared a la que Silvia da la espalda. El minutero se mueve tan despacio que por momentos me pregunto si la pila debe estar en condiciones.

—El tiempo pasa muy lento.

Ella suspira y alza la vista para mirarme con un halo comprensivo. Ni siquiera se sobresaltó con mi intervención a pesar del silencio que nos invadía.

—Es lo peor de los hospitales.

Frunzo el ceño confundida.

—¿Lo peor no debería ser que la gente se muere?

—Bueno, desde mi punto de vista, en los hospitales se ven cosas mucho peores que la muerte, créeme. Y la espera suele ser muy dolorosa. No todos los tipos de espera, claro. Cuando se trata de una mujer embarazada y todo está bien, la espera está cargada de emoción e ilusión. Pero cuando se trata de una cirugía complicada, cuando alguien entra en coma, cuando diagnosticas una enfermedad de la que no sabes el final o cuando va a ocurrir lo inevitable y solo queda esperar, esa espera, esa incertidumbre, es insoportable.

Asiento, porque tiene sentido.

—¿Qué sueles recomendar en esos casos?

—Absolutamente nada. Hay situaciones en las que no existe el consuelo, las personas van a sufrir, hagas lo que hagas y digas lo que digas. En la universidad no te preparan para ello y el sistema no te permite ofrecer compañía a cada familiar. Así que, con el tiempo te das cuenta de que, lo único que puedes hacer, es transmitir seguridad y comprensión, que sepan que no son un número más, que su ser querido no es un paciente más, que también eres humana y entiendes el dolor, aunque esté tan implícito en tu profesión.

—Debe ser duro, ¿no? Presenciar tanto dolor a diario.

—A veces tienes que recordarte a ti misma que no nos hacemos médicos para ver sufrir a la gente, sino para intentar evitar ese sufrimiento.

Vuelvo a asentir.

—El sistema no te permite ofrecer compañía a cada persona, sin embargo, estás aquí, sosteniendo una bolsa de hielo que puedo mantener yo misma, mientras la sala de espera del hospital arde.

—Sé lo que significa estar sola en un país que ni siquiera habla tu idioma, donde nadie te entiende, y el terror que provoca la espera. Por eso estoy aquí contigo. A veces es necesario ir contra el sistema —Me guiña un ojo y sonríe. Yo también emito una mueca parecida a una sonrisa—. Aunque ahora voy a tener que irme un rato para ver qué está pasando con el resto del mundo. Así que, vamos a vendar esto primero, porque creo que ya hemos aplicado suficiente hielo por hoy. En cuanto te haga efecto el antiinflamatorio se te calmará el dolor. Intenta tomarlo cada ocho horas, pero si te duele mucho, hazlo cada seis. Con esta caja tendrás suficiente para tres días... —Escucho sus instrucciones mientras me seca y venda el tobillo, pero en algún momento, mi mente se dispersa. Si el tiempo transcurría despacio con ella aquí, en silencio, pero acompañándome, no quiero imaginar lo que ocurrirá ahora, cuando se vaya y mi mente tenga vía libre para pensar. De pronto, siento la calidez de su mano al sujetar la mía. El gesto me obliga a mirarla. No sonríe, sus ojos están ligeramente entornados y me mira con una mezcla de preocupación y seguridad que son algo contradictorias—. Te traeré noticias lo antes posible, lo prometo.

Asiento y mis labios se abren para emitir un casi inaudible «gracias». Creo que es capaz de adivinar el nudo que otra vez se está fortaleciendo en mi garganta, porque sonríe muy ligeramente y, tras frotar varias veces la piel de mi mano con su dedo pulgar, rompe el contacto y se marcha. ¿Quién me iba a decir que tendría pánico a quedarme sola? Yo, que es lo único que he hecho durante la mayor parte de mi vida. Estar sola y disfrutar de esa soledad. Esta sensación me resulta tan familiar que parecen no haber transcurrido los años. Vuelvo a ser aquella niña que en la sala de un hospital temía la ausencia de su madre. Aunque entonces, era el abrazo de mi abuela el que me refugiaba. Sus manos gastadas, pero tan suaves como las de un bebé, tan cálidas y reconfortantes. Busco en el bolsillo de mi chaqueta el teléfono móvil que ha estado olvidado durante los últimos días y accedo directamente a las últimas llamadas. Ahí está. Ni siquiera sé qué hora debe ser en España. Un tono…Dos tonos…

—Abuela —Mis ojos se empañan automáticamente al escuchar su voz—. Sí, sigo en Rusia. Seguro que más pronto de lo que crees. ¿Cómo estás tú? Puedo olerlo desde aquí —Sonrío. El olor de su café acaba de desafiar todas las reglas de la lógica científica y logró viajar cientos de kilómetros acompañado de su voz, para colarse a través del teléfono—. Sí, todo está bien. Te encantaría, pero vendremos en verano, porque ahora hace mucho frío y eso tú lo llevas todavía peor que yo. Sí… —Vuelvo a sonreír y siento una lágrima descender mejilla abajo. La presión de mi garganta retiene alguna palabra mientras ella continúa hablando, ajena a todo lo que estoy viviendo, pero tan dulce y comprensiva como siempre. Ojalá estuviera aquí, ojalá me salieran las palabras para decirle que estoy muerta de miedo y que quiero que me abrace como cuando era una niña—. Oye, abuela, tengo que colgar, porque no sé cuánto nos va a costar esta llamada. Solo quería escucharte. Sí, siempre me acuerdo de volver. Yo también te quiero.

Finalizo la llamada, pero me quedo absorta observando el teléfono varios segundos. Tengo de fondo una fotografía que hice en Moscú antes de comenzar la ruta del transiberiano. Había decidido salir a ver el amanecer en la ciudad y aprovechar al máximo el día antes de subir al tren, así que, caminaba por una calle del barrio teatral para observar la estatua de la bailarina Maya Plisétskaya, cuando me encontré con una inesperada sesión de fotos a otra bailarina. La chica era muy joven y no tengo ni idea de si además era conocida, pero la sesión parecía completamente profesional. Maquilladoras, técnicos de luces, una fotógrafa y su ayudante, se agolpaban junto a una pared pintada con un enorme y colorido grafiti de Maya, mientras la chica imitaba su pose y hacía otras improvisadas. No pude evitar quedarme hipnotizada con la escena. La luz del amanecer rojizo, los colores de la pintura en la pared, el efecto de las sombras, la figura de la bailarina y sus movimientos imposibles, el silencio que reinaba, era fascinante. No había ni un solo transeúnte, yo era la única intrusa en aquel momento tan especial y no pude evitar sacar mi teléfono para captar, aunque fuera, un poquito de la magia. Sin embargo, después de encuadrar y estar a punto de disparar, mirando la imagen a través de la pantalla, me removió la conciencia. ¿Quién era yo para robar un instante así? Esas personas estaban ahí desde quien sabe cuándo, haciendo su trabajo con esfuerzo y yo no me sentía con derecho de beneficiarme de ello. Bajé el teléfono y negué para mí misma. Al alzar de nuevo la vista, la chica me estaba observando. Sonrió y con un gesto me invitó a hacer la foto justo antes de volver a imitar la postura de la famosa bailarina. Soy bastante mala en este arte, pero una imagen así no podía salir mal. Efectivamente, cuando observé el resultado en la pantalla sentí un escalofrío recorrerme de arriba abajo, porque quizás yo no tenía ni idea de fotografía, pero había conseguido congelar un momento tan efímero como mágico, para volverlo eterno. Cada vez que la mirara me trasladaría a la magia de ese instante y eso, no había técnica que lo pagase. Creo que esa fue la última vez que utilicé mi teléfono para otra cosa que no fuera mirar la hora. Y parece que hace un siglo de ello, parece que el tiempo decidió expandirse los días posteriores. Cada hora contaba, cada minuto contaba, cada segundo junto a Chiara ha sido mejor que el anterior. Intenso, inagotable. Y ahora parece que llevo una eternidad sin verla, y esa eternidad duele como no recordaba que algo podía doler. Me gustaría saber explicar con exactitud las distorsiones que está creando el tiempo en mi mente, pero no puedo. Qué difícil es explicar que el reloj no avanza y que el corazón se desgarra un poquito más con cada minuto sin noticias. Que la espera es agotadora, que la mente te traiciona, que quisieras dar un salto temporal o simplemente dormir. Dormir hasta que alguien abra esa puerta para decirme que está bien. Pero sabes que dormir no está en los planes de tu cerebro, tampoco relajarse o darte un respiro y quedarse un rato en blanco. No. Te va a torturar, porque por alguna misteriosa razón, cuando la angustia te invade, el pecho te duele y el corazón se debilita, él, el jefe que lo mueve y almacena todo, decide estar más activo que nunca.

El ruido de la puerta al abrirse consigue que mi corazón enloquezca, pero la imagen de una Silvia seria y pensativa junto al umbral, lo hace temblar. Me sudan las manos, me tiembla todo el cuerpo, una bola gigantesca me obliga a abrir la boca para poder respirar y su imagen comienza a volverse borrosa. Sé que ya sabe algo. Sé, por su mirada, que ha venido hasta aquí para darme alguna noticia, y eso me provoca tanta ansiedad como pavor.

—Está despierta —rompe el silencio y el alma vuelve a mi cuerpo.

¿Cómo es posible que una frase tan común, tan cotidiana, sea capaz de desatar un mar de lágrimas?

Lloro.

Lloro como no recordaba haber llorado en mucho tiempo.

Lloro como si tuviera demasiado llanto contenido y lloro como si con cada lágrima fuera un poco más libre.

Transcurren algunos minutos en los que, mirando al suelo, con los codos apoyados en mis rodillas, la cabeza escondida entre mis propios brazos y los dedos enredados en mi pelo, siento la mirada continua de Silvia. No ha avanzado ni un solo paso. Permanece ahí, junto a la puerta, dejándome desahogar. Si la situación fuera otra, no sería yo quien estuviera aquí, derrumbándome frente a una desconocida. Estaría tomando el control y ayudando al resto a mantener la calma.

—¿Cómo está? —Logro, finalmente, preguntar.

—Estable —responde enseguida y por fin enfrento su mirada—. Pero cansada y algo aturdida. He estado hablando con ella un buen rato.

—Ya lo sabes.

—El TAC me ha dado una pista, sí. —Vuelvo a apartar la vista al sentir un pequeño pinchazo en el pecho. No sé, pero por algún motivo, albergaba la esperanza de que no fuera real. De que sus médicos hubieran sido unos ineptos y su diagnóstico estuviera equivocado. Una parte de mí soñaba con que Silvia viniera para decirme que Chiara no está enferma y que su desmayo ha sido producto del cansancio, falta de hierro o qué sé yo. Cualquier cosa menos un puñetero cáncer—. Tiene un tumor en el cerebro, Dakota, y no dijiste nada. Y en algún momento quiero echarte la bronca por eso, pero ahora mismo estoy demasiado preocupada.

—Bienvenida al club.

—No. No solo estoy preocupada por ella. También me preocupas tú, porque después de lo que he visto hoy, no sé si estás preparada para afrontar sus decisiones y las consecuencias.

Sonrío con ironía, las lágrimas vuelven a quedarse al borde de mis ojos y me levanto.

—¿Alguna vez has visto a alguien preparado para ver morir a otra persona?

—No, por eso te lo estoy diciendo. Ella parece tener las cosas muy claras, pero tú no tanto.

—Yo lo único que tengo claro es que necesito verla, porque esta espera ha sido un infierno.

—¿Y qué hubiera pasado si no llega a ser solo un desmayo, Dakota? No quiero ser dura en este momento, pero como médico tengo que ser clara contigo. Es exactamente lo que va a ocurrir si Chiara no recibe tratamiento. Los desmayos serán cada vez más frecuentes, esperaras, tendrá pérdidas de memoria, dolores de cabeza insoportables, volverás a esperar, vómitos cada mañana, cada hora, esperarás de nuevo, pérdidas de conciencia muy peligrosas, seguirás esperando, hasta que un día…

—Hasta que un día no la vuelva a ver —finalizo yo misma—. ¿Crees que no lo sé? ¿Crees que no soy consciente? Ni siquiera soy capaz de pronunciar la maldita palabra. Por eso no te dije nada. Porque llevo días repitiéndolo en mi cabeza constantemente y solo puedo decirlo en voz alta cuando la tengo delante. Porque el hecho de estar diciéndoselo a ella, le quita un mínimo de importancia. La tengo conmigo, ¿qué más da? No me la puede arrebatar en ese momento. Pero cuando no está y hay alguna posibilidad de que no vuelva a estar, no puedo nombrarlo. Porque si no lo verbalizo, tal vez deje de ser real.

Ella permanece en silencio, observando mi desesperación y reflejando comprensión en su mirada. Exhalo pesadamente y niego, apartando la vista.

—Me gustaría poder decirte algo que...

—¿Hay alguna posibilidad para ella?

Vuelvo a mirarla y sé que, aunque mi voz lo haya formulado como una pregunta más, Silvia puede apreciar la súplica en mis ojos. Lo sé porque me observa con duda, como si no supiera cuál es la respuesta correcta. Esto tampoco debe estar explicado en los libros de medicina.

—Si mi marido estuviera aquí, te aseguro que esa chica no se iba del hospital sin pasar por quirófano. Es muy persuasivo cuando se trata de lo suyo.

—¿Es oncólogo?

—Neurocirujano —aclara—. Y un apasionado de su trabajo. Le he visto estudiar, de forma incansable, casos parecidos al de Chiara para hallar la forma de extirpar tumores que otros cirujanos no se atreven. Pero hay una diferencia importante, esos pacientes querían seguir viviendo, Dakota. Sin embargo, Chiara ni siquiera acepta hablar de ello. Yo no puedo decirte si hay posibilidades o no, no estoy especializada en el tema y tampoco tenemos suficiente información sobre su estado. Andrey es un hombre que siempre ve el vaso medio lleno, agota hasta el último recurso y creo que podría convencerla para que le deje estudiar su caso, pero no vuelve hasta dentro de una semana, y ella...

—¿Puedo verla? —interrumpo.

Ella guarda silencio un instante y me mira como si estuviera tratando de entender algo, aunque, al final, suspira y abre la puerta.

—Tu nombre es lo primero que dijo al abrir los ojos. Te está esperando.

Me conduce por los pasillos del hospital en los que, el personal transporta camillas y carritos a toda prisa. En algunos compartimentos se escuchan gritos escalofriantes y en otros, reina el silencio. Curiosos los contrastes de la sala de urgencias. No tardamos demasiado en llegar a una habitación junto a la que nos detenemos, aunque a mí, cada paso me resultó kilométrico. Esto ya no parece la Unidad de Cuidados Intensivos.

—Podrás estar un rato a solas con ella. Si necesitan algo, llama a una enfermera y que me avise. Vendré en cuanto pueda.

Asiento en silencio y ella sonríe antes de comenzar a marcharse.

—Silvia —Un impulso me obliga a detenerla cuando apenas se ha alejado unos pasos—, no sé cómo agradecerte la atención que estás teniendo con nosotras sin conocernos de nada. De no ser por ti, creo que me hubiera vuelto loca en estas horas.

Ella sonríe, me atrevo a decir que con algo de cariño.

—Ya me invitarán a una cena cuando le den el alta, quiero conocer la historia. —Me guiña un ojo y se marcha, alejándose por el pasillo que nos acaba de conducir hasta aquí.

La historia. Relaciones que se forjan inesperadamente, a una velocidad que va contra la norma. Porque a veces sucede, el camino te pone delante a personas que no sabías que eran necesarias, hasta que las encuentras.

Giro el pomo de la puerta y me encuentro, en primer lugar, con una suave luz que incita a la relajación. Aunque, mi corazón, con el aumento repentino de sus latidos me dice que le da exactamente igual el ambiente. Él siempre se va a volver loco cuando tenga delante a esta mujer que mira atenta hacia la oscuridad de la ventana, de la misma forma que lo hacía el día que nos conocimos. Sonrío, inevitablemente, porque recordar ese instante y estar sintiendo ahora el mismo hormigueo me parece algo muy curioso. Ojalá pudiera congelar este momento como hice con el de la bailarina de Moscú. Su imagen en un hospital no es la más idónea para recordar, ya lo sé, pero quisiera detener el tiempo, que se gire, mirarnos y quedarnos ahí para siempre. O volver cada vez que sea necesario. Volver al instante en el que, tras el miedo, llega la paz. La paz de poder estar observándola de nuevo y saber que, al menos este momento, nada ni nadie me lo puede arrebatar. Sentir este hormigueo para siempre, esa corriente interna que te recorre cuando conoces a alguien que te impacta. Ese temblor, timidez y ansias de que note tu existencia, pero al mismo tiempo, temor de que lo haga. Porque quieres que cuando te mire, te vea de verdad. Y si lo hace, si te ve, resulta que todo adquiere un sentido distinto, porque es real. Y la espera merece la pena, y los corazones rotos sanan, las cicatrices dejan de doler y entiendes que el amor, es mucho más que atracción y mariposas en el estómago. Es la posibilidad de ser tú misma. Contigo y con el resto.

Yo no sé si estas sensaciones se acaban en algún momento, si cuando te acostumbras a la persona, dejas de emocionarte con un roce o con un cruce de miradas, pero lo que sí sé, es que yo nunca podría dejar de mirar a Chiara con esta admiración.

El ruido de la puerta al cerrarse nos sobresalta a ambas y consigue que ella se gire, encontrándose conmigo. Sus ojos reaccionan al verme, se vuelven brillantes. Desde esta distancia puedo apreciar su pupila dilatarse y en sus labios comienza a formarse una pequeña curva que me hace temblar de pies a cabeza.

—Hola —susurra.

Su voz se escucha mejor de lo que me esperaba, clara y dulce, haciéndome tener una especie de flashback del día en el apareció en el tren, en el vagón y en mi vida. Me acerco, sin poder evitar que se me escape otra sonrisa y ocupo un pequeño lugar a su lado en la cama. Huele a ella. A pesar de llevar horas en este hospital, su olor inconfundible permanece intacto. El corazón se me encoje un poquito más cuando puedo apreciar de forma más clara su aspecto. Tiene la piel y los labios algo pálidos y unas ojeras rojizas al borde de sus ojos, como si llevara días sin dormir. Un impulso me lleva a buscar su mano y acariciarla, dejándola descansar entre las mías.

—Hola —respondo por fin—, ¿Cómo te sientes?

—Mucho mejor ahora. —El silencio vuelve a hacer acto de presencia, mientras nos miramos fijamente. La posibilidad de no volver a ver estos ojos nunca más ha sido un pensamiento devastador y aterrador—. Lo siento —susurra. Frunzo el ceño confundida y ella aprieta mis manos con la poca fuerza que debe tener—. Siento haberte hecho llorar. —Parpadeo varias veces, haciendo más evidente mi confusión—. Todavía tienes los ojos rojos, y también la nariz. Eres una versión muy mona de Rudolf.

—Rudolf también es mono.

—Pero tú más.

Ambas sonreímos y bajo la mirada. En cualquier otro momento en el que yo haya sido testigo de una escena parecida, seguramente habría puesto los ojos en blanco por la cursilería, pero ahora mismo, solo puedo pensar en cuánto he extrañado esto.

—No vuelvas a hacerlo —suplico, con un hilo de voz apenas audible. Alzo la vista y me encuentro con sus ojos brillantes y preocupados. No dice ni una palabra, simplemente me mira mientras siento mis propias manos temblar sobre las suyas—. ¿Necesitas algo? ¿Comida, bebida, descansar? ¿Quieres que…

—Que estés aquí —interrumpe. Y vuelve a robarme una sonrisa—. ¿Tú has comido? —Niego, consiguiendo que frunza el ceño—. Pues ya estás tardando en ir a buscarte algo.

—Acabas de decir que quieres que esté aquí y ahora…

—No te hagas la lista conmigo, Dakota. —Las dos volvemos a sonreír y yo vuelvo a negar—. ¿Es impresión mía o cojeas un poco?

—Me hice daño en la pista, pero nada que no tenga solución. —Le quito importancia, descendiendo la vista hacia el tobillo cuyo dolor había vuelto a olvidar—. Silvia me puso hielo y me dio una caja de antiinflamatorio. Ahora lo tengo vendado.

—¿Quién es Silvia? —pregunta confusa.

—La doctora Araya.

—Oh —Sus ojos azules se abren de par en par—, cuanta confianza, ¿no?

—¿Estás celosa? —pregunto, alzando una ceja y sonriendo de medio lado—. No sabía que ya estábamos en ese punto de nuestra relación.

—Mira quién habla. No me hagas recordarte ciertas escenas de nuestra historia que te dejan un poquito en evidencia. —Bajo la mirada sin dejar de reírme y algo sonrojada. No, si estoy yo como para burlarme de sus celos—. Me alegra que alguien te haya cuidado —vuelve a hablar, consiguiendo que alce la vista—, pero que tampoco te cuide tanto, ¿vale?

—Tranquila, que estoy un poco pillada.

—¿Ah, sí? —Esta vez es ella quien alza una de sus cejas y sonríe con una satisfacción que casi deja asomar su chulería habitual, de no ser por el cansancio que refleja.

—Más de lo que creía. —Tras mi confesión, volvemos a quedarnos observándonos en silencio, sonriendo, como si ambas pensáramos lo mismo sobre eso de detener el tiempo aquí y ahora—. Deberías descansar un poco, ¿no crees?

—Seguro que tú estás más cansada que yo.

—Pero no soy yo la que está ingresada en un hospital. En serio, Chiara, no me voy a mover de aquí, pero intenta dormir un poco. Necesitas recuperarte.

Ella aparta la vista y se pierde en la ventana durante algunos segundos. Me giro para comprobar qué puede estar observando tan atenta, pero todo lo que se aprecia es nuestro reflejo y la habitación. El resto es, simplemente, la oscuridad del otro lado.

—Queda poco —susurra, captando de inmediato mi atención. Vuelvo a mirarla, y mi cerebro tarda en entender su frase lo mismo que mi corazón en sentir un doloroso pinchazo. Sé que mis ojos se vuelven de cristal, porque su imagen se torna borrosa. Aprieto la mandíbula y no digo nada—. Lo siento, no debería haber dicho eso. —Niega, llevándose ambas manos a la cabeza—. Solo quiero que volvamos al tren y terminar nuestro viaje. Estar retenida aquí comienza a ser agobiante.

Ahora o nunca, Dakota.

—Chiara, sé que este no es el momento. Tal vez nunca lo sea, pero necesito decirlo, porque quizás mañana no me sienta capaz. He estado hablando con Silvia sobre…

—Sobre un neurocirujano muy bueno que ahora está en un congreso fuera del país —interrumpe—. Yo también.

—Sí, su marido.

—Vaya, ese dato no me lo contó.

—No creo que sea lo importante del asunto —frunzo el ceño.

Ella suspira, aparta la vista un instante como si temiera lo que va a venir y vuelve a clavar sus ojos en mí.

—Ya sabes lo que pienso al respecto.

Frunzo el ceño otra vez, confundida por su poca colaboración.

—¿Nada ha cambiado?

—Ambas sabemos cómo funciona esta enfermedad. —Se encoge de hombros indiferente—. No hay nada que podamos hacer para cambiarlo. Lo has sabido desde el primer día. Así que, esta no es una conversación que quiera volver a tener, y menos aún, en este momento.

Me levanto de la cama y, tras alejarme unos pasos, exhalo.

—¿Crees que saberlo evita que me destroce?

Con mi pregunta se forma un momento de silencio. Unos instantes eternos durante los cuales, solo nos miramos. Duele. Esta conversación duele, esta situación duele. Y esta mierda, destroza. Ella suspira, baja la vista, y cuando vuelve a enfrentarme, su mirada es menos dura que antes.

—No, claro que no, solo quiero decir que… que no quiero estropear el momento con esta conversación. Simplemente quiero que todo siga como antes, que lo olvides y que…

—¿Que olvide qué, exactamente, Chiara? ¿Qué te estás muriendo? ¿O que casi me muero yo hace unos minutos, cuando pensaba que tal vez no te volvería a ver? ¿Qué quieres que olvide? —Vuelve a guardar silencio. El corazón me late a mil por hora, me tiemblan las manos y también los labios. Ni siquiera sé cómo soy capaz de hablar y ella no deja de mirarme de esa forma en la que me hace sentir cada vez más rota—. Creía que podría. Te juro que pensaba que sería más sencillo, pero la verdad es que no puedo, Chiara. Estas horas han sido una auténtica agonía.

—Lo siento.

—No me pidas más perdón —suplico, y esta vez sí, las lágrimas comienzan a descender mejilla abajo. Las suyas y también las mías—. No te disculpes por algo de lo que no tienes culpa.

Pero no te cierres tanto, por favor, Chiara. Hay posibilidades.

—¿Posibilidades de qué, Dakota? ¿De curarme? ¿De vencer al cáncer? ¿O de alargar esa agonía?

—De lo que sea.

—Pero no es lo que quiero.

—¿Y qué se supone que quieres, Chiara? Porque no estás sola en el mundo, ¿sabes? No eres tú, tú y después también tú. Tienes gente que te quiere, que ni siquiera saben dónde estás y te empeñas en ser la niña rica que un buen día se rebela. ¡Déjalo! ¡Déjalo ya y lucha, joder! Lucha contra ese puto demonio que quiere arrancarte de este mundo y convertirlo en una basura mayor de lo que ya es.

—Tú no piensas nada de lo que estás diciendo, Dak. —Niega y aparta la vista, como si tratara de autoconvencerse—. Tú no eres así.

—Tal vez no me conoces. Tal vez creías que todo iba a estar bien, que ibas a tener una aventura antes de morir y que yo iba a seguir mi camino sin pena ni gloria después. Pero resulta que no es así, que te metiste en la vida de una persona con sentimientos y que me estás destrozando con esta actitud y frialdad.

—¡¿Te crees que para mí es fácil?! ¿Crees que no daría lo que fuera por un minuto más contigo? ¿Piensas que no me gustaría pasar una larga vida a tu lado? Esta es nuestra primera discusión y firmaría un pacto con el diablo ahora mismo para que me permitiera tener miles. De esas absurdas, de las que se tienen por la mañana, cuando te despiertas de mal humor o al decidir a quién le toca fregar los platos, poner la lavadora, sacar al perro. Me gustaría poder discutir sobre el siguiente país al que queremos viajar, qué color de cortinas poner en nuestro salón, el nombre de nuestro primer hijo o hija, porque quiero tener hijos, y tal vez tú no, y esa es otra discusión que me gustaría poder tener. Pero no podremos. Porque no tengo tiempo, y no quiero desperdiciar el que tengo en hospitales, entre conversaciones alentadoras que poco a poco se desinflan. No quiero estar postrada en una cama, vivir entre la esperanza y el miedo continuamente. No quiero cambios físicos ni mentales. No quiero que me veas como una vela que se apaga poco a poco. Prefiero que tu último recuerdo sobre mí sea esta conversación en la que todavía tengo fuerzas para discutir. No voy a convertirme en un lastre sin vida, Dakota. No quiero eso para mí ni tampoco para ti.

—Esta discusión es surrealista —Río nerviosa, llevándome ambas manos a la cabeza—. Si de verdad piensas que en algún momento podrías convertirte en un lastre para mí, es que no me has conocido en absoluto. Te estoy suplicando que no me dejes, Chiara.

—¡No hables como si estuviera rompiendo contigo! —exclama desesperada—. No voy a mudarme de ciudad, estoy enferma. Desde el primer minuto hemos sabido que no había un futuro posible para nosotras. Ha sido parte de nuestra magia.

Esa última frase se me clava en el pecho como una flecha a toda velocidad y sé que ella se da cuenta, porque aparta la mirada, niega, y suspira en medio de un nuevo y desesperado silencio.

—¿Sabes? —Vuelvo a captar su atención—. Alguna parte de mí, no sé si creía que ocurriría un milagro, que al final te curarías como por arte de magia, o mejor aún, que nunca hubieras estado enferma, que tus médicos se hubieran equivocado, o tal vez creía que mi presencia podría influir en una decisión que tomaste antes de conocerme. Pero resulta, que los milagros no existen, que esto es la vida real. Y que, en la vida real, el cáncer mata personas. Y a veces, las personas pueden decidir si luchar contra él o dejarse arrastrar. Tú has decidido dejarte arrastrar, pero yo me ahogo si te sigo.

—¿Y qué quieres decir con eso?

—Que no lo soporto. Y que no puedo quedarme para verte morir.

—Lo comprendo.

Silencio.

Nos quedamos mirando en medio de un doloroso y devastador silencio, durante no sé cuánto tiempo. Ojalá dejara de mirarme así. Ojalá dijera algo que apaciguara esta cosa que me quema por dentro. Esta mezcla de tristeza, dolor, enfado y rabia. Ojalá alguna de las dos encontrara las palabras adecuadas para resolver la situación y no nos estuviéramos ahogando por primera vez en el silencio.

Pero ella no dice nada y yo tampoco. Tal vez porque no sabemos cómo continuar o tal vez porque ya no queda nada que decir.

Así que, me voy. Retrocedo unos pasos, sin romper el contacto visual y su expresión permanece impasible, intacta, resignada. El sonido de la puerta al cerrarse es lo siguiente que escucho, mientras mi mano sostiene el pomo. No sé cómo fui capaz de terminar de alejarme, dejar de mirarla, abrir la puerta y salir de la habitación sin volver sobre mis pasos para llegar de nuevo hasta ella. No lo sé, porque no lo recuerdo. Pero ahora nos separa una puerta y unos metros que parecen kilómetros. No hay vuelta atrás y la presión de mi pecho me lo recuerda. Nunca pensé poder tener el corazón tan roto como lo tengo ahora mismo, mientras me alejo de esa habitación en la que se queda la mujer por la que llevo toda la noche llorando y temiendo.

Qué ironía, perderla, a pesar de todo.

13

Al salir del hospital, el aire me corta la cara como miles de cuchillos ensañándose contra mi piel. Guardo las manos en los bolsillos para tratar de escapar del frío, aunque estoy segura de que no es él, el motivo de que mi cuerpo continúe temblando. Las lágrimas podrían convertirse en gotas de hielo en cualquier momento. Miro hacia el cielo, hay estrellas. No demasiadas, pero alguna todavía consigue brillar a pesar de la contaminación lumínica. Me gustaría saber a cuántos años luz están y qué edad debía tener yo cuando se emitió esa luz que puedo ver ahora. No estaría mal regresar a ese momento, sea cual sea, seguro que no me sentía tan rota.

Frío.

Hace mucho frío.

Dentro y fuera.

Una papelera me parece la culpable de todo lo que está pasando y le suelto una patada de la cual me arrepiento sobre la marcha, al escuchar el estruendo y sentir el dolor.

—Espero que eso no haya sido con el pie del esguince.

Al girarme, Silvia, entre un montón de gente que entra y sale, me observa desde la puerta. Se abraza a sí misma como si estuviera tratando de escapar de la baja temperatura. Imagino que esa bata blanca no debe abrigar demasiado. Espera en silencio, pero yo no puedo hacer más que negar y volver a perder la vista en el cielo. Entre esas estrellas que comienzan a volverse borrosas.

—No es justo —susurro, con un hilo de voz.

—No lo es.

—Debería tener toda la vida por delante. Y, sin embargo, le queda… ¿Cuánto? ¿Semanas? ¿Meses? —Trago saliva y la miro—. ¿Días?

Ella exhala y refleja en sus ojos una preocupación que no me pasa desapercibida.

—Ven conmigo —ordena, comenzando a caminar. Por algún extraño motivo y sin darme tiempo a pensar, mis pies deciden ir tras ella. Caminamos durante unos minutos alejándonos de la bulliciosa entrada del hospital y sumergiéndonos en el profundo silencio de la madrugada—. Ninguna enfermedad es justa —Vuelve a hablar al cabo de un rato y me mira—. Tampoco los accidentes. Perder a alguien que quieres, no es justo en ningún caso. Y duele. Duele más que cualquier otra cosa y para siempre. Pero los seres humanos estamos preparados para afrontar la pérdida y seguir adelante. Aprendemos a convivir con ella.

—No quiero aprender a convivir con su pérdida. Acabo de gritarle en su cara que no estoy preparada, que no puedo quedarme para verla morir y me siento una mierda de persona por decirlo y por sentirlo.

—Nadie se siente preparado para algo así, Dakota. Ni siquiera, aunque lo vea a diario. No te castigues por ello, porque, aunque luego sepamos afrontarlo, duele. Y siempre vamos a intentar huir del dolor. Es un mecanismo de defensa.

Me detengo en seco, sintiendo como el pecho vuelve a cerrarse, impidiendo el paso del oxígeno. Clavo la mirada en el suelo y unas lágrimas caen, rebotando en la acera como a cámara lenta.

—No puedo soportarlo —susurro con la voz rota—. Y lo he sabido desde el principio, así que, tampoco puedo recurrir a la lógica porque no lo comprendo. Pero es que no puedo soportarlo, Silvia. —Alzo la mirada para encontrarla—. Ella está llena de vida. Si la conocieras... Es divertida, risueña, tiene una energía imparable que te arrastra. Canta, ¿sabes? Tiene una voz capaz de erizarte la piel con tan solo emitir una nota. Toca la guitarra, compone canciones. Chiara es música en sí misma y nunca ha podido mostrarlo. Está llena de sueños. Aunque se quiera hacer la dura, aunque parezca que está preparada para morir, yo sé que no lo está. Quiere vivir, quiere viajar, enamorarse, cantar y luchar por todo eso por lo que no ha luchado. No entiendo por qué se empeña en rendirse. No entiendo por qué se resiste a luchar contra lo único que se lo impide.

—Porque a lo mejor está tan asustada como tú. Porque quizás ella estaba muy resignada. Todo lo resignada que se puede estar. Tal vez sentía que no tenía nada que perder y, de pronto, resulta que sí lo tiene. Y puede que su deseo de aferrarse aquí, a ti, esté en conflicto con su miedo a marcharse y dejarte. Mírate, Dakota, no te he visto dejar de temblar desde que llegaste a este hospital. Estás aterrorizada. Pero no puedes dejar que el miedo te paralice. Chiara está viva aún y hay dos cosas que tú puedes hacer: volver, decirle que la quieres y que estás dispuesta a quedarte con ella, sean cuales sean las consecuencias. O seguir calle abajo, marcharte y tal vez no volver a verla. Yo solo puedo advertirte algo: el arrepentimiento es una tortura que no cura el tiempo.

Me quedo en completo silencio, mirando a la nada, encogiéndome cada vez más, porque el frío traspasa la tela de mis bolsillos y cuando se me enfrían las manos, ya no hay nada que hacer. Me vendrían tan bien unos guantes ahora mismo. Es curioso, porque precisamente fueron un par de guantes los responsables de que esté aquí. Aquel día que parece mucho más lejano de lo que en realidad es, cuando llegué a la habitación del hostal, ¿qué hubiera ocurrido si no llego a tener los guantes de Chiara? Recuerdo perfectamente ese olor que desprendían y lo rápido que me empezó a latir el corazón cuando dicho olor me recordó a ella. ¿Cómo no me di cuenta de que esa chica me había vuelto loca con dos conversaciones y un abrazo? Tenía que estar muy ciega para no ver que regresé al tren, porque la idea de conocerla me resultaba apasionante. Apasionante y acojonante. Sabía que era arriesgado. Sabía que encariñarme de esa mujer era lo peor que me podía pasar. Pero así somos los seres humanos, cuando algo no puede ser, más nos empeñamos en que sea. Testarudos, cabezotas y un poco masoquistas.

Silvia me hace recordar su presencia cuando comienza a caminar en mi dirección. Al llegar a mi altura, coloca una de sus manos sobre mi hombro y acerca sus labios a mi oído.

—Aunque esté enferma, tiene derecho a que la quieran —susurra—. Y aunque te asuste, tienes derecho a quererla.

La miro con una mezcla de súplica, duda y miedo. Y ella, sin decir nada más, sonríe y continúa su camino de vuelta al hospital. Permanezco inmóvil un instante. Unos minutos tal vez, debatiéndome entre seguir a Silvia o continuar mi propio rumbo. No lo decido, pero mis pies comienzan a helarse y mi instinto me hace emprender de nuevo el camino calle abajo.

Creo que ha llegado ese punto de la noche tan oscuro en el que, todo lo que puede pasar a continuación es que comience a amanecer. Todas las noches ocurre de la misma forma y nunca nos paramos a pensarlo ni contemplarlo. Hace tiempo escuché una frase al respecto, «cuando la noche se ve más oscura, es porque va a salir el sol». A mí me gusta la noche. Es solitaria, silenciosa, es el único momento en el que podemos ver las estrellas o mirar directamente a la luna. Lástima que hemos sido educados con una inseguridad extrema hacia ella, sobre todo nosotras. De lo contrario, pasear de noche sería mi pasatiempo favorito. Cuando el ruido del mundo para un poco es más fácil escuchar lo que tienes que decirte a ti misma. La última vez que caminé sin rumbo durante horas fue en Novosibirsk. Antes solía hacerlo con mucha frecuencia, cuando era adolescente, me iba cada día a caminar por un paseo marítimo del pueblo en el que vivíamos. Había gente a mi alrededor, pero conseguía abstraerme y filtrar los sonidos que accedían a mi cabeza. El de las olas era el único que lograba pasar y, de vez en cuando, se fundía con una lista de canciones que me hacían viajar. En esa época comencé a escribir, y aunque nunca vieron la luz, creo que fueron mis mejores historias. La técnica no era para tirar cohetes, obviamente, pero contaba verdad. Una verdad imaginaria que sentía y vivía dentro de mí, posiblemente más que cualquier acontecimiento de mi vida cotidiana. Cuando comencé a viajar, dejé de dar esos paseos que me llevaban a desconectar y conectarme. Caminaba, sí, pero caminaba para conocer, para explorar, y es muy diferente. En esos casos la mente está a tope, eufórica. No me había dado cuenta de lo necesarios que son esos momentos, hasta ahora.

Un instante.

Todo puede cambiar en un instante. Y un instante es suficiente para decir todo lo que no dijimos. Coger el teléfono, hacer esa llamada que nunca hacemos, enviar ese mensaje que siempre borramos a último momento, pedir perdón, decir te quiero. Cuando era niña, me gustaba acostarme en la cama y mirar el techo durante horas mientras escuchaba música con auriculares, para que ningún otro sonido me molestara. Aunque el ruido de platos en la cocina, el secador a toda pastilla o las canciones de peleas románticas que solía escuchar mi madre, de vez en cuando se infiltraba para contarme historias que no tenían desperdicio. Imaginaba situaciones, me convertía en la protagonista de mi serie favorita, a veces era actriz e incluso cantante. En ese momento no tenía plena consciencia de ello, pero era feliz. Me sentía como si ese techo fuera un lienzo en blanco gigante en el que iba pintando cientos de futuros diferentes. No había prisa. Había tiempo. Mucho tiempo. La muerte era algo ajeno, un concepto lejano para una niña preadolescente que tenía toda la vida por delante. Poco después murió mi madre y la muerte dejó de ser algo que, sabía que existía pero que no iba conmigo, para convertirse en el emborronamiento de mi lienzo. Porque, honestamente, esa paz no volví a sentirla nunca. No sé si le dije te quiero suficientes veces, no sé si se lo hice sentir. Esas preguntas son demoledoras y parecen errores que nunca se aprenden. Hace un rato suplicaba que Chiara estuviera despierta, para, entre otras cosas, poder decirle lo que siento por ella, y, sin embargo, todo lo que hicimos fue discutir. Decir cosas sin sentido bajo el influjo de la impotencia, de la rabia y del miedo. Y ahora estoy aquí, avanzando sin rumbo, intentando alejarme de algo que me ha hecho caminar entre la paz y la guerra desde que apareció. Siempre lo dejamos todo a la mitad. Nos creemos que las oportunidades regresan, que siempre hay una más. Pero eso no es cierto.

Comienza a amanecer, en una vida en la que ella ya no está y se supone que tengo que resignarme, dejarla ir. ¿Dónde se aprende eso? ¿Cuántas pérdidas hacen falta para que comprendamos que las personas vienen y se van por diferentes motivos, a veces voluntarios, a veces ajenos a sí mismos? En realidad, soy yo la que se está yendo, por miedo a que ella se vaya. ¿Qué sentido tiene?

¤

No recordaba la fachada del hospital de esta forma. Vale que vine en plena noche y no estaba precisamente para fijarme en lo que pasaba a mi alrededor, pero no hace demasiadas horas que me fui y lo recordaba mucho más pequeño de lo que en realidad es. Cruzo la puerta giratoria y sin saber muy bien porqué estoy aquí, continúo caminando hacia la habitación en la que dejé a Chiara. El olor de los pasillos sigue siendo el mismo y en la expresión de quienes deambulan se puede distinguir esperanza, desesperanza, incertidumbre, miedo, felicidad, tristeza, preocupación y una mezcla infinita de sentimientos. Veo a Silvia caminar en mi dirección desde la puerta por la que salí corriendo hace unas horas.

—¿Dónde te metiste? —pregunta preocupada.

—Ni siquiera lo sé. Caminé y caminé, pensando en todo lo que hablamos. En algún momento di la vuelta y, cuando me di cuenta, ya estaba entrando. —Suspiro con una sonrisa insegura—. Supongo que eso de que el arrepentimiento no lo cura el tiempo, me caló hondo.

—Chiara ya no está, Dakota. —Esa frase logra cortar por completo el paso del oxígeno hacia mis pulmones. La imagen de Silvia comienza a volverse borrosa y creo que debo haber empalidecido, porque rápidamente agita la cabeza y las manos—. Quiero decir que se marchó del hospital. Pidió su alta voluntaria y no logré convencerla de que era una estupidez. Es muy cabezota. Tenía la esperanza de que se hubieran encontrado en la puerta, en el camino, en el tren, qué se yo. ¡¿Dónde estabas?!

—No lo sé. Yo… ¿Cuánto hace que se fue?

Saca algo de su bolsillo y lo observa un momento.

—Hará cosa de una hora. Estuve retrasando el papeleo todo lo que pude, pero tiene muy mal genio. Me dijo que si volvías te diera esto —informa, entregándome una hoja doblada—. Creía que no tendría que hacerlo.

Desdoblo el papel y al ver la letra, enseguida me recuerda a la noche que volví al tren y encontré algunas frases aleatorias escritas en su cuaderno. Sonrío por el recuerdo y trago saliva, tratando de prepararme para comenzar a leer. Eso si consigo que las palabras dejen de bailar entre mis manos temblorosas.

«Hace tan solo unos días que nos conocemos y esta es la cuarta vez que me tengo que despedir de ti para siempre. Aunque no sé si lo de hace un rato se puede considerar una despedida, porque eso fue un auténtico desastre. Si estás leyendo esto significa que decidiste volver, y si he llegado a conocerte un poco en estos días, sé que vas a volver. Porque tú eres así, Dak, te resistes, pataleas, luchas, intentas ser cerebro, pero al final eres todo corazón. Y creo que, ese, está un poco a mi favor.

Sin embargo, yo no puedo esperarte. No puedo quedarme, porque si hay algo a lo que me resisto, es a hacerte daño. Y creo que, a partir de ahora, es todo lo que voy a conseguir. Hemos llegado a ese momento tan temido y sería muy egoísta por mi parte obligarte a vivirlo. Herirte nunca ha sido mi intención, espero que lo sepas. Quería exactamente todo lo contrario, contagiarte unas ganas inmensas de vivir, de cometer locuras y no pensar tanto en las consecuencias. Me di cuenta muy pronto de que eras una persona que, a pesar de la vida, aparentemente bohemia, que llevaba, necesitabas tenerlo todo bajo control. Hay una parte de ti que te aprisiona en ese sentido. No sé si todos tenemos esa parte, supongo que sí, porque yo también la he tenido siempre, y precisamente por eso, quise intentar que tú te desprendieras de ella. Esa mañana en el tren, cuando hablamos por primera vez, confirmé lo que pensaba cada vez que te veía ahí, en el mismo lugar, mirando a través de la ventana sin reparar en mi presencia. Tenías la mirada de una chica perdida y descubrí a una mujer en conflicto con su propio mundo. Luchadora, con el carácter y la fuerza que yo siempre quise tener. Te envidié un poco por ello, pero me maravillaste de tal manera que... Ni siquiera soy capaz de explicarlo. Aunque, como te digo, en los ojos de esa mujer que se comía el mundo a diario, también había una niña con tantos miedos como ganas tuve yo de descifrarlos al instante. Quise descifrarte aquella mañana. Con unos minutos de conversación pretendía saberlo todo sobre ti. Por qué me mirabas de esa forma tan curiosa, por qué, a pesar de no habernos visto en la vida, podía abrirme a ti y contarte algo que ni siquiera mi familia sabe. ¿Porque eras una desconocida? ¿o porque algo de tus ojos me inspiró más confianza de la que nadie me había inspirado antes? Y para colmo, el universo se empeñaba en que tropezáramos, quizás con la intención de hacernos más difícil esa inocente decisión de seguir nuestros respectivos caminos. Me intrigó tu personalidad desde el primer minuto, me fascina tu mente cada vez que me dejas conocerla un poco más, y tu forma de mirarme, como si fuera lo más maravilloso e interesante que se te había parado enfrente. A ti, que recorres el mundo con una mochila a cuestas cargada de sueños. Esa mirada me vuelve loca. Más de lo que ya crees que estoy, sí. Una mirada tímida y misteriosa a la vez. Firme pero llena de dudas, ¿Cómo lo haces? Tan real, tan conmigo. Me enamoré de ti, Dak. Contra todo pronóstico, en la situación más surrealista y en un tiempo indebido para el resto del mundo, me enamoré como pensaba que solo ocurría en las películas. Hay que ser muy idiota. O hay que encontrarse con una Dakota, no lo sé. Y tampoco sé si esto estaba escrito en alguna parte o si el universo es muy puñetero, pero sí sé que es lo más bonito que me ha pasado nunca. Y no lo cambiaría por nada. Ni siquiera por tiempo. Porque prefiero haberte vivido unos días, que vivir toda una vida sin haberte conocido. Dios, es el tópico más cursi que he dicho jamás, pero es que, de no haberte conocido, Dakota, de no haber vivido esto por lo menos una vez, ¿qué sentido tendría?

Sé que no compartes mi decisión y que todavía no lo entiendes, pero lo harás. Tarde o temprano. Y yo lo estaré viendo desde alguna parte. Así que, cuidado con lo que haces, si no quieres que tus tostadas se caigan por el lado de la mantequilla todas las mañanas. La ley de Chiara.

Regreso a casa, Dak. Porque gracias a ti, entendí que hay lugares a los que siempre queremos volver y olores de los que nunca nos queremos desprender. Y hay que hacerlo antes de que sea tarde. Prométeme que tú también lo harás. Que te armarás de valor y pisarás esa casa que es tuya y que lleva años esperándote. Regresa a los recuerdos en lugar de seguir huyendo de ellos. Hazlo y enfrenta tus miedos, porque, créeme, no hay tiempo para el arrepentimiento. Por favor, vuelve a ese lugar, como mismo volviste al tren.

Gracias por haberme acompañado en este trayecto y por convertir mi penúltimo viaje en la aventura más apasionante que podría imaginar. Me has ayudado a darle sentido a esa palabra que tanto mencionamos y tan poco entendemos: vida. Tan bonita, tan puñetera, tan temida y tan maravillosa. Y a comprender que el amor, ciertamente, no se planea. Sucede, sin más. Y no importa el cuerpo que transporta la otra persona, no importa su género. Es una conexión física, mental y personal, que va mucho más allá de lo que podemos explicar. Ojalá existan otras vidas para poder cruzarnos de nuevo. Pero que afortunada soy por haberte encontrado en esta.

Te quiero y siempre te querré.

Chiara.

PD: Iba a devolverte la sudadera, pero hay olores de los que nunca me quiero desprender».

El silencio me acorrala, cuando dejo de escuchar su voz en mi cabeza mientras leía sus palabras. Ni siquiera oigo el latido de mi corazón y se siente pequeño, enjaulado. El nudo que tengo en el pecho lo aprisiona. Observo la hoja entre mis manos y temo que una lágrima caiga sobre las letras.

—Se fue… —Un hilo de voz apenas audible, abandona mis labios segundos después.

—¿No dice a dónde?

—A casa.

—¿Y a qué estás esperando para ir a buscarla?

Levanto la vista para encontrarme con Silvia, su ceño fruncido y mirada expectante me indican que está esperando un razonamiento lógico para explicar por qué sigo aquí todavía.

—Ni siquiera sé a qué casa se refiere. Nació en Asturias, pero vive en Miami y no sé a dónde...

—Pues vete a la estación, a lo mejor todavía está en el tren.

El tren. Ni siquiera recuerdo a qué hora parte hacia Vladivostok. Todas mis cosas están allí, y también las suyas. Silvia tiene razón, ha tenido que ir al tren antes de irse a cualquier otra parte.

—Sí. No puede marcharse sin su maleta —La miro con duda—, ¿verdad? —Dejo escapar un suspiro y niego sin darle tiempo a responder—. Será mejor que me vaya.

—Espera, Dakota, toma mi tarjeta. —Saca de su bolsillo el pequeño cartón y me lo entrega—. Llámame o escríbeme cuando la veas, o cuando no la veas. Mantenme informada, por favor. En una hora termino la guardia, si necesitas cualquier cosa, avísame.

—En una hora deberías irte a descansar y olvidarte de estas dos españolas que no han parado de darte el coñazo en toda la noche.

—¿Qué dices? Si ni en Netflix encuentro una historia como la de ustedes. Soy una privilegiada —asegura guiñándome un ojo—. Anda, ve a buscarla.

Le sonrío por última vez y agitando su tarjeta entre mis dedos con una mezcla de incertidumbre, miedo e ilusión, me marcho.

Son tan solo quince minutos el tiempo que hay entre el hospital y la estación, pero a mí se me hacen eternos. Los semáforos parecen ponerse en rojo cada vez que el taxi que me lleva se aproxima a ellos y puedo apreciar una ligera mancha de vapor en el cristal de mi ventanilla cuando eso sucede. El conductor debe pensar que tengo complejo de caballo con tanto resoplo. Las calles de Jábarovsk parecen vacías a medida que avanzamos entre sus escondrijos. Es lógico, todavía es muy temprano y apenas comienzan a apreciarse los primeros indicios de vida en esta ciudad. Irónicamente, creo que es la parada del transiberiano que más hemos disfrutado. Me refiero a pasear, conocer, perdernos en sus calles y hacer de verdaderas turistas. Todo hubiera sido perfecto. La noche en la pista estaba plagada de magia. Vuelvo a suspirar. El simple pensamiento de no volver a ver a Chiara me oprime el corazón. Su carta, sus palabras. Estas, que aún tiemblan entre mis manos. Desciendo la vista y me percato de la pequeña mancha que tiene la hoja de papel a causa de alguna lágrima. *«Me enamoré de ti, Dak»*. Cierro los ojos con fuerza, porque no quiero continuar llorando sobre sus letras y suspiro, dejando caer la cabeza hacia atrás sobre el respaldo del asiento. Me quiere. Está enamorada de mí y lo reconoce sin complejos, sin miedo, sin vergüenza. Ahora sé que no he aprendido nada de ella, que quizás la vida me la puso delante para destruir barreras, superar mis límites y creer en lo imposible. Y yo no he hecho más que huir antes de volver. Siempre. Cada vez que las cosas se han complicado un poco, he querido salir corriendo, alejarme de ella y evitarme el sufrimiento que va a ocasionarme perderla. Estoy loca por esa chica y nunca se lo he dicho, ni siquiera estoy segura de habérselo hecho sentir. De nuevo esas preguntas. Esas malditas y tormentosas preguntas. Llevo años presumiendo de ser una persona que no vive dentro de una zona de confort porque viajo por el mundo, voy de aquí para allá con la rutina ajena a mi vida, me saco las castañas del fuego, trabajo en lo que sea y se me da bien sobrevivir, pero resulta, que esa es precisamente mi zona de confort. Evitar los vínculos emocionales hacia cualquier lugar, persona o recuerdo, y con ello, evitar también el sufrimiento. Chiara y yo somos dos personas que se encontraron en la situación más dramática que se podrían haber encontrado y terminaron viviendo una historia llena de magia. Pero no esa magia en la que sacas un conejo de una chistera o desapareces, tampoco la de hadas, duendes o Harry Potter, sino esa magia de la vida cotidiana, la que te provoca hormigueo en el estómago, palpitaciones en el pecho, brillo en los ojos, cara de idiota, sonrisas inexplicables. Esa magia en la que, una puesta de sol te emociona, un espectáculo de arte te eriza la piel, una cerveza en compañía te permite arreglar el mundo, conversaciones banales o profundas pasan de matar el tiempo a vivirlo. Vivirlo por completo. Esa magia en la que artistas callejeros te recuerdan que los sueños existen y que no necesitan estar sobre un escenario para sentir que los hayan cumplido. Yo no necesito publicar con una editorial para cumplir los míos, es suficiente con sentarme frente a un ordenador y crear vidas. Abrir el block de notas de mi teléfono y redescubrir cientos de frases que podrían pertenecer a alguna historia que todavía no he contado. La magia de un libro, que te hace viajar sin moverte del lugar, volar sin levantar los pies del suelo, involucrarte con personas que no conoces o que ni siquiera existen, emocionarte y vivir mil vidas en una sola. Esa magia se elige. La eliges cuando decides dejarte llevar por todo ello y vivirlo. Cuando miras a alguien y sientes que quieres pasar el resto de la vida a su lado, aunque esa vida sea tan corta como la de una mariposa.

El taxi se detiene.

Le entrego al conductor un billete de mil Rublos y salgo del coche sin esperar por el cambio. Camino a toda prisa entre los pasajeros que se cruzan por la estación. Volver a este lugar, ver el tren en el mismo andén de ayer y todo exactamente igual a cuando salimos de aquí juntas, me produce un pinchazo en el pecho. Los pasillos del transiberiano me parecen más largos que nunca y a medida que me acerco a la habitación de Chiara, mi corazón aumenta su velocidad. Ni siquiera sé qué voy a decirle.

Aquí está. La habitación número trece. Tomo aire, antes de atreverme a golpear suavemente la puerta con mis nudillos.

Cuando lo hago, la misma se mueve un poco, haciéndome saber que no estaba del todo cerrada. Entro en una habitación completamente vacía. No hay rastro de Chiara y tampoco de sus cosas. Y entonces ocurre, siento como si dejaran caer sobre mis hombros toneladas de peso, la fuerza de la gravedad me empuja hacia abajo, dejándome sentada sobre un suelo que vibra más que nunca. Me duele cada centímetro de mi columna vertebral, hay una presión en mis ojos que no cesa y un dolor en el pecho muy intenso. Perder a alguien es doloroso, pero cuando la pierdes por imbécil, por miedo, por no haber sabido actuar a tiempo, cuando tus inseguridades te alejan de lo que más te importa, la impotencia que se siente es terrible. El dolor y la rabia se entremezclan. Las ganas de volver el tiempo atrás resultan desesperantes. Porque si pudiera regresar en el tiempo, no habría salido de aquella habitación, no habría dicho lo que dije, no habría cometido la estupidez de herirla con mis palabras y luego marcharme. Como si ella no tuviera suficiente, como si morirse no la tuviera acojonada.

Transcurren minutos durante los cuales, solo puedo abrazar mis rodillas y tratar de respirar de forma normal. Me quedo observando un punto fijo de la habitación, una especie de bloqueo invade mi mente. No sé qué hacer, no sé qué se supone que viene ahora ni cómo continuar. Por momentos todo me parece irreal, como si no estuviera pasando, como si no tuviera que tomar una decisión importante lo más pronto posible. A veces ocurre, nuestro cerebro desconecta y durante un fragmento de segundo, se siente que la realidad no es la que es y que los problemas no existen, o se pueden solucionar solos. Pero ese fragmento de segundo avanza, pasa, y la conciencia de lo que nos rodea, vuelve. No puedo detenerme aquí. No he llegado a este punto del viaje para bajarme del tren. Esta no es mi estación. Me levanto del suelo, respiro hondo y cuando limpio las lágrimas que empañan mis ojos, una especie de flashback me provoca escalofrío al mirar la cama. Aquí pasamos nuestra primera noche juntas. En este mismo espacio, la besé por primera vez, con toda esa desesperación y ganas acumuladas, con un poco de rabia por hacerme sentir así. En esa cama recorrí su cuerpo y ella el mío, la vi temblar, sonreír, gemir, disfrutar y tener miedo. En esta habitación supe que Chiara no era una persona más con la que me acostaba. Deseé que fuera la única.

De pronto, me percato de que, sobre el impoluto y blanco edredón, hay una hoja de papel doblada junto a un bolígrafo. Me acerco con algo de temor y desdoblo el papel para descubrir escrito un mensaje cuyas letras vuelven a disparar mis latidos:

«Termina nuestra historia y cuéntasela al mundo».

El papel tiembla en una mano y su carta en la otra. Cierro los ojos y, tras inhalar una gran bocanada de aire, exhalo. Guardo ambas cosas en el bolsillo del abrigo y busco mi teléfono, después, la tarjeta. Permanezco observándola unos segundos, no muy segura de lo que voy a hacer. Finalmente, decido escribir un mensaje.

«No está aquí»

Seguido a los dos ticks azules, una llamada entrante aparece en la pantalla. Descuelgo, pero no me salen las palabras.

—¿Dakota?

La voz de Silvia suena preocupada y por algún motivo, escucharla me produce tranquilidad.

—Me voy al aeropuerto. Tengo que encontrarla.

—Dame veinte minutos y estoy en la estación. Yo te llevo. —Vuelvo a guardar silencio. Ni siquiera sé lo que quiero—. Te espero en la salida, junto a la parada de bus.

—Hasta ahora.

¤

En realidad, soy yo quien tiene que esperar. La velocidad a la que recogí el vertedero en el que se había convertido mi habitación, es sorprendente, y en diez minutos estoy esperando a Silvia donde me dijo. Entre el frío y la ansiedad, el tiempo pasa muy despacio. No he apartado la vista de la puerta principal de la estación observando atenta a cada persona que entra y sale de ella, por si Chiara volviera. Eso no sucede y el sonido que anuncia la partida del transiberiano resuena por todo el lugar. Los últimos y despistados pasajeros, corren apresurados hacia el tren para poder disfrutar del tramo final de la ruta. Se marcha. Ese tren que la trajo a mi vida está a punto de continuar su camino sin nosotras. No puedo evitar el desasosiego y la tristeza que me invaden. Probablemente nunca vaya a ser capaz de volver a subirme al Golden Eagle ni a ningún otro tren que realice la ruta. Así que, aquí termina mi aventura en Siberia. Nuestra insuperable aventura. Un suspiro cargado de nostalgia se me escapa y un coche se detiene justo delante de mí, interrumpiendo el rumbo de mis pensamientos. La ventanilla se baja, permitiéndome ver a Silvia en el asiento del conductor, que con un gesto y una sonrisa me invita a entrar. Está diferente sin su vestimenta de hospital. Parece una chica normal, de estas con las que podría tomar café y tener una larga conversación.

—Gracias por venir a recogerme, pero no era necesario, podría haber ido en taxi.

—Lo sé. —Me sonríe y emprende de nuevo la marcha. Transcurren algunos minutos de silencio, durante los cuales, ella se concentra en conducir y yo en observar el exterior—. ¿Cuál es tu plan?

Me giro para mirarla y sus ojos se intercalan entre la carretera y yo. Buena pregunta.

—No lo sé, por ahora todo está saliendo al revés. No dejo de llegar tarde, Silvia. Como no la encuentre en el aeropuerto, mis posibilidades se acaban. No sé si tiene pensado volver a España o a Miami, no sé si se va a quedar aquí unos días o si ya está volando. No sé nada. —Niego, dejando escapar una risa incrédula—. Esto es realmente irónico.

—¿El qué?

—Pues todo esto. He pasado los últimos días de mi vida con esa chica, hemos hecho cosas que nunca pensé que haría, se ha metido en mi cabeza como no ha logrado meterse nadie y ahora no sé nada de ella. No tengo ni puñetera idea de cómo encontrarla. ¿Va a terminar así? ¿Todo lo que hemos pasado, se va a reducir a una despedida de mierda?

—En primer lugar, es prácticamente imposible que ya esté volando, a no ser que sea Flash o el universo se haya alineado para que ella llegue a los lugares más rápido de lo normal y estuviera un avión esperándola para despegar. Esto es Khabarovsk, Dakota, y Chiara está débil, confusa, cansada. No creo que tenga la mente para tomar decisiones precipitadas.

—Llegó antes que yo al tren, recogió sus cosas y se marchó.

—Porque le diste una hora de margen.

—¿Qué voy a hacer si no la encuentro, Silvia?

—Seguir buscándola.

Ella me sonríe y yo, inconscientemente, respondo con otra sonrisa. Silvia me recuerda un poco al personaje de Cris en «Acuérdate de volver». Es la típica figura que aporta serenidad y una nueva forma de ver las cosas. Hace unas horas me dijo que su marido siempre ve el vaso medio lleno, pero ella, quizás sin ser del todo consciente, también lo hace. Debería estar en su casa, descansando después de una guardia de veinticuatro horas, y, sin embargo, está aquí, llevando a una desconocida al aeropuerto. Definitivamente, existen personas que, más allá de su profesión, tienen verdadera vocación por ayudar.

—Es una lástima que te vayas tan rápido —comenta—. Presiento que tendríamos un tema de conversación muy interesante si pudiéramos compartir un café.

—Bueno, aún te debo una cena. Y en algún momento tendré que saldar la deuda, aunque no estoy segura de que una cena sea suficiente.

Vuelve a sonreír, y parece que el silencio está a punto de acompañarnos de nuevo.

—¿Cómo te enamoras de alguien en tan poco tiempo? —pregunta frunciendo ligeramente el ceño sin abandonar la sonrisa. Mi gesto debe ser de la más absoluta perplejidad, porque al percatarse, continúa hablando—. No me malinterpretes, es solo que me produce curiosidad. Andrey y yo estuvimos meses saliendo antes de considerarme enamorada de verdad. Y tú, te expresas de Chiara como si hubieras compartido toda una vida con ella. ¿Ocurre a primera vista? ¿La miraste y dijiste «wow»?

—Es difícil mirarla y no decir «wow».

—La chica está bastante bien, sí —asume riendo.

—No creo en esas cosas del amor a primera vista… —Me encojo de hombros—. De hecho, ni siquiera sé si creía en el amor hace una semana, pero Chiara consigue que te cuestiones toda tu existencia. Supongo que hay cosas que no tienen explicación. Yo, que siempre había dado por sentado mi supuesta heterosexualidad, terminé volviéndome loca por una chica en uno de los países con más homofobia del planeta. No me gusta lo fácil.

—Ya veo —Se ríe—. ¿Llegaron a tener algún percance homófobo?

—No. Aunque no nos hemos expuesto demasiado públicamente. O, al menos, eso creo. Estábamos tan metidas en nuestro propio mundo, que no lo sé.

Ella suspira.

—Adoro este país. Los ciudadanos rusos son más cálidos y generosos de lo que el mundo cree. Hay muchos mitos sobre Rusia que solo puedes desmontar si vienes aquí y te sumerges en su cultura y en su gente, pero por desgracia, la intolerancia no es uno de ellos. Existe y es terriblemente dolorosa.

—¿Tu chico también entra en ese saco?

—En absoluto. Él estudió parte de su carrera en Holanda y supongo que sus prejuicios se fueron desmontando cuando vivió lejos de toda esta vorágine. Sin embargo, su familia es bastante cerrada. Tiene un primo que creemos que es gay, pero el chico está casado y ya tiene dos hijas. Es una de las personas más infelices que he conocido en mi vida, te lo aseguro. Y eso que soy médico.

—Su vida es un engaño. ¿Cómo puede soportarlo?

—No lo sé, pero es algo por lo que ningún ser humano debería tener que pasar. Ojalá algún día los ciudadanos de este país y de otros tantos, hagan un análisis de lo que está sucediendo, de lo que están haciendo, y actúen.

—¿Lo ves posible?

—Todavía me queda un poco de fe en la humanidad.

—Y menos mal, porque una doctora sin fe en la humanidad

sería una catástrofe.

—Sí, pero tampoco deberían tentar mucho a la suerte.

Ambas sonreímos. Es agradable olvidarse de algo, aunque sea unos minutos. Dejar de comerme la cabeza un instante me da un poco de tregua para no darle tantas vueltas a todo, aunque no puedo evitar pensar que ojalá Chiara estuviera aquí. Sería interesante ir a cenar las tres y debatir sobre cualquier tema, como hacíamos Silvia y yo hace un momento. Seguro que las horas pasarían sin que nos diéramos ni cuenta. Daría cualquier cosa por poder compartir una cotidianeidad así con ella.

—Llegamos —informa, deteniendo el vehículo. Ni siquiera me enteré del momento en el que entramos al parquin del aeropuerto—. Por cierto, Dakota, ¿has vuelto a sufrir algún episodio de ansiedad?

—No. Creo que no. A veces siento que me cuesta respirar, pero no me ha vuelto a ocurrir lo del hospital. Nunca me había pasado algo así, de verdad. Y si te soy sincera, ni siquiera lo recuerdo con claridad. Tengo lagunas.

—Ten cuidado y vigílatelo. A veces, es un detonante el que hace que se despierte el trastorno y otras veces, son episodios aislados, no por ello menos importantes. Si sientes que te falta el aire con frecuencia, visita a un especialista. Cuanto antes se comience a tratar, mejor.

Asiento y ambas bajamos del coche.

La sensación al caminar por el aeropuerto es extraña. Se supone que no debería haber vuelto a pisar uno hasta dentro de dos días, en Vladivostok. Pero aquí estoy, buscándola entre una multitud apresurada. Nos dirigimos hacia unos mostradores en los que se lee un cartel con la palabra Aeroflot y Silvia comienza a hablar en ruso con la chica que hay al otro lado. ¿Cuánto debe haber tardado en aprender el idioma? Me parece realmente difícil. El corazón me late a toda velocidad, nervioso, y ha vuelto a mis piernas un temblor que hace rato no sentía. Incluso tengo el estómago revuelto. La chica teclea algo y observa la pantalla de su ordenador con atención, frunce el ceño y vuelve a intercambiar unas palabras con Silvia. Respira hondo, Dakota.

—No ha salido ningún vuelo a Moscú en las últimas tres horas —me informa mi acompañante—. El próximo es dentro de cuarenta y cinco minutos. La capital es el único enlace con Europa o América desde aquí.

Me invade cierta sensación de alivio al saber que no ha podido dejar Jabárovsk todavía, al menos no por vía aérea, pero al mismo tiempo, la incertidumbre crece.

—¿Crees que volará en ese avión?

—No tengo ni idea. —Permanezco en silencio, sintiendo como mi mente se bloquea cada vez más. Es uno de esos momentos en los que te quedas en blanco y esperas que el tiempo te dé las respuestas, pero el tiempo pasa y la solución no quiere caerte del cielo—. No es por meter presión, pero, aunque estos controles de seguridad no estén tan a tope como los de Madrid y Barcelona, vas a tener que tomar una decisión si quieres subirte a ese avión. Además, la gente de la cola empieza a mirarnos mal.

—No sé a dónde ir, Silvia. Tal vez Chiara ya haya pasado los controles de seguridad y esté esperando para subirse en ese avión, o tal vez ni siquiera ha llegado al aeropuerto todavía. ¿Regreso a casa? —pregunto, repitiendo las palabras de su carta—. ¿A qué casa?

—Si hay alguien aquí que puede saberlo, eres tú, Dakota. Por lo que han hablado, por lo que la has conocido, ¿dónde crees que le gustaría estar?

—En Asturias, con sus abuelos, sin lugar a dudas. Pero cuando discutimos, dije algo que… quizás…

—Si eso es lo que realmente quería, no creo que haya cambiado de opinión por una discusión. Yo no la conozco, pero por las circunstancias, diría que parece bastante fiel a sus decisiones.

Silvia tiene toda la razón. Chiara ha estado intentando hacerme entender que la vida es demasiado efímera para perder el tiempo y ella quería estar en Asturias más que cualquier otra cosa. Quiere estar en Asturias.

Me dirijo a la chica del mostrador, que, por su expresión, diría que está un poco desesperada e intento comunicarme en inglés con ella. Por suerte, responde sin problemas y rápidamente comienza a buscar la combinación de vuelos Jabárovsk - Oviedo. Solo espero estar en lo cierto.

Cuando gira la pantalla y veo la cantidad de vuelos, combinaciones, y sus respectivos precios, que tuvo la amabilidad de mostrarme en euros, el oxígeno vuelve a quedarse atascado en algún punto de su camino hacia mis pulmones. Busco la mirada de Silvia, con la esperanza de que me diga que estoy alucinando, pero su perplejidad se asemeja a la mía. Yo no tengo esa cantidad de dinero.

Me aparto de la fila sin decir nada, quizás intentando asimilarlo, o entrando de nuevo en ese bloqueo en el que espero que la solución llegue como por arte de magia. Escucho los pasos de Silvia tras de mí y me doy la vuelta para mirarla, observando también como las personas a las que estábamos atrasando, avanzan hacia el mostrador.

Busco en el bolsillo del abrigo, por tercera vez hoy, mi teléfono y accedo directamente a las últimas llamadas, sin pensármelo ni un segundo antes de pulsar.

—Sí, dos veces en un mismo día —respondo con una sonrisa a

la voz adormilada de mi abuela—. No me pasa nada malo, prometo contártelo todo cuando vuelva, pero la verdad es que ahora necesito un favor. ¿Estabas durmiendo? Ni siquiera sé qué hora es, lo siento mucho, abuela. —Ella me asegura que estaba viendo la novela—. ¿Cómo sabes que se trata de eso? —Sonrío—Ya sé que no tengo que pedirte permiso, pero tú te has encargado de gestionar ese dinero durante todos estos años, así que, es lo justo. Sí, menos mal que eres más cabezota que yo —Vuelvo a sonreír, porque mi abuela hace referencia a lo mucho que le costó convencerme de que llevara siempre conmigo una tarjeta de esa cuenta corriente, para disponer de los ahorros en caso de emergencia. Si no hubiera insistido tanto, ahora no tendría forma de acceder al dinero de mi madre—. Tengo que coger un vuelo que sale en cuarenta y cinco minutos, así que, ahora mismo.

—Treinta —corrige Silvia, consiguiendo que abra los ojos como platos antes de continuar mi conversación.

—Sí, nos vemos en unos días. Creo que empiezo a salivar —Sus arepas. Como extraño sus arepas. Y su risa, al otro lado del teléfono…—. Te quiero, abuela. Nos vemos pronto. —Finalizo la llamada y miro a mi acompañante, que me observa muy atenta, con los brazos cruzados bajo su pecho y expresión de «cuéntame lo que pasa en este momento»—. Tengo media hora para comprar los billetes, pasar el control de seguridad y encontrar la puerta de embarque.

—En realidad tienes diez minutos, porque el acceso al avión lo suelen cerrar veinte minutos antes del despegue.

—Eso, tú aumenta la presión.

Ambas sonreímos. A continuación, bajo la mirada, nerviosa, ansiosa y un poco insegura. Nos colocamos de nuevo en la fila del mostrador.

—¿Alguna vez te imaginaste en esta situación? —cuestiona Silvia, consiguiendo que alce la vista.

—Si algún día viajas al pasado, a hace aproximadamente una semana, y me cuentas algo parecido, te aseguro que me voy a reír de ti.

—Gracias por el aviso. —Volvemos a sonreír—. El amor es una puta locura. —La miro confusa, mientras avanzamos más despacio de lo que me gustaría—. Sí. Cada día las mujeres logramos más esa independencia por la que tanto hemos luchado. Nuestra generación y las posteriores, tenemos muy presente el pensamiento de que no necesitamos a nadie y mucho menos un príncipe azul que nos rescate. El mito de la media naranja pasó de moda. Pero la realidad es que seguimos cayendo en la trampa. Quizás de una forma más sana, la mayoría de las veces, pero todavía continuamos tropezando con piedras que no deberíamos, y el amor sigue volviendo nuestro mundo del revés sin que podamos evitarlo. Te lo digo comparando un poco nuestras historias. Creo que las dos somos mujeres con carácter, fuertes e independientes, y aquí estamos. Yo, viviendo en un país que no es en el que nací y tú, dejando todo atrás para encontrarla.

—Supongo que no todo es blanco o negro y, a veces, merece la pena jugársela por según qué sentimiento. Solo hay que saber distinguir cuándo, por qué y por quién. Eso también es independencia y decisión.

—Totalmente de acuerdo. Por eso te digo que es una locura. ¿Y qué sería de la vida sin un poco de locura?

Eso es una frase que, sin duda, Chiara habría dicho. Justo en el momento en el que le sonrío, la última persona que había delante de nosotras para facturar abandona el mostrador con su equipaje de mano, cediéndonos el turno. La chica me sonríe, creo que un poco más por cordialidad que por alegrarse de volver a vernos, y le hago saber que quiero comprar uno de los billetes que me enseñó hace unos minutos. Ella no tarda demasiado en encontrar las diferentes opciones, una vez introducidos los datos. Elijo el que tiene la salida a Moscú más próxima, le entrego una tarjeta que solo había usado para activarla y cambiar el código secreto, introduzco el número en el datáfono y listo. Las tarjetas de embarque correspondientes a cada vuelo se imprimen sobre la marcha. La chica me da la opción de facturar el equipaje de forma gratuita, ya que, alguno de los vuelos va bastante lleno, pero prefiero arriesgarme, al fin y al cabo, mi maleta y mi portátil siempre han ido conmigo en cabina, y si tienen que facturarlos, que sea a la hora de subir al avión. De esta manera reduciré el riesgo de pérdida, aunque con suerte, espero que continúen conmigo todo el viaje.

Cuando tengo todo listo, Silvia y yo nos alejamos del mostrador y caminamos en silencio hacia los controles de seguridad. Se ve bastante gente haciendo cola en una especie de laberinto, lo que consigue que mi corazón se acelere por culpa de los nervios. Como esto me retrase demasiado, no llego al avión. Ella parece notarlo en el bailoteo de las tarjetas de embarque entre mis dedos, o quizás ha pensado exactamente lo mismo.

—No me gustan las despedidas, Dakota. Así que, te voy a dejar aquí.

Le ofrezco una sonrisa. Me gustaría poder transmitirle lo agradecida que estoy por la atención que ha mostrado conmigo desde ayer y lo curiosamente importante que ha sido su presencia en este capítulo de mi historia. Pero dudo mucho que con una sonrisa pueda hacerlo, y las palabras… bueno, esas nunca se me han dado del todo bien.

—¿Nos volveremos a ver? —pregunto. Aunque más que una

duda es un deseo. Un deseo de que suceda, en otras circunstancias.

—Algo me dice que así será. Ya tienes mi teléfono y espero que seas lo suficientemente considerada como para mantenerme informada. —Vuelvo a sonreírle, aunque esta vez con un poco de vergüenza. No por ella, sino por todas las personas de las que al final he terminado distanciándome. La vida es así, supongo, los caminos se separan. O, más bien, yo soy así, y sé que pongo muy poco de mi parte. No quiero que suceda lo mismo con Silvia. De pronto, me encuentro rodeada por sus brazos, y aunque en un principio me provoca la tensión de lo inesperado, la calma no tarda en aparecer, permitiéndome responderle—. Me gustaría decirte algo épico —susurra contra mi oído—, tener las palabras mágicas y asegurarte que todo va a estar bien. Pero yo no creo en los finales felices, Dakota, creo en las personas. Y creo que alguien que no se rinde, aunque a veces dude, merece encontrar aquello por lo que tanto lucha.

Me separo un poco para mirarla. Está sonriendo, con una de esas sonrisas que se podrían considerar fuente de energía natural para cualquier ser humano. Asiento y también sonrío. Entonces se marcha. Sin esperar que responda, sin necesidad de que lo haga. Tal vez porque en mis escasas palabras y en mi sonrisa, encontró todo lo que hacía falta. No me sucede muy a menudo con la gente, a decir verdad, y quizás por eso la observo alejarse, sin mirar atrás, y entiendo que hay conexiones que suceden sin más. No sé, a qué explicación biológica correspondan o a qué fuerza universal pertenezcan, pero la realidad, es que existen. Entre tantos millones de habitantes que hay en la tierra, y no me refiero solo a seres humanos, existen conexiones que parecen estar preestablecidas. Suceden al instante, con alguien en particular al que, entre otras cosas, no necesitas dar demasiadas explicaciones. Está en nuestras manos cuidar esas conexiones. Y más nos vale hacerlo.

El control de seguridad transcurre sin muchas novedades. Desesperante, eso sí, porque parece que mientras más prisa tienes, más despacio va el resto del mundo. Aunque por suerte para mí, esta vez no saltaron las alarmas cuando atravesé el detector. Suele ser algo de lo que no me libro. El corazón se me acelera al mismo ritmo que aumento la velocidad de mis pasos, quizás porque puedo estar a punto de verla o quizás por los nervios que me despierta un plan tan apresurado, tan fuera de mi control.

La puerta de embarque no está demasiado lejos, es un aeropuerto pequeño, con una sola terminal y desde esta distancia puedo apreciar como los pasajeros se amontonan en fila india para subir al avión, al final no llegué tan justa como esperaba. Bueno, sí, pero no llegué tarde, que es lo importante. Miro a mi alrededor, pero no hay rastro de Chiara por ninguna parte. Tampoco la veo entre las personas que esperan de pie. Tal vez se encuentre entre aquellas que ya subieron al avión. Ojalá así sea, porque parece que mientras más avanzo, más se aleja ella. Me asusta no poder alcanzarla. Me aterroriza vivir con esta sensación de perseguir lo que no tendría que haber perdido. Sigo sin tener un discurso preparado. No sé qué le voy a decir. ¿No te vayas? ¿Ya no tengo miedo, quédate conmigo? No, porque no es cierto. Estoy acojonada. Quizás ahora más que nunca.

Continúo buscándola mientras espero para embarcar. La fila es cada vez más pequeña y alrededor no se ve tanto tránsito. Mi corazón no aminora el ritmo de sus latidos, al contrario que la esperanza, que decae a medida que aumentan los minutos. Cuando llega mi turno, entrego la tarjeta de embarque y el pasaporte a la responsable, que resulta ser la misma chica que me vendió los billetes. Justo antes de atravesar la puerta del acordeón que me lleva al avión, echo un último vistazo atrás, por si acaso, pero Chiara no está entre los últimos pasajeros.

Avanzo por el pasillo del avión, mirando a ambos lados mientras me voy deteniendo a causa de quienes intentan colocar su equipaje en los compartimentos superiores. Soy consciente de que ya pasé de largo mi asiento, pero necesito llegar hasta el final del avión. Butacas número dieciocho, diecinueve, ni rastro. Veinticuatro, veintiséis, treinta. No está. Chiara no ha subido a este avión y al comprobarlo, tengo la sensación de que mi pecho se estrecha y el corazón se me hace más pequeño. Las ganas de volver a llorar reaparecen y al tratar de contenerlo, el hueco del oxígeno se reduce, porque las lágrimas que se retienen le quitan espacio a la respiración. Regreso a mi asiento, caminando en sentido contrario al resto y provocando un poco de colapso. Coloco la maleta en un hueco cercano, pero el ordenador lo llevo conmigo. Butaca 13F. Ventanilla. Las dos personas que ocupan los asientos contiguos se levantan al darse cuenta de que necesito pasar y cuando me siento, ambos vuelven a lo que estaban haciendo. La chica que está a mi lado escribe algo en su teléfono móvil, mientras un libro descansa sobre su regazo. Y el hombre que la sigue, lee algo muy atentamente en su Tablet. Coloco el maletín del ordenador debajo del asiento delantero para que no moleste en el despegue y decido volver a sacar mi teléfono para escribir un mensaje.

«Estoy a punto de despegar. Chiara no va en este avión.»

La respuesta de Silvia no tarda en llegar.

«Que tengas un buen vuelo. Intenta descansar, que son muchas horas. Aún no está todo perdido.»

Siete horas y cuarenta minutos separan Jabárovsk Novy de Moscú en avión. Más tiempo del que se tarda en volar de Moscú a Madrid. Este país es enorme. Silvia tiene razón, más me vale acomodarme e intentar relajarme, a no ser que quiera volverme loca en este viaje. Decido apagar el teléfono porque el modo avión me va a consumir la batería y porque si no estoy pendiente de la hora, mucho mejor para mi cordura. Observo a través de la ventanilla las enormes letras que en la terminal anuncian que estamos en el aeropuerto de Khabarovsk, o al menos, eso intuyo que pone, y el avión comienza a moverse. La sensación de adrenalina que suelo sentir cuando estoy en pleno despegue, acaba de ser sustituida por unos intensos nervios en la boca del estómago. Esos nervios de querer llegar a alguna parte, de tener algo importante que hacer y desear que nada lo impida. Siempre he volado con despreocupación, sin pensar demasiado en lo que haré al llegar al destino. Ahora, sin embargo, me gustaría adelantar el reloj y estar ya en Oviedo, porque presiento que este va a ser el viaje más largo de mi vida, aunque no sea el de más horas. El avión asciende y el aeropuerto de Jabárovsk se aleja de mi vista al tiempo que un sentimiento de vacío me invade. Suspiro pesadamente, dejando una marca de vaho en el cristal que parece fundirse con las nubes que comenzamos a atravesar. La ciudad se vuelve borrosa para mis ojos y empieza a perderse entre la niebla. ¿Y si Chiara sigue allí y yo me estoy marchando? Suspiro de nuevo y, pongo en práctica el ejercicio de respiración que me ayudó cuando estaba con Silvia, intentando así, alejar de mi mente pensamientos que, desde luego, no me van a ayudar.

La luz superior que indica la obligación de abrocharse el cinturón de seguridad se apaga, anunciando que el vuelo ya está en modo crucero y eso nos permite levantarnos, encender los aparatos electrónicos, etc. Recupero el maletín del portátil para comenzar a matar el tiempo, pero estoy a punto de guardar la tarjeta de embarque, cuando me percato de un detalle en el que no había reparado. Asiento 13F. La habitación de Chiara en el tren era la número 13. No puedo evitar que se me dibuje una sonrisa cuando me viene a la memoria la conversación que tuvimos sobre su superstición y el número trece convirtiéndose en su favorito. Entonces, otra de nuestras conversaciones viene a mi mente. ¡Eso es! Abro el maletín, guardo el billete de avión y saco el ordenador, además de un cuaderno y un bolígrafo que siempre llevo para notas rápidas. Con la mesa auxiliar desplegada y el bolígrafo en la mano, inhalo y exhalo profundamente, antes de comenzar a plasmar sobre el papel todo lo que me gustaría decirle. Eso sí, de una forma un tanto peculiar.

¤

El miedo al cambio. Creo que la mayoría de las personas padecemos esa peligrosa enfermedad. Los síntomas no siempre son reconocibles o manifestados físicamente, pero eso no quiere decir que no estén ahí. A veces se encuentran ocultos, camuflados entre un montón de sonrisas o ceños fruncidos. En muchas ocasiones el mal humor nos controla, nos enfadamos con el mundo y quisiéramos meternos en una burbuja en la que nadie nos moleste, en la que la tierra no gire. Los problemas de la humanidad nos angustian, nos provocan impotencia, rabia, y las terribles ganas de cambiar el planeta luchan contra la agotadora sensación de no poder hacerlo. Pero ¿quién dice que no podemos? ¿quién dice que no tenemos el poder suficiente para contribuir? Yo creo que sí lo tenemos. Y ahora, caminando por el aeropuerto de Moscú, empiezo a comprender las lecciones personales de este viaje. Creía que Vladivostock era mi estación de llegada, mi meta, pero resulta que no hay meta más importante que el propio camino. Por muy trillado y a libro de autoayuda que suene, ahora, mientras avanzo entre humanos apresurados, esperando para tomar mi próximo avión, me doy cuenta de que la angustia ha disminuido y la desesperación también. Quiero volver a ver a Chiara, por supuesto que quiero. Todavía tengo tantas cosas que decirle y explicarle, tantas palabras que me he callado por miedo a decir demasiado, por miedo a cambiar mi forma de relacionarme con el mundo, de exponerme, pero sé que encontrarla no se reduce a verla al final de este viaje o en los próximos días. Encontrarla ha sido encontrarme. Darme de bruces contra un muro que yo misma construí y entender que llevo años refugiándome en crear otras vidas mientras me olvido de vivir una parte de la mía. Ella me sacudió y me demostró que el cambio es necesario. Que, si ella, con un tumor a cuestas, fue capaz de dejarlo todo atrás para lanzarse a la aventura de vivir lo desconocido, ¿qué nos impide hacerlo a nosotras? Que el miedo no sea la respuesta. Que la duda no sea el motivo. Que seamos capaces de modificar todo aquello con lo que no estamos conformes y vivir. Vivir.

Porque la vida pasa, en un abrir y cerrar de ojos.

¤

Abro los ojos sobresaltada y un poco desorientada. Siento la dureza de mi ordenador ejercer de almohada. Esos extraños segundos al despertar me hacen preguntarme dónde estoy, pero no tardo demasiado en recordarlo cuando veo personas arrastrando maletas a mi alrededor. El aeropuerto de Oviedo. ¿Qué hora es? Me pongo de pie como un resorte, llegando a sentir un pequeño mareo por el cambio. Sin darle mucha importancia, avanzo hacia las pantallas de información de los vuelos. El corazón me late demasiado deprisa, hasta que compruebo que son poco más de las cinco de la tarde todavía. Menos mal. Vuelvo a los incómodos asientos en los que dejé mis cosas, sintiendo como me duelen huesos del cuerpo que ni sabía que existían. Incluido el tobillo, lo que me recuerda, por otro lado, que tengo que tomarme el antiinflamatorio. Busco las pastillas en mi bolsillo y de paso, el teléfono, a ver si en la red encuentro algo de entretenimiento. Eso de no tener que ir mendigando wifi por doquier, es un alivio. Una notificación me advierte que tengo un mensaje de Silvia esperando desde hace dos horas.

«¿Alguna novedad?»

«Estoy guiándome por las conexiones gracias a internet y no vino en el último avión procedente de Madrid que pudiera haber combinado. Llega otro dentro de una hora. Claro que, si hizo escala en otro país, estoy jodida, porque las posibilidades son demasiadas para mi mente. Puedo estar días aquí y ella igual no ha salido aún de Khabarovsk, o ha hecho escala en otro sitio. Por no hablar de la probabilidad de que se haya ido directamente a Miami.»

Salgo de la conversación y aparto el teléfono para tomarme el medicamento, pero antes de que me haya llegado a tragar la pastilla, el sonido de una nueva notificación me sorprende.

«A este paso te van a poner un monumento en el aeropuerto. *'En honor a la chica que se momificó esperando a su amor'*»

Sonrío y niego como si me estuviera viendo. ¿Qué hace despierta a esta hora? Allí debe ser la una de la madrugada.

«Muy graciosa. ¿Qué haces despierta?»

«Guardia. Otra vez.»

«Deberían ponerte un monumento en el hospital. *'En honor a la doctora que nunca descansa'*»

«Anda, pero si tú también tienes sentido del humor.»

«¿Estás aburrida?»

«Un poco. Es que hace un par de días vinieron dos chicas con un bollo drama de película y ahora nada lo supera.»

«Jajaja, vaya doctora estás hecha.»

«La noche está tranquila, por suerte. Mira, por hablar, me reclaman. Hablamos en un rato.»

«Sí. Espero que no sea grave.»

Al finalizar la conversación con Silvia, decido levantarme de nuevo para estirar un poco las piernas y dar un paseo. Todos los vuelos de Madrid llegan a esta parte del aeropuerto y como permanezco en el área de embarques, puedo ver a los pasajeros salir directamente del avión, así que, prefiero no alejarme demasiado. Me dirijo a la cafetería que se ha convertido en mi salvación alimenticia desde que aterricé en Asturias y pido un capuchino. El servicio es bastante rápido y la calidad no está nada mal, me recuerda a un café italiano que servía en un lugar donde trabajé algún tiempo. Cuando estoy nerviosa, tengo la manía de hacer añicos cualquier cosa que se encuentre entre mis manos; la cáscara de una mandarina, un sobre de azúcar, una servilleta de papel... En esta ocasión le tocó al sobre de azúcar, pero como el tiempo transcurre muy despacio y no me resulta suficiente, asalto una de las servilletas que hay en el servilletero de metal típico de los bares. En lugar de romperla, invierto mi tiempo en intentar recordar algo que mi madre me enseñó hace muchos años. Es más entretenido y menos destructivo construir una rosa de papel, que destruir una inocente servilleta. Tardo varios minutos en conseguirlo. No es que sea muy complicado, pero llevo tanto sin hacerlo, que hasta me sorprende haber logrado recordarlo. Observo la improvisada rosa entre mis dedos, mientras la hago girar a través del tallo. Miro la hora en mi teléfono: 5:32 p.m. Empiezo a ponerme nerviosa, la espera es agotadora y la decepción que sentí al no ver a Chiara salir del último vuelo, fue todavía más machacante. Saco otra servilleta y empiezo de nuevo el ritual, teniendo a los pocos minutos una nueva rosa de papel. Con cada intento, el tiempo que tardo en crearla se reduce un poco y tardo tan solo veinte minutos en tener trece rosas sobre la mesa. El camarero me mira desde dentro como si estuviera haciendo un desperdicio tremendo de árboles y no pudiera decirme nada. En realidad, creo que su mirada es más bien preguntándose si voy a dejar aquí todo este destrozo para que él lo recoja o pienso hacer algo productivo con la floristería improvisada. La que piensa lo del desperdicio de árboles, soy yo. Me levanto, procurando coger las rosas con cuidado y dejando sobre la mesa un billete de cinco euros para que se cobren el capuchino y el camarero se quede con el cambio. Comer o beber en un aeropuerto es la ruina absoluta. Me dirijo con todas mis cosas hacia la puerta de embarque por la que va a salir el siguiente vuelo a Madrid, que, a su vez, es la misma a la que llega el avión con dicho origen. Hay personas colocadas en la fila para subir y todavía ni siquiera ha aterrizado. Según la pantalla informativa va en hora, así que, no debe tardar demasiado. Respiro hondo y observo a quienes están a mi alrededor. Estoy segura de que, si repararan un segundo en mi presencia, verían el pánico reflejado en los ojos de una chica que está a punto del desmayo. Bajo la vista hacia las rosas de papel que tiemblan entre mis manos, cierro los ojos, vuelvo a aspirar una gran bocanada de aire y la suelto con decisión al tiempo que alzo la mirada de nuevo.

—Hola a todas y todos —saludo, intentando proyectar la voz lo máximo posible sin demasiado éxito. Solo se giran confundidas algunas de las personas que están más cerca de mí, el resto sigue hablando e ignorando mi voz de Bambi asustado—. Sé que no me conocen y les juro que me estoy muriendo de vergüenza en este momento. —Lo intento un poco más alto y uno de los chicos que sí me escucha y que va sin acompañante, sonríe, no sé si compadeciéndose o tratando de darme ánimos. Sea como sea, dirigirme a una sola persona lo hace mucho más fácil—. Ustedes ya tienen bastante con los nervios de su viaje para que venga una loca a pedirles ayuda. No voy a pedir dinero, lo prometo. Y tampoco intento venderles nada —Unas risas de fondo me relajan un poco y me doy cuenta de que ahora, prácticamente toda la fila me está escuchando. Sin presión, Dakota—. En ese avión de Madrid puede que venga una persona muy importante para mí. Ni siquiera lo sé con certeza, pero si es así, me gustaría recibirla de una manera especial. Es algo muy fácil. Seguramente solo lo entendamos nosotras dos o alguien que haya leído el mismo libro, pero es que, no puedo detenerme a dar demasiadas explicaciones si quiero que logremos hacerlo antes de que salgan los pasajeros. Lo único que tendrían que hacer, es tan sencillo como ponernos en fila e ir entregándole cada una de estas rosas de papel. Así que, necesitaría doce voluntarios. —El silencio absoluto es la respuesta a mi petición. Eso, y que se miren unos a otros como si estuvieran tratando de averiguar si hay algún idiota que se va a meter en este marrón—. De verdad que si no fuera importante no estaría pasando este mal rato. Creo que soy la persona más tímida del planeta y le estoy hablando a un montón de desconocidos que me miran como si se les hubiera plantado un extraterrestre enfrente. —Más risas, pero nadie se mueve. El corazón me va a toda velocidad hasta que el chico de antes da un paso adelante con total decisión, arrancándome una sonrisa de alivio, súplica y agradecimiento. A él, se le suma alguien más. Y otra. Con cada voluntario que se une a nosotros, mi corazón salta entre la alegría y las ganas de abrazar a estos desconocidos que están consiguiendo que el ridículo merezca la pena. Doce. Doce personas a mi alrededor y yo. Trece personas para trece rosas de papel—. Se llama Chiara, es más o menos de mi estatura y mi complexión, tiene el pelo castaño claro y los ojos azules. Espero que no venga con gafas de sol, porque ahí sí que la fastidiamos. —Vuelven a reír—. En cualquier caso, yo estaré la última y cuando la vea, se lo diré a quién se haya colocado delante de mí para que el mensaje se vaya pasando como si fuera el juego del teléfono. Igual en la realidad ocurre todo más rápido que en mi cabeza y la misión resulta un fracaso, pero bueno, no será porque no lo intentamos.

—Si quieres yo me pongo el primero y cuando aparezca alguna chica con esa descripción, le pregunto si se llama Chiara —interviene el primer chico que se unió a mi locura—. No tengo sentido del ridículo y creo que es una opción más segura que esperar a que tú la veas desde el final de la fila.

Le sonrío. Fe en la humanidad.

—Sí, sin duda me gusta más tu idea. No confío demasiado en la velocidad de mi mente ahora mismo.

Una vez decidido el plan de acción, se colocan todos en un orden aleatorio, salvo él, y entrego a cada uno la rosa de papel que tendrán que darle a Chiara a medida que avance. Yo me pongo al final de la fila para que no me vea y porque tengo que ser la última, aunque intuyo que no tardará demasiado en darse cuenta de que estamos recreando una escena del libro que nos llevó a conocernos, Aleph, y supongo que lo relacionará conmigo. Una escena un poco adaptada, eso sí. Trece rosas en lugar de doce, y… hechas a base de servilletas. Lo que me parecía el plan más romántico que se me había ocurrido nunca, ahora me está pareciendo el más cutre. Respiro hondo, cierro los ojos y trato de calmarme. El avión ya aterrizó, así que no deben tardar en salir. El resto de las personas que escucharon la explicación, observan atentas y expectantes desde la otra fila. Es el momento de sacar el dibujo que hice camino a Moscú. Si es que se puede considerar dibujo, claro, menos mal que nunca me he planteado ganarme la vida con las artes plásticas. Comienzan a salir, mis nervios se acentúan, el dibujo y la rosa tiemblan entre mis manos y los ojos se me empañan impidiéndome ver bien a los pasajeros que avanzan mirándonos con extrañeza y alejándose a continuación. Tal y como prometió, el chico irrumpe en el camino de una muchacha que por mi descripción podría ser Chiara, pero que no lo es. Va con gafas de sol y ante la pregunta, niega y continúa su camino. Él me mira y se encoje de hombros antes de volver a su lugar. Todo sucede muy rápido, más de lo que mi mente puede procesar, porque los pasajeros continúan saliendo. Mi esperanza decae con cada persona que se cruza y no es ella, pero mis nervios aumentan y el nudo en el estómago se fortalece. Esto es como una pesadilla. Una de esas pesadillas en las que corres hacia algún lugar y nunca llegas. Por muy rápido que vayas, por mucho que creas estar avanzando, el objetivo parece alejarse. No lo alcanzas y es una sensación de agobio insoportable.

No está.

Chiara no está.

Lo entiendo cuando la distancia entre los últimos pasajeros aumenta y el tiempo que transcurre entre uno y otro es mayor. Al principio parecían un grupo de personas desesperadas por ver la luz del día, ahora, sin embargo, aparecen a cuentagotas y eso quiere decir que esto se acaba. Ya no sale nadie. Transcurren algunos segundos, creo que incluso minutos. Nadie se mueve de su lugar. No nos rendimos. Pero un trabajador que aparece anunciando el embarque del próximo vuelo y pidiendo a todos los pasajeros que formen fila, consigue que lo asimilemos. Se dan la vuelta para mirarme, como si me estuvieran preguntando qué toca ahora o cuál es el próximo paso. Eso me gustaría saber a mí. Veo una mezcla de decepción, lástima y empatía en sus ojos mientras me devuelven las rosas. Supongo que ellos también esperaban un final feliz.

—Gracias a todos —Me encojo de hombros—. Había que intentarlo.

—Lo siento. —El chico cuya participación ha sido fundamental en este fallido intento, es el último en acercarse—. Me hubiera gustado ver cómo acaba la historia.

—De no ser por ti, quizás nadie se hubiera atrevido a seguirme. Así que, muchas gracias.

Él se encoge de hombros.

—Si con algo tan sencillo se puede ayudar a alguien, no deberíamos dudar tanto en hacerlo. De haber sido dinero lo que necesitabas, hubiera tenido que hacerme el loco, porque ahí sí que voy escaso. Pero ¿tiempo y predisposición? ¿Quién no tiene un poco de eso?

—Interesante reflexión —Asiento sonriendo—. Que tengas un buen viaje.

—Suerte.

Él se marcha a su fila y yo me alejo hacia los asientos, con la decepción y la tristeza superando con creces a la vergüenza y el miedo al ridículo.

¤

—¿Te estás quedando dormida mientras hablas conmigo? —pregunta Silvia al otro lado del teléfono.

—Lo siento. Llevo casi veinticuatro horas en este aeropuerto y el agotamiento me puede, pero te estoy escuchando.

—¿Por qué no te vas a un hotel y descansas un poco, Dakota?

—De hecho, esa es la idea. Tengo reserva en un hostal cercano para esta noche. Solo estoy esperando a que aterrice el último vuelo y me voy.

—¿Y qué harás entonces?

—Mis pensamientos no han llegado tan lejos aún.

—Me hubiera gustado presenciar ese momento en el que movilizaste Asturias para nada.

—Ni me lo recuerdes —suplico con un intento de risa—. Es que no puedo ser más idiota.

—No, lo que pasa es que necesitas dormir en una cama, relajarte y analizar la situación con calma, porque eso de ver tantos vuelos y tratar de adivinar en cuál puede viajar… es normal que al final te líes.

—Yo tenía muy claro que aquella era una de las conexiones con Moscú. Y sí, era una posible conexión, pero no si partes desde Jabárovsk. Humanamente imposible. Todavía no entiendo qué me hizo equivocarme, pero bueno, me sirvió para conocer a un chico muy simpático del que no sé ni el nombre, confirmar que en el mundo aún hay gente buena y predispuesta, y pasar un rato entretenido, que no viene nada mal cuando llevas horas dando vueltas por un aeropuerto.

—Por lo menos eres positiva —asume riendo—. Yo estaría subiéndome por las paredes. ¿Cómo va el tobillo, por cierto?

—Con los antiinflamatorios se lleva bastante bien.

—Si el efecto se te pasa antes de la siguiente toma, pide hielo en alguna cafetería.

—Sí, tranquila. Además, ya estoy en España, puedo ir al hospital en cualquier momento.

—No me quieras estafar, que ya sé que eso no está en tus planes.

Vuelvo a reírme.

—Tengo que dejarte —comunico, al ver la hora en la pantalla—. Está a punto de llegar el vuelo de Madrid y voy a ver si puedo reclutar cómplices otra vez.

—Muy bien, mujer persistente, a por el tercer intento —Esta

vez es ella quien emite una risa—. Yo voy a intentar descansar un poco, que la cosa vuelve a estar tranquila y aún me quedan dos horas de guardia. Seguimos en contacto.

—Perfecto, te mantendré informada. Buenas noches, Silvia.

Al cortar la llamada y dirigirme de nuevo hacia la puerta de embarque, que no es exactamente la misma de la última vez, veo una hilera de personas bastante importante. ¿Por qué la gente tiene siempre tanta prisa por subirse al avión? Yo soy de las que esperan sentadas hasta el último momento para no tragarme la cola. Claro que, si todo el mundo pensara como yo, los vuelos nunca saldrían a su hora.

Respiro hondo para prepararme y comienzo a dar el mismo discurso de hace un rato. En esta ocasión no tengo la mirada cómplice de aquel chico, pero el haberlo hecho antes me da una seguridad distinta. La respuesta de la gente también ayuda, porque ahora no parecen dudar tanto. Incluso una mujer con su hija en brazos salió de su lugar de embarque preferente para unirse a mi petición. Le doy la rosa a la pequeña que me mira con una ilusión emocionante. No sé si su madre le habrá explicado la dinámica, o si a la hora de la verdad, querrá quedarse la flor para ella, pero no importa, a esa carita no se le podría negar nada. Nos colocamos en fila. Yo, en la última posición, como la vez anterior. Y en el primer lugar, una chica que se encargará de asegurarse que, si aparece alguien que cumple con mi descripción, dicha persona sea Chiara. Los nervios resurgen. El dibujo debe estar cada vez más deshecho a causa del sudor de mis manos, y la rosa… bueno, con que todavía se distinga lo que es, me conformo. Los pasajeros comienzan a salir, el sonido desaparece poco a poco de mis oídos y solo soy capaz de escuchar el latido de mi corazón. Acelerado, pesado y también ligero. Así de contradictorio y así de real. Como un caballo que galopa por la orilla y se debate entre la lucha para no hundirse en la arena blanda y la libertad que le provoca correr junto a la inmensidad del mar. Eso es exactamente lo que yo siento por ella; miedo a hundirme, pero, por encima de todo, libertad.

Ahí está.

Es ella.

El corazón me da un vuelco cuando la veo atravesar la puerta, con la mirada algo perdida, su bolso colgando a un lado y el pelo recogido despreocupadamente. Tan preciosa como siempre y más bonita que nunca. Con mi sudadera. Mi sudadera del unicornio. Esa que ya no voy a poder ver en otro cuerpo que no sea el suyo. Se me empañan los ojos y me quedo tan petrificada que no soy capaz de decir nada ni advertir a mis cómplices que se trata de ella, que ya está aquí, que esta vez sí. La chica que ocupa el primer lugar se le acerca, consiguiendo que agradezca en silencio que en este mundo haya gente con más sangre que yo. Intercambian algunas palabras, Chiara la mira confusa, asiente y la chica le entrega la primera rosa. Su sonrisa. Su eterna sonrisa. Continúa avanzando, otra rosa y otra sonrisa confusa. Tres rosas de papel y un momento que se acerca y para el que no estoy preparada.

Cuatro.

Cinco.

La niña, que para mi sorpresa le entrega la flor sin ningún reparo, como si desde el primer momento hubiera sabido que ese era el sentido de todo esto. Ella se derrite y se emociona. Veo sus ojos brillar a pesar de la distancia que aún nos separa y la caricia que le deja a la pequeña en la mejilla me enternece.

Siete.

Ocho.

Nueve.

Cada vez más cerca. Ni siquiera sé si ya ha sido capaz de asimilar lo que está ocurriendo y de intuir quién está detrás de esta encerrona, pero sí sé que el tiempo se acaba y yo todavía no soy capaz de reaccionar.

Diez.

Once.

Doce.

Tan próxima que ya me llega el olor de su perfume de frambuesa. Esos ojos que se achinan cuando sonríe al último de los voluntarios. Mi cuerpo temblando de arriba abajo. El aliento contenido desde hace no sé cuánto.

Y aquí está.

Trece.

Me mira en completo silencio, con los ojos tan vidriosos como los míos y con cierta confusión todavía en su expresión. Sus ojos azules, tan transparentes, curiosos y llenos de vida como siempre. Tan adictivos. Espera que hable. Medio aeropuerto espera que hable y yo espero hablar. Pero las palabras no son algo que se puedan controlar cuando te tiemblan los labios y las cuerdas vocales parecen estar enredadas. Cuando el corazón duele de emoción y el estómago es una auténtica revolución de hormigas, mariposas y toda la fauna subiendo y bajando. Siento una hilera de lágrimas comenzar a descender sin control a través de mis mejillas y aunque creo que no es el mejor momento para derrumbarme, no puedo evitar hacerlo. Todo el pánico acumulado, los sentimientos, la búsqueda, el deseo incansable de encontrarla, la desesperación, la tristeza, la felicidad, todo ha decidido salir en este momento. Ella continúa mirándome y su expresión refleja algo de preocupación ahora, pero no dice nada. Sabe que necesito sacarlo. Que cuando esté lista, hablaré. Pero no sé si algún día estaré lista y no sé si existen palabras suficientes para expresar todo esto que me quema por dentro.

—Vaya mierda —murmuro entre sollozos—. Cruzo el continente para encontrarte y ahora me da por llorar sin parar. —Ella se ríe, recordándome que hay algo en este mundo que me gusta un poco más que sus ojos y es el sonido de su risa. La observo interceptar el descenso que un par de lágrimas comienzan a través de su mejilla, y estoy a punto de quedarme embelesada mirándola de nuevo, pero respiro hondo e intento continuar—. Sé que no voy a competir con una petición de matrimonio en París y que trece rosas de papel, seguro que es lo más cutre que te han hecho en la vida, pero es que creo que las rosas de verdad están muy bien en los rosales, y cortarlas para meterlas en un jarrón y que se marchiten a los tres días, no me parece nada romántico.

—Eso es muy tú —Su voz. Por primera vez. La posibilidad de no volver a escucharla ha sido aterrorizante.

Sonrío y bajo la mirada con timidez. Vuelvo a suspirar y cuando levanto la vista, entiendo que se acabaron los rodeos, que no he llegado hasta aquí para seguir callándome. Que ella merece escucharlo y yo merezco decirlo. Agarro su mano, esa que continúa mojada por sus propias lágrimas. Tiembla tanto como yo y el gesto le sorprende. La coloco encima de la hoja de papel y aunque en un principio permanece algunos segundos observando el dibujo, cuando alza la vista con el ceño fruncido y una mirada repleta de curiosidad y expectación, una media sonrisa se dibuja en sus labios.

—No estamos en Bremen y este dibujo de niña de tres años es todavía peor que las rosas, pero no encontré otra forma de llevarte a la estatua de los Trotamúsicos, más que trayendo aquí dicha estatua a través de este intento de representación. Te conté una vez que, si pones las manos en las patas del burro, tienes que pedir un deseo. Aunque no lo parezca, estas son las patas del burro —aclaro, provocando de nuevo su risa—. No sé cuál será tu deseo, pero yo quiero pedir, en voz alta, quedarme contigo para siempre.

—Dakota...

—Déjame. Déjame terminar, por favor. Ahora que cogí carrerilla, no me interrumpas, porque necesito decirte en este momento todo lo que tendría que haberte dicho hace días. —Ella asiente y las lágrimas comienzan a bajar por su rostro sin control alguno—. Sé lo que piensas, sé por qué te marchaste y también sé por qué me fui detrás de ti como una loca. A buscarte. Porque así estoy; loca por ti. No tenemos tiempo para jugar al gato y al ratón, Chiara. No tenemos tiempo para echarnos de menos y preguntarnos qué hubiera pasado. No tenemos tiempo para perderlo y yo quiero ganarlo a tu lado. Porque contigo, los días parecen años y segundos a la vez. Le robas el sentido al reloj y se lo das a la vida. No estoy aquí para decirte que ya no tengo miedo. Lo tengo y mucho. Estoy aterrorizada y sé que tú también lo estás. Pero el miedo, al final, no es más que otro sentimiento y tiene el peso que nosotras queramos darle. Es necesario, para superarnos, para cruzar los límites y llegar más lejos de lo que alguna vez pensamos que seríamos capaces. Por eso te propongo andar juntas este camino loco, arriesgado e impredecible. Porque así somos cuando estamos juntas. Entiendo tu decisión. Te juro que la entiendo y la respeto. En un ataque de rabia e impotencia te dije que te estabas dejando arrastrar por la corriente y yo me ahogaría si te seguía. Me equivoqué profundamente y ahora comprendo que existen dos maneras de afrontar las cosas y que no todas son válidas en la misma situación; luchar contra la corriente o fluir con el río. Tú has decidido fluir y yo quiero fluir contigo. Déjame acompañarte en el camino. Déjame llenar tu vida de momentos que nunca podamos olvidar. Quiero estar contigo, hasta que la vida nos separe y también después. No importa lo lejos que te vayas o lo mucho que te eche de menos, tú siempre vas a estar presente. En el recuerdo de este viaje. En el recuerdo de lo más asombroso que me ha pasado y en una vida que ya no volverá a ser la misma. —Me detengo un momento, respiro hondo y continúo—. Chiara, lo peor que le puede ocurrir a una persona, es enamorarse de alguien que está a punto de morir. Pero lo mejor que me ha ocurrido a mí en esta vida despreocupada y llena de aventuras, ha sido enamorarme de ti. —Ella abre los labios. Me mira entre confusa, sorprendida y emocionada. Y yo, sonrío en medio de las lágrimas—. Enamorarme de alguien que me impulsa, que me comprende, que respeta mis silencios y me acompaña en ellos, que sabe cuándo puedo hablar y cuándo no, que me lleva a conocer mis propios límites y me toma de la mano si decido cruzarlos. Alguien que me mira como si fuera alucinante, sin saber que ella es lo más alucinante del planeta. Alguien que resiste y persiste, que entiende cada segundo como si fuera un regalo. Me da igual que haya ocurrido en unos días, algo que no ha pasado en años. Me da igual que el mundo no lo entienda, porque soy yo quien lo siente. Te quiero, Chiara. Y no va a pasar un solo día en el que no te lo diga o un minuto en el que no te lo demuestre; pienso mirarte sin temor a que me descubras y besarte en cada rincón que nos apetezca; voy a hacerte reír todas las veces que pueda, para grabarme el sonido de tu risa en la memoria; quiero verte correr por Asturias, comer cachopos e ir caminando a Santiago; visitar Bremen, Cuba, hacer un *road trip* a lo Thelma y Louise, que cantes en cada pequeño bar que te apetezca, porque el mundo no puede quedarse sin escuchar tu voz, y enseñarte rincones de París que seguro no conoces; quiero que hagamos todo lo que planeamos, todo lo que podamos, mientras podamos; caminaremos hasta que ya no tengamos fuerzas y cuando haya que parar, pararemos; quiero llenar tus días de vida y llenar mi vida de ti.

Expulso aire y el silencio se apodera del momento. Nuestras manos hace rato que están aferradas la una a la otra y su mirada se mueve rápidamente entre mis ojos, como si todavía estuviera asimilando cada una de mis palabras. Parece confusa y también emocionada. Tiembla, lo puedo sentir en el tacto de su piel y en lo fuerte que me aprieta, yo también tiemblo, pero al mismo tiempo, siento una ligereza enorme en mi cuerpo. Jamás hubiera pensado que las palabras acumuladas pudieran pesar tanto, que los sentimientos retenidos dolieran en los huesos y en los músculos.

—No sé qué decir —susurra, con la voz igual de temblorosa—. No quiero que sufras de esta forma por segunda vez en tu vida, Dakota. No es justo. No lo puedo soportar.

—Sufrir es perderte por culpa del miedo. Sufrir, es no atreverse a vivir algo maravilloso, por temor a que termine. Nuestra magia no tiene nada que ver con tu enfermedad, Chiara, ni con la fecha de caducidad que siempre tuvo nuestra historia. Nuestra magia estuvo presente en la primera mirada, antes de saber que te ibas a morir. Está en cada palabra y en cada silencio que compartimos. Tú no elegiste atravesarte en mi camino y yo no elegí cruzarme en el tuyo, pero sucedió, y ambas elegimos continuar. El sufrimiento es parte inevitable de la vida, no voy a huir de él. Quiero correr hacia ti —El silencio regresa, su mirada vidriosa permanece en mis ojos nerviosos. Tengo miedo. Claro que tengo miedo. De que sea demasiado tarde, de que, ahora sea ella quien decida no atreverse. De que mis palabras no hayan sido claras y seguir sin saber demostrarle que estoy loca por ella—. Este sería un buen momento para que digas algo —añado, con una sonrisa insegura—. Pero, mira que tenemos a mucha gente observándonos y, dentro de algún tiempo, quizás haya todavía más leyéndonos. Apuesto lo que sea a que esperan un final feliz. ¿Estás segura de que quieres ser la villana de la historia?

Sus ojos se hacen más pequeños ante mi pregunta, aprieta los labios y yo contraigo la mandíbula. El corazón me late tan deprisa, que en cualquier momento igual se larga y me deja aquí sola. Pero entonces, los expande. Expande los labios en una sonrisa tan amplia y real, que, probablemente, se vaya a quedar grabada en mi retina para siempre.

—Quiero serlo todo contigo, Dak.

Ojalá detener el tiempo y quedarme aquí. Ver en sus ojos que me quiere y en su sonrisa, un eterno, sí. Ojalá no volver a dudar, ni a temer. Ojalá mi corazón latiera siempre a esta velocidad. Ojalá, amar sin miedo, lanzarse al vacío y después de sufrir, volver a saltar.

Y como si una fuerza desconocida nos atrajese, como si esta espera no hubiera sido más que el drama previo a la victoria, como si desde el primer segundo en el que nos volvimos a encontrar lo hubiéramos estado deseando, nuestras bocas se buscan al mismo tiempo, nuestros brazos se funden y comienzan unos aplausos que, al igual que llegan, se marchan. Poco a poco. Empiezan a alejarse y a desaparecer cuando nuestras lenguas se enredan, contándose cuánto se han extrañado, cuánto se han necesitado y lo imbéciles que hemos sido. Como aquel primer día, desesperadas en un tren, como el último, sea donde sea. Porque a partir de ahora, si ella quiere, nos besaremos con la intensidad del primer beso y la nostalgia del último, nos acariciaremos con la ternura de la primera vez y la confianza de la segunda, nos miraremos con la curiosidad de aquel día en el vagón y con la magia de aquella noche mientras cantaba en el parque. Cada instante, será tan efímero como eterno. Cada noche infinita y cada día, lleno de vida.

Un tren es la metáfora perfecta para explicar la trayectoria de la vida. A veces, nos empeñamos demasiado en querer llegar a la estación, sin darnos cuenta de que, lo realmente interesante, está en el recorrido. Las diferentes paradas, las personas que suben y bajan, los paisajes, la historia, los idiomas, los tropiezos, los errores y los aciertos. El amor, tan inesperado y puñetero. Nunca llegué a Vladivostock, no terminé la ruta del transiberiano, pero en el viaje aprendí que la verdadera aventura y la verdadera libertad, es vivir cada sentimiento con la pasión y el fervor de una adolescente. Con las hormonas a flor de piel y la intensidad al límite. Porque la vida es eso; vivir. Con todo lo que ello conlleva. Y darse cuenta, de que el momento perfecto para actuar, es siempre **AHORA**.

Epílogo

Observo la tostada caer a cámara lenta después de resbalarse de mis torpes manos mañaneras. Ni siquiera tuve tiempo de darle un mordisco. Rebota en el plato y, tras dar varias vueltas en el aire, termina en el piso, con la parte de la mantequilla y la mermelada fuera del alcance de mi vista. Mierda. La voz de mi acompañante se escuchaba también como a cámara lenta, mientras mi desayuno se iba al traste sin poder evitarlo.

Bufo.

Recojo la tostada desperdiciada para apartarla a un lado en el plato y servirme otra. Menos mal que decidí traer varias rebanadas, porque eso de levantarme ahora y volver a hacer cola para tostar el pan, me hubiera hecho perder demasiado tiempo. Parece que todo el hotel quiso desayunar a la misma hora.

—¿Qué decías? —pregunto, dándole el primer mordisco a mi suculento desayuno.

—Gracias por tu atención, Dakota. —Se ríe él—. No sé cómo no me he acostumbrado a esto todavía. Te decía que, al terminar la rueda de prensa, tenemos una comida con los productores y que, a poder ser, estuvieras un poco más atenta de lo que estás ahora.

La frase de Arnau terminó en el mismo momento en el que pronunció las palabras mágicas «comida» y «rueda de prensa», pero verlo ahí, con esos expectantes ojos marrones que, tras sus modernas gafas, esperan una respuesta, me provoca un poco de remordimiento. Aunque, no el suficiente.

—Me temo que eso va a ser imposible. ¿Tú sabes qué día es hoy?

—Trece de junio. —responde, tras mirar confuso su teléfono móvil.

—Trece de junio. —repito—. Estoy aquí, porque la presentación de hoy es importante, pero al acabar la firma y la rueda de prensa, mis compromisos profesionales se dan por terminados hasta la próxima semana. Hoy tengo una cita que cumplo cada año desde hace cinco y no pienso faltar.

—Pero, Dakota, es una comida en la que se concretarán temas trascendentales respecto a la película de tu libro. ¿Cómo va a faltar la autora?

—La autora tiene confianza plena en su agente y sé que no se va a tomar ninguna decisión que no me guste. —Le sonrío, dando por finalizada la discusión y él me observa confuso, mientras bebo un sorbo del capuchino. La cara de asco que muestro al probarlo, no le pasa desapercibida. Demasiada azúcar.

—¿Estás un poco distraída esta mañana, no?

—Ya sabes que me pongo muy nerviosa cuándo tengo que aparecer en público. Yo no sirvo para esto, Arnau. Yo estoy muy cómoda en la sombra.

—Pues eso lo tendrías que haber pensado antes de escribir un éxito de ventas.

Vuelvo a sonreír. Todavía me parece increíble que, en cuestión de dos años, las cosas hayan cambiado tanto. Por muchas presentaciones que haga, no me acostumbro a hablar en público, a responder preguntas y, mucho menos ahora, cuando se trata de la película y la repercusión mediática ha crecido. Antes lo llevaba un poco mejor, cuando me limitaba a asistir a pequeñas librerías para presentar la historia y las personas que me acompañaban estaban realmente interesadas en ella y en mí. Pero, ahora, se supone que tengo que vender la obra, crear expectación, porque una pequeña productora ha decidido llevarla al cine. No me estoy quejando, en absoluto. Para mí, es un privilegio del que estaré eternamente agradecida, pero las cosas han sucedido tan rápido y en un tiempo de mi vida tan complejo, que todavía no lo asimilo.

—Tú lo convertiste en un éxito de ventas.

—No, Dakota, vuestra historia había dado la vuelta al mundo mucho antes de que yo llegara. Yo solo fui el primer inteligente que te dio el coñazo para que me dejaras acompañarte en tu camino al éxito.

Tardé mucho tiempo en sentirme preparada para que esta historia viera la luz. Tres años, concretamente, y creo que, si no hubiera sido por Arnau, habría tardado mucho más. Un día, me desperté muy cansada. De estos amaneceres en los que abres los ojos y parece que durante la noche te haya atropellado un camión, te duele todo el cuerpo y las ganas de volver a meterte en la cama y no salir de ella, son extremas. Revisé la bandeja de entrada de mi correo electrónico y el asunto del segundo mensaje, me llamó más la atención que los mil de publicidad que tenía sin abrir: «¿Ya escribiste ese libro?». Abrí el mensaje, el destinatario se presentaba como Arnau Torres y me aseguraba haber leído todas mis publicaciones hasta el momento. Quería ser mi agente literario y ayudarme en la difusión de mi próximo libro. En ese momento, yo tenía la historia original guardada en un disco duro y también su traducción al inglés. Pero, entre unas cosas y otras, no había tenido el tiempo ni el ánimo suficiente para autopublicarla. ¿Cómo lo sabía él? Le respondí, pero le dije que no estaba interesada, que por el momento no había historia y que, quizás, nunca la habría. Un mes más tarde, fui yo quien le escribí, quedamos para tomar un café y la conexión que surgió en el acto, creció en las horas posteriores. Arnau y yo nos habíamos visto antes; en el aeropuerto de Oviedo, cuando regresé de Rusia. Al principio, yo no le reconocí, pero cuándo le pregunté por su interés en mí y en una historia que no estaba escrita, sonrío y me respondió que un día, había decidido ayudar a una chica perdida en un aeropuerto y que siempre se había quedado con la espinita de saber qué habría pasado al final. Entonces, lo supe. Era él. El chico de la fila, con un poco más de barba, pero la misma mirada cómplice de entonces. El video del aeropuerto estuvo corriendo por internet durante mucho tiempo, y, gracias a eso, llegó hasta él. Nunca supe quién lo había grabado, pero la historia de una chica declarándosele a otra con trece rosas de papel, diciéndole cosas que nadie entendía, pero teniendo un final feliz, se hizo muy conocida. No sé cómo, la gente averiguó quién era y las ventas de mis libros crecieron considerablemente los meses siguientes. Así que, ahí estaba tres años más tarde; con un joven diseñador gráfico, experto en marketing y publicidad, que quería convertirse en mi agente literario. Ese mismo día le confesé que la historia comencé a escribirla en alguna parte entre Ulán Udé y Jabárovsk, y la había terminado en algún punto entre Asturias y Cataluña. Tardó dos días en leerse el libro y dos días y medio en decirme que, cuando estuviera preparada, él estaría dispuesto a recorrer el camino conmigo. Que el mundo necesitaba conocer esa historia y que yo, necesitaba contársela al mundo. Yo era consciente de que no tenía la fuerza mental para enfrentarme a ningún proyecto en ese momento, que publicar un libro, ya sea con apoyo de una editorial o por libre, requiere disciplina, entrega y concentración, y mi cabeza no tenía ninguna de las tres cosas. Pero, resulta que, sí, al final las tuvo. Y no sé si lo hicimos en el mejor momento o en el peor, solo sé que juntos, logramos transformar el momento.

—Deberíamos irnos —informa—. La sala ya está llena y no me gustaría que se te quedaran libros sin firmar.

—Voy a lavarme los dientes primero, que no quiero ir echando aliento a café. ¿Tienes chicles?

—¿Sabes que es de mala educación mascar chicle cuando hablas en público?

—Sí, pero me calma los nervios y me da seguridad. Así que, no me importan mucho los protocolos.

Él me lanza un paquete de Orbit con sabor a hierbabuena que capturo en el aire. Es tan adicto a los chicles como yo, así que, no tenía la menor duda de que ya se habría encargado de comprar.

Arnau ha sido una especie de hada madrina en mi vida. ¿Quién me iba a decir que aquel chico desconocido del aeropuerto terminaría convirtiéndose en mi mejor amigo? En dos años hemos creado un vínculo especial a la par que extraño. Sí, yo, la mujer con alergia a los vínculos emocionales. Juntos creamos la cubierta de la historia y fue un proceso en el que confirmé que este hombre y yo, teníamos mucho más en común de lo que parecía. Él es extrovertido, creativo, trabajador y, sobre todo, entusiasta. Siempre está pensando en nuevos proyectos para llegar más lejos, nuevas formas de calar en la gente. Cuando yo me conformo y no estoy segura de querer asistir a un nuevo evento, él me pone delante todos los argumentos en favor de que lo haga. Tampoco es que tenga que rogarme, pero como le dije; estoy más cómoda en la sombra y cuando me puedo escaquear, me escaqueo. Aunque pocas veces permite que lo haga, la verdad. Por eso digo que, si no llega a ser por su ímpetu, tal vez esta película jamás se hubiera llevado a cabo. Supongo que el transiberiano me dio mucho más de lo que fui a buscar.

¤

La sala del Sercotel Ámister Art Hotel de Barcelona en la que vamos a presentar la película, está repleta de gente. La productora organizó un evento en el que se mezclará la firma de algunos ejemplares con una posterior rueda de prensa. No pensé que fueran a venir tantas personas, la verdad. Pero, aquí estoy, con calambres en la mano de repetir tantas veces el mismo patrón de firma y el corazón latiéndome a mil por hora, porque no me acostumbro a esta sensación. Hay caras conocidas; lectoras que ya he visto en otras firmas y también algunas que se han puesto en contacto conmigo. Eso es el doble de emocionante, porque el apoyo que he sentido con esta historia es algo que todavía no llego a asimilar. En alguna ocasión he tenido la posibilidad de charlar con ellas un rato, sin prisa, y la manera en la que me cuentan que han vivido el libro, me provoca algo muy difícil de explicar. Es un sentimiento de plenitud enorme. La inseguridad se borra de un plumazo, la sensación de haberte expuesto al mundo desaparece, cuando alguien te dice que tu historia ha sido suya y que tus palabras, siempre van a formar parte de su vida.

Un nuevo ejemplar reposa sobre la mesa y, antes de abrirlo, alzo la vista para conocer a su dueña, encontrándome con unos tímidos ojos azules que me cortan la respiración sin querer. La chica, que no debe tener más de quince o dieciséis años, me mira con las mejillas algo sonrojadas y la mirada insegura. No me extraña, porque debo tener expresión de haber visto un fantasma. Un escalofrío recorre mi cuerpo y sacudo la cabeza, tratando de volver a centrarme.

—¿Cómo te llamas? —pregunto.

—Mar. —Le ofrezco por fin una sonrisa y bajo de nuevo la vista hacia el libro. No importa cuantas veces mire esta portada con colores azules y violetas en la que un par de chicas observan las estrellas y arreglan el mundo sobre una camioneta vieja, siempre me va a acelerar el corazón. Siempre me va a transportar a aquella noche en la que le pedí tiempo a una estrella fugaz. El olor a lago, a bosque y a frambuesa, todavía impregnan mi espacio cuando lo recuerdo. Su forma de mirarme está clavada en mi memoria y el hormigueo vuelve a crecer en mi estómago una y otra vez. «Llenaré tus días de vida»—. Casi no lo termino —me dice la adolescente, cuya presencia olvidé por un segundo. Alzo la vista y, entornando un poco los ojos, la invito a continuar—. En la escena de la pista de hielo, paré, y tuve miedo de seguir durante varias semanas. No quería que muriera, y si no lo leía, no iba a pasar.

—¿Y qué te hizo cambiar de opinión?

—Supongo que lo mismo que te hizo a ti volver al hospital. —Le sonrío, otra vez—. Y también recordar una frase que ella dijo cuando estabais en el techo del tren: «Y si les haces sonreír y cuestionarse, aunque sea un poco. Entonces, nunca un cáncer habrá merecido tanto la pena». Puede que pienses que todavía soy una niña y que no sé mucho, pero sí sé que me hicisteis sonreír y cuestionarme. Y quería darte las gracias por eso y por todo lo que tu libro ha significado para mí.

—¿Cuántos años tienes, Mar?

—Dieciséis.

Dieciséis años. Vuelvo a ofrecerle una sonrisa y comienzo a escribir en la primera página de su ejemplar:

«Mar,

Gracias por enfrentarte a ese miedo y darle sentido a una frase que hoy empiezo a comprender. Espero que nunca dejes de sonreír y de cuestionarte.

Con cariño, Dak».

Le entrego su libro cerrado y lo recibe con una sonrisa nerviosa y cargada de emoción e incertidumbre. Es la primera vez que mi firma no se corresponde con el nombre y apellido que aparece en la portada: Dakota Nández.

—¿Sabes? Tienes unos ojos muy parecidos a los suyos.

Ella amplía su sonrisa y en sus mejillas crece un sonrojo similar al que tenía hace unos minutos. Tiene que marcharse, porque mis compañeros ya hicieron avanzar a la siguiente, pero se va con una alegría en su expresión que me hace recordar por qué estoy aquí, por qué me decidí a escribir este libro y por qué me atreví a vivir esta historia.

¤

La firma termina, y junto a mí, se sienta la directora de la película y una de las guionistas. Miro disimuladamente la hora en mi teléfono: 11:30 a.m. Tengo entendido que la rueda de prensa no durará mucho tiempo ni serán demasiadas preguntas. También con disimulo, me meto un chicle en la boca y busco de reojo a Arnau, que me observa desde una esquina, negando y sin poder evitar reírse. Correspondo a su sonrisa y asiento, dándole vía libre para comenzar, ya que es él quien se encarga de dirigir el evento. El chico es polivalente.

—Podemos comenzar con las preguntas —informa a los asistentes.

Invité a quienes vinieron para la firma a quedarse también durante la rueda de prensa, así que, ahora mismo la sala parece un cubículo demasiado pequeño en el que, algunas personas están sentadas y a otras no les quedó más remedio que permanecer de pie. Menos mal que hay aire acondicionado, porque hace bastante calor.

—Buenos días, Dakota. —Me saluda alguien al tiempo que baja su mano. Espero que sea la primera pregunta y que mi abstracción no haya durado demasiado—. En primer lugar, enhorabuena por la repercusión que está teniendo tu libro. ¿Qué significa para ti que hayan querido llevarlo al cine?

Bueno, Dak, esto empieza. Así que, respira hondo, masca chicle y deja de mover las manos como si estuvieras nerviosa. ¿Alguna cáscara de mandarina por aquí para poder triturar? Qué calor.

—Buenos días. Es un honor, sin duda. No solo que quieran ampliar los horizontes de una historia tan especial, sino que la productora cuente conmigo para ello. Que quieran mantener y respetar la esencia. Sinceramente, nunca me atreví a soñar tan alto y ahora que se está materializando, no puedo sentirme más orgullosa y emocionada.

—Tenemos entendido que el rodaje empieza la próxima semana —continúa una chica—. ¿Tenéis pensado seguir de manera exacta el hilo del libro? ¿O habrá sorpresas?

Yo me encojo de hombros e intercalo la mirada entre mis acompañantes, que, riéndose, Arantxa, la directora, se acerca al micrófono para responder. Hay concentrados diferentes medios de comunicación, pequeñas revistas, e incluso, *youtubers,* cuyos canales se centran en contenido LGBT.

—Como bien dijo Dakota, hemos querido respetar al máximo el hilo de la historia original, porque fue lo que nos enamoró. Adaptar un libro al cine no es tarea fácil y, evidentemente, se han tenido que hacer algunos cambios. Queremos sorprender tanto a quienes hayan leído la historia como a quienes vean primero la película, pero lo que sin duda hemos intentado en todo momento, es no defraudar a las seguidoras ni a la autora, que ha sido la primera en conocer el guion, ha colaborado en el mismo y estará presente durante el rodaje.

—¿Y cómo surgió la idea de grabar una película? No sucede con mucha frecuencia en España, que las productoras apuesten por pasar un libro a la gran pantalla.

—Es evidente que las redes sociales manejan el mundo hoy en día y Llenaré tus días de vida ha sido una historia que ha dado la vuelta a ese mundo, antes incluso de ser escrita. El famoso video del aeropuerto estuvo corriendo en las redes durante meses o incluso años. Todos lo vimos en algún momento, antes de que existiera el libro, y aunque el propio libro no haya estado respaldado por una de las editoriales más conocidas del país, su público se encargó de hacerlo tendencia y colocarlo en los primeros puestos. Para nosotras, como productora con especial dedicación al cine LGBT, ha sido una apuesta segura y un honor que su autora haya aceptado. Y para mí, como directora y como fan del libro, es un proyecto que me fascina.

—Se está creando mucho misterio alrededor de las actrices. Hipótesis varias y ninguna confirmación por parte de nadie. ¿Sabremos pronto quienes son las elegidas para protagonizar la película?

—No podemos adelantar nada al respecto —continúa Arantxa—, pero podéis estar tranquilos; las chicas no van a defraudar.

—Ese era uno de mis mayores recelos —intervengo—. Pero puedo confirmar que la dirección de *casting* ha hecho un trabajo fascinante, y estoy segura, de que no podían haber escogido a dos personas que no fueran ellas. Yo, personalmente, estoy ansiosa por verlas trabajar y dar vida a estas páginas, porque lo que he visto hasta el momento, es emocionante.

—¿Estarás presente durante todo el rodaje?

—Lo que Arantxa me permita —aclaro riendo y provocando también su risa.

—¿Y qué hay de las localizaciones? ¿Se grabará toda en España?

—La mayor parte, sí, pero algunas escenas están programadas para grabar en ciertos lugares de Rusia —explica la directora—. Si todo sale bien, así lo haremos. Aunque tendremos que esperar un poco para ello, ya que, la época del año no coincide.

—Los paisajes son una parte fundamental del libro y también lo serán en la película —añade Sara, una de las guionistas, en su primera intervención—. Queremos que el espectador vea, en la medida de lo posible, lo que veía la protagonista.

—Siendo así, ¿para cuándo está programado el estreno? ¿Hay alguna fecha objetivo?

—Por el momento, el primer objetivo es comenzar el rodaje y crear un producto de calidad. Hay muchas personas detrás de este proyecto, mucha expectación y ganas de construir un buen homenaje para esta historia. El tiempo va a depender de muchos factores, pero lo importante no es hacer un trabajo rápido, sino hacerlo bien.

—¿Cómo se asume este éxito, Dakota? Que alguien cuelgue un video tuyo en internet, que dicho video recorra el mundo y que, posteriormente, convierta tu libro en un referente, luego en una película, etc.

—No creo que lo haya asumido todavía —sonrío nerviosa—. El momento del video ocurrió hace cinco años y mi situación no era la más adecuada para asimilar que mi declaración de amor estaba recorriendo el mundo. Tardé tres años en atreverme a publicar, pero en ningún momento pensé que la gente se acordaría de aquello o que pudiera influir de alguna manera. Pero, sí, influyó, y aquí estamos ahora. Ha sucedido todo demasiado rápido para que mi cerebro sea capaz de procesarlo, así que, aún estoy en ello. Lo único de lo que estoy segura, es de que las personas mueven montañas y cambian el mundo.

—¿Está en tus planes escribir una segunda parte?

—Rotundamente, no. —Se escuchan murmullos de decepción tras mi respuesta—. Llenaré tus días de vida es una historia con un mensaje concreto que quedó claro a lo largo de sus páginas y en su final. No tendría sentido una continuación.

—Entonces, ¿nunca ha pasado por tu cabeza contarnos qué pasó luego? —insiste el mismo muchacho.

—La historia termina en el instante en el que dos personas deciden enfrentarse a sus miedos y que ellos no les hagan perder de vista lo que querían. Lo que sucedió después de eso, fueron momentos tan dulces como amargos, y no creo que nunca llegue a estar preparada para compartir tanto.

Un halo de tristeza recorre la habitación a pesar de mi sonrisa. Puedo verlo en sus caras; esa sensación agridulce que te recorre cuando lees la historia, es la misma que me recorría a mí mientras la vivía. Porque una historia no debería ser tan contradictoria, porque la felicidad de cada día no debería haber estado empañada por la realidad de nuestra situación. Pero, de no haber sido así, quizás no habría aprendido nada.

—¿Es posible superar algo así? —La persona que se levanta no parece pertenecer a ningún medio de comunicación. Es una mujer, de mediana edad, que recibe la mirada expectante del resto de participantes—. ¿Olvidar? ¿Seguir adelante?

—Yo no soy psicóloga, pero como persona, creo que cuando tratamos de olvidar, gastamos la energía que deberíamos invertir en seguir caminando. Alguien me dijo una vez, que los seres humanos estamos preparados para convivir con el dolor y continuar, a pesar de él. Cuando asumimos eso, los recuerdos dejan de ser nuestros enemigos y se convierten en nuestros aliados.

—Si ahora mismo tuvieras que pedir un deseo —continúa la misma mujer, creando confusión a su alrededor. No solo por pasarse los turnos por las narices, sino por su tipo de preguntas—, como aquella noche en la que pedías tiempo, ¿pedirías que ella estuviera aquí?

Aprieto la mandíbula. El silencio sepulcral que se crea en el espacio permite que escuche los latidos de mi propio corazón, como si estuviera en el interior de mis tímpanos. El muelle del bolígrafo con el que llevo rato jugando, decide saltar y escaparse de mis manos en el momento menos indicado, para atacar a uno de los periodistas de la primera fila. Me llevo la mano a la boca, asombrada, avergonzada y pidiendo disculpas con una mirada de ojos rasgados. La escena rompe el silencio, llenándolo de risas.

—Ella siempre está aquí —concluyo.

—Última pregunta, por favor. —Arnau interviene, queriendo rescatarme del momento antes de que se me vuelva incómodo. Le dedico una sonrisa tranquilizadora, pero lo agradezco, porque ahora que me quedé sin bolígrafo y no hay mandarinas ni servilletas, no sé con qué me voy a entretener.

—¿Qué les dirías a todas esas personas que todavía no han leído el libro ni pretenden ver la película? ¿Qué les dirías a quienes en pleno siglo XXI no son capaces de entender una historia de amor entre personas del mismo sexo?

—Nada, porque el amor no es algo que se deba comprender. Y para amar, no hay que pedir permiso. Este libro no fue escrito para visibilizar una historia de amor entre dos chicas, aunque estoy orgullosa de que haya sido una de sus consecuencias. Este libro se escribió para contar una historia tan real como cualquier otra, una historia con diferentes conflictos de la vida cotidiana y una historia que a mí me cambió la vida. No pretendo ser un referente del colectivo LGBT, pero si así lo consideran, me envuelvo en la bandera del orgullo y grito a pleno pulmón que estamos aquí. Si esta historia tiene que ser algo, que sea un espejo. Una prueba de que las personas somos diversas y de que el amor también lo es. Pero no para alguien que no lo comprenda ni quiera comprenderlo, sino para aquella adolescente que necesita encontrar su etiqueta, o para aquel adulto que necesita ponerle nombre a lo que es y que, al mismo tiempo, necesita dejar de buscar un nombre. Necesita, simplemente, saber que sus sentimientos, sus emociones, sus temores y sus anhelos, son comunes a los de cualquier ser humano. Hay personas que han dejado de creer en la vida. Y yo quiero que este libro, que esta película, llegue también a esas personas. No sé si nuestro encuentro fue fruto de la casualidad o del destino, solo sé que leer el mismo libro desencadenó una serie de decisiones que nos llevaron a conocernos y que, eso, siempre será lo más maravilloso que me pudo haber ocurrido en aquel viaje. Considero que, vivir, es precisamente eso; dejarse llevar y recibir lo que el camino te traiga; subidas y bajadas, alegrías y tristezas, dramas y comedias. Personas, miedos, amistades, amores. Yo tuve que cruzar el continente para entenderlo, después de haber cruzado el mundo varias veces. Si este libro o esta película, consigue que alguien sonría y se cuestione; aunque sea un poco, entonces, nunca un cáncer habrá merecido tanto la pena.

Busco entre la multitud a esa niña, que observa atenta y emocionada desde un rincón. Su mirada muestra orgullo y en mi pecho vuelve a crecer esa sensación de plenitud tan reconfortante, le guiño un ojo y le dedico una sonrisa que corresponde en el acto. A veces, nuestras acciones traen consecuencias que, si bien no eran el objetivo, cuando suceden, descubres que podrían ser una buena razón, un buen motivo.

A mi discurso le suceden felicitaciones, estrechamientos de mano, peticiones de colaboración y unos minutos de ansiedad durante los cuales, quiero escaquearme, pero me siento culpable por ello. Arnau me vigila desde la distancia, porque sabe que en cualquier momento desapareceré, aunque no me lo están poniendo fácil. Pero, como siempre, el momento llega, y una mirada de despedida es todo lo que le ofrezco a mi amigo, que me responde con una especie de puchero. Llevo mis dedos índice y corazón hacia la frente y con un gesto que solo él entiende, me escabullo entre la multitud para dirigirme a los aparcamientos del hotel.

Mi coche espera aquí desde hace dos días; el tiempo que hemos estado de reuniones para concretar aspectos de la película y del evento. En realidad, mi presencia en esa comida no es para nada necesaria y dudo mucho que se hable de algo que no hayamos comentado ya. Sea como sea, confío en el criterio de mi amigo, y aunque me haya puesto esa cara de súplica antes de irme, sabe que tengo que hacerlo y que ningún compromiso iba a conseguir que falte a mi cita.

Enciendo el motor, piso el embrague, pongo la primera marcha y antes de quitar el freno de mano para acelerar, echo un vistazo al asiento del copiloto, en el que mis trece rosas de papel reposan desde hace unas horas. Sonrío, con una sensación de nostalgia que abarca todo mi pecho y suspiro antes de emprender el viaje de vuelta a casa.

¤

Hay lugares a los que nunca nos cansamos de volver; una playa, un parque, una casa, una persona. Las más de dos horas de viaje merecen la pena para llegar a este destino, para caminar por la arena, un poco fría todavía, y avanzar hasta la orilla del mar mientras los rayos de sol que anticipan el verano inciden en mi cara, provocándome una de las sensaciones más placenteras que existen. En mi camino se interpone una piedra, que me hace tropezar y sonreír. Niego y continúo caminando, a pesar de que mi dedo meñique parece estar a punto de romperse. Mis pies descalzos reciben el agua fría del Mediterráneo y mis dedos tratan de esconderse, hasta que se acostumbran a la temperatura y disfrutan, porque, además, agradezco que el reciente dolor del pequeño haya sido anestesiado.

Hoy el cielo está muy despejado y la cala muy vacía, al contrario de lo que ocurrirá dentro de un mes. A pesar de la aglomeración veraniega, esta consigue mantener gran parte de su intimidad, por eso se convirtió en nuestra favorita, por eso sus cenizas fueron esparcidas aquí y, por eso, desde hace cinco años vengo a este lugar para lanzar palabras sin sentido al mar, con la convicción de que llegan a ella.

Lanzo las rosas de papel con un nudo en el pecho y las observo rendirse al agua y deshacerse en cuestión de minutos. El sonido de las diminutas olas que colisionan en la orilla crea un efecto calmante en mi cuerpo y en mi cerebro, mientras el olor a salitre acentúa dicha sensación.

—Hoy es tu cumpleaños —le digo a la brisa que acaricia mi piel—. Y un día más, importante, en el que no estás. Aunque eso no es del todo cierto, ¿verdad? Presiento que te has estado haciendo notar —sonrío con tristeza y suspiro, bajando la mirada—. Te echo de menos. Todos los días. —Vuelvo a alzar la vista y el horizonte se torna borroso—. Ojalá estuvieras aquí, ojalá pudieras ver todo lo que estamos consiguiendo y ojalá dejaras de doler, aunque sea un minuto. Ojalá hoy pudiera celebrar tu vida y no llorar tu ausencia. No sé si te dije en vida tantos te quiero como te he dicho tras tu muerte, pero siento que nunca serán suficientes. Nunca podré compensar todo lo que me diste, ni agradecerte el tiempo que me regalaste. El mundo no debería haberte perdido tan pronto. Yo, no tendría que haberte perdido tan pronto. Y ya sé que te lo digo cada vez y que ya tendría que haberlo aceptado, pero, te confieso, que aún estoy trabajando en ello. A veces, sigo soñando contigo; sueño que me abrazas y que me miras con esos ojos que son hogar para cualquier persona. No sé si es fruto de mi subconsciente o si, realmente, eres tú, que has encontrado una forma de venir a través de mis sueños, pero te siento tan real, que hasta tu olor se me queda impregnado al abrir los ojos. Creo que también influye que tu olor esté por todos lados —Sonrío en medio de las lágrimas—. Quiero decirte, que has sido la mejor y que estás en cada cosa que hago. Cuando me miro al espejo por las mañanas, cuando preparo el desayuno y cuando abro la puerta de una casa que extraña tu ruido. No me dejes nunca, ¿vale? Sigue a mi alrededor, para que sea más fácil. Sigue haciendo travesuras, para que te sienta presente.

El tacto de otra piel acaricia mi mano y con una agilidad pasmosa, consigue entrelazar nuestros dedos, llenándome de calor. Giro la cabeza a la izquierda y me encuentro con una imagen que me resulta bastante familiar; esos ojos azules, mirándome con un brillo capaz de alzar cualquier muralla caída y una sonrisa tan dulce, que relaja tanto o más que el sonido del mar. He vivido antes este momento y esta situación, pero hay una diferencia importante entre ambos; aquella vez, en la que mi cabeza me trajo a este lugar, ella tenía el pelo largo y ropa de invierno. Ahora, sin embargo, su melena termina unos centímetros por encima de sus hombros, y un vestido veraniego en color blanco, resalta el bronceado de su piel. Pero hay algo que es completamente igual en las dos ocasiones; el latido de mi corazón, acelerado, desesperado, enamorado.

—Sabía que te encontraría aquí —susurra, limpiando las lágrimas que desde hace rato corren por mis mejillas—. Ella está muy orgullosa de ti, lo sabes, ¿verdad?

El sonido de su voz me sigue pareciendo tan cautivador como el primer día. Como aquel momento, en el que con un simple «hola», no supe ver que mi vida iba a cambiar a partir de entonces. Mi cuerpo tal vez sí lo sabía, porque mi corazón se encargó de enviar impulsos de advertencia a cada órgano. Sus reacciones siempre escaparon de mi control cuando se trataba de ella, y qué bonito.

—Lo siento —me disculpo, con una sonrisa traviesa—, me quedé tan atontada mirándote, que no escuché nada de lo que dijiste.

—Podrías utilizar esa misma frase cuando discutimos y me cabreo porque parece que me ignoras. Seguro que da resultado.

—Lo tendré en cuenta para la próxima.

—¿Intentas que sea pronto? —pregunta, alzando una ceja.

—No sé por qué llevas tanto rato aquí y todavía no me has besado, Chiara.

Mientras mis ojos no pueden evitar perderse en sus labios, la observo expandirlos y sonreír, justo antes de atraerme hacia ella para atrapar los míos en un beso que no sé por cuál de las dos era más esperado. Nuestras lenguas se encuentran después de varios días y, es automático que un hormigueo me crezca entre las piernas y ascienda, conquistando cada rincón de mi cuerpo. Sus dedos se enredan en mi pelo y nuestras manos se agarran con más fuerza. ¿Cómo se puede extrañar tanto a una persona? ¿Cómo se puede sentir esta necesidad de contacto cuando la tienes delante? Estas ganas de que tu boca permanezca pegada a la suya hasta que se queden sin aliento. Porque cinco años de besos, no son suficientes, porque toda una vida, jamás será bastante. Atrapa mi labio inferior con sus dientes y cuando abro los ojos, está sonriendo con malicia, justo antes de liberarme.

—¿Así mejor? —pregunta, juntando nuestras frentes y cerrando los ojos.

—No tengo bastante.

—Avariciosa —Su sonrisa de satisfacción es instantánea y aunque continúa con los ojos cerrados, mis labios se dirigen solos hacia su frente para dejar en ella un beso tierno y lento. Muy lento.

—Te he echado mucho de menos —susurro.

—Yo también a ti. —Suspira y alza la vista—. El viaje se me hizo eterno.

—¿Qué tal en Miami?

—Tendrías que ver el apartamento de mi madre. Es pequeño, pero se escuchan las gaviotas desde su dormitorio —informa, con un brillo especial en los ojos, como si lo estuviera viento en este momento—. Creo que te iba a encantar.

—Tal vez algún día me invite.

—De hecho, ya lo hizo. Va a venir a España para pasar unos días con mis abuelos, después tiene pensado bajar hasta aquí para estar con nosotras, ya que tú no puedes ir a Asturias por el rodaje, y luego quiere que vayamos a Miami.

—Vaya, eso sí que no me lo esperaba.

—Ha cambiado mucho, Dak, y me duele decirlo, porque se supone que todo el mundo quiere a sus padres juntos y felices, pero hace demasiados años que no la veía como la veo ahora, que lleva meses separada y está a punto de firmar el divorcio.

—Supongo que ya no tenían tanto en común como solían tener. Una vez me dijiste que tu madre parecía haber olvidado su esencia, esto demuestra que nunca es tarde para recordarla.

—Y eso me da mucha tranquilidad —Refugia su rostro en mi cuello y suspira lentamente, como si estuviera tratando de impregnarse con el olor de mi perfume. Me hace cosquillas su respiración, pero con tal de sentirla así, me niego a mover un solo músculo que no sea para acercarla más—. ¿Y tú qué? ¿Cómo fue la presentación? —cuestiona, saliendo de su guarida—. Pude ver algunas partes en Instagram mientras venía en el tren, pero vamos, el audio y la imagen dejaban mucho que desear.

—Fue bastante bien; divertida y gratificante. Pero eso no fue lo mejor de la semana.

—Ah, ¿no?

Su expresión de curiosidad me despierta unos repentinos nervios. No tenía pensado hacer esto así, aquí, pero bueno.

—Tengo una noticia que darte. O, más bien, una petición que hacerte —corrijo, con una leve sonrisa—. La productora hizo una propuesta que me parece fascinante y que, espero que aceptes.

—Me estás poniendo nerviosa con el misterio, Dakota.

—Quieren que cantes la banda sonora de la película.

Sus ojos se abren como platos, su expresión se congela y mi corazón se acelera de nuevo, transportándome a aquella mañana en la que despertó y me pilló in fraganti continuando la letra de su canción.

—¿Qué?

—Sí, quieren que sea tu voz —aclaro—. Todavía no se sabe si con nuestra canción, con una nueva composición o elegir un tema con gancho que ya esté escrito. No lo saben, porque están esperando tu respuesta para ponerse en marcha.

—Pero, si ni siquiera saben cómo canto.

—Bueno… —Me encojo de hombros y me muerdo el labio inferior, con una sonrisa insegura. Ella, vuelve a abrir los ojos ante el gesto y esta vez, también la boca, con una expresión de terror que no sé si será buena.

—¡¿Les enseñaste mi audio?!

—Cariño, me preguntaron si aceptarías hacer una prueba y yo les dije que no haría falta, que en cuanto te escucharan, se iban a enamorar. No pude resistirme. —Vuelvo a encogerme de hombros—. Y, obviamente, se enamoraron, y espero que digas que sí, porque no creo que quieran a otra. Es la oportunidad que siempre has querido, Chiara. Es tu sueño y es nuestra película, nuestra historia. ¿Sabes lo que va a suponer escuchar tu voz en la sala de un cine?

—No, no lo sé —responde aún confusa y con la mirada perdida—. Porque yo nunca he soñado con cantar la banda sonora de una película. Eres la única persona que me ha escuchado cantar, Dakota. Bueno, tú, tu abuela y unos cuantos turistas desconocidos en Rusia. Nadie más. Y ahora quieren que yo…

—Tampoco soñábamos con que nuestro libro se convirtiera en una película y, mira; la vida te sorprende.

—No lo asimilo. —Comienza a dibujar una sonrisa tan temblorosa como su mano, que aún sostiene la mía—. ¿Me estás hablando en serio?

—Completamente.

—¿Quieren que cante la banda sonora de la película? ¿Yo?

—Tú.

—¿Cuánto tiempo tengo para pensarlo?

—Tú no piensas las cosas, tú las vives. Y, cariño, estás temblando por la emoción, ¿qué tienes que pensar?

—¿Y si no les gusta? ¿Y si cago los resultados de un proyecto que podría llegar muy lejos?

—Chiara, tienes a media España, y a media América loca por ti. Que seas tú quien cante la canción oficial de la película, lo único que va a hacer es sumarle puntos y terminar de enamorar.

—Voy a cantar la banda sonora de nuestra película —repite en tono bajo, como si se lo estuviera diciendo a sí misma.

—Sí, mi amor, podemos avanzar, que esa parte ya ha quedado clara.

—¡Voy a cantar la banda sonora de la película! —grita, pegando un salto inesperado con el que se cuelga de mi cuerpo y junta nuestras frentes. Su sonrisa brilla contra la mía y siento en mis manos el tacto de su piel, tan suave como caliente, mientras sostengo unas piernas que abrazan mi cintura. El calor que me está entrando es más propio de agosto que de junio.

—¿Te he dicho que estás muy guapa con el pelo corto?

—Sí, me lo has dicho hasta cuando tenía el tamaño de un microbio. Así que, no sé si creerte.

—Créeme —susurro.

Nos miramos en silencio durante algunos segundos y aunque la visión y el momento podrían ser perfectos, una sombra en su expresión parece estar a punto de evitarlo.

—Hablando de pelo corto; hace dos días que tengo un correo de Andrey en mi bandeja de entrada, con el asunto: «Resultados».

—¿Qué? —pregunto confusa—. ¿Y por qué no me lo dijiste antes? ¿Lo has abierto?

Se descuelga de mi cintura y dejo de hacer fuerza, para que sus pies se apoyen en la arena. El corazón vuelve a latirme muy deprisa y en mi estómago acaba de formarse un hormigueo, pero es muy diferente a todo lo que sentía hace un momento.

—¿Tú crees que, de ser así, estaría tan tranquila? Además, no tengo fuerzas para hacerlo sin ti, Dak.

—Claro que las tienes. —Una sonrisa insegura se adueña de sus labios y un nuevo silencio amenaza con aparecer. Por mucho que me gusten esos silencios, por mucho que los disfrute, ahora no es el momento—. Vamos a casa, tenemos que abrir ese mensaje.

—Vaya manera de romper la magia —bufa mientras la arrastro hasta la escalera—. Yo creía que no te ibas a aguantar las ganas de tirarme en la arena y hacerme de todo, delante de tu pobre madre.

—Ya, bueno, me cortaste la libido de una forma un poco brusca —Evito su mirada mientras me calzo.

—¿Se te cortó la libido?

Cuando alzo la vista, su sonrisa de medio lado me dice que llevaba demasiado tiempo sin aparecer y yo demasiado tiempo extrañándola.

—No, en realidad, no. —Me río, poniéndome de pie y vuelvo a coger su mano para marcharnos—. Y no hables como si nunca hubiéramos hecho nada en esta cala, Chiara.

—Te quiero, suegra —grita al infinito—, perdón por pervertir a tu hija.

—Un poco tarde para pedir perdón, ¿no?

—Mejor pedir perdón que pedir permiso —Me saca la lengua y se deshace de mi agarre para comenzar a correr.

Hace media hora estaba triste y, ahora, estoy descojonándome de risa mientras la persigo en el corto camino hacia nuestra casa.

Siempre hace lo mismo; no sé como lo consigue, pero transforma cualquier día de mierda en una auténtica y estúpida comedia. Ese es su secreto para hacer la vida más fácil.

Llegamos sin aliento al portal de nuestra casa. Esta casa a la que estuve años sin poder entrar y en la que hemos llenado cada rincón de nuevos recuerdos que se suman a los antiguos. Chiara abre la puerta y el olor a café impregna las paredes. ¿Cómo es posible, si llevamos días sin pisarla? Supongo que mi abuela se habrá pasado esta mañana, sabía que las dos volvíamos hoy. Al adentrarme un poco más, el delicioso aroma del café se va mezclando con algo muy desagradable.

—Huele a podrido —informo, olfateando el aire y tratando de recordar si dejé algo fuera del frigorífico que se pudiera haber echado a perder—. ¿Cocinaste?

El manotazo automático que recibo en el hombro me provoca una inminente carcajada, que antes de ser emitida, se me corta de golpe, cuando veo un cachorro correr hacia nosotras. Chiara lo alza en brazos y la observo mover los labios, pero soy incapaz de escuchar ni una palabra. Debo haber empalidecido. Se trata de un cachorro de Husky Siberiano, gris y blanco, con los ojos tan azules que con la iluminación también parecen blancos. Sigo sin pronunciarme y sin moverme.

—Hola, mami —dice Chiara, pegando el cachorro a su mejilla—. Soy… soy… Bueno, aún no tengo nombre, pero soy tu primer hijo. Cómo no quites esa cara, voy a pensar que no te gusto, y es imposible que no te guste. ¿Ah que sí? —Ahora lo pone delante de su nariz y le hace carantoñas—. Aunque, pensándolo bien, pusiste la misma cara cuando viste a mi otra mami por primera vez. Creo que debo estar tranquilo, entonces.

—¿Es nuestro? —pregunto por fin.

—Hace unos años me dijiste que siempre habías soñado con tener uno, ¿no? Ahora solo tienes que ponerle un nombre y comprometerte a estar con él para siempre. —Me pone al cachorro en las manos y cuando lo sostengo frente a mis ojos, todavía en shock, y como si estuviera asegurándome de que no se trata de Simba, él me da unos lametazos en la nariz que, además de dejarme empapada, me hacen cosquillas—. Creo que lo segundo no va a ser muy difícil.

—¿Cómo se llamaba el husky que vimos en una de las paradas del transiberiano?

—No me acuerdo.

—¡Siber!

—¿Siber? —pregunta confusa—. ¿Estás segura? No me suena.

—No, que podemos llamarlo Siber. De Siberia; dónde nos conocimos, de transiberiano; el tren en el que nos enamoramos, y de Husky Siberiano. Todo está relacionado.

—Bueno, original, original, no es que sea, pero…

—Se avecina la discusión sobre el nombre de nuestro primer hijo.

—No, no, si yo no voy a discutir —Se encoje de hombros y alza las manos—, que igual me obligas a poner esas cortinas horrendas que querías. —Le lanzo una mirada amenazante. Mis cortinas no eran horrendas, eran azules. Vale que parece que el azul es el único color que existe en el planeta para mí, pero estoy obsesionada, ¿qué le voy a hacer? Ella sonríe y se acerca para acariciar al pequeño—. Me gusta Siber.

Siber comienza a llorar, supongo que un poco harto de estar suspendido en el aire sin más seguridad que las manos de una loca que lo mira fijamente. Así que, lo dejo en el suelo y sale corriendo hacia alguna parte. Solo espero que los muebles estén intactos y que no haya decidido entretenerse con algo de mucho valor. Miedo me da ir a averiguarlo.

—Creo que tengo algo que limpiar —informa Chiara, con la intención de ir tras el cachorro, pero siendo retenida en el acto.

—Y yo creo que tenemos algo que leer.

Me mira con miedo, y con una sonrisa en la que no puede esconder su inseguridad. Yo también estoy acojonada, ¿para qué mentir? Pero retrasar el momento no va a evitar lo inevitable.

Caminamos de la mano hasta la mesa del ordenador y presiono el botón para que se vaya encendiendo. Ella se sienta y aunque cree que no la veo, sus rodillas comienzan a moverse, como si estuviera dando pequeños saltos. Parece que, cuanta más prisa tienes, más lentos son estos aparatos. El silencio y la tensión se podrían cortar con un cuchillo, de no ser por los ruidos que hace Siber por algún lugar de la casa, entreteniéndose con a saber qué. Todavía no me puedo creer que tengamos un perro. Hace algunos años habría huido a toda velocidad de una responsabilidad así y hoy me siento tan emocionada como preparada. Esa forma de mirarnos tan tierna, esos pequeños besos a los que seguramente me voy a volver adicta. Pobre cachorro, no sabe en qué familia vino a caer. Familia, suena bien.

La pantalla del ordenador muestra el escritorio y Chiara abre el explorador para buscar su servidor de correo electrónico, pero un ruido extraño se mezcla con el de las teclas.

—¿Tienes hambre? —pregunto entre risas.

—Son los nervios. Los nervios y que tu abuela me dio unas arepas que olían deliciosas. Solo espero que tu hijo no se haya dado un banquete en nuestro honor, porque como tengamos que ponernos a cocinar ahora…

—Mal comenzamos, si ya empieza a ser «mi hijo».

Ahí aparece. El correo electrónico de Andrey con el asunto «Resultados». Estoy segura de que fue Silvia quien redactó el mensaje, porque su chico habla un español un tanto curioso.

—Espera —interrumpe Chiara, levantándose de la silla y comenzando a caminar nerviosa alrededor del salón. Da unas cuantas vueltas y cuando vuelve a mí, se detiene, mirándome de una forma con la que no sé si ponerme a llorar, abrazarla, besarla o quedarme callada—. Antes de abrirlo, quiero decirte unas cuantas cosas. Quiero darte las gracias, por todos estos años, por sacarme a flote cuando quería hundirme, por no dejarme flaquear y por acompañarme cada día, bueno o desastroso. Has aparcado tus viajes por mí y pase lo que pase hoy, sea cual sea el resultado, quiero que los retomes, quiero que continúes adelante y que no detengas tu vida.

—Chiara —agarro sus mejillas en un gesto de convicción y ante su mirada cargada de pánico, le ofrezco una leve sonrisa. Ojalá entiendas cuánto te quiero—, ya sé que te aterroriza abrir ese mensaje. A mí también, pero te tengo aquí y he agradecido tu vida cada minuto de estos cinco años. Y lo pienso seguir haciendo, diga lo que diga ese correo. Esto no cambia nada. Esto solo puede significar que la lucha comienza de nuevo o que podemos darnos un pequeño respiro. No he detenido mi vida, porque nunca me había sentido más viva. He sido y sigo siendo feliz, con todo lo que implica estar contigo; con los momentos buenos, con los malos, con cada viaje y con cada tratamiento que daba resultado, con cada mañana de mierda y las sonrisas que sacabas a pesar de ellas, con cada lágrima que hemos derramado y el alivio de una mejora. No nos tocó la vida fácil, pero es que, a nosotras no nos gusta lo fácil. Nos enamoramos en Rusia, cariño. Una chica con cáncer y una con pánico a las pérdidas.

—Joder, no me extraña que vayan a hacer una película —se ríe entre lágrimas.

—Te quiero, Chiara, y pienso seguir estando contigo cuando nos paralice el miedo y cuando nos asfixie la risa.

—Has avanzado mucho con eso del romanticismo y las palabras, ¿sabes?

—He tenido tiempo para practicar.

—Te quiero, Dakota, como no te haces una idea.

—Anda —sonrío, acariciándole la mejilla—, abramos ese correo.

El sonido de una llamada entrante en Skype nos sobresalta a ambas. Debería quitar eso de que se inicie automáticamente cuando se enciende el ordenador, porque esto de morir de un infarto tan prematuro no me hace ninguna gracia. Nos acercamos a la pantalla y visualizamos el cuadrado con la foto de Silvia y Andrey junto al nombre de mi amiga. Chiara hace click en la opción de responder y, a continuación, activa la cámara. El circulo da unas cuantas vueltas antes de que la imagen de unos amigos con bata médica aparezca al otro lado. Los cuatro permanecemos en silencio, mirando la fría pantalla de un ordenador, que deja de ser fría cuando te muestra algo que te importa tanto. No se sabe quién mira a quién y no es comparable a la sensación de poder mirar a los ojos, pero nos estamos observando, a pesar de los miles de kilómetros que nos separan, y podemos distinguir el miedo, la incertidumbre, el cariño y cualquier otra emoción en las expresiones.

Me tiembla todo el cuerpo, el instante se vuelve eterno, porque nadie habla, porque no sabemos qué decir. Ellos saben que no hemos abierto el correo. Lo saben desde el momento en el que descolgamos. Siento que Silvia intercala la mirada entre una y otra, y que sus ojos se vuelven cada vez más vidriosos. O quizás sean los míos, que ya no me dejan ver nada por culpa de la humedad.

Asiente.

Asiente y sonríe, permitiendo que, por fin, una lágrima descienda por su rostro. El corazón se me detiene un instante, y Andrey también asiente. Mi corazón vuelve a latir, cuando Chiara se da la vuelta y me mira interrogante un segundo, como si estuviera preguntándome en silencio si acabo de ver lo mismo que ella. Sus ojos llenos de lágrimas me suplican, nuestras sonrisas crecen al mismo tiempo y nuestros cuerpos se buscan, como siempre y más que nunca.

La abrazo.

La abrazo como si no la hubiera abrazado nunca. Como si quisiera pegar su cuerpo al mío para siempre y no tener que verla volver a pasar por algo así. Su olor a frambuesa se cuela por mis conductos nasales y sus brazos se aferran a mi espalda. Estruja mi camiseta con los dedos y llora de felicidad en mi hombro. Y, de verdad, no he sido más feliz en toda mi vida. Sé que esto solo son los resultados de los primeros análisis rutinarios y que, no significa nada, pero sí, lo significa todo. Significa que seguimos teniendo otra oportunidad. Significa que vamos a seguir viajando a Rusia para que Andrey mantenga controlada a la fiera y que no intente volver a salir. Y significa que, si sale, volveremos a luchar para que se arrepienta de haberlo hecho. Significa que sus ganas de vivir han sido más fuertes que un glioma, y significa que, «1 de cada 3», forman un 13. Mi número favorito.

La vida también es esto; una complicada y enredada montaña rusa en la que, a veces, los sueños se cumplen. A veces, las personas se marchan y otras veces, tardan un poco más. En ocasiones, la amistad se encuentra al otro lado del mundo o, tal vez, al otro lado de la puerta. Chiara me enseñó a reír hasta sentir dolor en el abdomen, a llorar hasta secarme y a seguir luchando cuando se marcha la esperanza. Me enseñó a fluir con la vida, a entender que no hay límites cuando se trata de soñar, pero, sobre todo, me enseñó que vinimos a este mundo para dejar huella. Una huella imborrable en el corazón de alguien.

Y mira qué bonita es la vida, que te sorprende cuando menos crees.

A esa primera casa y a todas las personas que conocí en ella.
Nuestro transiberiano sigue en marcha.

Made in the USA
Columbia, SC
22 April 2024